셜록 홈즈
걸작선
2

셜록 홈즈 걸작선 2

초판 1쇄   2010년 8월 23일
초판 4쇄   2014년 9월 19일

지은이   아서 코난 도일
옮긴이   정태원
펴낸이   최석두

펴낸곳   시간과공간사
등   록   1988년 11월 16일(제1-835호)
주   소   서울시 마포구 서교동 480-9 에이스빌딩 3층 우) 121-210
전   화   02)3272-4546~8
팩   스   02)3272-4549
이메일   pyongdan@hanmail.net

ISBN   978-89-7142-233-5   04840
            978-89-7142-231-1   (세트)

잘못 만들어진 책은 구입하신 곳에서 바꾸어 드립니다.

셜록 홈즈
걸작선 2

아서 코난 도일 지음 | 정태원 옮김

시간과공간사

목차

블루 카번클 · · · · · · · · · · · · · · · · 7
The Blue Carbuncle

입원 환자 · · · · · · · · · · · · · · · · · 51
The Resident Patient

그리스어 통역사 · · · · · · · · · · · · · 87
The Greek Interpreter

노우드의 건축업자 · · · · · · · · · · · 127
The Norwood Builder

금테 코안경 · · · · · · · · · · · · · · · 179
The Golden Pince-Nez

레이디 프랜시스 커팩스의 실종 · · · · · 229
*The Disappearance of
Lady Frances Carfax*

마지막 인사 · · · · · · · · · · · · · · · 275
His Last Bow

세 명의 가리데브 · · · · · · · · · · · · 307
The Three Garridebs

퇴직한 물감 장수 · · · · · · · · · · · · 343
The Retired Colourman

쇼스컴 올드 플레이스 · · · · · · · · · · 379
Shoscombe Old Place

■ 셜록 홈즈 문헌 연구 · · · · · · · · · · 423

블루 카번클

1887년 12월 27일(화)

The Blue Carbuncle

크리스마스가 지나고 이틀째 되는 날 아침, 나는 축하의 말을 하기 위해 친구 셜록 홈즈를 찾아갔다. 그는 보라색 가운을 입고 소파에 기대앉아 있었는데, 오른손이 닿는 곳에 파이프 걸이가 놓여 있었다. 바로 옆에는 지금까지 읽은 듯한 신문들이 수북이 쌓여 있었다. 소파 옆에는 나무의자가 있는데, 의자 등받이 모서리에는 손때가 묻고 낡아 볼품없는 펠트 모자가 걸려 있었다. 의자 위에 돋보기와 핀셋이 놓여 있는 것으로 보아, 그 모자는 분명히 검사하려고 의자 등받이에 걸어 둔 듯했다.

"일하는 중이야? 방해한 것 같군." 내가 말했다.

"천만에. 연구 결과에 대해 의논할 상대가 와서 기쁘네." 홈즈는 낡은 모자를 가리키며 말했다. "대단한 사건은 아니지만 이런 것이라도 조사해 보면 흥밋거리도 나오고 배울 만한 것도

있지."

 나는 홈즈가 애용하는 안락의자에 앉아 활활 타오르는 난롯불에 손을 내밀었다. 혹독한 추위가 찾아와 유리창에 성에가 두껍게 끼어 있었다.

 "어느 집에나 있음 직한 이 모자에 뭔가 무서운 비밀이 숨겨져 있는 모양이군. 그리고 자네는 이 모자를 단서로 미스터리를 풀어서 어떤 범죄를 해결하겠다는 거겠지."

 "그게 아냐. 범죄와는 관계가 없어. 몇 제곱마일밖에 안 되는 땅에 400만 명이 북적대면서 살고 있으니 기묘한 사건이 끊이지 않는 것도 무리는 아닌데, 이것도 그중 하나야. 이렇게 많은 사람이 한곳에 모여 살면서 서로의 행동에 영향을 주면 어떤 일이라도 일어날 수 있어. 그래서 범죄와는 관계가 없지만 정말 기괴한 사건이 많이 생기는 거야. 우리도 지금까지 그런 사건을 다루어 왔고."

 "그렇게 말하면 그렇군. 내가 최근 노트에 기록한 여섯 건의 사건도 반은 범죄와 전혀 관계가 없었으니까." 내가 말했다.

 "맞아. 자네의 말은 아이린 애들러에게서 사진을 찾으려던 사건, 메리 서덜랜드의 기묘한 사건, 입술이 비뚤어진 남자의 사건을 가리키는 것이겠지. 그래, 이번에 맡은 작은 사건도 분명히 범죄와 관계가 없어. 자네, 피터슨을 알지?"

"알아."

"피터슨이 이 모자를 갖고 왔어."

"그의 것인가?"

"아니, 그가 주워 온 거야. 주인은 몰라. 왓슨, 이 모자를 단순히 낡은 모자로만 보지 말고, 하나의 지적인 문제로 생각해 봐. 먼저 이 모자가 어떻게 여기에 오게 되었는지 그 과정을 이야기하지. 이 모자는 크리스마스 아침에 살이 토실토실하게 찐 거위 한 마리와 함께 이곳에 왔어. 거위는 아마도 피터슨의 집에서 요리되었겠지. 이유는 다음과 같아. 피터슨은 자네도 알다시피 정직하고 착한 사람인데, 크리스마스 새벽 4시경, 어디에서 놀다가 집으로 돌아가는 길에 토트넘 코트를 지나게 되었어. 그런데 가스등 불빛 아래로 하얀 거위를 어깨에 멘 키 큰 남자가 비틀거리며 걷고 있는 모습이 보였어. 그리고 굿지 가의 모퉁이에 이르렀을 때, 술 취한 그 남자와 건달 몇 명이 싸움을 했어. 건달 한 명이 남자의 모자를 쳐서 모자가 땅에 떨어졌지. 남자는 지팡이를 휘둘러 자신을 지키려 했는데, 그 순간 등 뒤의 쇼윈도를 깨고 말았어.

피터슨은 그 낯선 남자를 구하려고 뛰어갔지. 남자는 유리가 깨지자 깜짝 놀란 듯했는데, 마침 경관 비슷한 제복을 입은 사람이 달려오는 것을 보고는 거위를 내팽개치고 토트넘 코트 거리 뒤로 이어진 미로 같은 좁은 골목으로 도망갔어.

건달들도 피터슨을 보고는 모두 흩어졌기에 피터슨은 혼자 싸움터를 점령한 꼴이 되었고, 거기에 이 낡아 빠진 모자와 크리스마스용으로는 나무랄 데 없는 거위까지 전리품으로 얻게 되었지."

"물론 주인에게 돌려줬겠지?"

"아니. 그 점이 문제야. 분명히 '헨리 베이커 부인에게'라고 쓰인 작은 카드가 거위 왼발에 매어져 있었고, 모자 안쪽에도 'H. B.'라는 머리글자가 있었어. 그러나 런던에는 '베이커'라는 사람이 몇천 명이나 있고, 이름이 헨리 베이커인 사람이 몇백 명은 될 텐데, 그 많은 사람 중에서 주인을 찾아내 분실물을 돌려주는 것은 결코 쉬운 일이 아냐."

"그럼 피터슨은 어떻게 했어?"

"그는 내가 아무리 사소한 사건이라 해도 흥미를 가진다는 사실을 알기 때문에, 크리스마스 아침에 모자와 거위를 갖고 이곳으로 왔지. 거위는 오늘 아침까지 이곳에 있었지만, 상당히 추워진다고 하니 한시바삐 먹어 치우는 편이 좋을 것 같아서 피터슨이 거위의 사명을 완수시키고자 갖고 갔고, 크리스마스 요리를 먹지 못한 낯선 신사의 모자는 지금 내가 이렇게 보관하고 있지."

"신문 광고도 나지 않았나?"

"나지 않았어."

"그럼, 어디 사는 누군지 알 길이 없군."

"추리로 짐작할 뿐이지."

"이 모자로 말인가?"

"그래."

"농담하지 마. 이런 낡은 모자로 대체 뭘 알아낼 수 있단 말인가?"

"여기에 돋보기가 있고, 자네는 내가 추리하는 방법을 알고 있어. 자네라면 이 모자를 썼던 신사의 특징에 대해 어떤 추리를 할 수 있나?"

나는 그 낡은 모자를 들고 약간 막막한 심정으로 이리저리 살펴보았다. 흔히 볼 수 있는 검은색 펠트 모자였는데, 뻣뻣한 데다 오래 사용해서 몹시 낡아 있었다. 안감인 붉은 실크는 색이 완전히 바래 있었고, 제조회사 이름은 없지만 홈즈가 말했듯이 한쪽에 'H. B.'라는 머리글자가 쓰여 있었다. 챙에는 고정 끈을 꿰는 구멍이 있었는데 고무줄은 없었다. 그 밖에 먼지가 많이 끼어 있고 몇 군데 얼룩이 있었다. 또 잉크를 칠해 퇴색한 부분을 숨기려고 한 흔적도 보였다.

"아무것도 모르겠어." 나는 홈즈에게 모자를 돌려주면서 말했다.

"왓슨, 모를 것이 없어. 자네는 모두 봤다고. 다만 본 것을 추리하지 않을 뿐이야. 너무 조심스러워서 추리를 하지 못하는 거지."

"그렇다면 자네는 이 모자에서 어떤 것을 추리했나?"

홈즈는 모자를 들고 그의 독특한 관조적 태도로 자세히 바라보았다.

"단서로는 그다지 확실하지 않지만, 그래도 두세 가지 점에서는 명확한 추론을 할 수 있고, 그 밖에도 거의 확실하다고 할 수 있는 몇 가지 추측을 할 수 있어. 우선 언뜻 보아도 알 수 있듯이, 이 모자의 주인은 지성이 아주 뛰어난 남자로 2, 3년 전까지는 꽤 부유했지만 지금은 상황이 어려워. 예전에는 생각이 깊었지만 지금은 그렇지 못하고, 도의심도 떨어지기 시작했지. 그것과 경제 상황이 어려운 것으로 미루어 생각해 보면 어떤 나쁜 습관, 이를테면 음주벽이라도 생긴 모양이야. 아내가 그를 사랑하지 않게 된 사실도 더불어 설명할 수 있겠군."

"홈즈, 적당히 해!"

"그래도 아직 조금은 자존심이 남아 있어." 홈즈는 내 말을 무시하고 계속했다. "그는 앉아서 하는 일을 하기 때문에 좀처럼 외출하지 않아. 완전히 운동 부족이지. 중년으로 흰머리가 있어. 며칠 전에 머리를 깎았고 라임 향 헤어크림을 바르지. 이 모자에서 추리할 수 있는 분명한 사실은 이런 거야. 그리고 이 남자의 집에는 가스가 들어오지 않는 것도 확실해."

"농담이겠지, 홈즈."

"농담이 아니야. 이 정도로 말했는데도 왜 그렇게 되는지 아직 모르겠어?"

"확실히 나는 머리가 좋지 않아. 자네가 한 말을 이해할 수 없어. 예를 들면 이 남자가 지성이 뛰어나다는 것을 어떻게 알았어?"

홈즈는 대답 대신 모자를 자기 머리에 슬쩍 얹었다. 모자는 그의 이마를 덮고도 콧등까지 내려왔다.

"용적 문제야. 이렇게 머리가 큰 남자라면 알맹이도 상당할 거야."

"그렇다면 상황이 어렵다는 것은?"

"이 모자는 3년 전에 샀어. 챙이 넓고 끝이 이렇게 말려 있는 것을 보면 알아. 당시 이런 모자가 유행했거든. 이 모자는 고급품이야. 리본은 무늬가 있는 비단으로 만들었고 안감도 고급이야. 3년 전에 이런 고급 모자를 샀지만 그 이후로는 모자를 사지 않았으니 내리막길에 들어선 것이 분명하지."

"듣고 보니 그럴듯하군. 그러나 생각이 깊었다느니, 도의심이 떨어지기 시작했다느니 하는 것은?"

셜록 홈즈는 웃으면서 손가락으로 고정끈을 꿰는 작은 고리를 건드렸다.

"생각이 깊다는 것은 바로 이것 때문이야. 이 고리는 처음부터 모자에 달려 있지 않았어. 남자가 모자를 사고 나서 바람에 날리지 않도록 단 거니까 꽤 생각이 깊다고 추측했지. 그러나 이렇게 끈이 끊어졌는데도 다시 달지 않은 것을 보면, 최근에는 자포자기의 심정이 되었고 의지도 약해졌다는 확실한 증거라고 할 수 있지. 하지만 잉크를 칠해서 모자의 얼룩을 감추려 한 것을 보면, 자존심까지 완전히 없어졌다고 생각하기는 어려워."

"그럴듯한 설명이군."

"그가 중년에 흰머리가 있고 최근에 머리를 깎았으며 라임향 헤어크림을 사용한다는 점은 안감 아래를 잘 살펴보면 알 수 있지. 돋보기로 보면, 이발소 가위로 곱게 다듬은 짧은 머리카락이 많이 붙어 있어. 게다가 끈적끈적하고 라임이 함유된 크림 특유의 냄새가 나. 그리고 이 먼지는, 자세히 보면 길에서 묻은 거친 회색 모래 먼지가 아니라, 집 안에서 볼 수 있는 미세한 갈색 먼지야. 그렇다면 이 모자는 온종일 집 안에만 걸어두었다는 얘기지. 그리고 안쪽 얼룩에 대해서인데, 이 남자는 땀을 많이 흘리는 체질인 동시에 평소 몸을 잘 단련하는 편이 아니라고 할 수 있어."

"그러나 아내…… 자네는 이 모자 주인의 부인이 남편을 사랑하지 않게 되었다고 했어."

"벌써 몇 주 동안 이 모자를 솔질하지 않았어. 만일 자네 모자에 일주일분의 먼지가 쌓여 있고, 부인이 그런 상태로 자네를 외출시켰다고 한다면, 자네는 가엾게도 부인의 미움을 받기 시작했다고 볼 수 있지."

"하지만 이 남자는 독신인지도 몰라."

"아니. 이 남자는 화해하기 위해 아내에게 거위를 선물하려고 했어. 거위 다리에 카드가 달려 있었다고 말한 걸 기억하지?"

"자네는 모르는 게 없군. 그럼 이 남자 집에 가스가 들어오지 않는다고 추측한 근거는 무엇이지?"

"동물 기름 얼룩도 한두 군데라면 우연히 묻었다고 생각하겠지만, 이와 같이 다섯 군데도 넘으면 이 모자 주인은 늘 동물 기름 양초 신세를 지는 남자, 즉 밤에 한 손에는 모자를, 다른 한 손에는 촛농이 떨어지는 촛불을 들고서 계단을 오르는 남자라고 보아도 틀리지 않을 거야. 어쨌든 가스관에서는 촛농이 떨어지지 않으니까, 그렇지?"

"과연 멋진 추리야." 나는 한번 웃고 나서 이야기를 이어나갔다. "하지만 자네가 말한 것처럼 범죄와 관계가 없고 피해가 거위 한 마리뿐이라면, 자네의 그 훌륭한 추리도 결국은 에너지만 낭비한 것 아닌가?"

셜록 홈즈가 대답하려는 순간, 문이 열리면서 피터슨이 상기된 얼굴로 허둥지둥 방으로 뛰어들어왔다.

"거위가! 홈즈 선생님, 거위가!"

"왜 그래? 죽은 거위가 살아나 주방 창문으로 날아가기라도 했나?"

홈즈는 흥분한 남자의 얼굴을 살피기 위해 소파에서 몸을 돌렸다.

"이걸 보세요! 집사람이 거위 모이주머니에서 발견했어요."

피터슨이 손을 내밀자 손바닥 위에는 파란 돌이 눈부시게 빛나고 있었다. 크기는 콩보다 조금 작지만 우묵한 손바닥의 어두운 곳에서 반짝이는 순수한 빛이 마치 전광처럼 보였다.

셜록 홈즈는 휘파람을 불고는 앉은 자세를 바꾸었다.

"피터슨, 보물을 발견했군. 이게 뭔지 알겠지?"

"다이아몬드입니다. 값비싼 보석이죠. 유리가 퍼티처럼 잘 리니까요."

"이것은 보통 보석이 아냐. 문제의 보석이지."

"모카 백작 부인의 블루 카번클[1] 아닌가?"

"맞아. 요즘 매일 타임스 광고에 나오니 실물을 보지 않았어

---

1) 가닛, 마그네슘, 철, 망간, 칼슘, 알루미늄 등을 함유한 광물로, 아름다운 것은 보석으로 쓰인다.
(이하의 각주는 모두 역자의 주입니다.)

도 크기와 모양이 저절로 머리에 떠오를 정도야. 둘도 없는 명품으로 진짜 가격은 아무도 몰라. 1000파운드라는 사례금은 가격의 20분의 1도 안 되는 액수야."

"1000파운드! 이것이!" 피터슨은 의자에 털썩 앉으면서 우리를 번갈아 보았다.

"사례금이 1000파운드지. 그리고 이 보석에는 깊은 사연이 있어. 백작 부인은 이것을 찾기 위해서라면 재산의 반이라도 내놓을걸."

"코즈모폴리턴 호텔에서 분실했다고 했나?" 내가 말했다.

"그래. 12월 22일이었으니 꼭 닷새 전이야. 배관공 존 호너가 부인의 보석 상자에서 훔쳤다는 혐의로 체포됐어. 더구나 그에게 불리한 증거까지 나와 사건은 지금 순회재판에 회부되어 있어. 여기에도 그 기사가 나왔을 텐데."

홈즈는 날짜를 보면서 신문을 뒤지더니 그 가운데서 한 장을 찾아냈다. 그는 신문의 구겨진 주름을 편 다음 반으로 접어 다음과 같은 기사를 읽었다.

코즈모폴리턴 호텔 보석 도난 사건－배관공 존 호너(26세)는 이달 22일 모카 백작 부인의 보석 상자에서 블루 카번클로 알려진 값비싼 보석을 훔친 혐의로 체포되었다. 호텔 매니저 제임스 라이더의 증언에 의하면, 그는 부인 방에 있는 난로의 두 번째 쇠살대가 떨어져 그것을 납땜하기 위해 당일 호너를 백작 부인의 드레스룸으로 데리고 갔다. 그러고는 그곳에 있다가 볼일이 있어 잠시 나갔다 돌아와 보니, 호너는 보이지 않고 옷장 문이 열려 있었다. 나중에 밝혀진 일인데, 부인이 평소에 보석 상자로 사용해 왔다는 작은 모로코 가죽 상자가 텅 빈 채 화장대 위에 있었다. 라이더는 즉시 경찰에 신고했고, 그날 오후에 호너는 체포되었다. 그러나 호너는 보석을 갖고 있지 않았고, 그의 방에 숨긴 흔적도 없었다. 라이더는 방에 들어온 순간 당황하여 큰 소리를 질렀는데, 그 소리를 듣고 백작 부인의 하녀 캐서린 쿠색이 방으로 달려왔다. 당시 실내는 라이더가 진술한 대로였다고 하녀는 증언했다. 또 B구역 경찰서의 브랫스트리트 경감의 증언에 의하면, 호너는 체포될 때 격렬히 저항하면서 보석 도난에 대해 자기는 아무것도 모른다고 항변했다고 한다. 하지만 그에게 절도 전과가 있다는 사실이 드러나 혐의는 더욱 굳어졌고, 치안판사는 즉결재판을 거부하고 이 사건을 순회재판에 회부했다. 호너는 조사를 받는 동안 몹시 흥분한 듯, 조사가 끝남과 동시에 정신을 잃고 쓰러져 법정 밖으로 실려 나갔다.

"흠! 경찰 재판소에 대한 기사는 이것뿐이야." 홈즈는 신문을 던지고 생각에 잠기면서 말했다. "지금 우리가 해결해야 할 문제는, 도난당한 보석 상자에서 토트넘 코트에 있던 거위의 모이주머니에 이르기까지 사건이 어떻게 연결되어 있느냐를 알아내는 것이야. 왓슨, 우리의 별것 아닌 추리가 갑자기 범죄와 깊은 관계를 맺어 가는군. 여기 보석이 있어. 이것은 거위 모이주머니에서 나왔어. 그리고 그 거위는 헨리 베이커라는, 이 더러운 모자를 쓰고 아까 자네가 싫증 나도록 들었던 특징이 있는 남자가 갖고 왔어. 그러므로 우선 그를 찾아서 그가 이 사소한 사건에 어떤 역할을 했는지 확인해야 해. 그러려면 먼저 가장 간단한 방법부터 실천에 옮겨 볼 필요가 있어. 석간에 광고를 내야 해. 실패한다면 그때 또 다른 방법을 생각하고."

"어떤 내용으로?"

"연필과 종이를 준비해. 잘 들어. '굿지 가에서 거위와 검은 펠트 모자 습득. 헨리 베이커 씨는 오늘 오후 6시 30분까지 베이커 가 221B로 찾으러 오시오.' 간단명료하지."

"응. 그런데 그 남자가 이 광고를 볼까?"

"볼 거야. 신문에 신경을 쓰고 있을 테니까. 가난한 사람에게는 상당한 손해지. 실수로 유리창을 깨고 피터슨이 나타나는 바람에 황급히 도망가기는 했지만, 지금쯤은 당황해서 거위까지 버리고 온 것을 몹시 후회하겠지. 그리고 이렇게 이름까지 밝혀 놓으면, 친지들이 귀띔을 해 주서라도 보게 될 거야. 피터슨, 빨리 광고 취급소에 가서 이 내용이 석간에 실리도록 해 줘."

"어떤 신문에 내야 합니까?"

"음, 글로브, 스타, 팰맬, 세인트 제임스, 이브닝 뉴스, 스탠더드, 에코, 그 밖에 자네가 알고 있는 모든 신문에 내."

"알았습니다. 그럼 이 보석은?"

"아, 그건 내가 보관하지. 수고했어. 피터슨, 집에 돌아갈 때 거위를 한 마리 사도록 해. 습득한 거위를 자네 집에서 먹는 중이니까, 다른 거위라도 주인에게 돌려줘야지."

피터슨이 나가자 홈즈는 보석을 들고 불빛에 비춰보았다.

"훌륭해. 멋지게 반짝이는군. 범죄의 핵심이자 초점이 될 만도 해. 좋은 보석은 모두 그래. 악마가 먹이로 즐겨 사용하지. 이것보다 더 크고 오래된 보석이라면 피비린내 나는 사건이 그 면수만큼은 일어날 거야. 이 돌은 발견된 지 20년이 되지 않았어. 남 차이나의 아모이 강기슭에서 채굴되었는데, 유명해진 이유는 색이 카벙클처럼 빨간색이 아니라 파란 것을 제외하면 여러 점에서 붉은 루비의 특징을 그대로 갖추고 있기 때문이야. 발견된 지 얼마 안 되는데도 이미 끔찍한 역사가 있어. 살인이 두 번, 황산을 끼얹은 사건이 한 번, 자살 한 번 그리고 절도 몇 번. 모두 이 40그레인의 탄소 결정 때문에 일어났어. 이렇게 예쁜 장난감이 사람을 감옥이나 교수대로 보내다니, 정말 놀랍지 않아? 자, 이것을 금고에 넣고 백작 부인에게 편지로 알려 주자고."

"호너는 죄가 없을까?"

"글쎄, 확실히 단정 지을 수 없어."

"그렇다면 헨리 베이커는 사건과 관계가 있을까?"

"헨리 베이커는 자기가 갖고 있던 거위가 금으로 만든 새보다 더 값지다는 사실을 모르고 있었으니, 범죄와 관련이 없는 듯해. 광고를 보고 찾아온다면 그 점은 아주 간단한 테스트로 밝혀낼 수 있어."

"그렇다면 그때까지 우두커니 기다리고 있어야 해?"

"그래."

"그럼 나는 잠깐 왕진을 다녀올게. 이렇게 복잡한 사건은 결과가 몹시 궁금하니, 저녁때 다시 올 거야."

"기다리지. 7시에 식사를 할 거야. 아마 도요새 요리가 나올걸. 그렇군. 이런 사건도 있고 하니 허드슨 부인에게 도요새의 모이주머니를 잘 살펴보라고 할까."

환자를 보느라고 다소 시간이 걸린 까닭에 내가 베이커 가에 돌아간 것은 6시 30분이 조금 지나서였다. 홈즈의 집에 도착했을 때 챙이 없는 스코틀랜드 모자[2]를 쓴 키 큰 남자가 현관 유리에서 새어 나오는 반원형 불빛 속에 서 있었다. 남자는 외투의 단추를 턱 밑까지 채우고 있었다. 내가 그의 옆으로 갔을 때 문이 열려서 우리는 함께 홈즈의 방으로 들어갔다.

"헨리 베이커 씨죠? 자, 난로 옆으로 오세요. 추운 밤이군요.

---

2) 털로 짠 작은 모자.

얼굴을 보니 여름은 괜찮지만 겨울에 약하신 것 같군요. 왓슨, 제때에 왔군. 베이커 씨, 여기 있는 모자가 당신 겁니까?"

"그렇습니다. 분명히 내 모자입니다."

그는 등이 굽고 머리와 몸집이 큰 남자였다. 얼굴은 폭이 넓고 지적으로 생겼으나, 끝이 뾰족하고 흰 털이 섞인 갈색 턱수염 쪽으로 아래턱이 빠져 있었다. 코끝과 두 뺨이 약간 붉으며, 내미는 손이 가늘게 떨리는 것으로 보아, 홈즈가 말한 것처럼 음주벽이 있는 것이 분명했다. 그는 빛바랜 검은 프록코트의 깃을 세우고 앞단추를 모두 잠그고 있었다. 가느다란 손목이 나와 있는 옷소매에는 칼라도 커프스도 없었다. 한마디 한마디 신중하고 나직한 목소리로 침착하게 말하는 것을 보면, 교육도 받고 교양도 있는 듯했지만 왠지 운명의 손에 희롱당해 온 남자처럼 보였다.

"우린 이것을 며칠 맡아 놓고 있었습니다. 당신이 광고를 내리라 생각했으니까요. 그런데 왜 광고를 내지 않았는지 이유를 설명할 수 있습니까?"

홈즈가 이렇게 말하자 베이커는 약간 겸연쩍은 듯이 웃었다.

"옛날과 달리 돈이 궁해서요. 게다가 모자와 거위는 내게 덤벼든 건달들이 갖고 간 줄 알았지요. 그래서 찾을 가망도 없는데 쓸데없이 광고를 내서 헛돈을 쓸 필요가 없다고 생각했습니다."

"당연한 말입니다. 그런데 거위는…… 하는 수 없이 먹었습니다."

"먹었다고요!" 베이커는 흥분한 나머지 의자에서 벌떡 일어섰다.

"그렇습니다. 먹지 않으면 그야말로 모두 헛수고만 하는 꼴이 되니까요. 그러나 저 찬장에 다른 거위가 있습니다. 무게도 비슷하고 고기도 훨씬 연할 겁니다. 그러니 대신 저걸 갖고 가시면 안 될까요?"

"오, 좋고말고요. 좋습니다." 베이커는 마음이 놓인다는 듯이 안도의 한숨을 내쉬었다.

"당신 거위의 깃털이며 다리며 모이주머니 따위는 아직 남아 있습니다. 뭣하면……."

베이커는 그런 싱거운 소리가 어디 있냐는 듯이 웃음을 터뜨렸다. "사건의 기념품이 될지는 모르지만 지금은 죽고 없는 친구의 유해를 어디에 쓰겠습니까? 그보다 호의를 감사히 받아들여 저 찬장에 있는 훌륭한 거위를 얻어 가겠습니다."

셜록 홈즈는 내게 날카로운 눈빛을 보내며 어깨를 으쓱했다.

"그럼 이 모자와 거위를 갖고 가세요. 그런데 먼저 거위를 어디에서 샀는지 가르쳐 주세요. 나는 거위를 좋아하는데 저 거위는 아무 곳에서나 살 수 있는 게 아니더군요."

홈즈가 말했다.

"좋습니다." 베이커는 이미 일어나 거위를 들고 있었다. "내 친구 중에 박물관에서 가까운 알파인 술집에 자주 드나드는 사람이 네다섯 명 있어요. 우리는 낮에는 박물관에서 일합니다. 알파인 술집 주인 윈디게이트가 올해 거위 클럽을 만들었는데, 매주 몇 펜스씩 돈을 적립하면 크리스마스에 거위를 한 마리 타게 됩니다. 나는 회비를 꼬박꼬박 낸 덕분에 거위를 탈 수 있었죠. 그리고 모자를 찾아 주셔서 정말 고맙습니다. 지금 쓰고 온 스코틀랜드 모자는 내 나이에 어울리지도 않고 품위를 높여 주지도 않으니까요." 그는 우스꽝스러울 정도로 점잔을 빼며 우리에게 공손히 인사하고 성큼성큼 걸어서 돌아갔다.

베이커를 보낸 뒤 홈즈는 문을 닫았다.

"헨리 베이커는 이것으로 끝이야. 그는 사건과 관계가 없어. 자네, 배고파?"

"아니, 별로."

"그럼 저녁 식사는 야식 때까지 보류하기로 하고, 열기가 식기 전에 이 사건의 실마리를 더듬어 볼까?"

"좋아."

몹시 추운 밤이었으므로 우리는 긴 외투를 입고 목도리를 둘렀다. 바깥은 하늘에 별이 차갑게 빛나고, 오가는 사람들의 입

김이 하얀 연기가 되어 마치 모두 권총을 쏘는 것처럼 보였다. 우리는 얼어붙은 길을 뚜벅뚜벅 크게 발소리를 울리면서 병원 거리인 윔폴 가, 할리 가를 빠져나간 뒤 위그모어 가를 지나 옥스퍼드 가로 갔다. 그리고 15분 후에는 블룸즈버리의 알파인에 도착했는데, 그곳은 홀번으로 통하는 거리 모퉁이에 있는 술집이었다. 홈즈는 가게에 들어서더니 안쪽에 있는 작은 방에 자리를 잡고는, 하얀 에이프런을 두른 얼굴이 붉은 주인에게 맥주 두 잔을 주문했다.

"이 집 맥주가 거위만큼 고급이라면 정말 훌륭하겠는데."

"거위라고요?" 남자는 흠칫 놀라는 눈치였다.

"그렇소. 30분 전에 헨리 베이커 씨와 이야기했는데, 그는 이곳 거위 클럽의 회원이죠?"

"아, 알겠어요. 그런데 손님, 그 거위는 우리 가게의 물건이 아닙니다."

"아니라고요? 그럼 어디서 구입했지요?"

"코벤트 가든의 세일즈맨에게서 스물네 마리 구입했어요."

"그렇군요. 그곳 가게라면 나도 몇 군데 알고 있는데, 어떤 가게지요?"

"브레킨리지가 하는 가게요."

"그 사람은 모르겠군요. 자, 당신의 건강과 가게의 번영을 위해 건배! 안녕."

추운 거리로 나오자 홈즈는 외투 단추를 채우면서 말했다.

"이번에는 브레킨리지야. 왓슨, 이 사건의 한쪽 끝에는 지극히 평범한 거위가 있지만, 다른 한쪽 끝에는 우리가 무죄를 입증해주지 않으면 징역 7년의 중형에 처해질 남자가 있어. 어쩌면 그의 유죄를 확증하는 결과로 이어질지도 모르지만, 어쨌든 우리는 묘한 우연으로 경찰이 놓친 수사의 실마리를 잡고 있어. 이것을 끝까지 추적해야지. 자, 남쪽으로! 빠른 걸음으로 출발!"

홀번을 지나고 엔델 가를 지나 꼬불꼬불한 빈민가를 통과해 코벤트 가든 마켓으로 갔다. 어떤 커다란 가게에 브레킨리지라는 간판이 붙어 있었는데, 날카로운 느낌이 드는 외모에 턱수염을 멋지게 기른, 어쩐지 경마를 좋아할 것처럼 보이는 주인이 소년과 함께 덧문을 닫고 있었다.

"안녕하세요, 춥군요." 홈즈가 말했다.

주인은 고개를 끄덕이고는 수상하다는 듯한 눈초리로 홈즈를 보았다.

"거위는 다 팔렸군요." 홈즈는 텅 빈 대리석 판매대를 손으로 가리켰다.

"내일 아침이면 500마리라도 준비할 수 있습니다."

"하는 수 없군."

"저 가스등이 켜 있는 가게에 가면 몇 마리는 있을 겁니다."

"하지만 당신 가게의 물건이 좋다는 얘기를 들었거든요."

"그래요? 어디서요?"

"알파인 주인한테서요."

"그렇군요. 그곳에 스물네 마리 배달했으니까요."

"좋은 거위던데 어디서 구입했죠?"

뜻밖에도 가게 주인은 이 질문에 몹시 화를 냈다. 그러더니 고개를 번쩍 치켜들고는 허리에 두 손을 얹고 소리쳤다. "손님, 용건이 뭔지 분명히 말하세요."

"분명하게 말했지 않소. 당신이 알파인에 판 거위를 어디서 구입했는지 알고 싶은 거요."

"흥, 그것은 말할 수 없어요. 당장 돌아가세요!"

"왜 이래요? 별것 아닌 일에 화를 내는 이유를 모르겠군요."

"화를 낸다고? 당신도 누가 이렇게 캐물으면 화가 나지 않을 것 같아요? 맘에 드는 상품을 사고 정당하게 돈을 지불하면 그것으로 거래는 끝이야. 그런데 젠장, '거위는 어디 있어?' '어디에 팔았어?' '얼마에 팔았지?' 하는 식으로 파고드니 그 소리를 남이 들으면 우리 집에서만 거위를 파는 줄 알겠소."

"나는 앞서 거위에 대해 물어보러 온 사람들과 전혀 관계가 없어요. 만일 당신이 가르쳐 주지 않는다면 내기가 깨질 뿐이오. 나는 식용 조류에 대해 내기하는 것을 좋아하거든. 요전에 먹은 것도 시골에서 기른 거위 맛이 나서 5파운드를 걸고 내기를 했단 말이오."

"흥, 그렇다면 당신은 5파운드를 날렸소. 그 거위는 도시에서 기른 것이니까." 가게 주인이 소리쳤다.

"설마."

"틀림없소."

"아니, 그렇지 않을 거야."

"코흘리개 시절부터 거위를 다루어 온 나보다 당신이 거위에 대해 더 잘 안다는 거요? 이봐요, 알파인에 보낸 거위는 모두 도시에서 기른 거요."

"아무리 그래도 내 주장은 변함없어요."

"그럼 내기하겠소?"

"보나마나 내가 이길 테니 당신은 손해를 볼 뿐이에요. 그러나 당신의 고집을 꺾는 의미에서 1파운드 걸어 볼까요."

"빌, 장부를 갖고 와." 가게 주인은 약삭빠른 미소를 지었다.

소년이 얇고 작은 장부와 표지에 검은 때가 묻어 있는 장부를 갖고 와서 벽에 매단 램프 밑에 나란히 놓았다.

"거위를 다 판 줄 알았는데 가게 문을 닫는 순간에 또 한 마리 날아들었군. 자, 보세요, 자신만만한 손님. 이 작은 장부를 말이오."

"훙, 그 작은 장부가 어떻다는 거요."

"우리 가게에 물건을 납품하는 농장의 일람표요, 알겠어요? 이 페이지에는 우리에게 납품한 시골 농장들이 쓰여 있는데, 이름 다음에 있는 숫자는 큰 장부의 페이지요. 거길 찾으면 자세히 나와 있소. 그럼 이번에는 이쪽 페이지의 빨간 잉크로 쓴

글씨를 보시오. 이것은 도시에서 우리 가게에 납품한 사람의 명부요. 거기서 세 번째 이름을 읽어보시지요."

"옥숏 부인, 브릭스턴 가 117-249." 홈즈가 읽었다.

"맞소. 이번에는 249페이지를 들춰 보시오."

홈즈는 시키는 대로 페이지를 들추었다.

"이거군. 옥숏 부인, 브릭스턴 가 117. 계란, 가금 구입처."

"그럼 손님, 마지막에는 어떻게 쓰여 있죠?"

"12월 22일, 거위 24마리, 7실링 6펜스."

"그것 봐요. 그 밑에 뭐라고 쓰여 있소?"

"알파인의 윈디게이트에게 12실링에 판매."

"이래도 할 말이 있소?"

홈즈는 몹시 분한 표정을 지었다. 그는 주머니에서 소블린 금화 한 개를 꺼내 판매대 위에 던지고, 말하는 것조차 약이 오른다는 듯이 몸을 홱 돌렸다. 그리고 점포에서 몇 야드 떨어진 가스등 밑에서 걸음을 멈추고, 소리를 내지 않는 특유의 제스처로 우스워 죽겠다는 듯 배를 잡고 웃었다.

"턱수염을 그렇게 기르고 경마 신문을 꺼내는 남자를 보면, 내기를 걸어 이길 자신이 있다고 생각해도 틀림없어. 비록 그 앞에 100파운드를 쌓아 놓는다 해도 이렇게 자세히 가르쳐 주지는 않았을 거야. 그 친구, 내 돈을 따먹는 것이 기분 좋아서 모조리 지껄였어. 왓슨, 이쯤 되면 수사도 막바지에 접어든 것 같군. 이제 남은 문제는 지금부터 옥슛 부인을 찾아가느냐, 아니면 내일로 미루느냐를 결정하는 일이야. 그 퉁명스러운 가게 주인의 말을 분석해 보면 이 사건에 신경 쓰는 사람이 또 있는 것 같으니 가능하면……."

홈즈의 말이 갑자기 중단된 이유는 방금 다녀온 그 가게에서 욕지거리가 시끄럽게 들려왔기 때문이다. 돌아보니 램프 불빛 아래 얼굴이 쥐처럼 생긴 몸집 작은 남자가 서 있고, 주인 브레킨리지는 입구에 버티고 서서 굽실거리는 상대를 향해 사납게 삿대질을 하고 있었다.

"당신도 거위도 이제는 넌더리가 나. 모두 지옥에나 떨어져! 더 이상 시시껄렁한 말을 씨부렁거리면 개를 끌고 와서 물어뜯게 할 테야. 옥슛 부인을 데리고 와. 그 부인이라면 가르쳐 주겠어. 그러나 당신은 아무 관계도 없잖아. 당신이 그 거위를 팔았어?"

"아니요. 그중에 내 거위가 한 마리 섞여 있어서요." 작은 남자는 울음 섞인 목소리로 호소했다.

"흥, 그렇다면 옥슛 부인에게 그렇게 말해."

"그렇게 했지요. 그랬더니 댁으로 찾아가라고 해서……."

"그런 걸 내가 알게 뭐야. 프러시아 왕한테나 가서 물어봐.

나는 이제 넌더리가 나. 썩 꺼져!" 가게 주인이 맹렬한 기세로 으르렁대자 작은 남자는 몸을 돌려 어둠 속으로 도망쳤다.

"이젠 브릭스턴 가까지 가지 않아도 될 것 같군. 자, 가서 저 남자에게 좀 더 알아볼까."

홈즈는 아직도 불이 켜져 있는 가게 앞에서 서성거리는 사람들 사이를 성큼성큼 빠져나가더니 곧 그 작은 남자한테 다가갔다. 그러고는 그의 어깨에 손을 얹었다. 남자는 움찔 놀라며 돌아보았는데, 가스등 불빛에 해쓱하니 핏기를 잃은 얼굴이 드러났다.

"누구죠? 왜 이러십니까?" 남자가 떨리는 소리로 물었다.

"실례입니다만, 방금 당신이 거위 장수와 주고받는 이야기를 우연히 들었습니다. 어쩌면 도움이 될 수 있을지도 모르겠군요." 홈즈가 말했다.

"대체 누구시죠? 내 용무를 어떻게 알았습니까?"

"나는 셜록 홈즈입니다. 남들이 모르는 일을 아는 것이 직업이죠."

"내 일을 안다고요?"

"실례지만 다 알고 있습니다. 당신이 찾고 있는 것은 브릭스턴 가의 옥숏 부인이 브레킨리지라는 세일즈맨에게 팔았다가 거기서 다시 알파인의 주인 윈디게이트에게 팔렸고, 그다음엔 거위 클럽 회원에게 넘어간 거위의 행방이지요? 그 클럽에는 헨리 베이커라는 회원이 있습니다만."

"아, 당신이야말로 내가 만나고 싶었던 사람입니다." 작은 남자는 두 손을 내밀며 소리쳤다. 흥분한 탓인지 손가락을 덜덜 떨었다. "내가 이번 일로 얼마나 애를 태우는지 아무도 모릅니다."

홈즈는 지나가는 사륜마차를 불러 세웠다. "바람이 몰아치는 을씨년스러운 시장 바닥에서 이럴 것이 아니라 따뜻한 방으로 들어가 이야기합시다. 하지만 어차피 도와 드릴 테니 그 전에 이름이나 알았으면 좋겠군요."

남자는 잠깐 망설이다가 곁눈질을 하면서 말했다. "존 로빈슨입니다."

"본명을 말해요." 홈즈가 부드럽게 말했다.

"그럼 말하죠. 내 진짜 이름은 제임스 라이더입니다."

"그럴 겁니다. 코즈모폴리턴 호텔의 매니저. 자, 마차에 타세요. 당신이 알고 싶어 하는 것을 알려 드리지요."

남자는 생각지도 않은 행운을 만난 건지 아니면 파멸의 불행을 만난 것인지 재빨리 판단할 수 없어 어리둥절해하며 불안과 희망이 뒤섞인 시선으로 우리를 번갈아 바라보았다. 그리고 마차에 탔다. 30분 후에 우리는 베이커 가의 거실에 있었다. 오는 도중에는 아무도 말을 하지 않았다. 다만 우리의 새로운 친구가 가쁜 숨을 나직이 몰아쉬면서 손을 폈다 오므렸다 했는데, 그것으로 보아 그가 어느 정도로 초조와 긴장에 싸여 있는지 알 수 있었다.

"비로소 돌아왔군. 이런 밤은 불이 아쉽네. 라이더 씨, 춥지요? 이 등의자에 앉아요. 당신 문제를 의논하기 전에 잠깐 슬리

퍼를 신겠습니다. 이제 됐어요. 거위의 행방을 알고 싶다고 했지요?"

"네."

"특히 그 거위겠죠. 당신이 관심을 갖고 있는 거위는 아마도…… 희고 꼬리에 검은 줄이 있을 겁니다."

라이더는 흥분으로 온몸을 떨기 시작했다. "그렇습니다! 그 거위가 어떻게 되었는지 아십니까?"

"여기에 왔습니다."

"여기에?"

"그래요. 정말 훌륭하더군요. 그 거위에 관심을 가질 만도 합니다. 죽은 뒤에 알을 낳았지요. 지금까지 한 번도 본 적이 없을 만큼 아름답고 광채가 나는 푸른 알을 말입니다. 지금 내 박물관에 보관돼 있습니다."

우리의 손님은 비틀거리며 일어서더니 오른손으로 벽난로 선반을 붙잡았다. 홈즈는 금고를 열고 블루 카번클을 꺼냈다. 그러자 카번클의 결정면에서 눈부신 광채가 사방으로 퍼져 별처럼 빛났다. 라이더는 그 보석의 소유권을 주장해야 할지 포기해야 할지 순간적으로 판단이 서지 않는 듯 얼굴을 찌푸리고 보석을 지켜보았다.

"게임은 끝났어, 라이더." 홈즈가 재빨리 말했다. "정신 차려, 불 속에 쓰러지겠어. 왓슨, 의자에 앉혀. 이 사람은 엄청난 범죄를 성공시키기에는 혈기가 모자라. 브랜디를 조금 따라 줘. 옳지, 이제야 정신이 돌아온 것 같군. 정말 시시한 친구야!"

라이더는 잠깐 동안 쓰러질 듯이 비틀거렸지만, 브랜디 덕에 기운을 차리고 의자에 앉았다. 그는 자기의 죄를 비난하는 홈 즈를 겁에 질린 눈으로 바라보았다.

"나는 사건의 줄거리를 대강 알고 있고 필요한 증거도 갖고 있어. 그래서 당신한테서 더 들을 건 없어. 하지만 두세 가지 석연치 않은 점을 분명하게 밝히는 것은 괜찮겠지. 라이더, 자네는 모카 백작 부인의 블루 카번클을 알고 있었지?"

"쿠색에게서 들었습니다." 그가 날카롭게 말했다.

"그렇군. 부인의 하녀 말이지. 알 만해. 당신보다 더 훌륭한 사람이라도 큰돈을 쉽게 손에 넣을 수 있다는 유혹에는 약한 법이니 넘어갈 만도 해. 하지만 방법에 헛점이 너무 많았어.

라이더, 당신에게는 악인의 소질이 꽤 있었던 것 같군. 배관 공 호너가 절도 전과자여서 쉽게 혐의를 받을 것이라고 생각했 지. 그래서 부인의 방에 약간의 손재간을 부렸어. 공범 쿠색과 모의해 호너를 부르도록 만들었겠지. 그리고 그가 돌아간 다음 보석 상자에서 블루 카번클을 훔치고 온통 소란을 피워서 호너 를 경찰에 잡혀가게 했어. 그다음에는……."

순간, 라이더는 갑자기 카펫 위에 주저앉아 홈즈의 무릎을 얼싸안고는 자지러질 듯이 소리쳤다. "부탁입니다! 제발 살려 주세요. 아버지를 생각해 주세요! 어머니를 생각해 주세요! 얼마나 슬퍼하시겠습니까! 지금까지 나쁜 짓은 한 번도 하지 않았습니다. 앞으로 다시는 이런 짓을 하지 않겠습니다. 맹세합니다. 성경에 손을 얹고 맹세하겠습니다. 경찰에 고발하지 마세요. 부탁입니다!"

"의자에 앉게. 지금이라도 죄를 뉘우치고 반성하니 다행이지만, 죄 없이 법정에 끌려가 있는 불쌍한 호너를 생각해 봐."

"저는 외국으로 도망가겠습니다. 그렇게 하면 호너의 혐의는 풀릴 겁니다."

"그것은 나중에 의논하지. 지금은 당신이 그다음에 어떻게 했는지 솔직히 이야기해야 해. 왜 보석이 거위의 모이주머니 속으로 들어갔으며, 그 거위가 어떻게 시장에 나갔는가에 대해. 만일 조금이라도 거짓말을 하면 큰코다칠 거야."

라이더는 바짝 마른 입술에 침을 바르고 나서 말했다. "호너가 체포되었을 때, 경찰이 저에게도 혐의를 둬 제 몸과 방 안을 수색할지도 모른다는 생각이 들었습니다.

그래서 당장 보석을 숨겨야 한다고 생각했어요. 그러나 호텔에는 안전하게 숨겨 둘 장소가 없었어요. 그래서 볼일이 있는 것처럼 외출해서 누나 집으로 갔지요. 누나는 옥숏 부인인데, 브릭스턴 가에 살면서 시장에 내다 파는 동물을 기르고 있어요.

몹시 추운 밤이었지만 도중에 만나는 사람이 모두 경관이나 형사처럼 느껴져서, 누나 집에 도착하기까지 땀을 비 오듯 흘렸지요. 누나가 왜 얼굴이 창백하냐고 묻기에, 호텔에서 보석 도난 사건이 일어나 너무 당황했기 때문이라고 대답했어요. 그리고 뒷마당으로 가서 파이프 담배를 피우면서 대책을 강구했지요.

이전에 저는 '모즐리'라는 남자와 알고 지낸 적이 있는데, 그는 나쁜 길로 빠지는 바람에 최근까지 펜튼빌 감옥에서 복역했지요. 언젠가 우연히 그를 만났는데 그는 제게 도둑질하는 방법과 훔친 물건을 처분하는 방법을 이야기해 주었어요. 그러면, 나도 그의 약점을 쥐고 있는 터라 안심할 수 있을 듯싶었지요. 그래서 곧 킬번에 있는 그에게 가서 사정을 털어놓기로 결심했어요. 그러면 보석을 돈으로 바꾸는 방법도 알고 있을 테니까요.

그런데 어떻게 해야 무사히 그에게 갈 수 있을지 고민이 되었어요. 호텔에서 여기까지 오는데도 간이 졸아붙는 것 같았는데 말입니다. 어디서 붙들려 몸수색을 받고 조끼 주머니에 들어 있는 보석이 탄로 날지 모르는 상황이었으니까요. 벽에 기대어 뒤뚱뒤뚱 걷는 거위를 보면서 이런 생각을 하다가 문득 묘안이 떠올랐어요. 그 방법이라면 어떤 탐정도 속일 수 있을 듯싶었습니다.

한참 전에 누나가 크리스마스 때 나에게 가장 좋은 거위를 한 마리 선물하겠다고 했던 말이 떠올랐어요. 누나는 그 약속을 틀림없이 지킬 사람이죠. 그래서 지금 그 거위를 미리 받아, 거위에게 보석을 삼키게 해 킬번까지 갖고 가면 안전하리라 생각했어요.

나는 희고 꼬리에 검은 줄이 있는 통통하게 살찐 거위 한 마리를 뒷마당에 있는 작은 오두막 뒤쪽으로 몰고 갔어요. 그 거위를 잡아 억지로 부리를 열어 손가락으로 최대한 목구멍 깊숙이 보석을 밀어 넣었어요. 거위가 보석을 삼킨 뒤에 만져보니, 보석은 식도에서 모이주머니로 내려가고 있었어요. 그런데 그때 거위가 몸부림치며 날갯짓을 하는 바람에 누나가 무슨 일이 있느냐며 달려왔지요. 누나에게 거위를 달라고 이야기하려고 돌아보는데 거위가 도망쳐서 무리 속으로 끼어들었어요.

'저 거위가 왜 저러지, 젬?'

'크리스마스 때 한 마리 주겠다고 했잖아. 어떤 거위가 가장 살이 많이 쪘는지 조사하고 있었어.'

'어머. 네게 줄 것은 따로 있어. 내가 젬의 거위라고 부르고 있지. 그래, 저기 희고 큰 놈 있지? 지금 모두 스물여섯 마리인데 네 몫으로 한 마리, 우리 집 몫으로 한 마리 정해 놨고, 나머지는 시장에 내다 팔 거야.'

'고마워, 매기 누나. 그런데 괜찮다면 지금 내가 잡았던 거위를 주면 좋겠어.'

'하지만 네 것으로 정해 놓은 거위가 3파운드 더 무거워. 너에게 주려고 특별히 살을 찌웠으니까.'

'상관없어. 아까 그 거위도 맘에 들어. 지금 갖고 갈게.'

'그렇다면 좋을 대로 해.' 누나는 약간 시무룩해했지만 '그래, 원하는 거위가 어떤 거지?' 하고 물었어요.

'저거야. 가운데 있는 희고 꼬리에 검은 줄이 있는 놈.'

'좋아. 지금 죽여서 갖고 가.'

그래서 나는 누나가 시키는 대로 그 거위의 목을 졸라 죽인 뒤 킬번까지 갖고 갔습니다. 그리고 모즐리에게 이러저러한 일이 있다고 털어놓았죠. 그는 이런 의논을 하는 데는 안성맞춤인 상대였거든요. 그는 너무 웃어서 흑흑 흐느낄 정도였는데, 어쨌든 칼을 들고 와 둘이서 거위의 배를 갈라 펼쳤습니다.

그런데 홈즈 씨, 나는 하얗게 질리고 말았습니다. 보석은 고사하고 모래알 하나도 없었으니 잘못되어도 이만저만 잘못된

게 아니었습니다. 나는 거위를 그대로 팽개치고 부리나케 누나 집으로 달려가 뒷마당으로 갔지요. 그런데 거위는 한 마리도 없었어요.

'누나, 거위는 다 어디 갔어?'

'도매상에 넘겼다.'

'어느 도매상에?'

'코벤트 가든의 브레킨리지.'

'그중에서 꼬리에 검은 줄이 있는 거위가 또 한 마리 있었지? 내가 얻어 간 것과 똑같은.'

'그래, 있었어. 꼬리에 검은 줄이 있는 것이 두 마리라 우리도 가끔 혼동했지.'

바로 이렇게 된 겁니다. 나는 부리나케 달려서 브레킨리지에게 갔지요. 그러나 벌써 여러 마리가 팔린 뒤였고 그는 어디에 팔았는지 가르쳐 주지 않았어요.

오늘 밤 이야기를 들으셨지요? 언제나 그런 식이에요. 누나는 내가 미쳤나 하고 걱정했지요. 사실 나도 가끔 그런 생각이 들어요. 아, 게다가…… 이젠 꼼짝없이 도둑놈입니다. 원하던 보석은 갖지도 못한 채 인격을 팔고 말았어요. 아, 하느님, 저를 살려 주세요!"

그는 두 손으로 얼굴을 감싸고 울음을 터뜨렸다.

오랫동안 침묵이 계속되었다. 그의 가쁜 숨소리, 홈즈가 테이블 가장자리를 손가락으로 톡톡 두드리는 소리만 들렸다.

잠시 후 홈즈는 일어나서 문을 활짝 연 뒤 말했다.

"나가!"

"네? 아, 고맙습니다."

"여러 말 하지 말고 나가!"

그 이상은 더 말할 필요도 없었다. 출입구로 돌진하는 소리, 계단을 뛰어내려가는 소리, 문이 닫히는 소리가 들리고, 곧이어 얼어붙은 길을 부지런히 달리는 발소리가 멀어져 갔다.

"다시 말하지만 왓슨, 나는 경찰의 서툰 솜씨를 보충하기 위해 고용된 게 아니야. 호너가 유죄 판결을 받는다면 모르지만 라이더도 법정에서 더 이상 그에게 불리한 증언을 하지 않을

것 같으니, 사건은 별일 없이 끝날 거야. 내가 중범을 감형해 준 격이 되었지만, 이로써 영혼 하나가 구제받은 것이 아닐까? 그는 혼쭐이 났으니 다시는 나쁜 짓을 하지 않겠지. 지금 여기

서 교도소로 보내면 그는 오히려 상습범이 될 거야. 게다가 지금은 크리스마스 시즌이야. 죄를 용서하는 계절이지. 우연한 기회에 아주 진기한 사건을 만났지만 해결되었으니 이것으로 됐어. 왓슨, 미안하지만 벨을 울려 줘. 이제부터 다른 것을 맛보도록 할까. 이것도 새 요리네. 도요새지만."

입원 환자

1886년 10월 6일(수)~10월 7일(목)

The Resident Patient

 나는 친구 셜록 홈즈의 뛰어난 추리 능력을 세상에 알리기 위해 실제 사건을 예로 회고록을 여러 편 썼다. 지금 그것을 다시 읽어보면 여러 가지 면에서 목적에 맞는 사건을 고른다는 것이 얼마나 어려웠는지 새삼 실감한다. 나는 훌륭한 분석력과 추리력을 발휘한 홈즈의 독특한 수사 방법이 얼마나 뛰어난지를 증명해 왔다. 그러나 홈즈의 실력과는 상관없이 사건 자체가 시시해서, 혹은 너무 평범해서 독자들에게 소개하지 못한 적도 여러 번 있었다. 반면 특이하고 극적인 사건이긴 하지만 홈즈가 그 사건에 관여한 비중이 크지 않아 공개하지 않은 경우도 많았다.

 나는 홈즈의 전기 작가이기 때문에 그의 활약이 두드러진 사건을 소개하고 싶은 마음이 크다. 이러한 어려움은 '주홍색 연구' 그리고 '글로리아 스콧' 호의 실종과 관련된 이야기를 쓸 때도 실라[3]와 카리브디스[4]처럼 나를 괴롭혔다. 지금 여러분에게 들려주려는 이야기는 홈즈의 역할이 두드러진 사건은 아닐지 모르지만, 내용이 너무도 특이해 이 시리즈에서 빼놓을 수 없었다.

10월의 어느 비 오는 날이었다.[5]

---

3) 머리가 여섯 개, 발이 열두 개로 개와 같은 소리를 내는 바다 괴물. 해안의 동굴에 살며 머리를 늘여 지나가는 배의 선원을 잡는다.
4) 실라가 사는 바위 맞은편에 사는 바다 괴물.
5) '입원 환자'가 처음 발표된 것은 〈스트랜드 매거진〉 1893년 8월 호였다. 그때 이 부분은 아래와 같았다.

이 사건 기록의 일부를 분실했기 때문에 정확한 날짜를 알 수 없다. 그러나 나와 홈즈가 베이커 가에서 같이 산 지 일 년 정도 지난 때였던 것은 확실하다. 바람이 휘몰아치는 10월의 날씨라 우리는 하루 종일 집 안에만 있었다. 내 상태가 그다지 좋지 않아서 거친 가을바람을 맞고 싶지 않았고, 홈즈는 어려운 화학 실험에 몰두하고 있었기 때문이다. 그러나 저녁이 되자 실험 결과가 아직 나오지 않았는데도 시험관이 깨졌다. 홈즈는 실망의 소리를 내지르고 눈썹을 찡그리며 의자에서 일어났다.
"오늘 일은 망쳤군, 왓슨." 홈즈는 창문 쪽으로 가며 말을 이었다. "오! 별들이 나왔고 바람도 잠잠해졌네. 어때, 런던을 어슬렁거리는 게?"

이것은 분명히 부정확한 기술이다. 그렇다면 왜 '입원 환자'가 《셜록 홈즈 단편 전집》(런던, 존 머레이 출판사, 1928년)에 수록되었을 때, 이 부분이 삭제되었을까? 이것은 H.W. 벨이 《셜록 홈즈와 왓슨 의사, 그들의 모험 연대기》에서 지적했듯이 분실했던 기록이 나왔기 때문이다. 그리고 첫 단편집이 출판되기 전의 스토리와 비교해 보면, 사건이 일어난 것은 10월이 확실하기 때문에 이 부분을 삭제한 것이다.

"날씨가 나쁘군, 왓슨. 하지만 저녁이 되어 바람이 부는 것 같아. 함께 산책이나 할까?" 홈즈가 말했다.

나는 작은 거실에 틀어박힌 채 할 일이 없었기에 기쁘게 찬성했다. 그리고 세 시간 정도 플릿 가에서 스트랜드 가에 걸쳐 펼쳐지는 인생의 만화경을 구경하면서 산책했다.

섬세한 관찰력과 예민한 추리력에서 나오는 홈즈의 독특한 이야기는 산책하는 내내 나를 즐겁게 했다.

10시가 조금 넘어 베이커 가로 돌아왔을 때 문 앞에 사륜마차가 대기하고 있었다.

"흠! 의사의 마차야. 일반 개업의 같아. 개업한 지는 얼마 되지 않았지만 진료는 상당히 많이 하는 듯하군. 의논할 일이 있어서 왔나 본데 늦지 않게 돌아와서 다행이야!" 홈즈가 말했다.

나는 홈즈의 방식에 상당히 익숙해서 그의 추리를 짐작할 수 있었다. 램프가 켜진 마차 안에는 버드나무 바구니가 걸려 있었는데, 홈즈는 바구니에 담긴 의료 기구의 종류와 상태를 보고 재빨리 추리한 것이다. 또 위층 방에 불이 켜져 있어 밤늦게 찾아온 이 손님이 우리를 만나러 왔다는 걸 알아차렸다. 나는 이런 시간에 무슨 일로 의사가 찾아왔을까 궁금해하면서 홈즈를 따라 서재로 올라갔다.

방에 들어서자 벽난로 옆에 앉아 있던 남자가 일어섰다. 그는 얼굴빛이 창백했고 뾰족한 턱에 억센 턱수염을 길렀으며, 나이는 많아야 서른서너 살쯤으로 보였다. 그러나 초췌한 얼굴과 나쁜 혈색으로 보아 그가 피곤한 생활 때문에 힘과 젊음을 모두 잃었음을 알 수 있었다. 그의 태도는 감수성이 예민한 사람들이 그렇듯 신경질적이고 숫기가 없었다. 일어나면서 벽난로 장식 위에 얹은 손은 하얗고 가늘어 의사보다는 예술가에게 더 어울릴 듯했다. 검은 프록코트와 어두운 빛깔의 바지 차림에 색이 약간 들어간 넥타이를 맸는데 전체적으로 어둡고 수수한 느낌을 주었다.

"안녕하세요. 오래 기다리지 않으셨다니 다행입니다." 홈즈가 쾌활한 목소리로 말했다.

"마부에게 얘기를 들으셨군요."

"아닙니다. 사이드 테이블 위에 있는 촛불을 보고 알았습니다. 자리에 앉아서 무슨 일로 오셨는지 말씀해 주세요."

"저는 퍼시 트리벨리언이고, 의사입니다. 브룩 가 403에 살고 있지요."

"원인 불명의 신경 장애에 관한 논문을 쓰신 분 아니세요?" 내가 물었다.

자신의 연구에 대해 알고 있다는 말을 듣자 그는 기뻐하며 수줍은 듯 얼굴을 붉혔다.

"그 논문에 대한 얘기를 들어 본 적이 거의 없어서, 사는 사람이 아무도 없다고 생각했어요. 출판업자도 책이 잘 팔리지 않는다고 하더군요. 당신도 의사인가요?"

"군의관 출신입니다."

"저는 신경성 질병에 관심이 있어 그 분야에서 전문가가 되고 싶었어요. 하지만 한계가 있더군요. 물론 이 얘길 하러 온 건 아닙니다. 홈즈 씨, 밤늦게 시간을 내주셔서 정말 감사합니다. 브룩 가에 있는 제 집에서 최근에 아주 이상한 일이 일어났는데, 오늘 밤에 일어난 일은 제 힘으로 해결할 수 없을 만큼 심각했습니다. 그래서 당신에게 조언을 구하려고 급히 달려온 겁니다."

홈즈는 의자에 앉아 담배 파이프에 불을 붙였다. "잘 오셨습니다. 무슨 일이 있었는지 자세히 말씀해 주세요."

"그중 한두 가지는 말하기 부끄러울 정도로 사소한 일들입니다. 하지만 원인도 알 수 없고 갈수록 문제가 복잡해지고 있어요. 어쨌든 무슨 일이 있었는지 전부 말씀드릴 테니 어떤 게 중요한지 판단해 주세요. 먼저 제 대학 시절 얘기부터 해야겠군요. 저는 런던 대학 출신입니다. 제가 말하긴 그렇지만 교수님들로부터 성적이 매우 뛰어나다는 평가를 받았지요. 졸업한 후에는 킹스 칼리지 병원에 근무하면서 연구를 계속했어요. 운 좋게도 강직증에 대한 연구로 학계에서 큰 관심을 모았고, 마침내 친구 분이 방금 전에 말씀하신 신경 장애 논문으로 브루스 핀커튼 상과 메달을 받았습니다. 그 당시 저는 장래가 촉망되는 의사로 많은 사람들의 인정을 받았지요. 하지만 돈이 없다는 게 가장 큰 걸림돌이었습니다. 아시다시피 전문의로 성공하려면 캐번디시 광장에 있는 열두 거리 중 한 곳에서 개업을 해야 합니다. 그곳은 임대료와 시설비가 엄청 비싼 지역이지요. 게다가 수입이 안정될 때까지 몇 년 동안 버틸 수 있는 돈도 준비해야 하고, 그럴듯해 보이는 말과 마차도 갖춰야 합니다. 하지만 제 형편으로는 터무니없는 일이었지요. 그래서 10년 동안 저축하면 개업은 할 수 있으리라는 기대로 만족해야 했습니다. 그런데 갑자기 예상치 못한 일이 일어나면서 앞당겨 개업할 수 있는 길이 열리게 되었습니다.

어느 날 블레싱턴이라는 낯선 신사가 저를 찾아왔어요. 그는 아침 일찍 사무실에 찾아와서는 곧바로 사업 얘기를 꺼냈지요.

'당신이 최근에 주목할 만한 연구로 상을 받은 퍼시 트리벨리언입니까?' 하고 물었지요.

저는 정중하게 인사하고는 그렇다고 대답했어요.

'솔직하게 말해 보세요. 그러는 것이 당신에게 유리할 겁니다. 당신은 성공할 수 있는 자질을 충분히 갖고 있어요. 요령을 부릴 줄 아나요?'

상대의 난데없는 질문에 저도 모르게 웃고는 이렇게 대답했어요.

'그렇다고 생각합니다.'

'나쁜 습관은 없소? 술에 빠져 있는 건 아니오?'

'아닙니다!'

'아주 좋아요! 그 정도면 됐어요. 그런데 그 정도 능력이 있으면서 왜 개업을 하지 않습니까?'

저는 어깨를 으쓱하고는 아무 말도 하지 않았어요.

'어서 얘기해 봐요.' 그는 침착하지 못한 태도로 대답을 재촉했어요. 그리고 '흔히 있는 얘기지 않소. 지식은 있는데 돈이 궁한 거 아닙니까? 내가 브룩 가에 개업하도록 도와준다면 어떻겠소?'라고 제의하더군요.

저는 놀라서 그를 쳐다보았지요.

'아, 당신을 위해서가 아니라 나를 위해서 그러는 거예요. 터놓고 얘기하자면 누이 좋고 매부 좋은 거지요. 나에게 몇천 파운드가 있는데 그 돈을 당신에게 투자하고 싶소.'

'이유가 뭡니까?' 나는 너무 놀라서 더듬거리며 물었지요.

'물론 돈을 벌기 위해서죠. 다른 데 투자하는 것보다 이편이 훨씬 안전해요.'

'그럼 제가 할 일은 뭡니까?'

'내가 사무실을 빌려서 설비를 갖추고 하녀를 고용하겠소. 그 밖에 진료소 운영에 필요한 일은 내가 다 알아서 할 겁니다. 당신은 진찰실에 앉아서 진료만 하면 돼요. 용돈과 그 밖의 비

용은 전부 내가 대겠소. 그 대신 수입의 4분의 3을 내게 주고 나머지는 당신이 갖는 걸로 합시다.'

홈즈 씨, 블레싱턴의 기묘한 제안이 바로 이겁니다. 어떻게 협상하고 계약했는지에 대해서는 자세히 얘기하지 않겠습니다. 저는 다음 성모 영보領報 대축일[6]에 그 집으로 이사했고, 그가 제시한 것과 똑같은 조건으로 진료를 시작했습니다. 블레싱턴도 입원 환자로 병원에서 저와 함께 지내게 되었지요. 그는 심장이 약해서 항상 의사의 보호를 받아야 했습니다. 2층에서 제일 좋은 방 두 개는 진찰실과 그의 침실로 사용했지요. 그는 특이한 습관을 갖고 있었고, 사람들과 어울리는 걸 좋아하지 않았어요. 외출하는 일도 거의 없었어요. 생활이 불규칙했지만 한 가지 일만은 빼놓지 않았지요. 매일 밤 같은 시간에 진찰실로 들어가 장부를 살펴보고 그날 수입 가운데 5실링 3펜스를 제외한 나머지를 자기 침실에 있는 금고에 넣었어요.

블레싱턴은 제게 투자한 걸 한 번도 후회하지 않았어요. 개업하자마자 병원에는 환자가 몰려들었지요. 환자 중에는 지위가 높은 사람들도 있었고, 나름대로 좋은 평을 얻어서 저는 곧 유

---

[6] 3월 25일, 대천사 가브리엘이 성모 마리아에게 예수를 잉태하였음을 알린 날.

명해졌어요. 그래서 블레싱턴은 최근 몇 년 사이에 더 큰 부자가 되었습니다. 홈즈 씨, 제 과거와 블레싱턴의 관계는 이게 전부입니다. 이제 오늘 밤에 일어난 일을 말씀드려야겠군요.

몇 주 전에 블레싱턴이 몹시 흥분해서 제 방에 왔어요. 그는 웨스트엔드에서 주택 침입 사건이 있었다면서 그날 당장 창문과 출입문에 튼튼한 빗장을 달아야 한다고 하더군요. 사실 그렇게까지 흥분할 일은 아니었지요. 그는 일주일 동안 이상할 정도로 불안해하면서 틈만 나면 창밖을 내다봤고, 저녁 식사 전에 하던 짧은 산책도 그만두었어요. 이런 태도 때문에 그가 무언가를, 또는 누군가를 몹시 두려워한다는 사실을 알게 되었지요. 하지만 제가 그 점에 대해 물어보면 몹시 화를 내서 더 이상 얘기를 꺼낼 수 없었어요. 시간이 지나자 두려움은 점차 사라지는 듯했고 그는 예전 생활로 돌아갔어요. 그런데 갑자기 일어난 사건으로 몸이 약해져 지금 병석에 누워 있습니다.

그 사건이란 바로 이렇습니다. 이틀 전에 저는 주소도 날짜도 적혀 있지 않은 편지 한 통을 받았어요. 여기 가져왔으니 읽어 드리지요.

지금 잉글랜드에 살고 있는 한 러시아 귀족께서 퍼시 트리벨리언 의사의 진료를 받고 싶어 하십니다. 그분은 수년 동안 강직증에 시달리고 있습니다. 트리벨리언 의사께서 그 분야의 권위자라고 들었습니다. 괜찮다면 내일 저녁 6시 15분쯤에 찾아뵙겠습니다.

저는 편지 내용에 큰 흥미를 느꼈지요. 강직증은 희귀한 병이기에 연구하는 데 어려움이 많았으니까요. 다음 날 저는 진료실에 앉아 편지 속의 환자를 기다렸지요. 약속 시간이 되자 안내 직원이 환자 분을 모시고 들어왔어요.

그분은 마르고 점잖은 노인이었어요. 러시아 귀족이라고 하기에는 너무 평범해 보이더군요. 저는 그와 함께 온 젊은이를 보고 몹시 놀랐어요. 큰 키에 아주 잘생긴 젊은이로 어둡고 날카로운 인상이었어요. 가슴과 팔다리는 헤라클레스처럼 건장했어요. 젊은이는 한 손으로 노인의 팔을 부축하고 들어와서는 겉모습과 전혀 다른 부드러운 태도로 노인이 의자에 앉도록 도와주더군요.

'선생님, 허락 없이 들어온 걸 용서하세요.' 그는 약간 혀가 짧은 발음으로 영어를 했어요. '이분은 제 아버지입니다. 아버지의 건강은 제게 더할 나위 없이 중요합니다.'

저는 아버지를 걱정하는 아들의 모습에 가슴이 뭉클해졌지요.

'아버님께서 진찰을 받는 동안 함께 계시겠습니까?'

'아닙니다.' 그는 공포에 질린 듯한 목소리로 외쳤어요. '그건 제게 너무나 두려운 일입니다. 만일 아버지께서 발작을 일으키는 걸 본다면 전 분명 놀라서 죽을 거예요. 저는 신경이 아주 예민합니다. 괜찮다면 진찰을 받으시는 동안 대기실에서 기다리겠습니다.'

그는 제 동의를 얻고서 진찰실 밖으로 나갔어요. 저는 환자

와 이야기를 나누면서 병에 대해 자세히 기록했지요. 노인은 그다지 지적인 사람은 아니었고, 애매한 대답을 자주 했지만, 저는 영어가 서툴기 때문이라고 생각했어요. 그렇게 기록하고 있는데 갑자기 제 질문에 아무런 대답도 없어 고개를 들어보니 노인이 의자에 똑바로 앉은 채 완전히 넋이 나간 경직된 얼굴로 저를 보고 있었어요. 또다시 발작이 일어난 거지요.

처음엔 환자에 대한 동정심과 공포감이 밀려들었지만, 그다음에는 의사로서의 만족감 같은 것이 느껴지더군요. 저는 환자의 맥박과 체온을 기록하고, 근육이 경직된 정도와 반사작용을 검사했어요. 특별한 이상 증세는 나타나지 않았고, 제가 전에 진료했던 강직증과 다른 점이 없었어요. 전에 강직증 환자에게 아밀나이트라이트 흡입제를 써서 좋은 효과를 본 적이 있어서, 지금이야말로 흡입제의 효능을 실험할 수 있는 좋은 기회라고 생각했지요. 약병이 아래층 실험실에 있었기 때문에 환자를 의자에 앉혀 둔 채 약을 가지러 뛰어내려갔어요. 약을 찾는 데 시간이 걸려 5분쯤 후에 진찰실로 돌아왔는데, 놀랍게도 진찰실은 텅 비어 있었고 환자는 온데간데없었어요.

급히 대기실로 달려갔지만 아들도 보이지 않았어요. 현관문은 빗장이 걸리지 않은 채 닫혀 있었어요. 환자를 진찰실로 안내하는 소년은 새로 들어온 데다 행동이 민첩하지 못해요. 그 아이가 하는 일은 아래층에서 대기하다가 제가 벨을 누르면 달려와 환자를 진찰실 밖으로 안내하는 것이지요. 그 아이는 아무 소리도 듣지 못했다더군요. 정말 수수께끼 같은 일이 벌어진 겁니다. 잠시 후에 블레싱턴이 산책에서 돌아왔지만 저는 그 일에 대해 아무 말도 하지 않았어요. 사실은 최근 들어 가능하면 그와 얘기하지 않겠다고 마음먹었거든요.

저는 그 러시아 귀족과 아들을 다시 보게 되리라고는 생각지 못했어요. 그런데 오늘 밤 같은 시간에 두 사람이 또다시 진찰실로 찾아왔어요. 제가 얼마나 놀랐는지 짐작하시겠지요.

'선생님, 어제 갑자기 돌아가서 정말 죄송합니다.' 노인이 말했지요.

'전 너무 놀랐습니다.'

'사실 발작에서 깨어나면 전에 있었던 일을 기억하지 못해요. 깨어나 보니 제가 낯선 방에 있더군요. 그래서 선생님이 안 계실 때 정신이 없는 상태에서 거리로 나간 겁니다.'

'저는 아버지께서 대기실 문 앞을 지나가시기에 치료가 끝났다고 생각했습니다. 집에 도착한 후에야 무슨 일이 일어났는지 알게 되었죠.'

그의 말에 전 웃으며 대답했습니다. '그랬군요. 어제는 정말 당황했지만 이젠 괜찮습니다. 그럼 어제 하지 못한 진찰을 마

저 해야 하니까 대기실로 가서 기다리세요.'

저는 30분쯤 노인의 증상에 대해 이야기를 나눈 다음 처방전을 써 주었어요. 그리고 노인이 아들의 부축을 받으며 진찰실에서 나가는 모습을 지켜봤어요.

이미 말씀드렸듯이, 블레싱턴은 매일 그 시간에 산책을 나갑니다. 두 사람이 돌아가고 얼마 지나지 않아 블레싱턴이 돌아와 2층으로 올라가더군요. 그런데 잠시 후에 계단을 급히 내려오는 소리가 들리더니 그가 공포에 질린 얼굴로 뛰어들어왔어요.

'누가 내 방에 들어간 겁니까?' 그가 소리쳤습니다.

'아무도 들어가지 않았어요.'

'거짓말하지 마시오! 올라가서 직접 보란 말이오!' 그는 몹시 흥분한 듯 고함을 질렀어요.

저는 굉장히 불쾌했지만 그가 두려움으로 정신이 반쯤 나간 것처럼 보여서 아무 말도 하지 않았지요. 2층으로 올라가자 그가 밝은 색 카펫 위에 흩어진 발자국들을 가리키며 말했어요.

'그럼 이게 내 발자국이란 말이오?' 그가 화난 목소리로 소리쳤어요.

그 발자국들은 확실히 블레싱턴 것보다 컸고 조금 전에 생긴 것이었어요. 오후에는 비가 많이 내렸고 찾아온 사람은 둘뿐이

었습니다. 그렇다면 제가 노인을 진찰하는 동안 대기실에 있던 젊은이가 블레싱턴의 방에 들어갔다는 얘기가 됩니다. 어떤 이유에서 그랬는지는 모르겠어요. 아무것도 손댄 흔적이 없었지만 발자국이 있는 걸로 보아 누군가 침입한 게 분명했지요.

물론 그런 일을 당하면 누구나 불안감을 느끼겠지만, 블레싱턴은 그 이상으로 흥분했어요. 그는 안락의자에 앉아 눈물까지 흘렸지요. 그 상태에서는 말을 걸기 어렵더군요. 당신을 찾아가라고 권유한 사람도 블레싱턴이에요. 물론 저도 그의 말이 옳다고 생각했어요. 블레싱턴이 너무 심각하게 받아들이는 면도 있지만 어쨌든 매우 특이한 사건인 듯합니다. 사실, 당신이 이 사건에 대해 설명해 줄 수 있으리라는 기대를 갖고 찾아온 건 아니에요. 저와 함께 가 주신다면 최소한 그의 마음을 진정시킬 수는 있으리라 생각합니다."

홈즈는 그의 긴 이야기를 집중해서 들었다. 이를 통해 홈즈가 이 사건에 깊은 관심을 가졌다는 사실을 알 수 있었다. 홈즈는 여전히 침착한 표정이었지만 눈꺼풀을 무겁게 내리깔고 있었고, 흥미로운 이야기가 나올 때마다 그의 파이프에서는 짙은 연기가 피어올랐다. 의사의 이야기가 끝나자 홈즈는 아무 말 없이 벌떡 일어나더니 내게 모자를 건네주고 자신도 책상 위에서 모자를 집어 들고는 트리벨리언을 따라 문 쪽으로 걸어갔다. 15분 후에 우리는 브룩 가에 있는 그의 진료소 출입문 앞에 서 있었다. 진료소 건물은 웨스트엔드에 있는 다른 개인 진료소들처럼 어둡고 앞에 보이는 벽이 평평했다. 우리는 키 작은 소년의 안내를 받아 훌륭한 카펫이 깔린 넓은 계단을 올라갔다.

그러나 기묘한 일이 일어나는 바람에 멈춰 서고 말았다. 계단 위에 있는 램프가 갑자기 꺼진 것이다. 어둠 속에서 날카롭고 떨리는 목소리가 들려왔다.

"난 권총을 갖고 있다. 더 이상 가까이 오면 쏘겠다."

"블레싱턴 씨, 이게 무슨 짓입니까?" 트리벨리언이 소리쳤다.

"아, 의사 선생이었군요." 그는 그제야 마음을 놓은 듯 한숨을 내쉬었다. "다른 사람들은 누구요?"

그가 어둠 속에서 우리를 뚫어지게 쳐다보는 걸 느낄 수 있었다.

트리벨리언이 대답하자 그가 말했다.

"아, 누군지 알겠소. 좋아요. 올라오세요. 지나치게 경계해서 미안하군요."

그는 램프에 다시 불을 붙였다. 불빛에 드러난 그의 모습은 기괴했고, 목소리와 표정에는 불안감이 역력히 스며 있었다. 살이 많이 쪘는데, 전에는 더 뚱뚱했는지 사냥개 블러드하운드의 뺨처럼 살이 작은 주머니 모양으로 축 늘어져 있었다. 안색이 좋지 않았고, 가늘고 옅은 빛깔의 머리카락은 긴장감으로 곤두서 있었다. 그는 손에 권총을 들고 있다가 우리가 다가서자 그것을 주머니에 쑤셔 넣었다.

"홈즈 씨, 안녕하십니까. 와 주셔서 감사합니다. 저만큼 당신의 조언이 필요한 사람은 없을 겁니다. 트리벨리언 씨에게서 누군가 제 방에 몰래 침입했다는 얘기를 들었을 겁니다."

"그렇습니다. 블레싱턴 씨, 그 두 사람은 누구죠? 왜 당신을 괴롭히려는 겁니까?"

"말하기가 어렵군요. 홈즈 씨, 뭐라고 대답해야 할지 모르겠습니다." 그가 신경질적인 어조로 대답했다.

"모른다는 말입니까?"

"괜찮다면 이쪽으로 오세요. 안으로 들어갑시다."

그는 우리를 넓고 편안해 보이는 침실로 안내했다.

"저걸 보세요." 그는 침대 끝에 놓인 커다란 검은색 상자를 가리켰다. "홈즈 씨, 전 큰 부자는 아닙니다. 트리벨리언 씨에게 들었겠지만 투자라고는 이번이 처음입니다. 전 은행을 믿지 않아요. 절대로 신뢰하지 않아요. 여러분에게만 말하지만, 이 금고에는 얼마 안 되는 제 전 재산이 들어 있어요. 누군가 침입했다는 말을 들었을 때 제가 그토록 흥분한 이유를 이제야 아시겠지요."

홈즈는 미심쩍은 태도로 블레싱턴을 보다가 고개를 저었다.

"저를 속이려 한다면 조언해 드릴 수 없습니다."

"홈즈 씨, 전 모든 걸 사실대로 말했습니다."

홈즈는 기분이 상한 표정으로 등을 돌렸다. "트리벨리언 씨, 안녕히 계십시오."

"아무 말도 없이 그냥 가시는 겁니까?" 블레싱턴이 갈라진 목소리로 소리쳤다.

"제 충고는 하나뿐입니다. 진실을 말하라는 거죠."

잠시 후에 우리는 거리로 나와 집을 향해 걸었다. 옥스퍼드 가를 지나서 할리 가를 반쯤 지났을 때 마침내 홈즈가 말을 꺼냈다.

"왓슨, 쓸데없는 일에 자네를 데리고 가서 미안해. 알고 보면 꽤 흥미로운 사건인데."

"솔직히 무슨 얘긴지 모르겠어."

"두 사람이 찾아왔었다는 건 확실해. 또 다른 사람들이 있을지도 모르지만 최소한 두 명이 이 일에 가담했어. 그들은 어떤 이유 때문에 블레싱턴의 방에 침입하기로 결정했겠지. 첫 번째와 두 번째 모두 젊은 남자가 블레싱턴의 방에 들어갔어. 그동안 다른 공범은 교묘한 수법으로 의사가 일을 방해하지 못하도록 진찰을 받았던 거야."

"그러면 강직증은 어떻게 된 거야?"

"거짓으로 연기한 거지. 트리벨리언 씨에게는 말할 수 없지만 그런 병은 흉내 내기 쉬워. 내가 직접 해 봐서 알아."

"그러면 어떻게 된 거지?"

"그 사람들이 찾아올 때마다 공교롭게도 블레싱턴은 외출 중이었어. 그들은 사람들이 진료받지 않는 시간을 골라 찾아왔어. 그 시간에는 대기실에 다른 환자들이 없다는 걸 알았기 때문이지. 그런데 사건이 일어난 시간이 블레싱턴의 산책 시간과 일치한 걸 보면, 그들은 블레싱턴의 일과를 잘 모르는 듯싶어. 뭔가를 훔치러 들어갔다면 적어도 그 물건을 찾으려고 방 안을 뒤졌겠지. 그리고 위협을 느끼는 사람은 그 눈빛만 봐도 알 수 있어. 블레싱턴이 그렇게 앙심을 품은 적을 모른다는 건 말도 안 돼. 그는 두 사람이 누군지 알 거야. 개인적인 이유 때문에 그 사실을 감춘 것뿐이지. 아마 내일이면 솔직하게 말하고 싶은 마음이 생길 거야."

"이렇게 생각할 수도 있지 않을까? 터무니없는 소리처럼 들릴지도 모르지만 있을 법한 일이라고 생각해. 트리벨리언 씨가 어떤 목적을 갖고 강직증에 걸린 러시아 노인과 그 아들 얘기를 꾸며 낸 다음 블레싱턴의 방에 직접 침입했다면?"

나는 멋진 추리라고 생각했는데 가스등 불빛을 받은 홈즈의 얼굴에 회심의 미소가 떠오르는 모습이 보였다.

"왓슨, 나도 처음엔 그렇게 생각했어. 하지만 곧 의사의 말이 사실이라는 걸 알았지. 그 젊은 남자가 계단 카펫 위에 발자국을 많이 남겼기에 방 안에 있는 발자국을 살펴볼 필요가 없었어. 구두 끝은 블레싱턴의 구두처럼 뾰족하지 않고 네모난 모양이야. 그리고 의사의 신발보다 1인치하고도 3분의 1 정도 더 컸어. 두말할 것도 없이 그 발자국의 주인은 젊은 남자야. 어쨌든 그 생각은 잠시 접어 둬. 내일 아침에 브룩 가에서 소식이 올 테니까."

몇 시간 뒤에 홈즈의 예상이 맞았다는 걸 확인할 수 있었다. 그것은 매우 극적인 방식으로 이루어졌다. 다음 날 아침, 잠에서 깨어 보니 홈즈가 가운을 입고 내 침대 곁에 서 있었다. 시계는 7시 30분을 가리켰으며, 지평선 너머로 아침 햇살이 희미하게 고개를 내밀고 있었다.

"왓슨, 마차가 기다리고 있어."

"무슨 일이야?"

"브룩 가 사건."

"새로운 소식이라도 있어?"

"좋지 않은 소식이야. 하지만 확실한 건 아니야." 홈즈가 블라인드를 올리며 말했다.

"이걸 봐. '제발 빨리 와 주십시오. P. T.'라고 연필로 휘갈겨 쓴 게 보이지? 의사가 이걸 쓸 때 몹시 괴로웠던 모양이야. 왓슨, 급한 전갈이니 빨리 가야 해."

30분쯤 후 우리는 진료소 현관 앞에 서 있었다. 트리벨리언 의사가 겁에 질린 얼굴로 달려 나와 문을 열어주었다.

"어떻게 이런 일이 일어날 수 있죠?" 그는 두 손으로 머리를 감싸며 소리쳤다.

"무슨 일입니까?"

"블레싱턴이 자살했어요!"

"저런!" 홈즈가 안타깝다는 표정으로 혀를 찼다.

"어젯밤에 목을 맸어요."

집 안으로 들어가자 의사가 앞장서서 대기실로 안내했다.

"어떻게 해야 할지 정말 모르겠어요. 위층에 경찰이 와 있어요. 너무 두려워요."

"언제 발견했습니까?"

"그는 매일 아침 차를 마셔요. 7시쯤 하녀가 방에 들어가 보니 그 불행한 친구가 방 한가운데에 목을 맨 채 숨져 있더랍니다. 무거운 램프를 걸어 두는 고리에 밧줄을 걸고 어제 우리에게 보여주었던 저 상자 위에서 뛰어내렸어요."

홈즈는 잠시 깊은 생각에 잠긴 채 서 있었다.

"실례가 안 된다면 위층에 올라가서 살펴봤으면 합니다."

우리가 위층으로 올라가자 의사가 뒤따라왔다.

침실에는 참혹한 광경이 펼쳐져 있었다. 블레싱턴의 축 늘어진 살에 대해서는 이미 말했다. 고리에 매달려 있어서 뚱뚱한 몸집이 더욱 과장되고 두드러져서 사람이라고 여겨지지 않을 정도였다. 목은 털 뽑힌 닭처럼 축 늘어져 있었고, 그 때문에 몸집이 더 비대하고 부자연스러워 보였다. 그가 입은 긴 잠옷 밑으로 부어오른 발목과 뻣뻣하게 굳어 볼품없는 발이 보였다. 영리해 보이는 경감이 시체 옆에 서서 수첩에 뭔가를 적고 있었다.

"홈즈 씨, 만나서 정말 반갑습니다." 우리가 방에 들어서자 경감이 진심으로 반기며 말했다.

"래너 씨, 안녕하십니까? 이렇게 불쑥 찾아와서 미안합니다. 어떻게 된 일인지 들었겠죠?"

"네, 조금 들었습니다."

"당신 생각은 어때요?"

"제가 보기에 이 사람은 공포에 질려 제정신이 아니었던 것 같습니다. 보시다시피 침대에서 자고 있었어요. 침대 위에 누운 자국이 깊게 나 있어요. 일반적으로 자살은 새벽 5시쯤에 많이 일어나지요. 이 사람도 그 시간에 목을 맸어요. 상당히 치밀하게 자살을 준비한 것 같아요."

"근육이 경직된 상태를 보니 사망한 지 세 시간쯤 지났군요." 내가 말했다.

"방 안에서 이상한 점은 발견하지 못했소?"

"세면대에 나사 몇 개와 드라이버가 있었어요. 간밤에 담배를 많이 피운 듯싶어요. 벽난로에서 담배꽁초 네 개를 주웠습니다."

"담배 파이프도 찾았나요?"

"파이프는 없었습니다."

"그럼 담배 상자는?"

"코트 주머니에 있었어요."

홈즈는 담배 상자를 열고 하나 남은 담배의 냄새를 맡아 보앉다.

"오, 이건 아바나군. 네덜란드가 동인도 식민지에서 수입해 오는 독특한 담배지요. 알다시피 보통 짚으로 싸여 있고 다른 담배보다 가늘고 깁니다." 홈즈는 담배꽁초 네 개를 집어 들고 돋보기로 자세히 살펴보았다.

"두 개는 파이프에 끼워서 피웠고, 나머지는 그냥 피운 것 같군요. 두 개는 무딘 칼로 잘랐고 다른 두 개는 튼튼한 치아로 씹어서 잘랐습니다. 래너 씨, 이건 자살이 아니오. 누군가 아주 잔인하게 계획적으로 살해한 겁니다."

"그럴 리가!" 경감이 소리쳤다.

"왜 살인사건이 아니라고 생각하지요?"

"왜 쓸데없이 사람을

매달아서 죽입니까?"

"그건 이제부터 알아내야지요."

"범인은 어디로 들어왔을까요?"

"현관으로 들어왔을 거요."

"현관문은 아침에 잠겨 있었는데요."

"범인이 나간 다음에 문을 잠근 겁니다."

"그걸 어떻게 아시죠?"

"발자국을 봤으니까요. 잠시만 기다리면 좀 더 자세히 말해 줄 수 있을 거요."

홈즈는 현관 쪽으로 가더니 자물쇠를 돌리면서 꼼꼼하게 살폈다. 그런 다음 안쪽에 꽂혀 있던 열쇠를 뽑아서 자세히 들여다보았다. 홈즈는 침대와 카펫, 의자, 벽난로, 시체, 밧줄을 차례대로 조사했다.

"이 정도면 됐어." 마침내 홈즈가 만족스럽다는 듯이 말했다. 우리 세 사람은 밧줄을 끊고 시체를 조심스럽게 눕힌 다음 흰 천을 덮었다.

"이 밧줄은 어디에서 나왔습니까?" 홈즈가 물었다.

"여기에서 잘라 낸 겁니다." 트리벨리언이 침대 밑에서 둘둘 만 커다란 밧줄 뭉치를 끌어냈다.

"그는 병적일 만큼 화재를 두려워해서 항상 침대 아래에 밧줄을 두었어요. 불이 나서 계단이 타 버리면 밧줄을 타고 창문으로 내려갈 생각이었겠죠."

"그래서 범인들이 수고를 덜었군요. 그래요, 이제 분명히 알겠습니다. 오후가 되기 전에 사건의 원인도 설명할 수 있을 겁니다. 벽난로 위에 있던 블레싱턴의 사진은 제가 가져가지요. 수사에 도움이 될 겁니다." 홈즈가 생각에 잠긴 표정으로 말했다.

"하지만 아직 아무것도 설명하지 않았잖아요!" 의사가 소리쳤다.

"사건의 순서는 분명해요. 모두 세 사람이 이 사건에 연루돼 있어요. 젊은 남자와 노인 그리고 세 번째 인물. 그 사람이 누군지 아직 모르겠어요. 러시아 백작과 그의 아들로 가장한 두 사람에 대해서는 더 이상 설명할 필요가 없을 것 같군요. 그들은 집 안에 있는 누군가의 도움으로 안에 들어올 수 있었어요. 경감, 안내 직원을 체포하는 게 좋을 겁니다. 트리벨리언 씨, 최근에 그 소년을 고용했다고 했지요?"

"그런데 그 녀석이 사라졌어요. 조금 전에 하녀와 요리사가 찾으러 나갔습니다."

홈즈는 어깨를 으쓱했다.

"그 아이는 이 사건에서 중요한 역할을 했어요. 노인과 젊은 남자 그리고 알려지지 않은 제삼의 인물이 차례로 살그머니 계단을 올라갔겠지요."

"뭐라고?" 나는 놀라서 갑자기 소리쳤다.

"틀림없이 발자국이 겹쳐 있었어. 어젯밤에 왔을 때 발자국이 누구 것인지 살펴봤지. 그들은 계단을 올라가서 블레싱턴의 방으로 들어가려 했어. 방문이 잠겨 있었지만 철사를 이용해 문을 열었지. 돋보기를 사용하지 않아도 열쇠 홈에 긁힌 자국이 있는 것이 보여. 이건 힘을 가할 때 생긴 자국이야. 문이 열리자 그들은 방으로 들어가 블레싱턴의 입에 재갈을 물렸어. 그는 잠들어 있었거나 겁에 질려 꼼짝할 수 없어서 소리도 지르지 못했지. 벽이 두꺼워서 비명을 질렀다 해도 들리지 않았을 거야. 그를 묶어 두고 얘기했겠지. 어떻게 처벌할 것인가에 대한 얘기였을 거야. 담배꽁초를 보니 한동안 얘기를 나눈 것 같아. 노인은 버드나무 의자에 앉아 파이프로 담배를 피웠고, 젊은이는 저쪽에 앉아서 서랍장에 담뱃재를 털었어. 세 번째 남자는 방 안을 왔다 갔다 했을 거고, 확실하진 않지만 블레싱턴은 침대 위에 똑바로 앉아 있었을 거야. 마침내 그들은 블레싱턴을 목매달기로 결정했어. 사전에 계획된 일이었기에 교수대를 대신할 도르래를 가져왔을 거야. 나사와 드라이버는 도르래를 고정시키는 데 사용했겠지. 그런데 벽에 있는 고리를 본 순간 쓸데없이 고생할 필요가 없다는 걸 알았어. 그들이 일을 마치고 서둘러 집 밖으로 도망치고 난 후에 공범이 안에서 문을 잠갔어."

홈즈가 어젯밤에 일어난 일을 설명하는 동안 우리는 흥미를 갖고 열심히 귀를 기울였다. 그가 너무도 미묘하고 세밀한 단서들을 갖고 추리를 해 나갔기 때문에, 그가 단서를 하나하나 지적해 주어도 이해하기 어려웠다. 경감은 안내 직원을 수사하기 위해 서둘러 나갔고, 홈즈와 나는 아침을 먹으러 베이커 가로 돌아왔다.

"3시까지 올게. 3시에 여기서 경감과 의사를 만나기로 했어. 그때까지 풀리지 않은 의혹을 자세히 밝혀낼 수 있었으면 좋겠어." 아침 식사를 마친 뒤 홈즈가 말했다.

경감과 트리벨리언이 약속 시간에 맞춰 하숙집으로 찾아왔다. 하지만 홈즈는 3시 45분이 되어서야 돌아왔다. 방 안에 들어서는 홈즈의 표정을 보고 나는 모든 일이 잘 해결되었다는 걸 직감했다.

"경감, 새로운 소식이라도 있습니까?"

"그 소년을 체포했어요."

"잘됐군요. 나도 그 남자를 잡았소."

"범인을 잡았단 말입니까?" 세 사람이 동시에 외쳤다.

"최소한 누군지는 알아냈지요. 내 예상대로 블레싱턴과 범인들은 경찰에 잘 알려진 인물들이었소. 그들의 이름은 비들, 헤이워드, 모팻이었소."

"워싱턴 은행 강도들이군요!" 경감이 놀란 목소리로 외쳤다.

"맞아요." 홈즈가 말했다.

"그렇다면 모든 게 분명해지는군요." 경감이 말했다.

트리벨리언과 나는 어리둥절한 표정으로 서로를 보았다.

"그 유명한 워싱턴 은행 강도 사건을 기억하고 있겠지요. 은행에 침입한 사람은 모두 다섯 명이었어요. 이 네 사람 외에 카트라이트가 있었지요. 그들은 금고 관리인 토빈을 살해하고 7000파운드를 훔쳐 달아났어요. 1875년에 일어난 사건이지요. 경찰은 다섯 명 모두 붙잡았지만 결정적인 증거를 찾지 못했어요. 그런데 그중에서 가장 악랄한 블레싱턴이 동료들을 밀고했지요. 그가 제시한 증거 때문에 카트라이트는 교수형을 당했고, 나머지 세 사람은 각각 15년형을 선고받았어요. 최근에 만기를 몇 년 앞두고 출소한 그들은 감옥에서 나오자마자 배신자를 찾아내 죽은 동료를 대신해서 복수한 겁니다. 그들은 두 번이나 블레싱턴을 처치하려고 했지만 실패하고, 세 번째 시도에서 마침내 성공했습니다. 트리벨리언 씨, 더 설명할 게 있을까요?"

"당신 덕분에 모든 게 분명해졌습니다. 블레싱턴은 그날 신문에서 그들이 석방되었다는 기사를 읽고서 그렇게 흥분했던 겁니다."

"맞아요. 웨스트엔드 강도 얘기는 우리를 속이려고 지어낸 겁니다."

"그런데 왜 당신에게 이런 얘기를 하지 않았을까요?"

"옛 동료들의 복수심이 얼마나 큰지 알고 있어서 가능한 한 자기 정체를 숨기려 했던 겁니다. 자신의 수치스런 비밀 때문에 누구인지 밝힐 수 없었죠. 그는 비열한 사람이었지만 영국 법의 보호를 받으며 살아왔어요. 하지만 경감, 법이 제 역할을 하지 못해도 정의의 칼이 복수를 하지요."

이것이 러시아 환자와 브룩 가의 의사가 연관된 기괴한 사건의 전말이다. 그날 밤 이후로 세 살인자는 경찰 수사망에서 자취를 감추었다. 스코틀랜드 야드[7]는 그들이 불행한 증기선 노라 크레이나 호에 탑승했다고 추정했다. 그 배는 몇 년 전 포르투갈 해안 오포토 북쪽에서 몇 마일 떨어진 해역에서 침몰해 승객 전원이 사망했다. 안내 직원에 대한 재판은 증거 불충분으로 중단되었고, '브룩 가의 미스터리'라고 불리는 이 사건을 정식으로 다룬 출판물은 아직까지 발표되지 않고 있다.

---

7) 영국 런던 경찰국의 별칭.

그리스어 통역사

1888년 9월 12일(수)

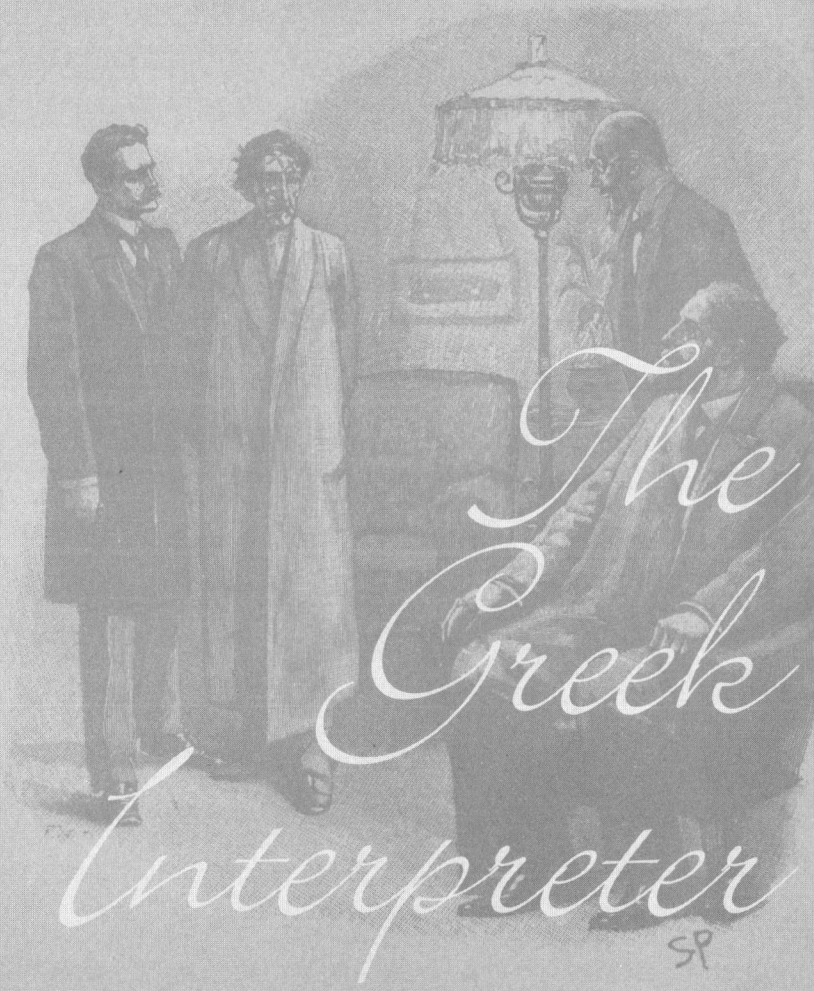

The Greek Interpreter

　셜록 홈즈와 나는 꽤 오랫동안 친하게 지내는 사이였다. 하지만 그는 친척에 대해서 일체 말하지 않았고 어린 시절에 대해서도 거의 이야기하지 않았다. 그 때문에 나는 그가 냉정한 남자라고 느꼈으며, 마침내는 보통 사람과는 동떨어진 존재, 지적으로 탁월한 것만큼 인정이 결여되었으며 심장이 없고 두뇌뿐인 남자라는 생각까지 했다. 여자를 싫어하고 친구를 사귀지 않는 그의 성격은 정에 좌우되지 않는다는 사실을 보여 주었고, 친척에 대해서 일체 말하지 않는다는 건 더욱 비인간적으로 보이게 했다. 나는 그가 살아 있는 친척이 전혀 없는 고아일 거라고 생각했기에, 어느 날 그가 형에 대해서 이야기했을 때 놀라움을 금치 못했다.

어느 여름날 저녁, 홈즈와 나는 차를 마시고 난 뒤 두서없는 잡담을 하고 있었다. 이야기의 화제는 마침내 격세유전과 유전적 소질에까지 미쳤다. 개인의 특수한 재능이 어느 정도까지 젊을 때의 훈련에 의해 좌우되는가 하는 게 주요 논점이었다.

"지금까지 자네가 이야기해 준 바로 볼 때, 자네의 관찰력이나 특별한 추리력은 분명히 방법적인 훈련에 의한 것일 테지." 내가 말했다.

"어느 정도까지는 그래. 나의 조상은 대대로 시골의 대지주였는데, 모두 그 계층에 맞는 비슷비슷한 생활을 해 온 모양이야. 그리고 나의 재능은 혈통에서 비롯된 거야. 아마 할머니에게 이어받은 듯한데, 할머니는 베르네라는 프랑스 화가의 여동생뻘이지. 예술가의 혈통은 매우 색다른 인간을 낳게 하는 법이야." 그는 생각에 잠기면서 대답했다.

"하지만 어떻게 자네의 재능이 유전에 의한 것인 줄 아나?"

"왜냐하면 나의 형 마이크로프트만 해도 재능이 나보다 뛰어나거든."

이것은 정말 처음 듣는 이야기였다. 이같이 특이한 능력을 가진 남자가 영국에 또 한 사람 있다고 하는데, 지금까지 경찰은 물론 세상 그 누구도 모르고 있었다니 어찌 된 일일까? 나는 그가 겸손하여 형이 자기보다 뛰어나다고 말하는 게 아닐까 하는 생각으로 홈즈를 넌지시 떠보았다. 그러나 홈즈는 분명하게 다음과 같이 지적했다.

"왓슨, 나는 겸손을 하나의 미덕으로 여기는 사람들에게 동의할 수 없어. 논리를 다루는 사람은 모든 사물을 있는 그대로 정확히 봐야 해. 자기를 실제보다 낮게 평가하는 것은 자기의 능력을 과장하는 것만큼 진실에서 벗어나는 거야. 그러므로 마이크로프트 형의 관찰력이 나보다 뛰어나다고 말하면, 정확히 글자 그대로 진실을 말한다고 해석하면 돼."

"몇 살 차이인가?"

"일곱 살."

"어째서 이름이 알려지지 않았지?"

"동료들 사이에서는 유명해."

"그렇다면 어느 방면에서?"

"이를테면 디오게네스 클럽 등에서지."

그런 클럽 이름은 들은 적이 없었다. 내 얼굴에 미심쩍다는 기색이 나타나자 홈즈는 시계를 꺼내며 말했다.

"디오게네스는 런던에서 가장 특이한 클럽이고 마이크로프트 형 또한 아주 특이해. 매일 4시 45분부터 7시 40분까지는 반드시 클럽에 있어. 지금이 6시군. 이 아름다운 밤에 자네가 산책할 생각이 있다면 진기한 클럽과 진기한 남자를 소개하고 싶네."

5분 후 우리는 거리로 나가 리젠트 광장 쪽으로 걸어갔다.

"자네가 이상하게 생각하는 것은 왜 마이크로프트 형이 자기의 능력을 탐정 사업에 쓰지 않느냐는 점일 테지. 하지만 형에겐 그런 힘이 없어." 홈즈가 말했다.

"하지만 자네가 말했잖아."

"관찰력이나 추리력은 나보다 뛰어나다고 했지. 탐정술이 안락의자에 앉아 추리나 하는 것으로 가능하다면, 형은 고금에 그 유례를 찾아볼 수 없는 유명한 탐정이 되었겠지. 하지만 형은 에너지도 없고 야심도 없어. 자기가 해결한 일을 일부러 증명하려고 마음먹지도 않을뿐더러, 수고를 들여 자기가 옳다는 걸 증명할 정도라면 차라리 틀렸다고 해 두는 편이 낫다고 생각하는 성격이지. 나는 몇 번이나 문제를 갖고 가서 해답을 얻어 오곤 했는데, 영락없이 들어맞는다는 걸 나중에서야 알 수 있었네. 그런데 사건을 재판관이나 배심원의 손에 넘기기 전에 조사해야 할 실제적인 요점을 종합하는 일이 불가능한 사람이 바로 형이야."

"그럼, 직업으로 삼고 있는 게 아니겠군."

"물론이지. 나에게는 생활 수단이지만 형에게는 애호가의 취미에 지나지 않아. 형은 숫자에 남다른 재능이 있어서, 정부의 어떤 부서에서 회계장부를 검토하는 일을 맡고 있어. 팰맬 가에 사는데 매일 아침 모퉁이를 돌아 화이트홀까지 걸어서 갔다가 매일 밤 모퉁이를 돌아서 오지. 일 년 내내 다른 운동은 하지 않고 남의 집에 가는 일도 없어. 예외는 디오게네스 클럽인데 그 클럽은 형의 집 맞은편에 있어."

"처음 듣는 이름이야."

"그럴 거야. 자네도 알다시피 런던에는 내성적인 성격이나 인간 혐오라는 이유로 남들 앞에 나서기 싫어하는 사람들이 꽤 있어. 그렇다고 안락한 의자나 신간 잡지들이 아주 싫은 것은 아니거든. 디오게네스 클럽은 이와 같은 사람들의 편의를 위해서 창립됐는데, 지금은 런던에서도 가장 사교성 없고 무뚝뚝한 남자들이 모여 있지. 그곳에선 다른 회원에게 조금이라도 관심을 갖는 것이 허락되지 않아. 외부인 면회실 이외에서는 어떠한 사정이 있더라도 대화가 금지되며, 세 번 위반해서 그 사실이 위원회에 알려지면 대화를 시도한 남자는 제명 처분되지. 형도 창립자 가운데 한 명이지만, 내가 가서 본 느낌으로는 마음이 아주 편해지는 분위기였어."

이야기하는 사이, 세인트 제임스 가에서 걷기 시작한 우리는 팰맬 가에 도착했다. 셜록 홈즈는 칼튼 클럽 조금 못 미쳐 어느 문 앞에서 걸음을 멈추더니, 나에게 말을 하면 안 된다고 주의를 주고는 앞장서서 현관으로 들어갔다. 유리창 너머로 넓고 호화로운 방이 보였는데, 꽤 많은 사람들이 저마다 조그마한 은신처에 틀어박혀 신문을 읽고 있었다. 홈즈는 팰맬 가에 면한 작은 방으로 나를 안내하고 다시 방 밖으로 나갔다가 이윽고 첫눈에 그의 형제임을 알 수 있는 인물을 데리고 돌아왔다.

마이크로프트 홈즈는 셜록보다 훨씬 몸집이 크고 뚱뚱했다. 얼굴도 컸지만 어딘가 날카로운 표정—이것은 셜록가 얼굴의 두드러진 특징이다—을 간직하고 있었다. 기묘하게 밝고 엷은 회색 눈은 방심한 듯하지만 한편으로 사색적인 느낌이었다. 이 느낌은 셜록이 온 힘을 기울이고 있을 때만 볼 수 있는 것이다.

"반갑습니다." 그는 물개 다리처럼 볼이 넓고 납작한 손을 내밀었다. "당신이 기록을 담당하고부터 곳곳에서 셜록의 소문을 듣지요. 그런데 셜록, 지난주엔 매너하우스 사건 문제로 의논하러 올 거라고 해서 기다렸어. 너에게

그리스어 통역사

는 좀 무리일 것 같아서 말이야."

"아니, 해결했어." 홈즈가 싱긋 웃었다.

"역시 애덤스였지?"

"그래, 애덤스였어."

"처음부터 알고 있었지."

두 사람은 내닫이창에 나란히 걸터앉았다.

"이곳은 적어도 인간을 연구하는 사람에겐 아주 좋은 장소지. 전형적인 희한한 인물이 지나가는군. 저기 이쪽으로 걸어오고 있는 두 남자를 봐." 마이크로프트가 말했다.

"당구 점수 계산원과 다른 한 명?"

"맞았어. 다른 사람은 직업이 뭘까?"

두 남자는 창문 맞은편에서 걸음을 멈추었다. 내가 보기에 한쪽 남자의 조끼 주머니 위에 묻어 있는 초크 자국이 게임 계산과 관계있다는 사실을 알려주는 유일한 표시였다. 다른 한 명은 몸이 작고 피부가 검은 남자로, 모자를 뒤로 젖혀 쓰고 보통이 몇 개를 옆구리에 끼고 있었다.

"나이 든 군인으로 보이는데." 셜록이 말했다.

"최근에 제대했어. 인도에서 근무했지." 마이크로프트가 말했다.

"병과는 포병."

"혼자 사는군."

"하지만 아이가 하나 있어."

"하나가 아니야."

"아니, 대체 어떻게 된 영문이지?" 나는 웃었다.

"뭐, 그것은 쉽게 알 수 있지. 저 태도며 뽐내는 표정이며 햇볕에 그을린 것을 보면 확실히 군인인데, 이등병은 아니고 인도에서 돌아온 지 얼마 안 되는 군인이야." 홈즈가 말을 받아 대답했다.

"제대한 지 얼마 되지 않았다는 증거로 아직도 보급품 장화를 신고 있다는 걸 들 수 있지. 기병과 같은 걸음걸이는 아니지만 모자를 옆으로 비딱하게 썼던 모양인지 이마 한쪽 피부가 밝아. 저 체중으로 볼 때 공병은 아니고, 포병대에 있었을 거야.

게다가 정식 상복을 입고 있으니 아주 가까운 사람을 최근에 잃은 듯해. 직접 장을 보니 죽은 사람이 아내인 듯싶다는 거지. 아이들의 물건을 샀어. 딸랑이 장난감을 갖고 있는 걸로 보면 하나는 아직도 젖먹이야. 부인은 산후증으로 죽은 모양이야. 그림책을 한 권 안고 있으니 아이가 하나 더 있다고 생각되는군." 마이크로포트가 말했다.

나의 친구가 형이 자기보다 더 날카로운 분석의 재능을 갖고 있다고 말한 의미를 알 수 있었다. 홈즈는 나에게 눈짓을 하며 싱긋 웃었다. 마이크로프트는 거북이 등으로 만든 상자에서 코담배를 한 줌 집어 냄새를 맡고는 웃옷에 흘린 가루를 큼직하고 빨간 비단 손수건으로 털어 내며 말했다.

"그런데 셜록, 네가 맡아 줘야 할 사건이 있어. 나에게 감정 의뢰가 들어왔는데, 아주 기묘한 사건이야. 나는 끝까지 파헤칠 기운이 없지만, 사건 자체에는 아주 재미있는 추리 재료가 많아. 이야기를 들어 볼 생각이 있다면……."

"꼭 들려줘."

마이크로프트는 수첩을 한 장 찢어서 무언가를 쓰더니 벨을 울려 급사에게 건네주었다.

"멜러스에게 와 달라고 심부름을 보냈어. 이 사람은 내 방 위층에 세 들어 있는데, 어쩌다 알게 된 인연으로 내게 걱정거리를 의논해 왔지. 혈통은 그리스인 같은데 어학에 매우 뛰어나. 재판소에서 통역 일을 하거나, 노섬버랜드 애버뉴 근방의 큰 호텔에 숙박하는 동양인 부자들의 가이드를 하며 생계를 꾸려 나가고 있지. 그 남다른 체험담을 본인 입으로 직접 이야기해 달라고 부탁했어."

잠시 후 키가 작고 뚱뚱한 남자가 합석했다. 올리브색 얼굴과 새까만 머리털이 남국 태생임을 말해 주었지만, 말씨는 교양 있는 영국인의 그것과 다름없었다. 열성적으로 셜록 홈즈와 악수를 나눈 그는 이 전문가가 자신의 이야기를 듣고 싶어 한다는 걸 알자 기쁨의 눈빛을 보였다.

"경찰이 저를 믿으리라고는 생각하지 않아요. 그것은……이런 일에 대해서는 한 번도 들은 적이 없을 테니 믿지 않을 거예요. 하지만 얼굴에 반창고를 붙인 그 딱한 남자가 어떻게 되었는지 알기까지는 제 마음이 편치 않을 겁니다." 그가 슬픈 목소리로 말했다.

"진지하게 듣고 있습니다." 홈즈가 말했다.

"지금은 수요일 밤이지요." 멜러스가 계속했다. "그래요, 그러니까 월요일 밤, 즉 일이 생긴 것은 엊그제입니다. 이분이 말했으리라 생각합니다만, 저는 통역을 하고 있어요. 어떤 말이라도, 아니 거의 어떤 말이라도 통역하지만 태생은 그리스인이고 그리스 이름을 가지고 있고, 주로 그리스어 통역을 합니다. 오래전부터 런던 최고의 그리스어 통역사로 인정받고 있고, 호텔업계에선 이름이 꽤 알려져 있지요.

흔히 있는 일입니다만, 말썽거리가 생긴 외국인이나 다른 사람들보다 늦게 도착한 여행자 등의 의뢰로 엉뚱한 시간에 호출되곤 합니다. 그래서 월요일 밤 래티머라는 잘 차려입은 젊은이가 제 집에 와서, 영업용 마차를 문밖에 기다리게 했다면서 동행을 요구했을 때도 별로 놀라지 않았습니다. 그리스 친구가 사업차 찾아왔는데, 그는 그리스어밖에 하지 못하니 통역이 필요하다는 이야기였죠. 집은 켄싱턴이라 조금 멀다고 하면서 밖으로 나가자마자 급히 저를 영업용 마차에 밀어 넣는 모양이 몹시 서두르는 듯했습니다.

조금 전 제가 영업용 마차라고 했습니다만, 저는 곧 제가 탄 것이 자가용 마차가 아닐까 하는 의심을 했습니다. 아무리 보아도 런던의 망신거리라고나 할 영업용 사륜마차보다 푹신했고, 마구도 낡기는 했지만 고급품이었습니다.

래티머 씨는 저와 마주 보고 앉았는데, 마차는 채링 크로스를 빠져나가 새프츠버리 애버뉴를 달려갔습니다. 옥스퍼드 가로 접어들었을 무렵, 켄싱턴으로 가는데 이렇게 가면 길을 돌게 되지 않느냐고 용기를 내어 물었지요. 그러자 그가 이상한 행동을 하는 바람에 저는 입을 닫았습니다.

그는 먼저 주머니에서 납으로 만든 짧고 무시무시한 곤봉을 꺼내더니 무게와 강도를 시험해 보기라도 하듯 앞뒤로 몇 번 휘둘렀어요. 그러고 나서 아무 말도 하지 않고 곤봉을 옆자리에 놓았습니다. 그리고 이번에는 양쪽 창문을 올려 닫았는데 놀랍게도 밖이 보이지 않도록 완전히 종이가 발려 있었지요.

'이런 행동을 해서 미안합니다. 멜러스 씨, 실은 당신에게 행선지를 알리고 싶지 않아요. 당신이 길을 알게 되어 나중에 다

시 오면 곤란하니까요.'

 짐작하실 테지만 그 순간 저는 정말 소스라치게 놀랐습니다. 상대는 힘이 세어 보이고 어깨가 떡 벌어진 젊은이로, 무기가 없었다 해도 저 같은 사람은 몸싸움으로 이길 가망이 전혀 없어 보였습니다.

 '아주 묘한 짓을 하는군요, 래티머 씨. 이것이 불법행위라는 것쯤은 아실 텐데요.' 저는 더듬거리며 말했습니다.

'고약한 행동일지도 모르겠군요. 하지만 그만한 보상은 하지요. 그러나 멜러스 씨, 경고하는데 오늘 밤 조금이라도 도움을 청하거나 저에게 불리한 일을 하면 신상에 좋지 않은 일이 생길 겁니다. 당신이 있는 장소는 아무도 모를 것이고, 이 마차 안이든 제 집이든 당신은 제 손안에 있다는 사실을 잊지 마시죠.'

잔잔한 말투였지만 왠지 신경을 건드리는 표현이라 아주 불쾌했지요. 이런 이상한 방법으로 저를 납치해 가는 이유가 대체 무엇일까 하고 수상쩍어하면서도 잠자코 앉아 있었습니다. 어쨌든 저항은 헛일이 될 것이 뻔했고, 무슨 일이 생길지 기다려보는 수밖에 없었습니다.

어디로 가고 있는지 짐작도 하지 못한 채 두 시간 가까이 마차를 타고 있었습니다. 때로는 마차 바퀴가 달그락거리는 소리가 들려 돌이 깔린 길이라 짐작했고, 소리를 내지 않고 매끄럽게 달릴 때는 도로라는 것을 알 수 있었습니다. 그러나 이런 소리의 변화 말고는 대체 어디를 달리는지 어렴풋하게라도 짐작할 방법이 전혀 없었습니다. 창문에 바른 종이 때문에 빛은 전혀 들어오지 않았고, 앞면 유리창에는 파란 커튼이 쳐져 있었지요. 팰맬을 나선 것은 7시 15분이 지나서였지만 마차가 멎었을 때 제 시계는 8시 50분을 가리키고 있었습니다. 동행한 남자가 창문을 열자, 위에 불을 밝힌 램프가 달린 나직한 아치형 문이 보였습니다. 내가 서둘러 마차에서 내리자 문이 열렸어요. 안으로 들어갔는데, 입구 양쪽에 잔디와 나무들이 있었던 것 같아요. 그러나 개인 집의 마당인지 진짜 들인지는 확실히 말씀드릴 수 없습니다.

안에 들어가자 색이 있는 가스등이 켜져 있었지만, 불을 가늘게 줄여 놓아서 상당히 넓은 현관홀에 그림이 몇 폭 걸려 있었던 것 말고는 아무것도 모르겠습니다. 그래도 그 희미한 불빛으로 문을 열어 준 사람이 험상궂은 얼굴에 몸집이 작고 허리가 굽은 중년 남자라는 걸 알아볼 수 있었지요. 이쪽을 돌아봤을 때 불빛이 번쩍 하고 반사해서 안경을 쓰고 있다는 걸 알았습니다.

"해롤드, 이분이 멜러스 씨냐?" 그 남자가 말했습니다.

"네."

"잘했다, 잘했어! 멜러스 씨, 나쁘게 생각하지 마세요. 어쨌든 당신 없이는 안 되는 일이라서요. 제대로 해 주기만 하면 나쁘게 하지는 않겠어요. 그러나 쓸데없는 짓을 하면 후회하게 될 겁니다."

남자는 조급하고 신경질적인 말투로 말하며 사이사이 킬킬 웃었는데 왠지 다른 한 사람보다 더 무서운 느낌을 주었어요.

"도대체 뭘 하라는 말이죠?" 제가 물었습니다.

"그리스 신사가 찾아왔으니 몇 가지 질문을 하고 우리에게 대답을 들려주면 돼지요. 다만 우리가 말하지 않은 내용을 지껄이거나 하는 날에는—여기서 또 킬킬 신경질적으로 웃고—이 세상에 태어난 걸 후회하게 될 거요."

남자는 이렇게 말한 뒤 문을 열고 호화롭게 장식된 방으로 저를 데리고 들어갔습니다. 하지만 여기도 등불이라고는 불빛을 줄인 램프가 하나 있을 뿐이었습니다. 넓은 방에 카펫에 발이 파묻히는 정도로 봐서 그 훌륭함을 짐작할 수 있었습니다. 벨벳으로 싼 의자, 희고 높은 대리석 벽난로 선반 그리고 그 옆에 일본 갑옷이 한 쌍 있었습니다. 램프 바로 아래에 의자가 있었는데, 나이 든 남자가 거기에 앉으라고 몸짓으로 저에게 신호를 했습니다. 젊은이는 보이지 않았는데, 갑자기 다른 문으로 헐렁한 가운을 걸친 남자를 데리고 돌아왔습니다. 남자는 천천히 우리에게 다가왔는데, 흐릿한 불빛 속으로 들어와 형체를 알아볼 수 있게 되었을 때 저는 오싹 몸서리를 쳤습니다. 그는 송장처럼 창백하고 무섭게 여위어 정신력으로 겨우 몸을 지탱하는 듯했고, 두 눈은 툭 튀어나와 번들번들 번쩍였어요. 하지만 쇠약한 육체 이상으로 저를 오싹하게 만든 것은 십자로 반창고가 붙어 있는 괴기한 얼굴이었어요. 특히 입 위에 제일 큰 반창고 한 장이 붙어 있었지요.

"해롤드, 판을 가져왔나?"

이상한 남자가 의자에 앉았다기보다도 쓰러지듯 주저앉았을 때 나이 든 남자가 소리쳤습니다.

"손은 헐겁게 해 주었을 테지. 그럼 연필을 주어라. 멜러스 씨, 당신이 질문하고 이 사람이 대답을 쓰는 겁니다. 우선 서류에 서명할 마음이 있는지 물어보시오."

남자의 두 눈은 불길처럼 번쩍였습니다.

그는 판에 그리스어로 이렇게 썼습니다.

'절대 안 된다!'

'어떤 조건이라도?' 저는 폭군의 명령처럼 물었습니다.

'내 눈앞에서 그녀가, 내가 알고 있는 그리스인 신부의 입회 아래 결혼하는 것을 똑똑히 보지 않는 한.'

나이 든 남자는 독살스러운 태도로 킬킬 웃었습니다.

"그럼 네가 어떻게 되는지 알 테지?"

'나는 아무래도 좋다.'

이와 같은 물음과 답변이 반은 구두, 반은 필담으로 행해진 우리의 대화입니다. 저는 몇 번이나 고집을 꺾고 서명할 생각이 없느냐고 물었습니다. 그리고 그때마다 똑같이 화가 섞인 대꾸를 들었을 뿐입니다. 하지만 그러는 동안 묘안이 떠올랐습니다. 질문할 때마다 제 자신의 짧은 말을 덧붙이기 시작했지요. 처음에는 뒤탈이 없을 말로 두 남자가 눈치챘는지 확인해 보았는데 그들은 어떤 반응도 보이지 않았습니다. 그래서 저는 좀 더 위험한 모험을 시도했습니다. 우리의 대화는 대충 이런 식이었습니다.

'그렇게 고집을 부리면 좋지 않다. *당신은 누구?*'

'내 걱정은 하지 마. *런던에 처음 온 사람.*'

'너의 파멸은 자업자득이다. *언제부터 여기에 있었소?*'

'그래도 좋다. *3주 전부터.*'

'재산은 절대 네 것이 되지 않는다. *어떤 벌을 당하고 있나?*'

'악당의 손에 넘길 줄 아느냐. *식사를 주지 않는다.*'

'서명만 하면 자유의 몸으로 만들어 주겠다. *여기는 어떤 집인가.*'

'절대로 서명하지 않는다. *모른다.*'

'그녀를 위해서도 좋지 않을걸. *당신 이름은?*'

'그녀가 그렇게 말하는 것을 들려주었으면 한다. *클라티디스.*'

'서명하면 그녀와 만나게 해 주겠다. *어디에서 왔나?*'

'그렇다면 만나지 않겠다. *아테네.*'

홈즈 씨, 5분만 더 있었다면 이 사건의 전체를 놈들 코앞에서 탐지할 수 있었을 겁니다. 그야말로 한 번만 더 물으면 모든 것이 뚜렷해졌을지 모릅니다. 그런데 마침 그때 문이 열리고 한 여자가 방에 들어왔습니다. 똑똑히 보지 않았기 때문에 검은 머리에 키가 크고 흰 가운을 입은 우아한 부인이라는 사실만 알 수 있었을 뿐입니다.

'해롤드! 전 이제 거기에 있을 수 없어요. 2층에 혼자서, 아주 쓸쓸해서…… 아니, 폴 아니세요!' 여자는 시원찮은 영어로 말했습니다.

마지막 말은 그리스어였는데, 그것과 동시에 그리스 남자는 필사적으로 입에 붙은 반창고를 떼어 내면서 '소피! 소피!' 하고 외치며 여자에게 뛰어들었습니다. 두 사람의 포옹은 극히 짧았고 젊은이가 여자를 붙잡아서 방 밖으로 끌어냈습니다. 나이 든 남자는 초췌할 대로 초췌한 희생자를 어렵지 않게 잡아 떼어 다른 문으로 끌어냈습니다. 잠깐 동안 저는 방에 혼자 남게 되어서 지금 있는 곳은 어떤 집일까, 어쩌면 단서를 잡을지도 모른다는 막연한 생각을 하며 살며시 일어섰습니다. 하지만 아무런 행동도 하지 않아서 천만다행이었습니다. 얼굴을 들고 보니 나이 든 남자가 문 앞에 서서 저를 뚫어지게 쳐다보고 있지 않겠습니까.

'수고했소, 멜러스 씨. 보다시피 당신에게 수고를 끼친 일은 매우 은밀한 것이오. 당신의 손을 빌려야 할 일도 아니지만 그리스어를 잘하는 내 친구가 이 담판을 시작했는데 갑자기 동양

으로 가게 되어서 말이오. 대신 도움을 줄 사람이 필요했는데 다행히 능숙한 당신을 발견한 것이오. 여기에 5파운드 있는데, 이것으로 요금은 충분할 테지요. 다만 거듭 말하지만······.' 그는 이렇게 말하더니 제 가슴을 가볍게 토닥거리고 킬킬 웃으면서 덧붙였습니다. '이 일을 누군가에게, 알겠지요? 단 한 사람에게라도 지껄이면 어떤 일이 생길지 나도 모르오.'

이 형편없는 남자에게서 받은 징그럽고 몸서리나는 느낌은 뭐라 말할 수 없습니다. 그때 램프의 불빛이 그를 비추어서 더 잘 볼 수 있었습니다. 궁색한 얼굴로 혈색이 나쁘고, 듬성듬성 난 뾰족한 턱수염은 실처럼 가늘고 푸석푸석했습니다. 말할 때 얼굴을 내밀듯이 하고 마치 무도병 환자처럼 입술과 눈꺼풀을 쉬지 않고 떨었지요. 기묘하게 킬킬거리는 웃음도 신경병의 징후가 틀림없을 겁니다. 하지만 얼굴에서 풍기는 무시무시함은 차갑게 번쩍이는 회색 눈, 사악하고 인정사정없는 냉혹함을 밑바닥에 간직한 그 눈에서 나왔습니다.

'우리에겐 정보망이 있어서 당신이 이 일을 누설하면 금방 알게 되오. 자, 마차가 기다리고 있소. 우리 일행이 도중까지 바래다줄 거요.'

저는 재촉을 받고 홀을 지나 마차에 탔는데 그 사이에 나무들과 마당을 보았습니다. 래티머 씨가 곧 뒤따라와서 아무 말도 하지 않고 마주 앉았습니다. 우리는 말없이, 또다시 언제 끝날지 모를 길을 창문을 꼭꼭 닫은 채 달렸는데, 한밤중이 조금 지나서야 마차는 마침내 멈추었습니다.

"여기서 내리세요, 멜러스 씨. 댁에서 너무 먼 곳이라 미안하지만 달리 방법이 없소. 마차의 뒤를 밟아 봤자 당신에겐 재난이 될 뿐입니다." 동행한 남자는 이렇게 말하고는 마차 문을 열었습니다.

제가 뛰어내리자마자 마부가 말에 채찍질해 마차는 덜커덩거리며 멀어져 갔습니다. 저는 놀란 눈으로 주위를 둘러보았습니다. 제가 서 있는 곳은 히스로 뒤덮인 공유지로 거뭇거뭇한 금작화 덤불로 얼룩져 있었습니다. 멀리 집들이 보이고 군데군데 2층 창문에 불이 켜져 있었습니다. 반대쪽에 빨간 철도 신호등이 보였습니다.

저를 태워다 준 마차는 이미 보이지 않았습니다. 주위를 둘러보며 제가 있는 곳이 대체 어디일까 하고 생각하고 있는데 누군가 어둠 속을 걸어오는 게 보였습니다. 가까이 왔을 때 철도역의 짐꾼임을 알았습니다.

'여기가 어디지요?' 내가 물었습니다.

'원즈워드 공유지입니다.' 짐꾼이 말했습니다.

'런던행 기차가 있을까요?'

'1마일쯤 걸어가면 클래팜 정션이 나옵니다. 빅토리아 역으로 가는 막차를 탈 수 있을 겁니다.'

홈즈 씨, 이걸로 저의 모험은 끝입니다. 간 곳도, 이야기한 상대도 모르고, 지금 말한 내용 말고는 아무것도 모릅니다. 다만 나쁜 일이 벌어지고 있는 것만은 확실하니 할 수만 있다면 그 불행한 남자를 구해 주고 싶습니다. 이튿날 아침 마이크로프트 홈즈 씨에게 모두 말씀드리고 경찰에도 신고했습니다."

이 괴상야릇한 이야기를 듣고 나서 잠시 동안 아무도 입을 열지 않았다. 이윽고 셜록이 형을 쳐다보았다.

"대책을 강구했어?" 홈즈가 말했다.

마이크로프트는 사이드 테이블 위에 있던 데일리 뉴스를 집어 들었다.

폴 캐러타이즈, 아테네에서 온 그리스 신사, 이 사람의 소재에 대해 정보를 제공하는 분에게 사례함. '소피'라는 그리스 여성에 대해 알려 주시는 분에게도 역시 사례함. X2473.

"이런 광고를 온갖 신문에 냈지만 응답이 없어."

"그리스 공사관은 어때?"

"문의했는데 아무것도 모른다는군."

"그럼, 아테네 경찰국장에게도 전보를 쳤어?"

"홈즈 가문의 활동력은 셜록이 독차지하고 있지요." 마이크로프트가 나에게 말하고는 셜록에게 말했다.

"그럼, 이 사건을 맡아 줘. 그리고 좋은 결과가 나오면 알려 주고."

"물론." 내 친구는 의자에서 일어나며 대답했다. "알려 주지. 그리고 멜러스 씨에게도. 그런데 멜러스 씨, 제가 당신이라면 철저히 조심할 겁니다. 이 광고로, 당신이 배신한 것을 그들도 알게 되었을 테니까요."

돌아오는 길에 홈즈는 우체국에 들러 전보를 몇 통 쳤다.

"왓슨, 오늘 밤의 산책은 결코 헛일이 아니지? 내가 관여한 가장 재미있는 사건 몇 개는 이렇듯 마이크로프트 형이 소개했어. 지금 듣고 온 사건도 설명할 수 있는 길은 하나밖에 없지만, 그래도 꽤나 두드러진 특성을 갖고 있어."

"해결될 가망이 있나?"

"글쎄, 이 정도의 전말을 알고 있는데 나머지가 밝혀지지 않는다면 그것이야말로 기묘하지. 자네도 지금 들은 모든 사실을 설명할 만한 이론을 세웠을 거라고 생각되는데."

"응, 막연하게나마."

"자네 생각은 어때?"

"내 생각은, 그리스 여자가 분명히 해롤드 래티머라는 젊은 영국인에게 납치돼 온 거야."

"어디서 납치됐을까?"

"아테네에서겠지."

셜록 홈즈는 고개를 저었다. "이 젊은 남자는 그리스어를 한 마디도 못해. 여자는 영어를 제법 잘하고. 따라서 그녀는 영국에 온 지 얼마쯤 되지만 남자는 그리스에 간 일이 없다는 것이 되네."

"과연, 여자는 영국에 관광 온 사람이라고 치지. 그런데 해롤드가 함께 사랑의 도피를 하자고 꾀었던 거야."

"그 편이 사실에 가깝겠지."

"그리고 그녀의 오빠가 틀림없다고 생각되는데, 그가 동생을 찾으러 온 거야. 그는 조심성 없이 젊은 남자와 나이 든 남자의 패거리에 끼어들었지. 두 사람은 그를 붙잡아 두고 여자의 재산을 그들에게 양도하는 서류에 강제로 서명시키려고 해. 물론 여자의 재산은 오빠가 관리할 테고, 그것을 그가 거부하는 거지. 이 이야기를 결판내기 위해 통역사가 필요해서 멜러스 씨를 데려갔는데, 그 전에 통역사 한 사람을 쓰고 있었어. 여자는 오빠가 런던에 왔다는 사실을 몰랐는데, 이 일을 계기로 알게 되었지."

"훌륭해, 왓슨." 홈즈가 소리쳤다. "아마 진상은 그와 같을 거야. 어쨌든 유력한 증거는 전부 갖고 있는 셈이니 나머지는 그들이 갑자기 남매를 해치지 않을까 하는 걱정뿐이야. 저쪽이 시간만 준다면 이쪽의 완전한 승리지."

"하지만 그들의 집을 어떻게 알아내지?"

"그거야 우리의 추리가 옳고 여자의 이름이 소피 클라티디스라면, 또는 그런 이름을 사용했다면 그녀의 자취를 찾는 건 그리 힘들지 않을 거야. 오빠는 말할 것도 없이 런던에 온 지 얼마 되지 않으니 우리는 여자 쪽에 희망을 걸 수밖에 없어. 해롤드가 여자와 알게 된 지는 꽤 된 것 같아. 오빠가 그리스에서 찾아올 만한 시간 정도는 되었을 테니 말이야. 두 사람이 그동안 한곳에 있었다면 마이크로프트 형이 낸 광고에 그들이 반응할 게 틀림없어."

이야기하는 사이 우리는 베이커 가의 집에 도착했는데, 앞장서서 계단을 올라간 홈즈가 방문을 열고 깜짝 놀라는 모습이 보였다. 나도 어깨 너머로 들여다보고 마찬가지로 놀랐다. 마이크로프트 홈즈가 안락의자에 앉아 담배를 피우고 있었기 때문이다.

"어서 와, 셜록! 어서 와요, 왓슨 씨." 그는 놀란 우리에게 웃음을 보내며 조용히 말했다. "나에게 이렇듯 활동력이 있을 줄은 몰랐을 테지, 어때, 셜록? 그런데 이상하게도 이 사건이 마음에 걸려서 말이야."

"어떻게 여기에 왔지?"

"마차로 와서 자네들을 앞지른 거야."

"새로운 일이라도 생겼어?"

"광고에 회답이 하나 왔어."

"오!"

"자네들이 돌아가자마자였지."

"어떤 내용이야?"

마이크로프트 홈즈는 종이를 한 장 꺼냈다.

"크림색 로열 종이에 몸이 약한 중년 남자가 J펜으로 쓴 거야. 내용은 이래."

오늘 날짜 신문광고를 보고 알려드립니다. 찾고 계신 젊은 여성을 잘 알고 있습니다. 제가 있는 곳까지 오시면 그녀의 애처로운 신상에 대해 자세히 말씀드리겠습니다. 그녀는 지금 베켄햄의 마이틀즈 장에 살고 있습니다.

- J. 대번포트

"발신지는 로어 브릭스턴이야." 마이크로프트 홈즈가 덧붙였다. "어때 셜록, 이제부터 잠깐 마차를 달려 자세한 내용을 들으러 갈까?"

"하지만 형, 이 경우 여동생보다 오빠의 생명이 중요해. 스코틀랜드 야드에 가서 그렉슨 경감을 불러 곧장 베켄햄으로 달려가야 한다고 생각하는데. 어쨌든 한 사람이 살해되려 하는 상황이어서 일분일초가 급하니까."

"가는 길에 멜러스 씨를 태워 가는 편이 좋겠어. 통역이 필요할지도 모르니까." 내가 제안했다.

"그렇군! 보이에게 사륜마차를 부르도록 시켜. 곧 출발하세." 셜록 홈즈가 말했다.

홈즈는 책상서랍을 열었고, 나는 그가 주머니에 리볼버를 넣는 것을 보았다.

"회답 내용으로 보아 상대가 꽤나 위험한 자들 같아." 그는 내 시선에 응답하여 말했다.

팰맬 가에 있는 멜러스의 집에 도착했을 무렵에는 날이 어두워져 있었다. 그런데 방금 한 신사가 찾아와 그를 데리고 갔다고 했다.

"어디로 갔나요?" 마이크로프트 홈즈가 물었다.

"모르겠는데요. 그 신사와 함께 마차로 외출한 것은 알고 있습니다만." 문을 열어 준 여자가 대답했다.

"그 신사가 자기 이름을 말했소?"

"아니요."

"키가 크고 머리가 검은 잘생긴 젊은이였소?"

"아뇨, 키가 작고 안경을 썼어요. 마른 얼굴이었지만 아주 유쾌해 보이는 분으로, 이야기하는 동안 계속 웃고 계셨어요."

"자, 서둘러! 일이 심각해지고 있어." 셜록 홈즈가 황급히 외쳤다. 스코틀랜드 야드로 가는 도중 그가 말했다. "그들은 또 멜러스를 데려갔어. 그들은 앞서의 경험으로 멜러스가 배짱이 없다는 것을 알아. 그는 악당이 눈앞에 나타나자 두려움에 꼼짝도 하지 못한 채 끌려갔을 거야. 그들은 물론 통역을 시킬 생각이지만 볼일이 끝나면 배신자라는 이유로 처벌할지도 몰라."

우리는 기차로 가면 마차와 동시에, 또는 앞질러서 베켄햄에 닿을지도 모른다는 예상을 했다. 그러나 스코틀랜드 야드에 가서 그렉슨 경감과 함께 그 집으로 들어가기 위한 법률상의 수속을 끝내는 데 한 시간 이상 걸렸다. 런던 다리 역에 닿은 것은 9시 45분으로, 우리 네 명이 베켄햄 역의 플랫폼에 내려섰을 때에는 10시 30분이 지나 있었다. 마차를 반 마일 달려 마이틀즈 장에 닿았다. 도로에서 쑥 들어간 곳에 크고 컴컴한 집이 정원에 둘러싸여 있었다. 여기에서 마차를 돌려보내고 현관 포치까지 한 덩어리가 되어 나아갔다.

"창문은 모두 캄캄하군요. 아무도 없는 모양이에요." 경감이 말했다.

"새는 날아가고 빈 둥지뿐이군." 홈즈가 말했다.

"어떻게 알지요?"

"무거운 짐을 실은 마차가 약 한 시간 전에 나갔소."

경감이 웃었다.

"문의 불빛으로 바퀴 자국은 보았지만 짐은 어떤 이유에서입니까?"

"같은 바퀴 자국이 반대 방향으로도 나 있는 것을 보셨죠. 그런데 밖으로 나간 쪽 자국이 훨씬 깊어요. 그래서 마차에는 상당한 무게의 짐이 실려 있었다고 말할 수 있습니다."

"아무래도 당신이 한 수 위군요. 이 문을 지나가기가 쉽지 않을 것 같아요. 하지만 어쨌든 누군가의 귀에 들릴지 모르니 해 봅시다." 경감이 어깨를 으쓱하면서 말했다.

그는 노커[8]를 힘차게 두드리고 벨의 끈도 당겨 보았지만 아무 응답이 없었다. 어느 틈엔가 모습을 감추었던 홈즈가 돌아왔다.

"창문이 하나 열려 있어요." 그가 말했다.

"홈즈 씨, 당신이 경찰과 적이 아니어서 천만다행입니다. 어쨌든 상황이 상황이니만큼 안내를 기다릴 것 없이 들어가도 좋은 걸로 합시다." 홈즈가 교묘히 걸쇠를 따 놓고 돌아온 것을 간파한 경감이 말했다.

우리는 멜러스가 끌려들어간 곳이라고 짐작되는 넓은 방으로 차례차례 들어갔다. 경감이 가져온 랜턴에 불을 붙이자 멜러스의 이야기에 나온 두 개의 문, 커튼, 램프, 일본 갑옷이 보

---

8) 현관문에 달린 문 두드리는 쇠.

였다. 테이블 위에는 잔이 둘, 빈 브랜디 병 그리고 먹다 남은 음식이 있었다.

"저건 뭐지?" 홈즈가 갑자기 말했다.

우리들은 모두 동작을 멈추고 귀를 기울였다. 낮게 신음하는 듯한 목소리가 머리 위 어딘가에서 들려왔다. 홈즈는 혼자서 문 쪽으로 돌진해 나갔다. 기분 나쁜 소리는 위층에서 들려왔다. 홈즈는 계단을 뛰어올라갔다. 경감과 나도 뒤따라 올라갔으며 마이크로프트는 뚱뚱한 몸이 허락하는 최대한의 속도로 따라왔다.

3층에는 문이 세 개 나란히 있었는데, 낮게 중얼거리다가 날카로운 비명이 되었다가 하는 불길한 소리는 가운데 문에서 나오고 있었다. 문은 잠겨 있었지만 밖에 열쇠가 꽂혀 있었다. 홈즈는 열쇠로 문을 열고 안으로 뛰어들어갔는데, 곧 목을 잡고 뛰쳐나왔다.

"목탄 가스야! 잠시 기다려. 흩어질 테니까." 홈즈가 외쳤다.

안을 들여다보니 방 안의 불빛은 중앙에 있는 놋쇠 화로에서 깜박깜박하며 새어 나오는 흐릿하고 파란 불길뿐이었다. 그 불길이 바닥 위에 기괴한 납빛 원을 그렸고, 그 밖의 어스름 속에 벽을 등지고 웅크린 두 인물의 흐릿한 그림자가 보였다. 열린 문에서 불쾌한 독기가 흘러나와 숨이 막히고 기침이 나왔다.

홈즈는 계단 꼭대기까지 뛰어올라가 신선한 공기를 들이마신 뒤, 방으로 돌진하여 창문을 열고 놋쇠 화로를 뜰로 내던졌다.

"곧 들어갈 수 있을 거야." 홈즈는 뛰쳐나오더니 숨을 헐떡이며 말했다. "양초가 없을까? 하기야 저 공기 속에서는 성냥불도 켜지 못하겠지. 형, 문간에서 랜턴을 비춰 줘. 우리가 저 두 사람을 데리고 나올 테니. 자!"

우리는 중독된 두 남자 쪽으로 뛰어가서 그들을 밖으로 끌어냈다. 둘 다 입술이 파랗게 변했고 얼굴은 부어올라 벌게져 있었다. 얼굴이 심하게 일그러져 있었지만 검은 턱수염과 뒤룩뒤룩한 몸집 덕분에 그중 한 명이 두서너 시간 전 디오게네스 클럽에서 우리와 헤어진 그리스어 통역사임을 알 수 있었다. 손과 발은 단단히 묶여 있고, 한쪽 눈 위에는 심하게 얻어맞은 자국이 있었다. 마찬가지로 묶여 있는 다른 한 명은 극도로 쇠약한 듯한 키 큰 남자로, 얼굴에는 반창고 몇 장이 기괴하게 붙어 있었다. 이 남자는 바닥에 눕혀도 신음 소리를 내지 않았는데, 적어도 이 남자에게는 구조의 손길이 이미 아무 소용 없다는 것을 알 수 있었다. 그러나 멜러스는 아직도 살아 있어 암모니아와 브랜디 덕분에 한 시간 후에 눈을 떴다. 나는 모든 길이 만나는 저 어두운 골짜기에서 이 손으로 그를 다시 돌아오게 했다는 데 만족감을 느꼈다.

그의 이야기는 간단했고 우리의 추리가 옳았음을 뒷받침해 주었다. 그 방문자는 멜러스의 방에 들어오자마자 소매에서 납이 든 몽둥이를 꺼내 들고 곧 죽을 거라고 으름장을 놓으며 또다시 납치했던 것이다. 정말이지 킬킬거리며 웃는 악당이 불행한 어학자에게 최면을 걸었다고 해도 좋을 정도로, 멜러스는 그 남자에 대해 이야기할 때마다 손을 떨었고 얼굴이 창백해졌다. 그는 곧 베켄햄으로 끌려가서 두 번째 담판의 통역 노릇을 했다.

 이 담판은 첫 번째보다 더욱 험악했으며, 두 영국 남자는 포로에게 요구에 응하지 않으면 당장 목숨을 빼앗겠다고 협박했다. 그러나 결국 그리스인이 어떠한 협박에도 굴복하지 않자 그를 또다시 감금실에 처넣었다. 그리고 멜러스에게는 신문광고를 증거로 배신을 추궁한 끝에 몽둥이로 때려 까무러치게 했다. 멜러스는 우리가 자기 몸 위에서 들여다보는 걸 깨닫기까지 아무것도 모르고 있었던 것이다.

 이것이 그리스 통역사에게 일어난 기묘한 사건인데, 아직 설명하지 않은 일이 몇 가지 남아 있다. 광고에 회답해 온 신사에게 연락해서 알 수 있었지만, 그 딱한 젊은 여자는 그리스의 부유한 가문 출신으로 영국의 친구들을 방문하려고 와 있었다. 그러던 중 해롤드 래티머를 알게 되었고, 래티머는 그녀를 구슬려 마침내 함께 사랑의 도피를 할 것을 승낙받았다. 친구들은 사실을 알고 놀랐지만 아테네의 오빠에게 알리는 것으로 그 일에서 손을 떼었다.

오빠는 영국에 도착하자마자 무모하게도 래티머와 그 패거리, 최악의 전력을 가진 윌슨 켐프라는 남자의 손에 뛰어들었다. 두 사람은 그가 영어를 할 줄 모르고 자기들에게 전혀 힘을 쓸 수 없음을 알자 감금하고 잔학한 짓을 했고, 식사마저 주지 않으며 그의 재산과 여동생을 포기한다는 서류에 서명시키려고 했다. 여자에게는 알리지 않고 집에 감금해 두었는데, 만일 누이동생이 오빠를 보더라도 쉽게 알아볼 수 없도록 얼굴에 반창고를 붙인 것이었다. 그러나 여자는 통역사가 처음 찾아왔을 때 본 것처럼 첫눈에 오빠를 알아보았다. 하지만 가엾게도 그녀 역시 갇혀 있는 몸이었다. 이 집에는 마부 노릇을 하는 남자와 그 부인 외에는 아무도 없었고, 이들 또한 악당들의 앞잡이였다. 비밀이 탄로 나고 감금당한 사람이 생각대로 움직이지 않자, 두 악당은 여자를 데리고 불과 몇 시간 전에 종적을 감추었다. 그들은 집을 떠나면서 말을 듣지 않은 그리스 남자와 밀고한 남자에게 복수를 한 것이다.

몇 달 후 뜻밖에 부다페스트에서 신문 스크랩이 우리에게 배달되었다. 한 여자를 데리고 여행 중인 영국인 두 명이 비참한 최후를 맞이했다는 내용이었다. 둘 다 칼에 찔려 죽은 모양인데, 헝가리 경찰은 싸움 끝에 서로 치명상을 입혔다고 보았다. 하지만 홈즈는 다른 생각을 하는 모양이다. 그는 지금이라도 그리스 여자를 찾기만 하면, 그녀 자신과 오빠에게 악독한 짓을 한 일당에게 어떻게 복수했는지에 대해 들을 수 있다고 생각한다.

---

9) 1964년 12월 19일 뉴욕 타임스는 다음과 같이 보도했다.

'그리스어 통역사' 원고가 작가의 아들 애드리언 코난 도일의 출품으로 옥션에 나와 1만 2600달러에 낙찰되었다. 이 원고는 《셜록 홈즈의 회상》 속 이야기 가운데 완전한 형태로 시장에 나온 유일한 원고라고 한다. 크리스티 경매 관계자의 말에 의하면, 뉴욕에 사는 여성이 34페이지에 달하는 이 원고를 구입했다고 한다.

노우드의 건축업자

1895년 8월 20일(화)~8월 21일(수)

The Norwood Builder

 "범죄 전문가의 시각에서 보면 모리아티 교수가 죽은 후로 런던은 정말 재미없는 도시가 되었어." 셜록 홈즈가 말했다

 "선량한 시민 중 대부분은 자네 말에 동의하지 않을 거야." 내가 대꾸했다.

 "하긴 그렇겠지. 내 생각만 해서는 안 되겠지." 홈즈가 테이블 쪽으로 의자를 끌어당기며 말했다. "분명히 세상을 위해서는 범죄가 줄어들수록 좋겠지. 그것으로 손해를 보는 사람은 일이 없어서 어슬렁거리는 불쌍한 전문가뿐이니. 그렇다고 해도 모리아티가 활약했을 때는 매일 아침 신문이 무한한 가능성을 제공해 주었지. 아주 작은 흔적, 아주 미세한 힌트에 지나지 않은 것도 많았지만 그 위대한 악의 두뇌를 가진 사람이 배후에 숨어 있다는 사실을 알기에는 충분했지. 마치 가장자리가 희미하게 흔들리는 거미줄을 보고, 한가운데 자리 잡은 흉악한 거미의 존재를 느끼는 것처럼 말이야. 하찮은 절도 사건, 방종한 폭력 사태, 목적이 없는 난폭함마저도 실마리를 쥐고 있는 사람에게는 연관성이 있는 것으로 보이지. 고도의 범죄 사회를 과학적으로 연구하려는 사람에게 그 당시의 런던은 유럽의 어느 수도보다도 좋은 도시였는데 그것이 요새는 통……."

홈즈는 어깨를 으쓱하며 자신이 그렇게 힘을 들여 이룬 결과에 대해 농담을 섞어 불평한 것이다.

이때는 홈즈가 돌아와 몇 달이 지났을 당시로, 나는 그의 부탁으로 개업의 일을 다른 사람에게 넘기고 베이커 가의 옛 둥지에서 다시 홈즈와 함께 살고 있었다. 켄싱턴에 있던 나의 작은 진료소의 권리를 산 사람은 버너라는 젊은 의사였는데, 그는 내가 터무니없이 불러 본 비싼 값에도 전혀 주저하지 않고 돈을 지불했다. 몇 년 후에 알게 된 사실인데, 버너는 홈즈의 먼 친척으로, 그때 돈을 낸 사람은 홈즈였다.

나중에 사건 기록 일지를 살펴보니, 홈즈가 불평한 대로 처음 한 달은 사건이 별로 없었다. 전 대통령 무릴로, 네덜란드 증기기관선 프리스랜드 사건으로 그럭저럭 생계를 꾸려 갈 정도였다. 차갑고 자부심 강한 홈즈는 어떤 형태로든지 대중의 찬사를 꺼렸기에 나에게 더 이상 자신이나 수사 방법, 성공적인 사건 해결에 대해서 아무 말도 하지 말라고 단단히 경고했다. 그러나 내가 베이커 가의 홈즈 하숙집으로 돌아오면서 자연스럽게 사건 일지를 다시 기록하기 시작했고, 사건에 대해 아무 말도 하지 말라는 홈즈의 당부도 자취를 감추고 말았다.

홈즈는 별난 불평을 하더니 의자에 기대앉아 천천히 조간신문을 펼쳤다. 그때 갑자기 벨이 요란하게 울리고는 문을 두드리는 소리가 들렸다. 누군가 현관을 주먹으로 쾅쾅 치는 듯했다. 이어서 문이 열리고 복도를 달려 계단으로 뛰어올라오는 발소리가 났다. 그리고 방문이 열리면서 한 젊은이가 들어왔다. 젊은이는 얼굴이 창백하고, 머리는 온통 헝클어졌으며, 온몸을 부들부들 떨었다. 정신이 완전히 나간 모습이었다. 나와 홈즈가 그를 의아하다는 듯 쳐다보자 젊은이는 자신의 무례한 방문에 대해 뭔가 사과의 말을 해야 한다는 사실을 깨달은 모양이었다.

"죄송합니다, 홈즈 씨. 죄송하지만 어쩔 수 없었습니다. 정말 미칠 것만 같아서요. 홈즈 씨, 제 이름은 바로 존 헥터 맥팔레인입니다." 젊은이가 숨을 헐떡이며 말했다.

젊은이는 자신의 이름만 말하면 이렇게 갑작스러운 방문의 이유가 설명될 것이라고 생각하는 모양이었다. 그러나 홈즈의 무표정한 얼굴을 보니 홈즈 역시 나처럼 영문을 모르기는 마찬가지인 듯했다.

"일단 담배를 한 대 피우시지요, 맥팔레인 씨." 홈즈가 담배를 내밀면서 말했다. "여기 있는 제 친구 왓슨이 당신에게 진정제를 처방해 줄 겁니다. 요 며칠 날씨가 굉장히 포근했지요. 자, 이제 좀 진정되었으면 차근차근 무슨 일인지 설명해 주시면 고맙겠습니다. 이름만 듣고 제가 알 수 있는 건 아무것도 없으니까요. 물론 당신이 독신 변호사이고 프리메이슨 회원이란 점 그리고 천식을 앓고 있다는 것 정도는 알고 있습니다만."

홈즈의 추리 방법을 잘 알고 있는 나로서는 그가 그 사실을 어떻게 알았는지 짐작이 갔다. 단정하지 않은 옷차림, 법률 서류, 시곗줄, 가쁜 호흡을 보고 알아냈던 것이다. 그러나 맥팔레인은 몹시 놀란 듯 눈을 크게 뜨고 홈즈를 보았다.

"네, 맞습니다. 홈즈 씨. 아울러 현재 런던에서 제일 불행한 사람이기도 합니다. 하늘이 보고 계신다면 저를 버리진 않겠지요. 홈즈 씨, 만약 그들이 제 얘기가 끝나기 전에 체포하러 온다면 제발 시간을 좀 달라고 해 주세요. 진실을 모두 말할 수 있도록 말입니다. 홈즈 씨가 이 사건을 맡아 주신다면 감옥에 가더라도 상관없습니다."

"체포라고요! 이거 정말 참 고맙, 아니, 흥미로운 일이군요. 무슨 혐의로 체포되는 겁니까?" 홈즈가 물었다.

"로어 노우드의 조너스 올데이커를 살해한 혐의입니다."

홈즈의 얼굴에 동정심과 함께 약간의 만족감이 동시에 떠올랐다.

"지금 친구 왓슨과 조간신문에 난 그 사건에 대해 막 얘기하려던 참이었습니다." 홈즈가 말했다.

맥팔레인은 떨리는 손으로 홈즈의 무릎 위에 놓여 있던 데일리 텔레그래프를 집어 들었다.

"신문을 보셨다면 제가 이른 아침부터 홈즈 씨를 찾아온 용건이 무엇인지 아시겠군요. 제 이름과 불행이 모든 사람의 입에 오르내리는 것처럼 느껴집니다."

맥팔레인이 신문 한가운데 페이지를 펼쳤다.

"여기 기사가 실려 있습니다. 제가 읽어 드리지요. 기사 제목은 이렇습니다. '로어 노우드의 괴사건. 저명한 건축가의 실종. 살인과 방화. 범인 추적 중.' 경찰은 이미 저를 범인으로 지목해 추적하고 있습니다. 런던 다리 역에서부터 경찰이 쫓아오고 있었으니까요. 분명히 저를 체포하려고 기다리고 있었습니다. 어머니가 이 사실을 아시면 무척 힘들어하실 텐데. 아, 이 일을 어쩌면 좋단 말입니까." 그는 정신적 고통이 심한 듯, 손을 비틀며 초조하게 몸을 앞뒤로 흔들었다.

나는 흉악한 범죄 용의자로 지목된 맥팔레인을 자세히 관찰했다. 금발에 잘생긴 얼굴이었으며, 자주 빨아서 해진 옷을 입고 있었다. 푸른 눈은 겁에 질려 있었고, 섬세해 보이는 얇은 입술과 깔끔하게 면도한 턱이 인상적이었다. 나이는 스물일곱 살쯤 된 것 같았고, 옷차림이나 소지품으로 보아 중류 계급임을 알 수 있었다. 얇은 여름용 코트 주머니 밖으로 변호사라는 직업을 말해 주는 돌돌 말린 서류 뭉치가 튀어나와 있었다.

"시간이 없군. 왓슨, 신문에 실린 사건 기사를 읽어 주겠나?" 홈즈가 말했다.

나는 강한 어조로 좀 전에 맥팔레인이 읽은 제목 아래 실린 기사의 내용을 읽었다.

어제 늦은 밤에서 오늘 이른 새벽 사이에 교외 노우드 지역에서 심각한 범죄가 발생했다. 조너스 올데이커는 유명한 건축가로 52세의 독신이다. 시드넘 가의 딥 딘 저택에 살고 있는 그는 건축 일을 그만두고 몇 년 동안 집에 틀어박혀 살아왔다. 그동안 모아 놓은 재산이 상당히 많다고 한다.

어젯밤 새벽 2시경, 뒤뜰에 있는 작은 통나무 창고에서 화재가 발생했다. 곧 소방차가 현장에 도착했으나 바싹 마른 목재 때문에 불길을 빨리 잡지 못했다. 통나무 창고 화재는 그다지 특이한 사건이 아니었지만 곧 중대한 범죄임을 알려 주는 일이 발생했다. 집주인 조너스 올데이커가 화재 현장에 보이지 않았다. 집 안에 올데이커가 없다는 사실이 확인되었고, 그의 침실을 조사했으나 침대에서 잠을 잔 흔적은 없었다. 또 금고 문이 열려 있었고, 중요한 서류들이 바닥에 떨어져 있었으며, 심한 몸싸움이 벌어진 듯 약간의 핏자국이 방 안에서 발견되었다. 바닥에 떨어져 있던 떡갈나무 지팡이 역시 손잡이에 피가 묻어 있었다. 지팡이의 주인은 그날 밤 늦게 올데이커를 찾아온 존 헥터 맥팔레인으로 밝혀졌다. 맥팔레인은 런던 시 이스트 센트럴 그레셤 건물 426호의 그레이엄 맥팔레인 법률사무소에서 일하는 변호사다. 경찰은 범죄 동기를 알 수 있는 확실한 증거를 확보한 것으로 보이며, 추후 범인 체포 등 사건 수사가 순조롭게 이어지리라 예상하고 있다.

경찰은 존 헥터 맥팔레인을 조너스 올데이커 살인 혐의로 체포할 계획이다. 구속영장이 발부될 것이 확실하며 노우드 사건 현장에서 더 자세한 수사가 실시될 예정이다. 또 방 안에서 발견된 올데이커의 혈흔 이외에도 크고 긴 프랑스식 침실 창문이 열려 있는 것이 확인되었다. 이 창문 밖으로 부피가 큰 물체를 목재 더미가 있는 곳까지 끌고 나간 흔적이 발견되었고, 화재 장소에서는 목재가 타고 남은 재 가운데 새까맣게 숯으로 변한 물체가 발견되었다. 범인이 피해자를 침실에서 살해하고 서류를 훔친 다음, 목재 더미가 있는 곳까지 시체를 끌고 나가 흔적을 없애기 위해 방화를 한 것으로 경찰은 추정하고 있다. 이번 사건을 담당한 스코틀랜드 야드의 레스트레이드 경감은 앞으로 최선을 다해 사건을 해결하겠다고 밝혔다.

눈을 감고 손끝을 모은 채 사건 내용에 귀를 기울이던 홈즈가 마침내 입을 열었다.

"재미있는 사건이군요. 우선 하나 물어보지요. 맥팔레인 씨, 모든 혐의가 당신에게 집중되어 있는데 지금까지 경찰이 당신을 체포하지 않은 이유는 뭔가요?" 뭔가 석연치 않은 사실이 있다는 듯한 말투였다.

"전 토링턴 로지의 블랙히스에서 부모님과 함께 살고 있습니다. 어젯밤 늦게 조너스 올데이커 씨를 방문한 뒤 바로 노우드에 있는 호텔에서 묵었습니다. 그리고 다음 날, 곧장 사무실로 출근하려고 기차를 타고 나서야 신문을 보고 방금 말씀드린 사건을 알게 되었습니다. 위험한 지경에 처했다는 사실을 깨달은 저는 서둘러 홈즈 씨에게 의뢰해야겠다는 생각이 들었습니다. 런던에 있는 사무실이나 집에서 체포당할 것이 틀림없으니까요. 런던 다리 역에서부터 누가 절 쫓아왔습니다. 틀림없이. 세상에 맙소사, 이게 무슨 소리죠?"

벨이 울리고 계단을 올라오는 무거운 구둣발 소리가 들렸다. 조금 뒤 우리의 오랜 친구 레스트레이드가 문간에 나타났다. 그의 뒤에는 순경 두 명이 서 있었다.

"존 헥터 맥팔레인 씨?" 레스트레이드가 물었다.

완전히 맥이 빠진 맥팔레인은 조용히 자리에서 일어났다.

"조너스 올데이커 살해 혐의로 당신을 체포합니다."

맥팔레인은 절망적인 표정으로 우리를 쳐다보더니 의자에 쓰러지듯 다시 주저앉았다.

"잠깐, 레스트레이드. 30분 정도 지체한다고 해서 크게 달라질 것은 없지 않나요? 이 젊은이가 아주 재미있는 사건을 들려

주던 참이라서요. 우리가 사건을 해결하는 데 도움이 될지도 모릅니다." 홈즈가 말했다.

"사건은 이미 해결되었다고 생각하는데요, 홈즈 씨." 레스트레이드가 퉁명스럽게 말했다.

"당신이 거절하지만 않으면 맥팔레인 씨의 이야기를 더 들었으면 좋겠습니다."

"제가 홈즈 씨 부탁을 거절할 수는 없지요. 과거에도 두어 번 도움을 받았으니 스코틀랜드 야드로서는 홈즈 씨에게 빚이 있는 셈이니까요. 하지만 용의자 옆을 떠날 수는 없습니다. 그리고 제게는 맥팔레인이 지금부터 하는 말이 본인에게 불리한 증거가 될 수 있다는 점을 경고할 의무가 있습니다."

"물론입니다. 저는 여러분이 제 얘기를 듣고 진실을 알아주기를 원할 뿐입니다." 맥팔레인이 말을 이었다. "먼저 설명드리고 싶은 점은 전 조너스 올데이커 씨를 전혀 모른다는 겁니다. 부모님이 그분과 오랫동안 알고 지낸 사이라서 이름은 들어 봤지만, 멀리 떨어져 살기 때문에 직접 만난 적은 한 번도 없습니다. 그래서 어제 그 사람이 3시쯤 런던에 있는 제 사무실로 찾아왔을 때 깜짝 놀랐습니다. 하지만 올데이커 씨가 방문한 이유를 듣고 더 놀랐지요. 그가 수첩에서 무엇인가 적힌 종이 몇 장을 찢어 제 책상 위에 올려놓더군요. 바로 이겁니다.

올데이커 씨는 '이건 내 유언장이오'라면서 '맥팔레인 씨, 이걸 법적으로 효력이 있는 정식 유언장으로 만들어 주시오. 작성하는 동안 여기 앉아서 기다리겠소'라고 말했습니다.

저는 유언장을 작성하려고 종이에 적힌 내용을 읽다가 깜짝 놀랐습니다. 전 재산을 저한테 남긴다는 내용이었으니까요. 올데이커 씨는 족제비처럼 생긴 인상에 눈동자는 회색이고 눈썹은 흰색이었는데, 어쨌든 인상이 좋아 보이진 않았습니다. 게다가 어리둥절한 나를 보는 표정이 왠지 음흉했습니다. 저는 유언장을 읽으면서 제 눈을 의심했습니다. 올데이커 씨는 자신은 독신이고 친척도 없는 데다 젊었을 때 우리 부모님과 알고 지낸 사이였는데, 제가 성실하고 똑똑한 젊은이라는 칭찬을 많이 들었기에 자기 재산을 물려줄 만하다고 생각했다고 이유를 설명하더군요. 물론 너무나 뜻밖이어서 고맙다는 인사도 제대로 하지 못했습니다. 서명도 마치고 사무소 서기가 입회인으로 연서도 해서 유언장 작성을 완전히 마쳤습니다. 이것이 완성한 유언장 원본이고, 이건 올데이커 씨가 손으로 써서 작성한 초안입니다. 그랬더니 올데이커 씨는 내가 살펴봐야 할 서류들, 그러니까 건물 임대 계약서, 부동산 권리증, 저당 증서, 가증권 등이 있다고 했습니다. 그리고 전부 확실히 마무리될 때까지는 안심이 되지 않으니, 오늘 밤 유언장을 갖고 노우드의 자기 집으로 와 달라고 부탁했습니다. '다만 이 일이 끝날 때까지 부모님이나 누구에게도 말하지 말게. 나중에 깜짝 놀라게 해 주고 싶어서 그러네'라고 덧붙이더군요. 어찌나 신신당부하던지 전 그렇게 하겠다고 굳게 약속했습니다.

도저히 부탁을 거절할 분위기가 아니었습니다. 졸지에 재산을 물려주겠다는 사람의 부탁을 들어줘야 하는 상속자 처지가 되었으니까요. 우선 저는 급한 일이 생겨서 늦게 갈지도 모른다는 전보를 집으로 보냈습니다. 그리고 올데이커 씨가 자신은 9시 전에는 집에 없을 거라면서 9시에 저녁 식사를 하자고 해서 그 시간에 그의 집으로 갔습니다. 그런데 집을 찾느라 고생하는 바람에 9시 30분이 되어서야 그 집에 도착했습니다. 전 그를 찾⋯⋯."

"잠깐, 누가 문을 열었나요?" 홈즈가 물었다.

"중년 여자였습니다. 아마 가정부였겠지요."

"그 여자가 당신 이름을 알고 있던가요?"

"그랬습니다."

"알겠습니다. 계속하세요."

맥팔레인은 이마에 맺힌 땀을 닦은 후 이야기를 이어 나갔다. "그 여자가 응접실로 저를 안내했습니다. 검소한 저녁 식사가 준비되어 있더군요. 얼마 후에 올데이커 씨가 자기 침실로 저를 데리고 갔습니다. 그곳에는 큰 금고가 하나 있었어요. 그는 금고 문을 열고 서류를 한 아름 꺼냈습니다. 서류 정리를 마치고 나니 밤 11시가 훨씬 넘었습니다. 올데이커 씨는 가정부를 귀찮게 깨울 필요 없이 큰 프랑스식 창문으로 나가면 된다고 하더군요. 창문은 우리가 일하는 내내 열려 있었습니다."

"창문 블라인드는 내려져 있었나요?" 홈즈가 물었다.

"정확히 기억나지 않아요. 하지만 반쯤 내려져 있었던 것 같아요. 네, 맞아요. 창문을 열려고 블라인드를 올린 기억이 납니다. 그런데 제 지팡이가 보이지 않았어요. 그러자 올데이커 씨가 신경 쓰지 말라면서 찾아놨다가 나중에 오면 돌려주겠다고 하더군요. 그래서 저는 올데이커 씨와 작별 인사를 하고 나왔습니다. 금고 문도 열려 있었고, 서류 더미들도 책상 위에 그대로 둔 채 말입니다. 시간이 너무 늦어서 블랙히스에 있는 집으로 돌아갈 수 없었기에 애널리 암스에서 하룻밤을 묵었지요. 다음 날 아침 조간신문을 읽을 때까지 전 이 사건에 대해 아무것도 모르고 있었습니다."

"더 질문하고 싶은 게 있나요, 홈즈 씨?" 맥팔레인이 자초지종을 설명하는 중간 중간 약간 눈을 치켜뜨며 듣고 있던 레스트레이드가 말했다.

"블랙히스로 가서 조사해야겠습니다." 홈즈가 대답했다.

"사건이 일어난 노우드 말입니까?" 레스트레이드가 물었다.
"아, 그렇군요. 거기 말입니다." 홈즈가 알 수 없는 미소를 지으며 대답했다. 레스트레이드도 그동안 경험해 온 바로 홈즈의 날카로운 추리는 도저히 따라갈 수 없다는 사실을 알고 있었다. 레스트레이드는 신기한 듯 내 친구를 보았다.

"셜록 홈즈 씨, 몇 마디 얘기를 나누었으면 좋겠군요. 자, 맥팔레인 씨, 경관이 당신을 체포하러 문 앞에서 기다리고 있소. 사륜마차도 길에서 대기하고 있고." 레스트레이드가 말했다.

맥팔레인은 불쌍하게도 자리에서 일어나 마지막으로 우리에게 간절한 눈길을 보내면서 방을 나갔다. 순경들은 맥팔레인을 마차에 태우고 돌아갔지만 레스트레이드는 방에 남아 있었다.

홈즈는 유언장 초안이라는, 올데이커가 갈겨쓴 글이 적힌 종이들을 유심히 살펴보았다. 예사롭지 않은 흥밋거리가 홈즈를 사로잡은 것이 분명했다.

"이 유언장을 보니 몇 가지 단서가 있군요. 그렇지요, 레스트레이드?" 홈즈가 종이를 경감에게 건네주었다.

유언장을 보는 레스트레이드의 얼굴에는 당혹스러운 표정이 역력했다.

"처음 두세 줄 그리고 중간 부분, 음…… 맨 끝장 한두 줄은 알아볼 수 있네요. 그런데 나머지 부분은 알아보기 힘들군요. 전혀 읽을 수 없는 부분이 세 군데나 있고요."

"이게 무슨 뜻 같습니까?" 홈즈가 물었다.

"글쎄요, 홈즈 씨는 무슨 생각이 드십니까?"

"기차에서 썼다는 뜻이지요. 글씨가 정확한 부분은 역에 정차했을 때 쓴 것이고 약간 갈겨쓴 부분은 기차가 막 움직였을 때 썼다는 뜻입니다. 그리고 아주 알아보기 힘든 부분은 기차가 서지 않고 계속 달릴 때 쓴 겁니다. 전문가라면 교외 기차에서 이 유언장을 썼음을 즉각 알아볼 수 있습니다. 런던에서 매우 가까운 지역을 제외하면 이렇게 쉬지 않고 빨리 운행하는 기차는 하나밖에 없습니다. 기차를 타고 오는 내내 이 유언장을 작성했다는 것은 바로 특급열차를 타고 있었다는 뜻이지요. 노우드와 런던 다리 역 사이에 정차 역이 한 번밖에 없는 특급열차 말입니다."

레스트레이드가 웃었다.

"홈즈 씨가 추리를 시작할 때면 전 늘 따라잡기 힘듭니다. 그게 이번 사건과 어떤 상관이 있습니까?"

"글쎄요, 맥팔레인 씨의 이야기 가운데 조너스 올데이커가 작성한 유언장이 겨우 어제 만들어졌다는 사실을 어느 정도 뒷받침해 주지요. 그렇게 중요한 유언장을 이처럼 서둘러서 작성했다는 것이 이상하지 않습니까? 바로 올데이커 씨는 이 유언장을 그다지 중요하게 여기지 않았다는 뜻입니다. 별로 중요하게 생각하지 않는 유언장이라면 기차 안에서 작성할 만도 하지요."

"동시에 그 유언장 때문에 죽음을 당하기도 했고요." 레스트레이드가 말했다.

"아, 그렇게 생각하나요?"

"홈즈 씨 생각은 다른가요?"

"글쎄요, 그럴 수도 있지만 이번 사건은 그렇게 단순하지는 않은 듯싶군요."

"단순하지 않다니오? 이보다 더 확실하고 명백한 이유가 어디 있습니까? 맥팔레인은 어떤 노인이 죽는다면 자신이 막대한 재산을 물려받을 수 있다는 사실을 갑작스럽게 깨달았습니다. 그럼 그는 어떻게 했을까요? 이 사실을 아무에게도 알리지 않고 그날 밤 노인의 집으로 찾아갈 구실을 만들었습니다. 그 집 사람들이 모두 잠들기를 기다렸다가 노인 혼자 있는 침실로 가서 그를 죽이고 시체를 나뭇더미에 숨겨 불을 지른 겁니다. 그리고 근처 호텔에서 하룻밤 묵었습니다. 방에는 약간의 핏자국과 지팡이가 남아 있습니다. 맥팔레인은 자신이 피 한 방울 흘리지 않고 노인을 죽였다고 생각했고 시체가 불에 타서 재가 되면 노인이 어떻게 죽었는지 아무도 모를 거라 생각했겠지요. 그러나 남아 있는 흔적으로 보아 젊은이의 짓이 틀림없습니다. 너무나 확실한 사실 아닙니까?"

"사소한 단서를 그렇게 확실한 증거로 생각하다니 놀랍군요, 레스트레이드. 뛰어난 능력에 약간의 상상력을 더하시면 좋겠군요. 만약 당신이 그 젊은이라고 처지를 바꿔 생각해 보기 바랍니다. 유언장을 작성한 그날 밤을 골라서 범행을 하겠습니까? 위험한 짓이 아닐까요? 하필이면 그날 바로 성급하게 범행을 저지를 필요가 있겠습니까? 그리고 자신이 그 집을 방문한 사실을 모두 알고 있는 날 일부러 가서 범행을 저지르겠습니까? 하인이 나와서 자기를 맞이할 텐데요? 마지막으로 시체를 숨기기 위해 화재까지 저지르는 대담하고 치밀한 범인이 자기 지팡이를 두고 나오겠습니까? 자신의 짓이라는 사실이 뻔히 드러날 텐데요? 레스트레이드, 이런 일이 가능하다고 생각합니까?"

"지팡이 문제라면 홈즈 씨, 당신도 잘 아시겠지만 범죄자들은 가끔 허둥대다가 그런 실수를 저지르지요. 냉정한 사람이라면 저지르지 않았을 실수지요. 아마 지팡이를 찾으러 방 안으로 돌아가기가 겁났을 겁니다. 좀 더 상황에 들어맞는 근거를 제시해 주시지요."

"여섯 개도 넘게 제시할 수 있습니다. 아주 그럴듯하면서도 증명할 수 있는 예를 들어 보지요. 한 노인이 값나가는 서류를 보여 주고 있습니다. 지나가던 부랑자가 창문으로 그 서류를 봤습니다. 블라인드는 겨우 반쯤 창문을 가린 상태였으니까요. 변호사인 젊은이가 나가자 부랑자가 방으로 들어왔습니다. 젊은이가 두고 간 지팡이로 올데이커를 죽이고 시체를 태운 후

사라졌습니다."

"부랑자가 시체를 태워야 할 이유가 어디 있습니까?"

"그렇다면 맥팔레인이 시체를 태워야 할 이유는 어디 있습니까?"

"증거를 없애기 위해서겠죠."

"부랑자 역시 살인의 흔적을 없애기 위해 시체를 태웠을 수 있지요."

"그렇다면 부랑자는 왜 아무것도 훔치지 않았습니까?"

"그 증서들은 부랑자가 팔 만한 물건이 아니었으니까요."

이 말에 수긍하기가 어렵다는 듯 레스트레이드는 고개를 저었다. 그러나 이전보다는 자신감이 약간 떨어진 듯 보였다.

"셜록 홈즈 씨, 그렇다면 그 부랑자를 한번 찾아보세요. 그동안 경찰은 맥팔레인 씨를 붙잡아 두고 있겠습니다. 누가 옳은지는 두고 보면 알겠지요. 단, 이 점만 알아 두십시오. 우리가 알기론, 사라진 증서는 하나도 없습니다. 그리고 증서를 훔칠 이유가 없는 사람은 바로 맥팔레인뿐입니다. 본인이 올데이커의 유산 상속자니까 굳이 번거롭게 증서를 훔쳐서 팔 이유가 없기 때문이죠. 올데이커를 죽이기만 하면 유언장에 적힌 대로 모든 재산이 자기 손에 들어올 테니까요."

홈즈는 이 말에 약간 멈칫했다.

"당신이 유리하다고 생각하는 증거가 몇 개나 있다는 것은 나도 부정하지 않아요. 다만 다른 추리도 가능하다는 점은 말하고 싶군요. 당신 말대로 두고 보면 누가 옳은지 알게 되겠지요. 좋은 아침 보내십시오. 오늘 노우드에 가서 당신의 수사가 어떻게 돼 가는지 한번 보고 오지요." 홈즈가 말했다.

레스트레이드가 떠나자 홈즈는 일어나 자신의 마음에 드는 일을 발견한 듯이 서둘러 외출 준비를 했다.

"왓슨, 우리가 가장 먼저 해야 할 일은 블랙히스에 있을 거야." 홈즈가 프록코트를 입으면서 말했다.

"왜 노우드로 가지 않지?"

"이번 사건 뒤에는 또 다른 사건이 숨어 있기 때문이지. 경찰은 겉으로 드러난 사건에만 주목하는 실수를 저지르고 있어. 왜냐하면 실제로 범행이 드러난 사건이기 때문이지. 하지만 논리적으로 사건에 접근하는 길은 뒤에 숨어 있는 사실을 찾아내는 데 달려 있어. 급하게 작성한 희한한 유언장은 생각지 않았던 사람에게 재산을 물려준다고 쓰여 있지. 어쩌면 그 사실이 사건 해결에 도움이 될 거야. 아, 그러고 보니 왓슨, 자네까지 갈 필요는 없겠어. 저녁때쯤 돌아올게. 나에게 보호해 달라고 부탁한 불행한 젊은이 맥팔레인을 위해서 뭔가 해야겠어."

홈즈는 상당히 늦게 돌아왔다. 지치고 흥분한 기색이 엿보였다. 기대했던 바가 모두 뜻대로 이루어진 것 같지는 않았다. 홈즈는 마음을 가라앉히기 위해서인지 한 시간 동안 바이올린을 켰다. 마침내 홈즈가 바이올린을 놓고 하루 종일 겪은 일을 상세히 설명했다.

"왓슨, 모두 헛수고였어. 아무것도 알아낼 수 없었어.

아침에는 레스트레이드 앞에서 자신만만하게 굴었지만 오후가 되자 내가 잘못 판단했다는 생각이 들었어. 아무래도 이번엔 레스트레이드의 생각이 옳을지도 몰라. 내 직감은 딱 하나였어. 그런데 눈에 보이는 사실은 내 직감과는 정반대였어. 그리고 아무리 생각해도 영국의 배심원들은 레스트레이드가 늘어놓는 증거보다도 내 추리를 중요하게 여길 정도로 지능이 높지 않아."

"블랙히스에 갔었어?"

"그래, 왓슨. 거기 가서 알아낸 것은 죽은 올데이커가 아주 나쁜 사람이었다는 사실이야. 맥팔레인의 아버지는 아들을 찾으러 나가서 어머니만 집에 있더군. 몸집이 작고 눈이 푸른 다소곳한 여성이었어. 화도 나고 겁에 질려 있는 것 같았어. 물론 아들이 그런 죄를 저지를 사람이 아니라고 항변하더군. 하지만 올데이커가 죽었다는 소식에는 놀라거나 슬퍼하지 않았어. 오히려 쌀쌀맞게 말하더군. 경찰이 그 얘기를 들었다면, 어머니가 올데이커를 싫어해서 무의식적으로 맥팔레인이 그에 대한 증오와 폭력을 키웠다고 생각했을 거야.

'그는 사람이라기보다는 사악하고 교활한 원숭이예요. 젊었을 때부터 항상 그런 식이었죠.'

'젊었을 때부터 알았나요?' 내가 물었지.

'네, 아주 잘 알아요. 사실을 말하면 옛날에 나에게 구혼했어요. 하지만 나는 분별력이 있어서 그 사람과 결혼하지 않고, 가난하지만 더 좋은 사람과 결혼했어요. 홈즈 씨, 사실은 올데이커와 약혼까지 한 사이였는데 어느 날 그가 새들이 있는 우리에 고양이 한 마리를 풀어놓았다는 충격적인 이야기를 듣고, 그 잔인함에 오싹해서 더 이상 그 사람을 만나지 않겠다고 결정했어요.'

그리고 맥팔레인 부인은 책상을 뒤지더니 여자 사진을 한 장 꺼내 보여 주더군. 사진은 칼로 마구 그어서 찢어져 있었어. '이건 제 사진이에요. 제가 맥팔레인과 결혼한 날 아침에 저주의 편지와 함께 이 사진을 보내왔어요.'

'음, 그래도 지금은 당신을 용서한 것 같군요. 아드님에게 전 재산을 남긴다는 유언장을 쓸 정도니까요.'

'제 아들이나 저나 올데이커에게는 한 푼도 받고 싶지 않아요. 그가 살았거나 죽었거나 상관없이 말이에요! 홈즈 씨, 신이 있다면 내 아들이 흰 눈처럼 결백하다는 사실이 꼭 밝혀질 거예요. 그리고 흉악한 올데이커는 결국 천벌을 받을 거고요.' 부인은 화를 내면서 말했지.

나는 맥팔레인 부인에게 질문을 두어 개 더 했지만 추리에 도움이 되는 단서는 얻을 수 없었어. 오히려 아들의 결백함에

방해만 될 뿐이었지. 결국 나는 질문을 그만두고 노우드로 출발했지.

딥 딘 저택은 아주 큰 벽돌 건물이더군. 저택 앞 정원에는 잔디밭이 펼쳐져 있었어. 길에서 좀 떨어진 오른쪽은 목재 더미가 쌓여 있는 곳으로, 화재가 일어난 현장이었어. 수첩에 대충 그려놓았지. 봐, 올데이커 방으로 들어가는 창문은 왼쪽에 있고, 이 길에서 보면 창문을 통해 올데이커의 방이 보여. 오늘 내가 한 일은 이게 전부야. 레스트레이드는 현장에 없었고, 경관들이 조사하다가 막 대단한 것을 발견한 참이었지. 불에 타서 재가 된 나뭇더미를 오전 내내 뒤지다가 둥근 금속성 물체들을 찾아냈더군. 자세히 살펴보니 모두 새까맣게 변한 바지의 금속 단추였어. 나는 그중 '하임스'라는 이름이 흐릿하게 남아 있는 단추를 발견했지. 바로 올데이커의 단골 양복점 이름이었어. 잔디밭을 조사하면서 뭔가 단서가 발견될까 하고 살폈지만 날이 워낙 건조해 풀밭에는 아무런 흔적도 남아 있지 않더군. 낮은 울타리를 넘어 시체나 어떤 커다란 것을 나뭇더미가 있는 곳까지 질질 끌고 간 흔적 외에는 아무것도 없었어. 결국 경찰의 이론을 뒷받침해 주는 상황뿐이었지. 8월의 뜨거운 햇볕 아래서 잔디밭을 기어다니며 한 시간이나 애를 썼지만 아무 수확도 없이 일어섰지.

헛수고 끝에 나는 올데이커의 침실을 조사하러 들어갔어. 핏자국은 아주 흐릿했고 색도 변해 있었지만 아주 최근의 것임은 틀림없었어. 지팡이에 묻은 핏자국도 희미했고······. 경찰에서 지팡이를 치우긴 했지만 맥팔레인의 것이 맞았어. 본인도 자기 물건이라고 인정했으니까. 올데이커와 맥팔레인의 발자국은 카펫에 남아 있었지만 제삼자의 발자국은 없었어. 유감스럽게도 이 역시 내 생각과 반대되는 사실이었지. 경찰의 주장을 뒷받침할 만한 사실들은 속속 발견되는데 나는 아무런 진전을 보지 못하는 상황이었어.

 내가 희미하게나마 희망을 찾은 것은 아직 내세울 만한 것은 아니지만 금고 내용물을 조사했을 때였어. 금고에 있던 서류들은 대부분 테이블 위에 남아 있었지. 봉인된 편지들 중 한두 개는 이미 경찰이 뜯어 보았더군. 그런데 내가 판단하기에 서류의 대부분이 별 가치 있는 물건은 아니었어. 올데이커가 꽤 재산이 많았을 텐데도 은행 통장에는 잔고가 거의 없더군. 분명 남아 있는 서류 외에 무언가 중요하고 더욱 가치 있는 것들이 어딘가에 있으리라는 생각이 들었네. 이 사실만 증명한다면 레스트레이드의 등등한 기세도 한풀 수그러들겠지. 조금 있으면 물려받을 재산을 구태여 훔칠 사람이 어디 있겠나?

 아무튼 구석구석 살펴봤지만 아무것도 찾아내지 못했어. 그래서 가정부를 만나기로 했지. 렉싱턴 부인은 몸집이 작고 까무잡잡한 피부에 조용한 여자더군. 가늘게 뜬 눈에 의심스러운 빛이 가득한 것이 뭔가 할 말이 있는 게 분명해. 마음만 먹었으면 아마도 무슨 말을 했을 거야. 그런데 꿀 먹은 벙어리처럼 아무 말도 하지 않더군. 가정부 말이 맥팔레인이 9시 30분쯤에 방문했는데, 자기가 문을 열어 주었다고 했어. 문을 열어 주지 않았으면 주인이 살해당하는 끔찍한 일을 막을 수 있었을 텐데, 하고 후회하면서 안타까워하더군. 그리고 10시 30분쯤 잠자리에 들었는데 자기 침실은 집 한쪽 구석에 있기 때문에 누군가 지나가는 소리를 전혀 듣지 못했다고 해. 맥팔레인이 모자도 두고 갔고 지팡이까지 복도에 두고 갔으니 그가 범인이 확실하다고 말하는 거야. 자기는 불이 났다는 소리에 잠에서 깨어났다면서 불쌍한 주인님 올데이커 씨가 살해된 게 분명하다고 했어. 내가 올데이커 씨와 사이가 나쁜 사람은 없었냐고 묻자 '글쎄요, 적이 없는 사람이 어디 있겠어요. 하지만 주인어른은 사람을 많이 사귀는 편도 아니었고 일 때문에 오는 손님이 전부였어요'라고 대답하더군. 잿더미에서 발견된 바지 단추를 보여 주자 올데이커가 그날 밤 입었던 옷에 달린 단추가 확실하다고 했지.

그녀는 허겁지겁 불이 난 장소로 달려 나왔지만, 한 달 동안

비 한 방울 내리지 않은 탓에 나무가 워낙 바싹 말라 있어서 불길이 거셌고, 달려 나갔을 때는 불길밖에 보지 못했다고 말하더군. 그리고 소방대원들과 마찬가지로 자기 역시 시체가 타는 고약한 냄새를 맡았지만, 올데이커 씨의 중요한 서류나 다른 물건들이 불에 타는 것은 보지 못했다고 했어. 왓슨, 이렇게 오늘 하루는 완전히 허탕이었어. 하지만 아직은……."

홈즈는 손가락을 움켜쥐면서 확신에 차서 말했다. "난 분명히 뭔가 잘못됐다는 걸 알아. 직감적으로 느끼고 있는데, 가정부가 뭔가 알고 있는 게 분명해. 그 여자의 어두운 눈빛을 보고 알 수 있었지. 죄를 지었을 때 나타나는 눈빛 말이야. 하지만 이렇게 말만 하면 뭐 하나. 왓슨, 행운의 여신이 우릴 반기지 않아서 이번 노우드 실종 사건이 나의 실패담이 될까 걱정이군."

"그렇게 순진무구해 보이는 맥팔레인이 법정에 서게 된단 말인가?" 내가 물었다.

"그건 아직 몰라, 왓슨. 1887년 우리에게 사건을 맡긴 버트 스티븐슨을 기억하나? 사실 범인은 그 젊은이였지. 겉보기에 그처럼 점잖고 착한 젊은이가 어디 있었나?"

"그건 그랬지."

"뭔가 다른 방향으로 추리하지 않는다면 맥팔레인은 교수형을 당할 거야. 지금 경찰이 생각하는 이론에는 아무 결점도 없어. 앞으로 경찰 수사가 진행될수록 맥팔레인에게는 불리하게 작용할 거야. 그런데 이상한 점이 하나 있어. 바로 올데이커의 서류들인데, 뭔가 우리에게 도움이 될 것 같더군. 올데이커의 은행 통장을 살펴보다가 발견한 사실인데, 은행에 돈이 거의 남아 있지 않은 이유는 작년 한 해 동안 코넬리우스라는 사람에게 큰돈이 지급되어 빠져나갔기 때문이야. 코넬리우스는 도대체 누구이기에 은퇴한 건축가 올데이커와 그렇게 큰돈이 오가는 거래를 했을까? 이 점을 꼭 알아봐야겠어. 이 사건과 관련이 있을 수 있으니까. 코넬리우스는 아마 브로커일 텐데, 집 안에서는 올데이커가 그 사람에게 준 거액의 영수증은 하나도 발견되지 않았어. 영수증이 발견되지 않았으니 은행에 가서 돈을 찾아간 코넬리우스란 사람이 있었는지 물어봐야 해. 하지만 왓슨, 좀 걱정이 돼. 은행에서도 만약 아무 성과가 없다면 레스트레이드는 맥팔레인을 교수형에 처할 텐데 말이야. 스코틀랜드 야드로서는 살인자를 잡았으니 큰 성과가 아니겠나."

그날 밤 홈즈는 한숨도 자지 못한 듯했다. 다음 날 아침, 식당으로 내려가자 창백하고 날카로운 얼굴빛의 홈즈를 만날 수 있었다. 잠을 자지 못해 눈 아래가 어두웠지만 두 눈은 더욱 빛나고 있었다. 카펫 주위에는 간밤에 홈즈가 피우고 버린 담배꽁초가 여기저기 널려 있었고, 조간신문도 바닥에 떨어져 있었다. 테이블 위에는 봉투를 뜯은 전보가 한 통 놓여 있었다.

"왓슨, 어떻게 생각하나?" 홈즈가 전보를 내게 건네며 물었다.

노우드에서 온 전보였다.

새롭고 중요한 증거 확보, 맥팔레인 유죄 확실. 사건에서 손 떼기 바람.
- 레스트레이드

"심각한데." 내가 말했다.

"레스트레이드가 승리를 확신하는 것 같군." 홈즈가 쓴웃음을 지으며 말했다. "하지만 아직 포기하기엔 이르지. 사실, 새롭고 중요한 새 증거는 양날의 칼과 같아서 레스트레이드가 상상하는 방향과는 전혀 다른 쪽으로 사용될 수도 있으니까. 아침 식사를 해, 왓슨. 그리고 나와 함께 노우드로 가. 자네와 동행해야 할 것 같아. 오늘은 왠지 자네의 도움이 필요할 듯하네."

홈즈는 식사를 하지 않았다. 그는 사건에 온 신경을 쏟을 때는 아무것도 먹지 않았다. 음식을 전혀 먹지 않고 완전히 허기에 지쳐서 쓰러질 때까지 사건 수사에 강철 같은 정신력을 쏟아붓곤 했다. 행여 내가 의사로서 당부의 말이라도 할라치면 홈즈는 지금은 음식물까지 소화시킬 여력이 없다고 입버릇처럼 말했다. 그날 홈즈는 아침 식사에 손도 대지 않고 노우드로 출발했다.

딥 딘 저택 주변에는 아직도 구경꾼들이 몰려 있었다. 딥 딘 저택은 내가 머릿속에 그렸던 교외 지역의 저택과 다를 바 없었다. 문 안으로 들어가자 레스트레이드 경감이 있었다. 승리감에 도취된 듯 얼굴에는 홍조가 가득했고, 태도는 의기양양하기 짝이 없었다.

"홈즈 씨, 경찰 수사가 잘못됐다는 사실을 아직 증명하지 못했나 봅니다?" 경감이 물었다.

"아직 결론도 내지 못했습니다." 홈즈가 대답했다.

"허, 이것 참. 경찰은 어제 결론을 내렸는데 역시 우리가 내린 결정이 옳았습니다. 이번에는 당신보다 경찰이 한발 앞섰다는 것을 인정하시지요, 홈즈 씨."

"뭔가 특별한 증거를 잡았나요?" 홈즈가 말했다.

레스트레이드가 소리 내어 웃었다.

"홈즈 씨도 지고 싶지는 않은 모양입니다. 하지만 사람이 항상 옳기만 할 수는 없지요, 안 그렇습니까, 왓슨 씨? 이쪽으로 오세요. 이번 살해와 화재 사건의 주인공이 존 맥팔레인이라는 사실을 확인시켜 드리지요."

그는 통로를 지나 어두운 복도로 우리를 안내했다.

"맥팔레인이 범행을 저지른 후에 모자를 가지러 돌아온 게 분명합니다. 여기를 보세요."

그는 과장된 몸짓으로 성냥불을 켰다. 불이 켜지자 하얀 벽에 찍혀 있는 핏자국이 드러났다. 레스트레이드가 성냥불을 벽 가까이 대자 핏자국은 다름 아닌 지문임을 알 수 있었다. 아주 선명한 엄지 지문이었다.

"돋보기로 한번 보시지요, 홈즈 씨."

"네, 안 그래도 보고 있습니다."

"이 세상에 지문이 똑같은 사람은 없다는 사실을 알고 계시지요?"

"네, 그렇다고 들었습니다."

"흠, 그렇다면 벽에 찍힌 이 지문을 오늘 아침 경찰이 채취한 맥팔레인의 지문 사본과 비교해 보시겠습니까?"

경감은 지문 사본을 벽에 가까이 대었다. 돋보기로 새삼스럽게 확인할 필요도 없이 두 개의 지문은 완전히 일치했다. 나는 맥팔레인에게 더 이상 희망이 없음을 깨달았다.

"결정적인 증거입니다." 레스트레이드가 말했다.

"네, 결정적인 증거군요." 나도 모르게 경감이 한 말을 따라

했다.

"결정적이군요." 홈즈도 따라서 말했다.

그런데 홈즈의 어투가 좀 특이했다. 그래서 나는 홈즈를 쳐다보았다. 홈즈의 표정이 완전히 바뀌어 있었다. 속으로 즐거워하는 빛이 역력했다. 두 눈이 샛별처럼 빛나고 있었다. 터져 나오려는 웃음을 애써 꾹 참고 있는 것이 분명했다.

"이런, 세상에, 세상에." 홈즈가 흥분하며 말했다. "흠, 도대체 누가 이런 생각을 했을까? 정말 깜박 속아 넘어가기 딱 좋은 얄팍한 속임수군요. 그렇게 얌전해 보이는 맥팔레인이 이런 짓을 하다니. 우리가 내린 판단을 항상 믿어서는 안 된다는 교훈적인 증거군요. 안 그렇습니까, 레스트레이드?"

"예, 겉모습만 보고 섣불리 판단하는 사람들이 있지요, 홈즈 씨."

레스트레이드가 대답했다. 콧대가 하늘을 찌를 정도로 오만한 태도였지만 나는 화를 낼 수 없었다.

"범죄 현장에 두고 온 모자를 다시 가지러 오다가 벽에 엄지지문을 남기다니, 하늘이 경찰을 도와주는 것 같네요. 참, 자연스러운 행동입니다, 한번 생각해 보세요."

홈즈는 겉으로는 차분하게 말했지만 속으로 터져 나오는 웃음을 참고 있는 듯 몸이 약간 흔들렸다.

"그나저나 레스트레이드, 누가 이 놀라운 엄지 지문을 발견했나요?"

"가정부 렉싱턴 부인이 발견하고는 야간 경비를 서고 있던 순경에게 신고했답니다."

"그 순경은 어디 있었습니까?"

"범죄 현장인 올데이커의 침실에서 경비를 서고 있었지요. 사건 현장을 누군가 훼손하면 안 되니까요."

"그런데 경찰은 왜 어제 이 지문을 발견하지 못했습니까?"

"글쎄요, 복도까지 전체를 구석구석 살펴볼 이유가 없었으니까요. 게다가 보시다시피 이곳이 눈에 잘 띄는 장소도 아니고요."

"물론이죠. 눈에 잘 띄지 않고말고요. 어제도 벽에 지문이 있었던 게 확실하겠지요?"

레스트레이드는 홈즈의 질문 공세에 화가 난 듯 그를 똑바로 쳐다보았다. 한편 나는 경감의 의기양양한 태도와 꼼꼼하지 않은 수사에 어이가 없었다.

"글쎄요. 그 전에 없었다면 어젯밤에 맥팔레인이 감옥에서 나와서 아무도 없는 틈을 타 확실히 자신에게 불리한 증거를 남기기라도 했단 말입니까? 이건 누가 보아도 맥팔레인의 지문이 틀림없습니다."

"물론 맥팔레인의 지문이 틀림없지요."

"그럼, 된 거 아닙니까? 증거는 충분합니다." 레스트레이드가 말을 이었다. "전 실질적인 사람입니다. 홈즈 씨, 증거를 모두 확보했으니 이제 마무리해야겠습니다. 할 말이 있으면 거실에서 사건 보고서를 쓰고 있을 테니 그리로 오세요."

아직 홈즈의 얼굴에는 즐거움이 서려 있었지만 원래의 냉정을 되찾은 듯 말했다.

"왓슨, 이것 참, 아주 슬픈 일이군. 그런데 우리의 맥팔레인에게 한 가닥 희망이 엿보이는 면이 있어."

"그 말을 들으니 기쁘군. 맥팔레인이 완전히 끝난 건 아닐까 걱정했어." 나는 진심으로 대답했다.

"그런 말을 하기에는 이르지. 왓슨, 이 엄지 지문에는 중대한 결함이 있어. 레스트레이드야 중요하게 생각하지만."

"정말? 어떤 결함이 있지?"

"딱 하나야. 어제 내가 복도를 조사했을 때는 분명히 없었던 자국이라는 거지. 왓슨, 이제 햇볕을 쪼이면서 잠시 산책이나 할까."

나는 머릿속이 엉킨 실타래처럼 혼란스러웠지만, 가슴에는 한 줄기 따뜻한 희망을 안고 홈즈와 함께 정원으로 나가 산책했다. 홈즈는 저택의 동서남북, 네 곳을 꼼꼼히 살피고는 다시

집 안으로 들어가 지하실부터 다락방까지 구석구석 살피며 돌아다녔다. 대부분 비어 있는 방들이었는데도 홈즈는 하나하나 모두 점검했다. 마침내 침실 세 개가 있는 맨 위층 복도에서 홈즈가 또 한 번 기쁨의 미소를 지었다.

"아주 재미있는 사건이군, 왓슨. 이제 레스트레이드를 만나서 내 생각을 확인시키고 동참하게 해야겠어. 우리의 조사를 비웃을 테지만, 내 생각이 옳았음이 증명되면 상황이 거꾸로 변할걸. 좋아, 이제 어떻게 해야 할지 알겠어."

우리는 레스트레이드를 찾아갔다.

"사건 완료 보고서를 쓰고 있군요." 홈즈가 말했다,

"그렇소." 레스트레이드가 대답했다.

"조금 성급하다고 생각하지 않나요? 저는 증거 수집이 아직 완전히 끝나지 않았다는 생각이 자꾸 드는데요."

레스트레이드 역시 홈즈를 알 만큼 아는 사람이었기에 이 말을 놓칠 리 없었다. 그는 펜을 내려놓고 홈즈를 재미있다는 듯 쳐다보았다.

"무슨 말입니까, 홈즈 씨?"

"경감이 아직 만나지 못한 중요한 증인이 한 명 있습니다."

"그럼 홈즈 씨가 그 증인을 데리고 올 수 있나요?"

"그럴 것 같습니다."

"그럼 데리고 오세요."

"최선을 다해 보지요. 경관이 여기 몇 명 있습니까?"

"세 명 정도 부를 수 있습니다."

"아주 좋습니다. 몸집이 좋고 목소리가 큰 사람들입니까?"

"네, 그렇습니다만 경관들의 목소리가 크다고 해서 사건에 무슨 도움이 될지 모르겠군요."

"사건을 해결하는 데 분명 도움이 될 겁니다. 경관들을 불러 주세요, 제가 보여 드리지요."

5분 후 경관 세 명이 복도로 왔다.

"밖의 헛간에서 짚 더미를 찾아 갖고 오세요. 두 다발 정도면 됩니다. 내가 말한 증인을 불러오는 데 아주 큰 도움이 될 겁니다. 감사합니다. 왓슨, 주머니에 성냥 있나? 나에게 줘. 자, 레스트레이드 경감, 저와 함께 꼭대기 층으로 갈까요?"

맨 위층에는 침실이 세 개 딸린 넓은 복도가 있었다. 복도 끝에서 우리는 홈즈를 따라 멈춰 섰다. 경관들은 히죽히죽 웃었고, 홈즈를 보는 레스트레이드 경감의 얼굴에는 차례로 놀라움과 기대 그리고 비웃음이 스쳤다. 홈즈가 마술을 보여 주려는 마술사처럼 우리 앞으로 나와 섰다.

"경관 한 명이 양동이 두 개에 물을 떠 오면 좋겠군요. 그리고 바닥에 짚을 뿌리세요. 벽 가까이 닿지 않게 조심하시고요.

좋아요, 이제 준비가 끝난 것 같군요."

레스트레이드 경감의 얼굴이 붉어졌고, 급기야 화를 냈다.

"지금 우리를 데리고 장난하는 겁니까, 셜록 홈즈 씨? 알고 있는 게 있으면 이런 장난은 그만두고 직접 말을 하시지요."

"레스트레이드 경감, 제가 이러는 데는 다 이유가 있습니다. 불과 얼마 전에 저를 놀리시던 분이 아닙니까? 그러니 제가 지금 약간 번잡스럽게 하더라도 넓은 마음으로 양해해 주셨으면 좋겠군요. 왓슨, 창문을 열어 주겠나? 성냥불을 켜서 짚 가장자리에 던지게."

나는 홈즈가 말한 대로 했다. 잘 마른 지푸라기에는 금세 불이 붙어 회색 연기를 내며 타닥타닥 불길이 올라오기 시작했다.

"이제 그 증인이 나타날 겁니다. 레스트레이드 경감, 자 다 같이 '불이야!' 하고 크게 외칩시다. 지금입니다. 하나, 둘, 셋!"

"불이야!" 모두 고함을 질렀다.

"감사합니다. 한 번 더 하지요."

"불이야!"

"한 번만 더요. 여러분, 다 같이."

"불이야!"

노우드 사방에서 모두 들릴 만큼 정말로 큰 소리였다. 그런데 '불이야!' 소리가 채 사라지기도 전에 놀라운 일이 벌어졌다. 단단해 보이던 복도 끝의 벽이 갑자기 문으로 변하더니 서서히 열리면서 마치 굴속에 있던 토끼가 튀어나오듯 자그마한 노인 한 명이 튀어나왔다.

"옳지!" 홈즈가 나직이 말했다. "왓슨, 짚에 물을 부어. 어서,

됐어. 레스트레이드 경감, 여기 사라졌던 제일 중요한 증인을 한 사람 소개하지요. 조너스 올데이커 씨입니다."

경감은 새로운 인물의 출현에 너무 놀라 얼떨떨한 표정을 감추지 못했다. 벽에서 튀어나온 노인은 밝은 복도로 갑자기 나와서인지 눈을 깜박거렸다. 그는 모락모락 타다 만 연기를 내고 있는 짚 더미와 우리를 번갈아 보았다. 정말 교활한 인상을 풍기는 얼굴이었다. 약삭빠르게 보이는 눈동자는 회색이었고, 눈썹은 흰, 사악하게 생긴 노인이었다.

"이게 뭡니까? 도대체 그동안 무슨 짓을 했던 겁니까?" 경감이 놀라며 말했다.

올데이커가 분노로 얼굴을 붉히는 경감에게서 한 발 물러나며 초조한 듯 소리 내어 웃었다.

"나쁜 뜻은 없었습니다."

"나쁜 뜻이 없었다니오? 아무 죄도 없는 젊은이를 교수형에 처하게 할 뻔하고도 나쁜 뜻이 없었다고요? 여기 계신 홈즈 씨가 아니었으면 결국 당신 뜻대로 되고 말았을 겁니다."

올데이커 노인이 애처로운 목소리로 말했다. "장난이었을 뿐입니다. 그럼요. 장난이고말고요."

"장난이었다고요? 장담하지만 올데이커 씨, 다시는 그런 장난을 못 치게 될 겁니다. 데리고 내려가게. 내가 갈 때까지 거실에 붙잡아 두고 있게."

경관들이 올데이커 노인을 데리고 내려가자 경감이 말을 이었다.

"홈즈 씨, 부하들이 있어서 말하지 못했는데 왓슨 씨 앞에서는 거리낄 게 없으니 말하겠습니다. 정말 탄복했습니다. 도대체 어떻게 하신 건지 도저히 영문을 모르겠군요. 죄 없는 맥팔레인의 목숨을 구한 것뿐만 아니라 제 체면도 살려 주었습니다. 하마터면 큰 실수를 저지를 뻔했군요."

홈즈는 웃으면서 경감의 어깨를 두드렸다.

"체면만 살린 게 아니라 경감의 명성이 더 올라갈 겁니다. 사건 보고서를 약간 고치기만 하면 됩니다. 레스트레이드 경감의 눈썰미가 얼마나 뛰어난지 다들 알게 되겠지요."

"그럼 이 사건에 관여하지 않은 걸로 하겠단 뜻입니까?"

"네, 그래요. 나에게는 일 자체가 보수니까요. 그리고 언젠가 이 열성적인 친구에게 이 사건의 기술을 허락해도 좋은 때가 오면, 내 이름도 남을 테니까요. 그렇지, 왓슨? 그런데 그 쥐새끼가 숨어 있던 방이 어떤지 한번 살펴볼까?"

그곳은 복도 끝에서 6피트 정도를 벽으로 막아 만든 방이었다. 문은 벽처럼 보이도록 교묘하게 위장되어 있었다. 가구 몇 점과 음식과 물이 있었고 신문과 책도 구비되어 있었다.

"건축가였기에 가능한 일이지. 다른 사람의 도움 없이 혼자 힘으로 이런 은신처를 만들 수 있었겠지. 물론 그 가정부의 도움이 있었겠지만. 레스트레이드, 가정부도 빨리 체포해야 할 겁니다."

"물론 그러겠습니다. 그런데 이 은신처를 어떻게 알아냈습니까?"

"올데이커가 집에 숨어 있다는 사실을 확인한 것은 이 복도를 걷다가 아래층 복도보다 6피트 짧다는 점을 발견한 뒤였습니다. 올데이커가 어디 숨었는지는 뻔했지요. 불이 났다는 소리를 듣고도 편안히 은신처에 숨어 있을 만큼 대담한 사람은 아니라고 생각했습니다. 물론 우리가 직접 들어가서 데리고 나올 수도 있었지만 올데이커 스스로 뛰어나오게 하는 편이 더 재미있을 것 같았지요. 게다가 오늘 아침 경감에게 한바탕 비웃음을 산 이유도 있었고요."

"아, 이젠 홈즈 씨나 저나 피장파장인 셈이군요. 그런데 도대체 올데이커가 숨어 있다는 건 어떻게 알았습니까?"

"벽에 찍힌 지문 때문이지요, 레스트레이드. 결정적인 증거라고 했는데 정말 그랬습니다. 물론 내가 말한 의미는 다르지만요. 전날에는 그 지문이 분명 없었습니다. 벽은 물론 온 집안을 구석구석 자세히 조사했기 때문에 확실히 알고 있었습니다. 벽에 찍힌 지문은 밤사이에 누가 만든 것이었습니다."

"하지만 어떻게?"

"아주 간단합니다. 올데이커가 서류 정리를 하면서 안전하게끔 촛농으로 봉투를 밀봉하라고 맥팔레인에게 말했겠지요. 그런 일이야 워낙 자연스럽고 잠깐이면 끝나는 일이니까, 맥팔레인은 전혀 의심을 하지 않았겠지요. 기억도 나지 않았을 테고요. 올데이커 역시 당시에는 맥팔레인의 지문이 찍힌 밀랍을 범행에 사용하겠다는 생각은 못했을 겁니다. 골방에 숨어서 곰곰이 생각하다가 갑자기 결정적 증거가 되리라는 생각이 떠올랐던 게지요. 맥팔레인에게 불리한 증거로 말입니다.

지문이 찍힌 밀랍 봉인이야 간단히 얻었을 테고 그걸 피에 담갔다가 밤사이에 벽에 찍었지요. 벽에 묻힐 피야 자기 손가락을 찔러 얻었을 테고요. 가정부의 도움을 받았든지 본인이 혼자 했든지 간에 직접 간밤에 벽에 지문을 남겼을 겁니다. 올데이커의 서류를 검사해 보면 사라진 서류가 있을 겁니다. 그 지문이 있는 봉인된 서류는 비밀 장소에서 찾을 수 있을 테고요."

"훌륭합니다!" 레스트레이드가 외쳤다. "정말 훌륭한 추리입니다. 설명하신 덕분에 내막은 이제 불을 보듯 훤해졌습니다. 그런데 이런 못된 일을 저지른 동기는 뭘까요, 홈즈 씨?"

경감의 의기양양했던 태도가 일순간에 선생님에게 질문하는 학생처럼 변한 것을 보고 있자니 나로서는 정말 재미나는 일이었다.

"글쎄요, 뭐 그다지 어렵지 않습니다. 아래층에 있는 올데이커 노인은 한번 원한을 품으면 절대 잊지 않는 음흉한 인물입니다. 맥팔레인의 어머니와 한때 약혼했던 사이란 걸 압니까? 이런, 몰랐군요. 그래서 제가 블랙히스로 먼저 가 보라고 하지 않았습니까. 노우드는 그 후에 조사해도 된다고요. 맥팔레인 부인에게 거절당한 상처가 평생 원한으로 남았던 거지요. 어떻게 하면 복수할까, 하는 생각이 늘 머릿속을 떠나지 않던 차에 드디어 기회가 왔습니다.

그는 요 근래 몇 년 사업이 시원치 않자 아마 다른 사업에 손을 댔다가 빚을 진 것 같아요. 그래서 빚쟁이들을 피하기 위해 코넬리우스라는 가상의 인물을 만들고 그 사람에게 자신의 전 재산을 넘겼습니다. 은행 통장을 보면 큰 금액의 수표가 코넬리우스 앞으로 지급된 것을 알 수 있지요. 수표를 추적하지는 않았지만 확실히 올데이커가 가끔 가던 지방 은행에 있을 겁니다.

올데이커는 이중생활을 하고 있었지요. 이름을 바꾸고 재산도 코넬리우스에게 넘긴 다음, 올데이커를 완전히 사라지게 한 후 다른 곳에서 코넬리우스라는 새 이름으로 살려고 했을 겁니다."

"아, 그랬군요."

"종적을 완전히 감출 수 있는 방법을 생각하다가, 옛날 약혼자에게 잔인하게 복수하면서 두 가지를 동시에 해결할 수 있는 방법을 떠올린 겁니다. 맥팔레인 부인의 아들이 자신을 살해했다는 상황으로 말입니다. 정말 사악한 흉계였습니다. 그 음모를 훌륭하게 꾸며서 완벽하게 처리한 겁니다. 유언장이란 아이디어가 맥팔레인에게는 더할 나위 없는 범죄 동기로 작용할 테니까요. 부모에게는 알리지 않고 몰래 자신을 찾아오라고 한 다음, 지팡이를 숨겨 놓고, 핏자국을 내고, 나뭇더미 속에 단추와 동물 시체를 놓고 불을 지른다는 아이디어, 모두 대단한 음모였습니다.

몇 시간 전만 해도 나는 도망갈 구멍이 없는 그물에 갇힌 느낌이었지요. 다만 올데이커에게는 예술가의 가장 고귀한 재능이 결여되어 있었지요. 바로 그만둬야 하는 시점을 몰랐던 겁니다. 이미 완벽하게 처리한 일을 더 잘 끝내고 싶어 했지요. 불쌍한 맥팔레인의 목에 둘린 밧줄을 조금 더 강력하게 조이고 싶었겠지요. 도망갈 틈이 없게 말입니다. 하지만 결국 그것 때문에 모든 일을 망치고 만 셈입니다. 레스트레이드, 이제 그만 아래층으로 내려가지요. 한두 가지 물어보고 싶은 게 있군요."

흉악한 노인은 의자에 앉아 있었고, 경관이 양옆에서 지키고

서 있었다.

"선생, 그건 그냥 장난이었습니다. 별것 아닌 순수한 장난이었어요. 정말입니다. 내가 없어지면 어떻게 될까, 궁금해서 숨어 있었습니다. 설마 제가 맥팔레인에게 무슨 악의가 있어서 그랬다고 생각할 만큼 어리석진 않으시겠지요?" 노인은 계속 호소했다.

"그건 판사가 결정할 겁니다. 어쨌든 살인미수와 범죄 음모 혐의로 당신을 체포합니다." 레스트레이드가 대꾸했다.

"코넬리우스 명의의 은행 계좌에 올데이커 씨 재산이 있다는 걸 빚쟁이들도 알게 될 겁니다." 홈즈가 말했다.

노인은 깜짝 놀라더니 원한이 서린 눈빛으로 홈즈를 노려보며 말했다.

"정말 신세를 많이 졌군요, 고맙소. 이 빚은 언젠가 꼭 갚아 드리겠소."

홈즈가 빙긋 웃으면서 느긋하게 말했다.

"아마 앞으로 몇 년은 전혀 여유가 없을 것 같군요. 올데이커 씨의 스케줄이 꽉 찰 테니까요. 그나저나 나뭇더미 속에 바지와 함께 태운 물체는 뭡니까? 개? 토끼? 뭐였죠? 말을 하지 않는군요. 이런, 친절하게 말해 주면 좋으련만. 뭐, 그럼 전 토끼였다고 생각하지요. 토끼 두 마리 정도면 현장에 있던 핏자국을 내기에도 충분할 테고 타고 남아 숯이 될 만하니까요. 왓슨, 나중에 사건 기록을 작성할 때 토끼 두 마리라고 쓰게."

---

10) '노우드의 건축업자' 원고는 50페이지이고 많이 정정되었다. 코난 도일이 적십자 자선 세일에 기부했고, 1918년 4월 22일 12파운드에 낙찰되었다. 1923년 2월 13일에는 뉴욕에서 100달러에 낙찰되었고, 다시 1926년 2월 8일에 뉴욕에서 60달러에 낙찰되었다. 현재는 뉴욕 공립 도서관에 소장되어 있다.

금테 코안경

1894년 11월 14일(수)~11월 15일(목)

The Golden Pince-Nez

  1894년 한 해 동안의 우리 일을 기록한 두꺼운 노트 세 권을 보면서 나는 무척 난처했다. 이 풍부한 자료들 중에서 사건 자체도 재미있고, 또 내 친구의 특별한 재능을 가장 잘 보여 줄 수 있는 사건을 골라내는 것은 아주 어려운 일이기 때문이다. 페이지를 넘길 때마다 참혹했던 붉은 거머리 사건과 은행가 크로스비의 죽음, 애들턴의 비극, 기이했던 고대 잉글랜드 무덤 이야기 등 여러 가지 사건들에 대해 내가 짤막하게 적어 놓은 글들이 보인다. 그 유명했던 스미스 모티머 상속 사건도 이해에 일어났다. 홈즈가 블루발의 암살자 유레를 추적 체포한 공적으로 프랑스 대통령에게서 친필 서명이 담긴 감사 편지와 레종 도뇌르 훈장을 받은 것도 바로 이해였다. 그중에서도 욕슬리의 옛날 저택에서 일어난 윌로비 스미스라는 젊은이의 안타까운 죽음과 이해할 수 없는 일련의 사건은 상당히 특이했다.

폭풍우가 치던 11월 어느 날 밤이었다. 홈즈는 돋보기를 갖고 오래된 문서에 쓰인 글자들을 해독하고 있었고, 나는 최근에 발표된 의학 관련 논문을 읽고 있었다. 우리는 각자의 일에 열중하느라 저녁 내내 아무 말 없이 앉아 있었다. 밖에는 바람이 심하게 불고, 빗방울이 창문을 세차게 두드렸다. 온통 인간의 손길로 가득한 이 도시 한복판에서 강력한 자연현상을 경험하고, 그 거대하고 절대적인 힘을 인식한다는 건 정말 낯선 느낌이었다. 런던이 들판의 작은 흙더미처럼 보잘것없는 존재가 된 듯했다.

나는 창가로 가서 텅 빈 거리를 내려다보았다. 가끔 띄엄띄엄 서 있는 가로등의 불빛이 진흙으로 뒤덮인 도로와 빗물로 반짝거리는 길 위를 희미하게 비추고 있었다. 그때 옥스퍼드 가 쪽에서 마차 한 대가 빗물을 가르며 달려오는 모습이 보였다.

"왓슨, 오늘 밤에는 외출하지 않는 게 좋겠어." 홈즈가 돋보기를 내려놓고 양피지를 말면서 말했다. "오늘은 하루 종일 앉아만 있었어. 눈이 몹시 피로해. 지금까지 살펴본 이 문서는 15세기 후반의 수도원의 기록보다 흥미로울 게 없어. 저건 말 다루는 소리 같은데? 누가 이렇게 날씨가 궂은 날에 마차를 몰고 가는 걸까."

윙윙거리는 바람 소리와 함께 말발굽 소리 그리고 달리는 마차 바퀴가 보도에 긁히는 소리가 들렸다. 마차는 우리 집 앞에서 멈췄다.

 "뭐 하러 온 걸까?" 나는 마차에서 한 남자가 내리는 모습을 보고 홈즈에게 물었다.

 "글쎄, 우리를 만나러 왔겠지? 왓슨, 날씨가 이러니 비 맞지 않으려면 이것저것 껴입고 마중을 나가야겠군. 잠깐, 마차가 다시 갔어. 정말 다행이야. 우리를 데려가려고 했다면 마차를 그냥 세워뒀겠지. 왓슨, 아래층 사람들은 모두 잠들었을 테니 자네가 내려가서 문을 열어 주겠나?"

 현관 불빛에 비친 모습을 보고 나는 그가 스탠리 홉킨스임을 금방 알아보았다. 그는 장래가 촉망되는 젊은 형사로, 홈즈가 그에게 여러 차례 관심을 보인 적이 있었다.

 "홈즈 씨는 계십니까?" 그의 표정은 매우 진지했다.

 "어서 올라오게. 설마 일부러 이런 날을 골라 찾아온 건 아니겠지?" 홈즈가 위층에서 말했다.

 홉킨스가 계단을 걸어 올라갈 때마다 젖은 비옷이 희미한 불빛을 받아 번들거렸다. 홈즈가 장작에 불을 붙이는 동안 나는 비옷을 벗는 홉킨스 형사를 도와주었다.

 "홉킨스, 이리 가까이 와서 몸을 좀 녹여. 자, 시가도 한 대

피우고. 이런 날 감기에 걸리지 않으려면 뜨거운 레몬차를 마시는 게 좋아. 이리도 사나운 날씨에 여기까지 찾아온 걸 보니 중요한 일이 있나 보군."

"맞습니다, 홈즈 씨. 그 일 때문에 오후 내내 정신이 없었어요. 신문에서 욕슬리 사건을 읽으셨습니까?"

"아니, 오늘은 종일 15세기 문서에만 매달려 있었어."

"하긴, 고작 한 줄짜리 기사였고 내용도 엉터리였으니 안 읽는 편이 나았을 겁니다. 그래서 제가 가서 사건을 조사해 보았습니다. 사건은 켄트 아래쪽 지역에서 일어났습니다. 채텀에서 7마일 정도 떨어져 있고, 기차역에서는 3마일 더 들어가야 합니다. 경찰서에서 전보를 받은 것은 오늘 오후 3시 15분쯤이었고, 내가 욕슬리의 옛 저택에 도착한 시간은 5시쯤이었습니다. 조사를 끝내고 마지막 기차로 채링 크로스에 도착하자마자 홈즈 씨를 찾아온 겁니다."

"어떤 부분이 문제인가?"

"처음부터 끝까지 도무지 감을 잡을 수 없어요. 제가 알 수 있는 건, 이 사건이 지금까지 제가 맡은 사건 중에서 가장 복잡하고 까다롭다는 겁니다. 처음에는 너무 단순해서 쉽게 풀릴 줄 알았어요. 홈즈 씨, 무엇보다도 이 사건엔 동기가 없어요. 동기를 찾을 수 없다는 게 문제죠. 한 남자가 죽었는데 그를 해치려 한 이유를 도통 알아낼 수 없어 정말 난감합니다."

홈즈는 담배에 불을 붙이고 의자에 등을 기댔다.

"좀 더 자세히 말해 보게."

"그러죠. 저는 이 사건이 무엇을 의미하는지 알고 싶습니다. 욕슬리 저택은 몇 해 전에 코램 교수라는 노인이 샀다고 하더군요. 그는 몸이 약해서 하루 중 절반은 침대에 누워서 지낸다고 합니다. 나머지 시간에는 지팡이를 짚고 걷거나 정원사가 밀어 주는 휠체어를 타고 다니지요. 이웃 사람들 몇 명에게 그 노인에 대해 물어보니 평판은 좋더군요. 그는 매우 학식 있는 사람으로 알려져 있습니다. 저택에는 가정부 마커 부인과 하녀 수잔 탈튼이 있어요. 교수가 이 저택에 이사 왔을 때 고용한 사람들인데, 둘 다 성격이 아주 좋아요. 교수는 책을 쓰고 있는데 혼자 일하기가 힘들었는지 일 년 전부터 비서를 두고 있다는군요. 두 번이나 사람을 고용했지만 별로 신통치 않았나 봅니다. 세 번째 비서는 대학을 갓 졸업한 윌로비 스미스인데 일할 때 교수와 호흡이 잘 맞았다고 해요. 그는 오전 내내 교수의 말을 받아 적고, 오후에는 주로 다음 날 일할 내용과 관련된 구절들을 찾는 데 시간을 보냈다고 합니다. 고등학교와 대학에 다닐 때도 착실한 학생이었다고 하더군요. 대학에서 보낸 추천서에도 단정하고 조용하며 성실한 학생이라고 쓰여 있었어요. 전혀 흠잡을 데 없는 사람이었죠. 그런데 이 젊은이가 오늘 아침 교수의 서재에서 살해된 채 발견되었어요."

거센 바람이 윙윙대며 창문을 때렸다. 홈즈와 나는 난로에 좀 더 가까이 앉은 뒤 그 이상한 사건을 계속해서 들었다.

"영국을 전부 뒤져도 그곳처럼 외부와 접촉이 없는 집은 찾을 수 없을 겁니다. 몇 주가 지나도 집 밖으로 외출하는 사람이 없어요. 교수는 오로지 자기 일에만 파묻혀 있고, 스미스 역시 이웃에 아는 사람 하나 없이 집 안에만 있었다는군요. 여자들도 집 밖에 나가는 일이 없답니다. 정원 한쪽에 있는 방 세 개짜리 오두막에는 정원사 모티머가 살고 있는데, 군인 연금을 받고 있답니다. 그는 정원을 돌보고 교수가 산책할 때 휠체어도 밀어 준다고 합니다. 성격이 매우 좋은 사람이지요. 욕슬리 저택에 살고 있는 사람들은 이들이 전부입니다. 저택 정문은 런던에서 채텀으로 이어지는 길에서 100야드 정도 들어간 곳에 있습니다. 문엔 빗장 하나만 걸려 있어서 누구든지 쉽게 들어갈 수 있지요.

미스 수잔에게 들은 얘기를 하겠습니다. 그녀는 사건에 대해 증언할 수 있는 유일한 목격자니까요.

'사건이 일어난 때는 11시에서 12시 사이였어요. 저는 위층 침실에서 커튼을 달고 있었고, 코램 교수님은 아직 자리에서 일어나지 않았죠. 교수님은 날씨가 흐린 날에는 한낮이 돼서야 일어나시거든요. 마커 부인은 뒷마당에서 일하느라 분주했고, 스미스 씨는 자기 방에 있었어요. 하지만 커튼을 달고 있을 때 스미스 씨가 복도를 지나 제가 있던 방 바로 아래에 있는 서재로 내려가는 소리를 들었어요. 직접 본 건 아니지만 그분의 발걸음은 빠르고 간격이 일정해서 쉽게 구별할 수 있거든요. 서재 문을 닫는 소리는 듣지 못했는데, 스미스 씨가 내려가고 나서 1, 2분쯤 후에 갑자기 아래층에서 무시무시한 고함 소리가 들려왔어요. 여자인지 남자인지 분간할 수 없을 정도로 거칠고 기묘한 소리였죠. 그와 동시에 뭔가 무거운 물체가 쿵 하고 떨어지는 소리가 들렸어요. 집 안 전체가 울릴 정도로 큰 소리였어요. 그리고 아무 소리도 나지 않았지요. 저는 너무 놀라 멍하니 서 있다가 즉시 정신을 차리고 아래층으로 달려갔어요. 서재 문이 닫혀 있어서 문을 열고 안을 들여다보았더니 스미스 씨가 바닥에 쓰러져 있더군요. 처음엔 아무런 상처도 없는 것 같았는데, 그를 일으켜 세우려고 하자 목 아래쪽에서 피가 쏟아지고 있었어요. 그가 누운 자리 옆에는 상아 손잡이가 달린 작고 날카로운 칼이 떨어져 있었어요. 범인이 그 칼로 스미스 씨를 찌른 것 같았어요. 편지 봉투를 뜯을 때 쓰는 칼인데 원래는 교수님 책상 위에 있었죠. 상처는 작지만 매우 깊어서 경동

맥이 완전히 끊어졌다는군요.'

 수잔은 스미스가 이미 죽었다고 생각했답니다. 그런데 이마에 물을 붓자 그가 눈을 뜨더니 힘없이 중얼거렸다는군요. '교수님, 그 여자였어요.' 확실히 그렇게 말했답니다. 스미스는 필사적으로 무언가 말하려고 하면서 오른손을 올렸지만 결국 그대로 숨이 끊어졌다는군요.

 마커 부인도 비명 소리를 듣고 급히 달려왔지만, 스미스의 마지막 말을 듣지는 못했답니다. 그녀는 수잔을 서재에 남겨둔 채 교수에게 달려갔습니다. 교수는 뭔가 끔찍한 일이 일어났다는 생각에 몹시 초조한 얼굴로 침대에 앉아 있었다고 합니다. 마커 부인의 말에 의하면, 보통 12시쯤에 모티머가 와서 옷시중을 들기 때문에 교수는 여전히 잠옷 차림이었다고 하더군요. 교수님은 멀리서 비명 소리를 듣긴 했지만 무슨 일이 일어났는지는 모르고 있었어요. 그리고 스미스가 남긴 마지막 말에 대해 아무런 설명도 하지 않더군요. 단지 스미스가 정신이 없는 상태에서 아무 뜻 없이 한 말일 거라고 했습니다. 교수님은 스미스가 절대로 원한을 살 만한 사람이 아니었기에 그런 사건이 왜 일어났는지 모르겠다고 말씀하셨어요. 그는 사건이 일어나자 먼저 모티머를 보내 경찰에 신고했답니다. 그리고 얼마 후에 경찰서장이 저에게 전보를 쳤습니다. 제가 그곳에 도착했을 때 사건 현장은 잘 보존되어 있었고, 경찰이 저택으로 이어지는 샛길을 모두 통제하고 있었습니다. 홈즈 씨, 당신이 그곳에 있었다면 추리력을 멋지게 발휘할 수 있었을 겁니다. 모든 것이 잘 갖춰져 있었으니까요."

"그곳에 내가 없었다는 것만 빼고는 모두 완벽했다는 말이군." 홈즈는 쓴웃음을 지었다.

"이 사건에 대한 자네 생각은 어떤가, 홉킨스?"

"그보다 먼저 이 그림을 보세요. 교수의 서재를 포함해 사건과 관련된 장소들을 간단하게 그린 것입니다. 이 그림을 보시면 제가 수사한 내용을 이해하는 데 도움이 될 겁니다."

홉킨스 형사는 구겨진 종이 한 장을 펴서 홈즈의 무릎 위에 얹어 놓았다. 나는 일어나서 홈즈의 어깨 너머로 그림을 자세히 들여다보았다.

"물론 이 그림은 대강 그린 겁니다. 제가 보기에 중요하다고 생각되는 부분만 그려 넣었지요. 저택의 나머지 부분은 나중에 직접 보실 수 있을 겁니다. 먼저 범인이 밖에서 들어왔다고 가정한다면 그는 대체 어디를 통해 침입했을까요? 분명 범인은 정원의 샛길을 통해 뒷문으로 들어왔겠지요. 보시다시피 뒷문 바로 앞에는 서재가 있습니다. 다른 길을 통해 서재로 들어오기는 너무 복잡하지요. 그리고 범인은 왔던 길로 도망갔을 겁

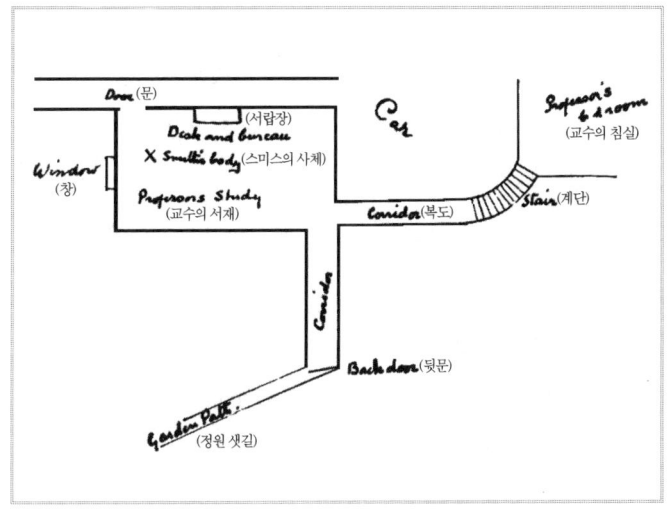

니다. 서재에는 그 외에도 출구가 두 개 더 있는데, 하나는 비명 소리를 듣고 달려온 수잔이 막고 있었고, 다른 하나는 교수의 침실로 이어져 있으니까요. 그래서 저는 곧바로 정원 샛길을 살펴보았습니다. 샛길은 얼마 전에 내린 비로 축축하게 젖어 있었기 때문에 누군가 지나갔다면 분명 발자국이 남게 됩니다.

저는 이 사건의 범인이 매우 지능적이고 노련한 사람이라고 생각합니다. 샛길에는 발자국이 전혀 없었어요. 하지만 누군가 샛길을 따라 나 있는 풀밭 위로 걸어간 흔적이 있었지요. 분명 발자국을 남기지 않으려고 그랬겠지요. 자국이 또렷하지는 않앉지만 풀들이 뭉개진 걸로 봐서 누군가 그 위로 지나간 게 틀림없습니다. 그날 아침 샛길을 지나간 사람이 아무도 없었고, 전날 밤부터 비가 내렸기에 그 자국은 분명 범인이 남겼으리라고 생각합니다."

"잠깐, 이 샛길이 어디로 이어진다고 했지?" 홈즈가 말을 막으며 물었다.

"도로로 이어져 있습니다."

"샛길에서 그곳까지의 거리는 얼마나 되나?"

"100야드쯤 될 겁니다."

"뒷문 안쪽으로 이어지는 샛길에서는 발자국을 발견했나?"

"유감스럽게도 그 부분은 타일이 깔려 있더군요."

"그럼 길에서는?"

"찾지 못했습니다. 길 위에 진흙이 잔뜩 덮여 있어서 발자국을 구별할 수 없었어요."

"이런, 그렇다면 풀밭 위에 난 발자국은 범인이 들어올 때 생긴 건가, 아니면 도망칠 때 생긴 건가?"

"그건 알 수 없습니다. 자국이 선명하지 않거든요."

"발자국 크기는 어때? 큰가, 작은가?"

"그것도 알아보기 어렵습니다."

홈즈는 안타까운 듯 탄식을 내뱉었다.

"아직도 비가 내리고 바람이 강하게 부는군. 이 사건은 옛날 문서를 해독하는 일보다 더 어려운 것 같아. 어쨌든 자네가 조사한 건 별 도움이 안 될 것 같네. 홉킨스, 그 밖에 다른 것은 없나?"

"홈즈 씨, 저는 중요한 사실을 알아냈다고 생각합니다. 누군가 외부에서 치밀하게 계획을 세워 침입했다는 것을 알았습니다. 그리고 복도를 조사했지요. 복도 바닥에는 야자나무로 만든 매트가 깔려 있어서 발자국이 남지 않아요. 이번에는 복도를 지나 서재로 들어가 보았습니다. 서재에는 서랍장이 달린 커다란 책상이 하나 있을 뿐 가구라고 할 만한 것이 없었습니다. 서랍장에는 서랍이 두 개 있고, 그 가운데 작은 서랍이 하나 있었어요. 큰 서랍은 열려 있었고, 작은 서랍은 잠가 두었더군요. 큰 서랍은 중요한 물건이 없는지 늘 열어 두는 것 같았어요. 작은 서랍 안에는 중요한 서류들이 있었지만 누가 손댄 흔적은 없었고, 교수 역시 도난당한 게 아무것도 없다고 했습니다. 그러니 강도 사건이 아닌 것만은 분명합니다.

그다음에 저는 스미스의 시신을 조사했습니다. 그림에 표시해 놓은 대로 시체는 서랍장 왼쪽에 있었습니다. 목 오른쪽에 뒤에서 앞으로 찔린 상처가 있는 걸로 보아 자살은 아니라고 생각했습니다."

"칼 위로 넘어지지 않는 한 그렇다고 할 수 있지."

"맞습니다. 저도 그렇게 생각했지요. 하지만 칼은 시체에서 조금 떨어진 곳에서 발견되었어요. 그러니 자살이라고 하기에는 무리가 있어요. 스미스가 죽어 가면서 한 말도 있잖아요.

게다가 스미스가 오른손에 쥐고 있던 중요한 증거를 가져왔습니다."

스탠리 홉킨스는 주머니에서 작은 종이 꾸러미를 하나 꺼냈다. 그 안에는 검은 비단 끈이 두 개 달린 금테 안경이 들어 있었다. 검은 끈은 원래 한 줄로 이어져 있다가 두 가닥으로 끊어진 듯했다.

"스미스는 시력이 매우 좋았다고 합니다. 이 안경은 스미스가 범인의 얼굴에서 낚아챈 것 같습니다." 홉킨스가 덧붙였다.

홈즈는 안경을 받아 들고는 주의 깊게 살펴보았다. 그는 안경을 끼고 책을 읽어 보기도 하고, 창가로 가서 한동안 거리를 내다보기도 했다. 그러고는 안경을 다시 램프 불빛 아래로 가져와 꼼꼼하게 들여다보았다. 마침내 홈즈는 빙긋 미소 짓고 책상 앞에 앉아 종이에 무언가를 적어 홉킨스에게 건네주었다.

"내가 해 줄 수 있는 일은 이것뿐이야. 그러나 도움이 될 거라 생각해."

홉킨스는 놀란 표정으로 종이를 받아 들고 소리 내어 읽었다. 거기에는 다음과 같은 내용이 쓰여 있었다.

말솜씨가 좋고 옷차림이 우아한 여인. 콧등이 매우 넓고 눈 사이가 좁음. 이마에 주름이 있고 사물을 자세히 들여다보는 표정이 특징임.

어깨가 앞쪽으로 약간 굽었을 가능성이 있음. 최근 몇 달 동안 두 번 정도 안경점을 찾아간 일이 있음. 안경 도수가 상당히 높고 안경점이 많지 않으므로 이 여인을 찾는 일은 어렵지 않을 것임.

홉킨스가 놀라는 모습을 보고 홈즈는 살짝 미소를 지으며 말했다.

"내 추리는 알고 보면 간단해. 이 안경에는 여러 가지 단서가 들어 있지. 모양이 섬세한 걸로 보아 이것은 여자용이야. 물론 스미스가 마지막에 한 말에서도 알 수 있지만. 자네도 알겠지만 순금 안경테는 도금한 것이 아니야. 이런 안경을 쓴 여자라면 고상하고 세련된 옷차림을 하고 있을 거야. 코에 닿는 클립이 이렇게 넓은 걸 보니 콧등이 꽤 넓다는 걸 알 수 있어. 이런 코는 대개 길이가 짧고 콧날이 매끈하지 않아. 물론 반드시 그렇다는 건 아니야. 나는 얼굴이 좁은 편인데도 이 안경이 맞지 않더군. 이 안경은 렌즈 두 개가 아주 가깝게 붙어 있어. 따라서 안경 주인은 눈 사이가 매우 좁은 여자일 거라고 생각했어. 왓슨, 보다시피 이 안경은 오목렌즈로 되어 있고 도수도 상당히 높아. 시력이 이 정도인 사람에게는 이마나 눈꺼풀, 어깨에 남과 다른 특징이 나타나지."

"그렇군, 자네 말을 들으니 이해가 돼. 그런데 안경점에 두 번 갔다는 건 어떻게 알았지?" 내가 물었다.

홈즈는 안경을 손에 올려놓았다.

"잘 봐. 여기 코에 닿는 클립에는 얇은 코르크가 붙어 있어. 한쪽 면은 색깔도 변하고 닳았지만 다른 한쪽은 새것이야. 코르크가 떨어져 나가 새것으로 갈았다는 얘기지. 다른 한쪽도 교환한 지 몇 달 안 된 듯해. 코르크 두 개가 일치하는 걸로 봐서 이 여자는 같은 안경점에 두 번 간 게 분명해."

"정말 대단해요! 저는 모든 증거를 손안에 갖고 있으면서도 그걸 알지 못했군요! 전 런던에 있는 안경점을 모두 돌아볼 생각이었습니다." 홉킨스가 흥분을 감추지 못하고 외쳤다.

"물론 그럴 수도 있겠지. 사건에 대해 더 할 얘기는 없나?"

"없습니다, 홈즈 씨. 제가 알고 있는 건 모두 말씀드렸어요. 아마 당신은 저보다 더 많은 걸 알고 계실 겁니다. 우리는 거리와 기차역 근처에 수상한 사람이 있는지 조사했지만 낯선 사람을 봤다는 얘기는 아직 듣지 못했습니다. 이해할 수 없는 건 범행 동기가 없다는 겁니다. 스미스는 살해당할 만한 이유가 전혀 없었어요."

"현장에 가 보지 않았으니 지금은 자네에게 해 줄 말이 없어. 내 생각엔 자네가 내일 욕슬리 저택에 함께 가 달라고 부탁하러 올 것 같은데. 안 그런가?"

"괜찮다면 꼭 함께 가 주셨으면 합니다. 내일 아침 6시에 채링크로스에서 채텀으로 가는 기차가 있는데, 그걸 타면 8시나 9시쯤에는 욕슬리 저택에 도착할 수 있습니다."

"그렇게 하지. 자네가 맡은 사건은 아주 흥미롭군. 나도 자네와 함께 조사하게 되어 기쁘네. 벌써 1시가 다 돼 가는군. 왓슨과 나는 몇 시간 동안 푹 잤으니 괜찮지만 자네는 좀 쉬는 게 좋겠어. 난로 앞에 소파가 있는데 크게 불편하지는 않을 거야. 나는 사건에 대해 좀 더 생각해야겠어. 아침에 출발하기 전에 커피를 가져다주지."

아침이 되자 밤새 세차게 불던 바람이 완전히 가라앉았다. 하지만 출발하려고 집을 나섰을 때는 꽤 쌀쌀했다. 차가운 겨울 해가 황량한 템스 강 습지와 탁하고 긴 강줄기를 비추며 떠오르고 있었다. 이런 풍경을 보니 예전에 홈즈와 함께 앤다만 섬사람을 추적하던 때가 기억났다.

세 시간의 지루하고 피곤한 기차 여행 끝에 우리는 채텀에서 몇 마일 떨어진 작은 역에 도착했다. 근처 여관에서 마차에 말을 매는 동안 간단하게 아침 식사를 해결했기에 욕슬리 저택에 도착하자마자 수사를 시작할 수 있었다. 경관 한 사람이 문 앞에서 우리를 맞았다.

"윌슨, 뭐 알아낸 거라도 있나?"

"아직 아무것도 없습니다."

"수상한 사람을 봤다는 제보는?"

"역시 없었습니다. 어제 역 근처에서 낯선 사람이 오가는 걸 본 사람은 아무도 없습니다."

"여관이나 하숙집도 전부 조사했어?"

"네, 하지만 의심 가는 사람은 없었습니다."

"그렇다면 범인은 채텀까지 걸어갔다는 얘기가 되는데. 여관에 묵었거나 기차를 탔다면 틀림없이 누군가 보았을 테니까. 홈즈 씨, 이곳이 제가 말씀드린 정원 샛길입니다. 어제 이곳을 조사해 봤지만 아무런 흔적도 없었습니다."

"발자국이 남았다는 풀밭은 어느 쪽이지?"

"이쪽입니다. 샛길과 화단 사이에 있는 좁은 풀밭입니다. 지금은 자국이 사라졌지만 어제는 분명히 있었습니다."

"그렇군. 누군가 이 풀밭을 따라 지나갔다는 말이지." 홈즈는 풀밭 가장자리에 몸을 구부리고 살펴보았다.

"매우 조심스럽게 걸은 모양이군. 그렇지 않았다면 분명 발자국이 남았을 거야. 그런데 흙 위에도 발자국이 전혀 남지 않았군."

"네, 범인은 꽤 영리한 것 같아요."

나는 홈즈의 표정을 보고 그가 무언가를 알아냈음을 직감했다.

"자네는 그 여자가 이 길로 도망쳤다고 생각하나?"

"그렇죠, 다른 길이 없으니까요."

"이 좁은 풀밭으로 말인가?"

"이 길로 도망간 것이 확실합니다, 홈즈 씨."

"흠, 그렇다면 범인의 솜씨는 정말 대단하군. 정말 대단해! 샛길 조사는 이것으로 충분해. 다른 곳을 조사하지. 정원 문은 대체로 열려 있는 것 같은데, 그런가? 그렇다면 범인은 이 문으로 들어왔겠군. 책상 위에 있는 칼로 찌른 걸 봐서 처음엔 사람을 죽일 의도가 없었을 거야. 안 그랬다면 흉기를 준비해 왔을 테니까. 여자는 이 복도로 들어왔어. 알다시피 이곳에는 야자나무 매트가 깔려 있어서 발자국이 남지 않아. 그리고 이 서재를 보았겠지. 여자가 얼마 동안 서재에 있었는지 혹시 아나?"

"기껏해야 몇 분 동안 있었을 겁니다. 깜빡 잊고 말씀드리지 않았는데, 사건이 일어나기 15분쯤 전에 마커 부인이 서재를 청소했답니다."

"도움이 될 만한 얘기군. 범인은 서재에 들어와서 뭘 했을까? 여자는 책상 앞으로 갔는데 왜 그랬을까? 서랍 안에 있는 물건을 훔치려고 한 건 아니었어. 서재에서 도난당할 만한 물건이 있었다면 틀림없이 잠가서 보관하겠지. 여자가 찾는 물건은 나무 서랍장에 있었을 거야. 이것 봐, 여기 긁힌 자국이 있어. 왓슨, 성냥을 켜 봐. 홉킨스, 왜 이 자국이 있다고 말하지 않았나?"

그 자국은 열쇠 구멍 오른쪽에 있는 청동 테두리에서 시작해 4인치가량 이어져 있었는데, 긁히면서 니스가 벗어져 나간 듯했다.

"자국이 있다는 건 알지만 어느 집에나 열쇠 구멍 주변에 긁힌 자국이 한두 개쯤 있지 않습니까?"

"이건 아주 최근에 생긴 자국이야. 긁힌 자국이 있는 부분의 청동 빛깔이 어떤지 한번 보게. 이 자국이 오래전에 생겼다면 서랍 표면과 같은 색깔을 띨 거야. 돋보기를 줄 테니 자세히 보게. 홈이 생긴 곳에 니스 칠이 벗어진 자국이 보이지? 마커 부인, 거기 계시면 들어오시겠습니까?"

홈즈의 말에 슬픈 표정을 한 중년 부인이 방 안으로 들어왔다.

"어제 아침에 이 서랍장을 닦았나요?"

"네."

"그때도 이 자국이 있었습니까?"

"아니요, 처음 보는 자국이에요."

"그렇군요. 책상을 닦았다면 니스 조각이 모두 떨어져 나갔

을 겁니다. 서랍장 열쇠는 누가 갖고 있지요?"

"교수님이 시곗줄에 달아서 갖고 다니세요."

"흔히 사용하는 간단한 열쇠입니까?"

"아니에요, 특별히 맞춘 처브[11] 열쇠랍니다."

"잘 알겠어요. 마커 부인, 이제 가셔도 됩니다. 자, 이제 감이 좀 잡히는군. 범인은 이 방에 들어와서 서랍장으로 걸어갔어. 스미스가 서재에 들어왔을 때 여자는 이미 서랍을 열었거나 아니면 열고 있는 중이었겠지. 여자는 놀라서 급하게 열쇠를 뺐을 거야. 그 바람에 열쇠 구멍 옆에 긁힌 자국이 생겼지. 스미스가 여자를 붙잡자 여자는 스미스에게서 벗어나려고 얼떨결에 가장 가까이 있는 물건을 집어서 휘둘렀을 거야. 안타깝게도 여자가 집은 물건은 이 칼이었어. 한 번 휘둘렀을 뿐이지만 스미스에게는 치명적인 상처를 남겼지. 스미스는 그 자리에 쓰러졌고 여자는 곧바로 도망쳤어. 여자가 찾으려고 한 물건을 갖고 갔는지는 모르겠어. 수잔, 이리로 와 보겠어요? 당신이 그 비명 소리를 들은 후에 누군가 이 문을 통해 빠져나갈 수 있었을까요?"

---

11) 자물쇠 회사의 브랜드 이름.

"아니, 그건 불가능해요. 제가 계단을 내려오기 전에 아래층을 내려다봤지만 복도에는 아무도 없었어요. 그리고 누군가 문을 열었다면 틀림없이 소리가 들렸을 거예요. 하지만 문이 열리는 소리는 나지 않았어요."

"그럼 이 문으로 나간 건 아니군. 그 여자가 왔던 길로 달아났다는 건 확실해. 다른 쪽 복도는 교수의 방으로 이어져 있다고 했으니까. 그런데 그 복도에는 다른 출구가 전혀 없습니까?"

"없어요."

"그럼 그쪽으로 가서 교수님을 만나 볼까. 이봐, 홉킨스. 한 가지 중요한 사실이 있어. 아주 중요한 거야. 교수의 방으로 통하는 복도에도 야자나무 매트가 깔려 있어."

"그게 어떻다는 겁니까?"

"짚이는 게 없나? 아니, 좀 더 지나면 이야기하지. 아직 정확한 건 아니니까. 하지만 어느 정도는 짐작이 가는군. 자, 교수님 방으로 안내하게."

교수의 방으로 이어진 복도는 정원으로 통하는 복도와 길이가 같았다. 복도 끝의 작은 계단은 교수의 방으로 바로 연결되어 있었다. 우리는 홉킨스의 안내를 받아 그 방으로 들어갔다.

방은 매우 넓었고 책이 가득 꽂힌 책장이 여러 개 있었다. 구석과 책장 앞에도 책이 쌓여 있었다. 우리가 들어가자 방 한가운데에 놓인 침대에서 교수가 베개를 붙잡고 몸을 일으켰다. 나는 그렇게 이상한 얼굴은 처음 보았다. 교수는 바싹 마르고 얼굴이 뾰족했다. 숱이 많은 눈썹 아래에 드리운 깊은 눈 속의 짙은 눈동자가 날카롭게 빛나고 있었다. 머리와 턱수염은 전부

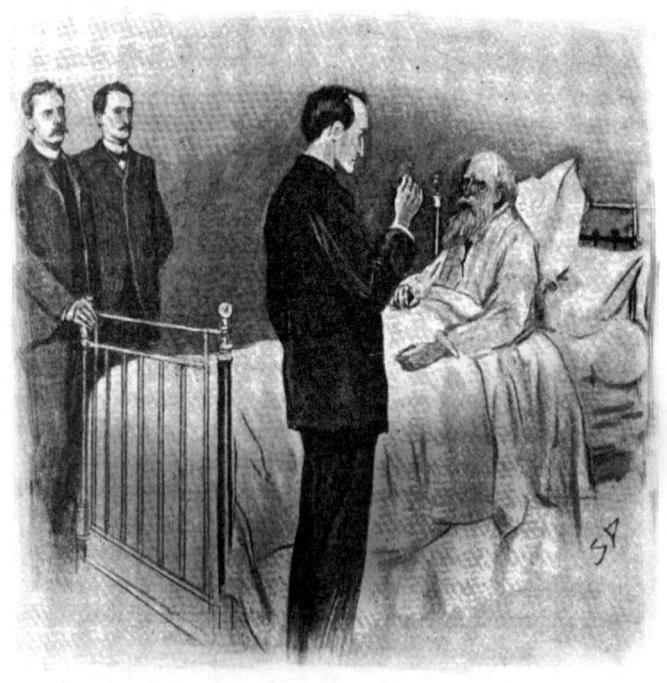

하얗게 세었는데, 이상하게도 입 주위에 있는 수염은 노란빛이었다.

교수는 수염으로 덮인 입에 담배를 물고 있었고, 방 안은 퀴퀴한 담배 연기로 가득했다. 교수가 홈즈와 악수하려고 손을 내밀었을 때 나는 그의 손가락 끝이 니코틴으로 노랗게 얼룩진 것을 보았다.

"홈즈 씨, 당신도 담배를 좋아합니까?" 교수의 말투는 고상했지만 다소 거드름을 피우는 듯한 느낌이었다.

"궐련 하나 피우겠소? 알렉산드리아의 이오니데에서 특별 주문한 거요. 한 번에 1000개비씩 구입하지만 아쉽게도 2주면 바닥나지요. 담배가 건강에 몹시 나쁘다는 건 알지만, 나이 먹은 사람에겐 별로 즐길 만한 것이 없지 않소. 담배와 일이 나의 유일한 즐거움이라오."

홈즈는 담배에 불을 붙이며 방 안 전체를 재빨리 둘러보았다.

"하지만 스미스가 죽었으니 지금 내게 남은 건 이 담배뿐이군. 정말 안타까운 일이오. 그런 끔찍한 일이 일어날 줄 누가 알았겠소. 참 재능 있는 젊은이였는데! 스미스는 불과 몇 달 만에 비서 일을 완전히 익혀서 훌륭하게 해냈지요. 홈즈 씨, 그에게 왜 이런 일이 일어났죠?"

"글쎄요, 아직은 뭐라 말씀드릴 수 없군요."

"당신이 이 사건을 해결해 준다면 감사하겠소. 나같이 병들고 책 속에 파묻혀 사는 늙은이에게 이런 사건은 정말 큰 충격이오. 나는 이제 사고력도 많이 떨어졌소. 하지만 당신은 이런 일을 해결하는 전문가이고, 이런 일을 늘 겪으며 살아가잖소. 그러니 위급한 일이 생겨도 침착할 수 있겠지요. 홈즈 씨가 여기 있으니 안심이 되는군요."

교수가 이야기하는 동안 홈즈는 한쪽에서 왔다 갔다 하며 담배를 피웠다. 홈즈는 평소보다 담배를 더 빨리 태웠다. 그도 교수처럼 알렉산드리아 담배가 몹시 마음에 드는 모양이었다.

"정말 맛있는 담배지요? 저쪽 테이블에 쌓아 놓은 서류 더미가 그동안 내가 연구한 거라오. '계시 종교'의 근원을 추적하는 작업으로, 시리아와 이집트의 수도원에서 발견된 문서들을 분석하고 있지요. 하지만 몸도 쇠약해진 데다 유능한 비서마저 잃었으니 혼자서 이 작업을 마칠 수 있을지 모르겠소. 저런, 홈즈 씨는 나보다 더 빨리 담배를 피우는군요."

교수의 말에 홈즈는 미소를 지어 보였다.

"저도 교수님 못지않은 애연가지요." 홈즈는 네 번째 담배를 꺼내더니 다 피운 담배꽁초에 대고 불을 붙였다.

"코램 교수님, 교수님을 심문할 생각은 없습니다만 사건이 일어났을 때 침대에 계셨고, 그래서 사건에 대해 전혀 아는 바가 없다고 하셨지요? 그럼 하나만 여쭤 보겠습니다. 이 가엾은 젊은이가 죽기 전에 '교수님, 그 여자였어요'라는 말을 남겼다는데, 그게 무슨 뜻이었을까요?"

교수는 고개를 저었다.

"수잔은 시골에서 올라왔소. 당신도 알다시피 그런 사람들은 좀 어눌한 구석이 있지요. 난 스미스가 아무 뜻 없이 중얼거린 말을 수잔이 잘못 알아들었다고 생각하오."

"알겠습니다. 그 밖에 짚이는 건 없습니까?"

"우연한 사고였다고 생각하오. 어쩌면 자살일지도 모르지요. 젊은 사람에게는 남모르는 문제들이 있기 마련이니까. 연애 문제일 수도 있겠죠. 난 스미스가 자살했을 가능성이 더 높다고 봅니다."

"그럼 안경은 어떻게 된 걸까요?"

"그렇군요. 난 학자일 뿐이오. 그렇게 실제적인 일을 설명하는 데 익숙하지 않습니다. 물론 담배에 관해서라면 할 얘기가 많지만 말이오. 한 대 더 피우시지요. 다른 사람이 담배를 맛있게 피우는 걸 보면 기분이 좋아집니다. 홈즈 씨, 나는 누군가 죽을 때 부채나 장갑, 안경 같은 물건을 기념품처럼 간직할 수 있다고 생각하오. 이 젊은 형사 분은 풀밭 위에 발자국이 있다고 자꾸 말하는데 잘못 본 것일지도 모르잖소. 칼은 스미스가 쓰러질 때 잘못해서 찔린 거라고 생각합니다. 논리적인 추리는 아니지만, 어쨌든 내가 보기에 그는 스스로 목숨을 끊은 것 같소."

교수의 말에 홈즈는 무언가 떠오른 듯한 표정으로 한동안 방 안을 서성거렸다. 그는 생각에 잠긴 채 계속 담배를 피우더니 마침내 입을 열었다.

"코램 교수님, 작은 서랍 안에는 뭐가 있습니까?"

"도둑이 노릴 만한 건 없소. 가족 문서와 아내가 보낸 편지, 학위 증서들이 전부니까. 여기 열쇠가 있으니 직접 살펴보시오."

홈즈는 열쇠로 서랍을 열고 잠시 안을 살펴보더니 교수에게 열쇠를 돌려주었다.

"맞습니다. 교수님 말대로 수사에 도움이 될 만한 것들은 아니군요. 저는 정원에 나가 산책이라도 하면서 사건을 정리해야겠습니다. 스미스가 자살했을 거라는 교수님의 의견에 대해서는 나중에 다시 얘기하지요. 이렇게 불쑥 찾아와서 실례가 많았습니다. 저희는 2시에 다시 오겠습니다. 그동안 점심 식사를 하고 좀 쉬십시오. 돌아와서 정리한 내용을 알려 드리지요."

홈즈는 매우 근심스러운 표정을 지었다. 우리는 아래층으로 내려가 정원 샛길을 산책했다. 산책하는 동안 홈즈는 말이 없었다. 참다못한 내가 먼저 말을 꺼냈다.

"단서는 찾았어?"

"그건 아까 피운 담배에 달려 있어. 물론 내 짐작이 완전히 빗나갈 수도 있어. 담배를 보면 내 추리가 맞았는지 틀렸는지 알 수 있겠지."

"홈즈, 도대체."

"왓슨, 자네 혼자서도 충분히 알 수 있는 일이야. 물론 꼭 그래야 한다는 건 아니지. 안경점을 조사해서 단서를 찾을 수도 있지만, 더 빠른 방법이 있을 땐 지름길을 택하는 편이 낫지. 아, 저기 마커 부인이 오는군. 부인과 5분 정도 유익한 얘기를 나누는 건 어때?"

전에도 이야기한 적이 있지만, 홈즈는 언제든지 여자들의 환심을 사고, 자신감 있는 태도로 여자들과 스스럼없이 대화를 나누는 재주가 있었다. 그가 말을 꺼내고 몇 분도 되지 않아 마커 부인과 홈즈는 마치 오래 알고 지낸 사람처럼 친근하게 이야기를 나누었다.

"그래요, 홈즈 씨. 당신이 말한 그대로예요. 교수님은 지독하게 담배를 많이 피운답니다. 하루 종일 피우는 건 기본이고, 어떨 때는 밤새도록 피우기도 하지요. 아침에 교수님 방에 들어가 보면 마치 런던에 안개가 낀 것처럼 온통 뿌옇게 보여요. 스미스도 담배를 좋아했지요. 하지만 교수님만큼 심하게 많이 피우지는 않았어요. 이젠 담배가 교수님에게 해로운지조차 알 수 없을 정도예요."

"담배를 피우면 식욕이 줄어들지요."

"그런가요?"

"제 생각엔 교수님도 식사를 잘 안 하실 것 같은데, 어떻습니까?"

"네, 식사가 고르지 않은 편이세요."

"그렇다면 오늘 아침 식사도 거르셨을 테고, 아까도 계속 담배를 피웠으니까 점심도 물론 안 드셨겠죠?"

"아니에요. 오늘은 그렇지 않았어요. 웬일로 다른 날보다 아침을 훨씬 많이 드셨지요. 그렇게 식욕이 왕성한 적이 없었는데 말이에요. 게다가 점심으로 큰 커틀릿을 만들어 달라고 했어요. 좀 놀랍긴 하더군요. 전 어제 스미스 씨가 이 방에 쓰러져 있는 걸 본 이후로 전혀 식사를 하지 못했으니까요. 정말 큰 사건이었지만 교수님은 그런 일로 식사를 못하거나 하는 분은 아닌 듯싶어요."

우리는 오전 내내 정원을 산책하며 시간을 보냈다. 스탠리 홉킨스는 어제 아침 한 소녀가 채텀 가에서 안경을 쓴 낯선 여자를 보았다는 말을 듣고 소녀를 만나기 위해 마을로 갔다. 홈즈는 평소와 달리 의욕이 없어 보였다. 나는 홈즈가 이렇게 무심한 태도로 사건을 대하는 걸 한 번도 본 적이 없었다. 마을에서 돌아온 홉킨스는 조사해 본 결과 아이가 본 여자와 홈즈가 얘기한 여자의 인상착의가 같다고 말했다. 그러나 홈즈는 그의 말에 관심을 크게 기울이지 않았다. 그보다는 수잔이 우리에게 점심을 준비해 주면서 한 말을 곰곰이 생각하는 눈치였다. 수잔은 스미스가 어제 아침에 산책을 나갔다가 사건이 일어나기 약 30분 전에 집으로 돌아왔다고 말했다. 나는 이 사건에 대해 아무것도 짐작하지 못했지만, 홈즈는 이미 대략적인 추리를 끝냈다는 것을 알 수 있었다.

갑자기 그가 자리에서 일어나더니 시계를 보며 말했다.

"자, 2시가 됐군. 왓슨, 2층으로 올라가서 교수님을 만나야지."

교수는 이제 막 점심을 끝낸 모양이었다. 마커 부인이 말한 대로 접시는 말끔하게 비워져 있었다. 그는 백발이 성성한 머리를 돌려 번뜩이는 눈빛으로 우리를 보았다. 정말 섬뜩한 얼굴빛이었다. 그는 옷을 갈아입은 채 담배를 피우면서 난로 옆 안락의자에 앉아 있었다.

"홈즈 씨, 사건은 해결하셨소?"

그는 테이블 위에서 담뱃갑을 집어 홈즈에게 내밀었다.

홈즈가 받아 드는 순간, 담뱃갑이 뒤집어지면서 안에 있던 담배들이 쏟아졌다. 그 때문에 우리는 바닥에 무릎을 꿇고 앉아 사방으로 흩어진 담배를 주워 담아야 했다. 다시 일어났을 때 나는 홈즈가 눈을 빛내며 뺨에 홍조를 띠고 있는 것을 보았다. 그건 홈즈가 결정적인 증거를 잡았을 때 보이는 모습이었다.

"네, 이제 모든 것을 알았습니다."

스탠리 홉킨스와 나는 놀란 얼굴로 홈즈를 쳐다보았다. 교수의 여윈 얼굴은 빈정거리는 표정이었다.

"정말이오? 정원에서 뭔가 찾아낸 모양이군요."

"아닙니다. 바로 이 방에서 찾았지요."

"이 방이라고? 언제 말이오?"

"바로 지금입니다."

"농담 마시오, 홈즈 씨. 이건 아주 중대한 사건이오. 그런데 농담하듯 사건을 대해서야 되겠소?"

"코램 교수님, 우리는 모두 이 사건이 매우 중대하다는 사실을 잘 알고 있습니다. 그렇기 때문에 저는 조사하고 추리한 내용을 신중하게 여러 번 검토했지요. 교수님의 의도가 무엇인지, 또는 교수님이 이 기이한 사건과 어떤 관련이 있는지 아직은 말씀드릴 수 없군요. 교수님께서 직접 말씀하시리라 생각합니다. 그럼 먼저 제가 알아낸 바를 말씀드리지요.

어제 어떤 부인이 교수님 서재에 들어왔습니다. 작은 서랍 안에 보관된 어떤 서류를 훔치기 위해서였지요. 그녀는 자기 열쇠를 갖고 있었어요. 아까 교수님의 열쇠를 조사해 보았지만, 니스 칠 위에 긁힌 자국이 생길 때 변색된 흔적을 찾을 수 없었으니까요. 그녀는 교수님 몰래 이 방에 들어와 서류를 훔치려 했습니다."

교수는 담배 연기를 내뿜고 말했다.

"아주 흥미롭고 그럴듯한 이야기군. 그래, 그다음엔 어떻게 됐소? 그 정도까지 추리했다면 당신은 그녀가 어떻게 되었는지도 알 수 있겠군요."

"네, 차차 말씀드리지요. 그녀는 서재에 있다가 비서에게 붙잡히고 말았습니다. 그녀는 빠져나가려고 안간힘을 쓰다가 스미스를 찌르게 된 겁니다. 예상치 않은 일이 일어난 거죠. 그녀는 스미스를 죽일 의도가 전혀 없었을 겁니다. 흉기를 갖고 있지 않았으니까요. 그녀는 스미스를 찌르고 겁에 질린 나머지 방에서 정신없이 뛰어나왔습니다. 그런데 스미스와 몸싸움을 벌이다 그만 안경을 떨어뜨렸습니다. 그녀는 안경 없이는 사물을 분간할 수 없을 정도로 시력이 나쁩니다. 그녀는 처음에 왔던 복도를 따라 도망쳤지만 사실 그곳은 코램 교수님 방으로 통하는 복도였습니다. 그 복도에도 야자나무 매트가 깔려 있어서 부인은 그곳이 처음에 왔던 길이라고 생각했죠. 나중에 길을 잘못 들었다는 사실을 알았지만 되돌아갈 수 없었을 겁니다. 도망갈 곳이라곤 교수님의 방밖에 없는 상황에서 그녀가 어떻게 했겠습니까? 되돌아갈 수도 없고 그렇다고 그 자리에 서 있을 수도 없었겠지요. 그녀는 그대로 뛰어갔습니다. 그리고 계단으로 올라가 문을 열고 이 방으로 들어왔던 겁니다."

교수는 입을 벌린 채 불쾌한 눈빛으로 홈즈를 보았다. 꽤 놀라는 눈치였으며 불안해하는 기색이 역력했지만, 그는 이내 어깨를 으쓱하더니 어색하게 웃었다.

"아주 훌륭해요, 홈즈 씨. 하지만 한 가지 잘못 생각한 게 있소. 나는 그날 하루 종일 이 방에 있었소."

"저도 알고 있습니다, 코램 교수님."

"그렇다면 내가 멀쩡하게 침대에 누워 있으면서도 그 여자가 들어오는 걸 몰랐단 말이오?"

"아닙니다. 교수님은 그 여자가 들어오는 걸 보았습니다. 그녀와 얘기도 했겠지요. 교수님은 그녀가 누군지 알고 있을 뿐 아니라 그녀를 숨겨 주기까지 했습니다."

홈즈의 말에 교수는 다시 한 번 날카로운 웃음을 터뜨렸다. 그리고 자리에서 일어났다. 그는 번뜩이는 눈빛으로 홈즈를 쏘아보며 말했다.

"당신 완전히 미쳤군! 그런 헛소리를 내뱉다니! 내가 그 여자를 숨겨 주었다고? 그렇다면 그 여자는 지금 어디 있다는 거요? 증거를 한번 대 보시오!"

"바로 저기에 있습니다." 홈즈는 방 한쪽 구석에 있는 커다란 책장을 가리켰다.

교수는 놀라서 양손을 치켜들었다. 교수의 얼굴이 경련으로 잠시 일그러졌다. 그러더니 갑자기 힘이 빠진 듯 자리에 털썩 주저앉았다. 그 순간 홈즈가 가리켰던 책장 문이 열리고 여자가 뛰쳐나왔다.

"당신 말이 맞았어요! 그래요, 나는 여기에 숨어 있었어요."

여자는 외국어 억양이 섞인 특이한 말투로 외쳤다. 그녀는 책장 속의 먼지와 거미줄을 뒤집어쓰고 있었다. 얼굴 역시 먼지투성이였다. 홈즈가 예상한 모습 그대로, 미인이라고 할 수 없는 얼굴이었으며 턱은 길고 고집스러워 보였다. 어두운 곳에 있다가 갑자기 빛을 받은 그녀는 눈이 부신 듯 그 자리에 서서 우리를 보기 위해 계속 눈을 깜빡거렸다. 비록 모습은 볼품없었지만, 그녀의 태도에는 어딘지 모르게 기품이 있었다. 고개를 치켜든 모습은 용감해 보였고 턱 선에는 당당한 기운이 흘렀다.

스탠리 홉킨스는 범인을 체포하기 위해 팔을 붙들었으나 여자는 위엄 있는 표정으로 그의 손을 뿌리쳤다. 교수는 의자에 앉아 일그러진 표정으로 걱정스럽게 여자를 보았다.

"그래요, 제가 범인이에요. 숨어서 당신이 하는 얘기를 다 들었어요. 당신 말이 맞아요. 전부 털어놓겠어요. 젊은이는 내가 죽였어요. 하지만 당신 말대로 정말 우연히 일어난 일이에요. 저는 손에 쥐고 있는 것이 칼이라는 것도 몰랐어요. 어떻게든 빠져나가야 했기 때문에 그냥 손에 잡히는 걸로 그를 쳤을 뿐이에요. 정말이에요."

"부인, 저도 그렇게 생각합니다. 하지만 불행히도 스미스는 죽었지요." 홈즈가 말했다.

여자는 두려워하는 표정으로 우리를 돌아보았다. 그녀의 얼굴은 검은 먼지로 뒤덮여서 한층 더 무시무시해 보였다. 그녀는 침대 옆에 앉아서 말을 이었다.

"시간이 별로 없지만 모든 걸 말씀드리겠어요. 나는 이 남자의 아내예요. 이 사람은 영국인이 아니라 러시아 사람이에요. 이름은 말하지 않겠어요."

그때 잠잠히 있던 교수가 갑자기 흥분한 목소리로 외쳤다.

"안나! 제발!"

여자는 경멸에 가득 찬 시선으로 그를 보았다.

"세르기우스, 당신은 여전히 비열하게 살고 있군요. 당신은 많은 사람들에게 해를 입혔어요. 그 결과가 당신에게 돌아온다는 걸 몰라요? 그러고도 이렇게 버젓이 살아 있다니. 나는 모든 위험을 각오하고 이 저주받은 집에 들어왔어요. 하지만 더 늦기 전에 말해야겠어요."

여자는 홈즈를 보며 다시 말을 이었다.

"말씀드렸듯이 저는 이 사람의 아내예요. 어리석게도 스무 살의 어린 나이에 이 사람과 결혼했지요. 그때 이 사람은 쉰 살이었어요. 저는 러시아에서 대학에 다니고 있었지요. 하지만 어딘지는 말씀드리지 않겠습니다."

"안나, 제발!" 교수가 다시 말했다.

"우리는 개혁파였어요. 혁명가이고 허무주의자였지요. 남편과 저 말고도 많은 동지들이 있었어요. 그런데 어느 날 사건이 일어났어요. 경찰 한 명이 살해된 거예요. 그리고 경찰이 들이닥쳐 많은 동지들을 체포해 갔어요. 제 남편이 자기 목숨을 건지고 현상금을 타기 위해 저와 다른 동지들을 밀고한 거예요. 그래요, 그는 우리 모두를 배신했어요. 동지들은 처형당하거나 시베리아로 유배되었지요. 저도 시베리아로 끌려갔지만 다행히 오래 있지는 않았어요. 남편은 그 더러운 돈을 갖고 영국으로 건너와서 지금까지 이곳에 숨어 살았어요. 동지들에게 발각되면 목숨을 부지하기 어렵다는 걸 잘 알고 있었으니까요."

노인은 떨리는 손으로 담배를 집어 들었다.

"안나, 이제 내 목숨은 당신에게 달려 있소. 당신은 언제나 나에게 잘해 주었어."

"이 파렴치한 사람에 대해 한 가지 더 말할 것이 있어요. 동료 중에 저와 친한 사람이 있었어요. 그는 성품이 반듯하고 타인에 대한 애정이 깊은 사람이었지요. 제 남편과는 전혀 다른 사람이에요. 그는 폭력을 싫어했어요. 혁명을 일으키려는 것이 죄가 된다면 저와 동지들은 모두 죄인이겠지요. 하지만 그는

죄가 없었어요. 그는 우리에게 폭력적인 방법을 쓰면 안 된다고 설득하는 편지를 계속 보냈어요. 그 편지를 보여 주면 그를 유배지에서 구할 수 있을 거예요. 저는 날마다 일기장에 그에 대한 개인적인 생각과 동료들의 평가를 적어 놓았어요. 그런데 남편이 그걸 알고는 편지와 일기장을 훔쳐서 어딘가에 숨겼어요. 게다가 제 친구를 죽이기 위해 거짓 증언을 했어요. 하지만 저 사람의 의도와는 달리 알렉스는 처형되지 않고 시베리아로 유배되었지요. 지금 그는 소금 광산에서 일하고 있어요. 잘 생각해 봐요, 이 악당! 당신 같은 사람은 감히 입에 올리지도 못할 이름이지만, 지금 이 순간에도 알렉스는 노예처럼 일하며 살고 있어요. 당신도 그런 고통을 당해 봐야 해요."

"당신은 언제나 훌륭한 사람이었어." 교수는 담배를 집으며 말했다.

여자는 자리에서 일어났지만 곧 고통스러운 신음 소리를 내며 다시 주저앉았다.

"마저 얘기해야겠어요. 저는 유배지에서 풀려나자마자 편지와 일기장을 다시 찾으려고 했어요. 그걸 러시아 정부에 보내면 알렉스의 무죄가 증명될 테니까요. 저는 남편이 영국으로 건너갔다는 걸 알았어요. 몇 달 동안 수소문한 끝에 그가 있는 곳을 알아냈지요. 제가 시베리아에 있을 때 남편은 저를 비난하는 편지를 보냈어요. 제가 쓴 글을 들먹이면서 말이에요. 그래서 남편이 제 편지와 일기장을 갖고 있다는 사실을 알았어요. 하지만 남편은 부탁한다고 해서 순순히 돌려줄 사람이 아니지요. 그래서 제가 직접 찾아오기로 결심했어요. 저는 탐정을 한 명 고용했어요. 그 사람이 바로 남편의 두 번째 비서였지요. 세르기우스, 그가 갑자기 그만둔 이유를 이제 알겠어요? 그는 편지와 일기장이 작은 서랍 안에 있다고 알려 주면서 열쇠를 하나 복사해 갖고 왔어요. 내부 약도도 건네주었지요. 그가 오전에는 서재에 아무도 없을 거라고 하더군요. 그래서 저는 용기를 내어 이 집에 들어왔던 거예요. 편지와 일기장은 찾았지만 이렇게 큰 대가를 치르게 될 줄은 정말 몰랐어요.

서류를 꺼내고 다시 서랍을 잠그고 있을 때 그 젊은이에게 붙잡혔어요. 저는 그날 아침에 그 젊은이를 봤어요. 우리는 길에서 마주쳤는데 저는 그가 이 집에서 일한다는 것도 모르고 코램 교수의 집이 어디냐고 물었죠."

"그랬군요. 그는 돌아와서 교수에게 당신에 대해 얘기했을 겁니다. 그래서 당신이 범인임을 알리려고 마지막에 그런 말을 했던 거지요."

"제 얘기는 아직 끝나지 않았어요." 여자는 단호한 말투로 홈즈의 말을 막았다. 그리고 고통스러운 표정으로 얼굴을 찌푸렸다.

"그가 쓰러진 후에 저는 방에서 뛰어나갔어요. 하지만 길을 잘못 들어서 남편 방까지 오게 됐죠. 남편은 저를 신고하려고 했어요. 그래서 만일 그렇게 하면 남편도 무사하지 못할 거라고 말했지요. 그가 저를 경찰에 넘기면 저는 그를 제 동료들에게 넘길 테니까요. 단순히 살기 위해서 남편과 타협했던 게 아니었어요. 저에게는 중요한 목적이 있었으니까요. 하지만 남편은 순전히 자신이 위험해질까 봐 저를 숨겨 주었지요. 그는 저 어두운 책장 안으로 저를 밀어 넣었어요. 그리고 저에게 음식을 나눠주기 위해 방에서 혼자 식사를 했어요. 저는 경찰이 가고 나면 밤에 몰래 빠져나가기로 했어요. 물론 다시 오지 않겠다는 약속도 했지요. 하지만 이렇게 발각되고 말았군요."

그녀는 품 안에서 조그만 서류 묶음을 꺼내며 말했다.

"마지막으로 할 말이 있어요. 이 편지가 알렉스를 구해 줄 거예요. 당신의 이름과 정의를 존중하는 마음을 믿고 이 편지를 드리겠어요. 부디 러시아 대사관에 전해 주세요. 이제 제가 할 일은 끝났어요. 그럼."

"안 돼. 멈춰요!" 홈즈가 소리쳤다. 그러고는 그녀에게 뛰어가서 작은 유리병을 빼앗았다.

"너무 늦었어요." 그녀는 침대에 몸을 기대며 힘없이 말했다.

"책장 안에 있을 때 이미 약을 먹었어요. 너무 어지럽군요. 전 곧 죽을 거예요. 그 편지를 부탁해요."

"단순한 사건이었지만 교훈적인 면도 있었어."
집으로 돌아오는 길에 홈즈가 말했다.
"안경이 중요한 단서가 되었어. 젊은이가 죽으면서 안경을 붙잡지 않았다면 사건을 해결하기 어려웠을지도 몰라. 그렇게 도수가 높은 안경을 낀 사람은 안경을 잃어버리면 앞이 잘 보이지 않아 헤매거든. 그런 사람이 발도 헛디디지 않고 좁은 풀밭 위를 따라 걸어갈 수 있었을까? 이미 말했듯이 난 그 점이 이상하다고 생각했어. 그녀가 다른 안경을 갖고 있지 않는 한 도저히 불가능한 일이지. 그래서 그녀가 집 안에 있을지도 모른다고 생각했어. 두 복도가 비슷하다는 사실을 알고 나서는 그녀가 실수로 길을 잘못 들었을 거라고 확신했지. 그렇다면 그녀가 교수의 방으로 들어갔을 거라는 결론이 나와. 나는 이 가정을 뒷받침할 만한 증거를 찾으려고 교수의 방을 찾아갔을 때 숨을 만한 장소를 자세히 관찰했지. 카펫은 하나로 이어진 데다 못으로 고정되어 있어서 그 아래 다른 곳으로 통하는 문이 있을 가능성은 없었어. 그래서 책장 뒤에 숨을 만한 공간이 있으리라고 생각했지. 옛날에는 책장 뒤에 비밀 장소를 만드는 것이 흔한 일이었으니까. 나는 책을 쌓아 둔 바닥을 전부 살펴보았어. 그런데 책을 쌓아 두지 않은 책장이 하나 있더군. 그래서 그 책장이 비밀 장소로 통하는 문이라고 생각했지. 하지만 확인할 방법이 없었어. 그러다가 문득 카펫이 갈색이라는 걸 알았어. 카펫을 이용하면 증거를 찾을 수 있을 것 같았지. 그 때문에 줄담배를 피워 댄 거야. 나는 담뱃재를 책장 앞에 골고루 뿌려 놓았지. 간단한 일이었지만 효과는 뛰어났어. 그리고 아래층에서 교수의 식사량이 전보다 늘어났다는 얘길 듣고, 교수가 다른 사람에게 음식을 나눠 주고 있다는 생각을 굳혔지. 다시 교수를 찾아갔을 때 나는 일부러 담뱃갑을 떨어뜨려 담배를 쏟고, 그것을 주우면서 책장 앞을 살폈더니 담뱃재 위에 발자국이 나 있더군. 우리가 아래층으로 내려가자 범인이 숨어 있던 곳에서 나왔던 거야. 홉킨스, 벌써 채링 크로스에 도착했군. 축하해, 자네가 이번 사건을 훌륭하게 해결했어. 자네는 경찰서로 갈 테지. 왓슨, 우리는 러시아 대사관으로 가야지."

---

12) '셜록 홈즈 원고. 아서 코난 도일이 H 그린하우 스미스에게. 20년 동안 협력의 기념으로. 1916년 2월 8일'이라는 문구가 쓰인 이 원고는 도일이 유일하게 다른 사람에게 증정한 원고다. 원고는 4절지 53페이지에 쓰여 있다. 1934년 3월 14일, 런던 경매에서 120파운드에 낙찰되었다. 현재 소재지 불명.

레이디 프랜시스 커팩스의 실종

1902년 7월 1일(화)~7월 18일(금)

The Disappearance of Lady Frances Carfax

"그런데 왜 하필 터키식이지?" 셜록 홈즈가 내 구두를 유심히 보며 물었다.

그때 나는 나무줄기로 등을 댄 안락의자에 기대앉아 있었는데, 튀어나온 두 발이 그의 그칠 줄 모르는 호기심을 불러일으켰던 것이다.

"이건 영국제인데. 옥스퍼드 가에 있는 래티머 상점에서 샀어." 놀란 내가 대답했다.

홈즈는 참을성 있게 미소를 지으며 말했다.

"목욕 이야기야, 목욕! 집에서 하면 기운도 나고 좋은데 어째서 굳이 터키탕에 갔냐는 얘기지. 몸의 긴장만 풀어지고 비용도 꽤 들었을걸."

"나도 늙었는지 지난 며칠 동안 류머티즘 기가 있었어. 의료

계에서는 터키식 목욕을 대체요법으로 사용하는데, 생활의 활력소가 되고 몸 전체를 구석구석 정화시켜주는 효과가 있어. 그런데 홈즈, 내 구두만 보고 터키식 목욕탕에 갔다 온 확증을 얻은 것 같은데, 대체 어떤 논리인지 알려 줘."

"추론 과정은 그렇게 어렵지 않아, 왓슨." 홈즈는 장난기 섞인 목소리로 말했다. "아주 기본적인 수준의 추론이지. '오늘 아침에 자네가 누구와 마차를 함께 탔는가?'라는 질문으로 그 실례를 삼을 수 있지."

"하지만 그런 실례가 어떻게 제대로 된 설명이 된다는 말인가." 나는 약간 거칠게 말했다.

"왓슨! 아주 권위적이고 논리적인 반박인걸. 어디 보자, 문제가 뭐였더라. 우선 나중 것부터 볼까? 마차 말이야. 자네 코트 왼쪽 소매와 어깨 부분에 묻은 얼룩이 보이지? 이륜마차의 좌석 가운데 앉았다면 자네한테 그런 게 튀지 않았을 거야. 또 만약 그랬더라도 왼쪽에만 묻었을 리가 없지. 그러니까 자넨 분명히 가장자리에 앉았고 분명 누군가와 함께 타고 있었다는 얘기지."

"맞아, 그랬어."

"말도 안 될 정도로 간단하지?"

"하지만 구두와 터키탕은?"

"마찬가지로 애들 장난 수준이야. 자네는 항상 구두끈을 매는 특별한 방식이 있는데 오늘은 이중 나비매듭으로 공들여 묶어놓았더군. 원래는 그렇게 매지 않는데 말이야. 그건 자네가 구두를 벗은 적이 있다는 얘긴데 그럼 구두끈은 누가 맸을까? 구두 수선공 아니면 목욕탕에서 일하는 아이겠지. 그런데 구두 수선공은 아닌 듯싶어. 그 구두는 새것이나 마찬가지니까. 그럼 뭐가 남지? 목욕탕! 우습지, 그렇지 않나? 하지만 터키탕이 한 가지 목적은 만족시켜 준 셈이야."

"그게 뭔가?"

"변화가 필요해서 터키식 목욕을 했다니까 말하는데, 내가 그 변화의 기회를 주면 어떨까? 스위스 로잔에 가겠나, 왓슨? 일등석 차표에 모든 경비는 한 나라의 왕세자에게 주어지는 수준으로 제공되고, 자네는 몸만 가면 돼."

"멋지군! 그런데 그런 제안을 하는 이유가 뭐야?"

홈즈는 안락의자 깊숙이 등을 대고는 주머니에서 수첩을 꺼냈다.

"세상에서 가장 위태로운 부류 가운데 하나는 바로 친구도 없이 떠돌아다니는 여자야. 절대 남에게 해를 끼치지 않고, 때로는 누구보다 쓸모 있는 사람이지만 반면에 피할 수 없는 범죄의 대상이 되기도 하거든. 의지할 사람이 없는 데다 여기저기 옮겨 다니기 때문이야. 이 나라 저 나라를 돌아다니며 호텔에 투숙할 만큼 돈이 많지만 가끔 외딴 하숙집에 들어가서 당황해 어쩔 줄 몰라 할 때도 있어. 마치 여우들이 사는 세상에서 헤매는 병아리 같아서 누구한테 잡아먹혀도 아무도 눈치채지 못해. 레이디 프랜시스 커팩스에게 나쁜 일이 생겼을까 봐 정말 걱정이야."

갑자기 일반적인 사실에서 구체적인 사건으로 넘어가자 나는 안도감을 느꼈다. 홈즈는 수첩을 참고하며 말을 이어 갔다.

"레이디 프랜시스는 루프튼 백작 가문의 직계 후손 중 현재 유일하게 생존해 있는 사람이야. 자네도 기억하겠지만, 그 집안의 토지는 모두 백작의 아들들에게 넘어갔고 그녀에게는 약간의 재산이 남겨졌지. 하지만 이 얼마 안 되는 재산보다 더 귀중한 것을 물려받았는데, 바로 옛날 스페인식의 특이한 은세공 보석과 정교하게 커팅된 다이아몬드들이었어. 그녀는 이 보석들을 너무나도 아낀 나머지 은행에 맡기지 않고 늘 갖고 다녔다는군. 좀 가련한 여자야. 이제 막 중년에 접어들었고 여전히 미모를 간직하고 있지만 20년 전의 눈부신 아름다움을 생각하면……. 당시 어떤 일이 있은 후론 자신을 전혀 가꾸지 않았다고 해."

"그렇다면 그녀에게 좋지 않은 일이 일어났다는 건가?"

"무슨 일이 생겼냐고? 지금으로서는 생사조차 확실치 않아. 그래서 이제부터 우리가 알아내야 해. 그녀는 자신이 정한 습관을 반드시 지키는 사람이었지. 가정교사였던 도브니 양에게 지난 4년 동안 2주에 한 번씩 편지를 보낸 것도 그런 습관 중 하나였다는군. 도브니 양은 오래전에 은퇴하고 캠버웰에 살고 있는데, 그동안 한 번도 거른 적이 없던 편지가 끊어진 지 벌써 5주나 되었다는 거야. 그래서 우리에게 사건을 의뢰했어. 마지막 편지는 로잔에 있는 내셔널 호텔에서 왔는데 레이디 프랜시스는 다음 목적지를 알리지 않고 그곳을 떠난 듯해. 집안사람들의 걱정이 이만저만이 아니지. 우리가 사건을 맡아 해결해주면 경비는 얼마가 들어도 개의치 않겠다는군. 엄청나게 부유한 사람들이니 그럴 만해."

"도브니 양이 유일한 정보 제공자인가? 분명 다른 사람들과도 연락을 주고받았을 텐데."

"우리가 관심을 가질 만한 곳이 하나 있어. 바로 은행이야. 독신 여성도 살아가려면 돈이 필요하니 통장을 보면 그간의 행적을 알 수 있거든. 그녀가 거래한 은행은 실베스터 은행이었어. 계좌를 훑어보았더니 로잔에서 최근 발행한 수표로 호텔 숙박비를 지불했는데 액수가 꽤 크니 수중에 현금이 남아 있을 거야. 그 뒤로는 수표가 한 번밖에 발행되지 않았더군."

"누구한테? 그리고 어디에서 발행되었지?"

"마리 드뱅 앞으로였어. 그 수표를 어디에서 끊었는지 모르지만 3주 전쯤 몽펠리에의 리옹 은행에서 현금으로 바꾸어 갔어. 금액은 50파운드였고."

"마리 드뱅은 누구야?"

"그것도 알아냈지. 레이디 프랜시스 커팩스의 하녀였는데, 그녀가 왜 드뱅 양에게 이 수표를 주었는지는 아직 몰라. 그렇지만 자네가 조사에 나서면 그 문제는 금방 밝혀질 거라 확신해."

"누가 조사를 한다고!"

"자네를 로잔으로 보내는 이유가 바로 그거야. 자네도 알다시피 나는 지금 런던을 떠날 수 없는 상황이야. 에이브러햄 노인이 생명의 위협을 받고 있을 뿐만 아니라, 그런 특별한 상황이 아니라도 되도록이면 나는 이 나라를 떠나지 않는 게 좋아. 내가 없으면 스코틀랜드 야드도 외로울 테고 그 틈을 노려 범죄자들이 활개를 칠 게 뻔하거든. 그러니 자네가 가, 친구. 영국과 스위스 간 전신 비용이 한 단어에 2펜스나 되지만 내 도움이 필요할 때는 언제라도 전보를 보내. 밤낮을 가리지 않고 대기하고 있을 테니까."

이틀 뒤, 나는 로잔의 내셔널 호텔에 도착했고 호텔 지배인

모세의 환대를 받았다. 그의 말에 따르면, 레이디 프랜시스는 몇 주 동안 그곳에 머물렀으며 그녀를 알게 된 사람은 누구나 그녀를 좋아했다고 한다. 나이는 많아야 마흔쯤으로 아직도 아름다운 데다 젊은 시절엔 무척 사랑스러웠을 거라고 했다. 그는 값진 보석에 대해선 아무것도 몰랐지만 그녀의 침실에 있는 묵직한 가방에 항상 자물쇠가 잠겨 있더란 이야기를 종업원들에게서 들었다고 했다. 그녀의 하녀 마리 드뱅은 자기 주인만큼이나 인기가 있었고, 실제로 호텔의 급사장과 약혼했다고 한다. 마리 드뱅의 주소는 쉽게 알 수 있었는데 몽펠리에 시 트라장가 11이었다. 나는 모든 사실을 메모하면서 이렇게 생각했다. '홈즈가 직접 나섰더라도 이보다 더 철저하게 조사할 순 없었을 거야.'

딱 하나 풀리지 않는 의문이 있었다. 내가 수집한 정보로는 레이디 프랜시스가 갑자기 그곳을 떠난 이유를 알 수 없었다. 로잔에서 꽤 행복하게 지냈고, 시즌 내내 호수가 내려다보이는 호화로운 방에 머물 생각이었다고 믿게 하는 점도 많았다. 하지만 일주일 치 숙박비를 미리 낸 바로 다음 날 떠났다. 이 점에 대해서 이야기해 줄 수 있는 사람은 드뱅의 애인 줄 바이바르밖에 없었다. 그는 레이디 프랜시스의 갑작스러운 출발을 한 남자와 관련지어 설명했다. 그들이 떠나기 하루 또는 이틀 전에 키가 크고 가무잡잡한 피부에, 턱수염을 기른 남자가 호텔을 방문했다는 것이다.

"정말이지 아주 거친 사람이었습니다." 줄 바이바르가 큰 소리로 말했다.

그 남자는 마을 어딘가에 묵고 있었는데 호숫가를 산책하고 있던 레이디 프랜시스에게 다가가 뭔가 열심히 이야기했다고 한다. 그 후 남자가 호텔로 찾아왔지만 그녀는 그를 만나 주지 않았다는 것이다. 남자는 영국인이었는데 이름은 어디에도 기록되어 있지 않았다. 그 일이 있은 직후 그녀는 호텔을 떠났는데, 급사장은 자신의 생각으로는 남자가 찾아오자 이곳을 떠난 듯하다고 말했다. 더욱 중요한 점은 마리의 생각도 같다는 것이다. 그런데 한 가지, 줄은 마리가 주인 곁을 떠난 이유에 대해서는 거론하지 않았다. 그 점에 대해서는 한사코 아무 말도 할 수 없다고 했다. 그것을 알아내기 위해 몽펠리에로 가서 직접 물어 봐야만 했다.

이렇게 내 조사의 첫 장은 끝났고, 두 번째 장은 레이디 프랜시스 커팩스가 로잔을 떠나 어디로 갔는지 알아내는 것으로 채워졌다. 그녀가 다음 행선지를 비밀로 한 점으로 보아 누군가의 추적을 피했을 거라는 확신이 들었다. 아니면 왜 짐에 바덴행 꼬리표를 붙이지 못했겠는가? 그녀는 어떤 우회 루트를 통해 라인 강 유역의 온천 휴양지인 바덴에 도착했는데, 여기까지의 사실은 모두 쿡 여행사의 지점 지배인에게 들은 것이다. 그래서 홈즈에게 지금까지의 진행 상황을 설명하는 전보를 쳤고, 그에게서 어설픈 유머를 사용한 칭찬의 글이 담긴 전보를 받은 후 바덴으로 갔다.

바덴에서 그녀의 행적은 쉽게 따라갈 수 있었다. 레이디 프랜시스는 보름 동안 잉글리셔 호프에 머물렀고, 그곳에서 남미 선교 활동을 마치고 돌아온 슐레싱거 박사 부부와 친분을 맺었다고 한다. 외로운 독신 여성 대부분이 그렇듯, 레이디 프랜시스는 종교에서 위안과 할 일을 찾았다. 그녀는 박사의 특별한 인품, 진정한 헌신 그리고 선교를 하다가 얻은 병에서 회복 중이라는 사실에 깊이 감동했다. 그래서 박사의 부인을 도와 점차 건강이 회복되어 가던 성인을 간호했다. 그곳 지배인의 말에 따르면, 박사는 하루 종일 베란다의 긴 의자에 누워 양옆으로 두 여자의 시중을 받으며 지냈다고 한다.

그 박사는 성지의 지도를 작성하고 있었는데, 특히 고대 북아랍인들의 왕국에 대해 자세히 다룬 지도였다. 마침내 몸이 많이 회복된 그는 부인과 함께 런던으로 돌아갔고, 이때 레이디 프랜시스가 이들과 동행했다고 한다. 이 일은 겨우 3주 전이었고, 지배인은 그 후로는 아무 소식도 듣지 못했다고 했다. 레이디 프랜시스의 하녀 마리는 그보다 며칠 앞서 눈물을 펑펑 쏟으면서 주인 곁을 떠났는데, 다른 하녀들에게 앞으로 다시는 하녀 일은 하지 않겠다고 한 모양이었다. 그리고 런던으로 출발하기에 앞서 슐레싱거 박사는 레이디 프랜시스의 숙박비까지 모두 지불했다고 한다.

"그건 그렇고, 레이디 프랜시스 커팩스의 뒤를 쫓는 사람이 당신 말고 또 있어요. 일주일 전쯤에 한 남자가 같은 용건으로

이곳에 왔었죠." 지배인이 말했다.

"이름을 말했습니까?"

"아니요. 하지만 영국인이더군요. 좀 특이한 타입이었지만."

"아주 거친 사람이었습니까?"

나는 내 유명한 친구의 방식에 따라 그때까지 수집한 정보들을 연결하며 말했다.

"그랬습니다. 정말 그랬어요. 덩치도 크고 턱수염을 길렀으며 검게 그을린 모습이 일류 호텔보다는 농촌 여관에서나 볼 수 있을 법한 사람이었죠. 튼튼하고 사나운 남자란 인상을 받았는데 건드리면 큰코다치는 것 아닌가 싶더군요."

안개가 서서히 걷히고 시야가 선명해짐에 따라 미스터리의 실체가 이미 밝혀지고 있었다. 이 선하고 신앙심 깊은 숙녀는 험악하고 가혹한 남자에게 쫓겨 여기저기 피해 다니고 있다. 틀림없이 그녀는 그를 두려워하고 있다. 아니면 로잔에서 왜 도망쳤겠는가. 그는 아직도 그녀의 뒤를 쫓고 있으며 조만간 따라잡을 것이다. 벌써 그녀를 따라잡은 게 아닐까? 그래서 지금까지 아무 소식도 없나? 동행한 친구들이 그의 폭력이나 협박으로부터 그녀를 지켜 줄 수 없었나? 도대체 어떤 목적으로, 무슨 꿍꿍이로 이렇게 오랫동안 뒤를 쫓는다는 말인가? 그것이 바로 내가 풀어야 할 문제였다.

홈즈에게 내가 얼마나 빠르고 확실하게 문제의 근본까지 다가갔는지 쓴 전보를 보냈다. 그런데 그는 답장으로 보낸 전보에서 슐레싱거 박사의 왼쪽 귀에 대해서만 물었다. 홈즈의 유머 감각은 별나고 가끔은 듣는 사람의 기분을 상하게 하는 경우가 있다. 그래서 그의 전보를 상황에 어울리지 않는 농담이라고 무시해 버렸다. 실은, 홈즈의 전보를 받았을 때 나는 이미 하녀 마리가 사는 몽펠리에에 도착한 뒤여서 사실을 확인할 수 없었다.

마리를 찾아서 그녀가 아는 전부를 듣는 데에는 별 어려움이 없었다. 그녀는 주인에게 헌신적이었다. 이는 자신이 결혼하면 어차피 헤어질 수밖에 없는 상황이었지만 주인이 착한 사람들과 함께 있다는 것을 확신한 뒤에야 비로소 그녀 곁을 떠났다는 사실에서 알 수 있었다. 그리고 슬픈 목소리로 그들이 바덴에 머무는 동안 주인이 유별나게 자신에게 화를 자주 냈고, 심지어 한 번은 자신의 정직성을 의심하는 질문까지 했다고 털어놓았다. 사실 그 때문에 주인과의 이별이 한결 수월해진 면도 있다고 했다.

그리고 레이디 프랜시스가 끊어 준 50파운드 수표는 헤어질 때 그녀가 결혼 선물로 준 것이었다. 마리는 나와 마찬가지로 그녀의 주인을 로잔에서 떠나게 만든 그 이방인에 대해 깊은 불신감을 품고 있었다. 그가 로잔의 호숫가에서 산책하던 주인의 손목을 거칠게 잡아채는 것을 직접 목격했는데, 사납고 위협적인 인물이라는 인상을 받았다고 한다.

마리는 레이디 프랜시스가 런던까지 에스코트해 주겠다는 슐레싱거 박사 부부의 제의를 받아들인 이유가 그 남자에 대한 두려움 때문일 거라고 했다. 레이디 프랜시스가 자기에게 그 남자에 대해 한마디도 하지 않았지만, 모든 면에서 주인이 근심에서 벗어나지 못한다는 느낌이 들었다고 했다. 여기까지 이야기했을 무렵, 그녀는 갑자기 의자에서 벌떡 일어났다. 그녀의 얼굴은 놀라움과 두려움으로 떨리고 있었다.

"보세요! 그 악당이 여기까지 쫓아왔어요! 제가 말한 사람이 바로 저기에 있어요!" 그녀가 외쳤다.

거실의 열린 창문을 통해 거대한 체구의 가무잡잡한 남자가 보였다. 검고 뻣뻣한 턱수염을 기른 남자는 이 집 저 집의 번호를 유심히 살피면서 거리 한가운데를 천천히 걸어 내려오고 있었다. 남자도 하녀의 뒤를 따라온 것이 분명했다. 순간 나는 밖으로 뛰쳐나가 그에게 다가갔다.

"영국인이죠?" 내가 말했다.

"그래서요?" 그는 험악한 얼굴을 잔뜩 찌푸리고 물었다.

"이름을 말하시오."

"싫소." 단호한 목소리였다.

상황이 좋지 않았지만, 때로는 가장 직접적인 방법이 최선일 때가 있다.

"레이디 프랜시스 커팩스는 지금 어디 있소?" 나는 단도직입적으로 물었다.

남자는 놀란 눈으로 나를 쳐다보았다.

"그녀에게 무슨 짓을 했지? 왜 뒤를 쫓는 거야? 어서 대답해!" 내가 말했다.

그러자 남자는 화를 벌컥 내면서 호랑이처럼 내게 덤벼들었다. 나도 싸움 경력이 적지 않았지만 이 남자의 손아귀 힘은 대단했고 무척 격분한 상태였다. 내가 그의 손에 목을 단단히 잡힌 채 정신을 잃어 가고 있을 때 파란 옷을 입은, 수염이 덥수룩한 프랑스인 노동자 한 명이 건너편 주점에서 뛰어나왔다. 그는 나를 공격하는 남자의 팔뚝을 곤봉으로 세게 내리쳤고, 이에 남자는 내 목을 잡고 있던 손을 풀었다. 그는 여전히 분노에 찬 모습으로 다시 공격할 것인지 망설였다. 그러다가 한 번 으르렁거리고는 방금 내가 나온 집으로 들어갔다. 나는 나를 도와준 남자에게 감사의 말을 하기 위해 고개를 돌렸다.

그때 노동자가 말했다.

"왓슨, 온통 뒤죽박죽이 되었어! 자네는 야간 급행열차를 타

고 나와 함께 런던으로 돌아가는 게 낫겠어."

한 시간 뒤 셜록 홈즈는 평소 옷차림으로 내가 묵고 있는 호텔 방에 앉아 있었다. 갑작스럽지만 때맞춘 그의 출현에 대한 설명은 간단했다. 그는 런던을 떠날 수 있게 되자 다음 행선지에 먼저 가 있으려고 했다는 것이다. 그리고 노동자로 변장하고 그 주점에 앉아서 내가 나타나길 기다리고 있었다고 한다.

"정말이지 자네 조사는 실수의 연속이었어. 자네가 빼먹은 조사들을 일일이 기억하기조차 힘들다니까. 얻은 것은 거의 없이 사방에 경고만 해 준 꼴이 되었어." 그가 말했다.

"아마 자네가 직접 했어도 별 소득은 없었을 거야." 나는 기분이 상해서 말했다.

"아마라니. 내가 뭘 알아냈는지 몰라서 하는 소리야. 자네보다 훨씬 멋지게 잘 해냈지. 우선 필립 그린[13]을 만나야 해. 귀족의 자제로 지금 이 호텔에 묵고 있는데 그를 출발점으로 하면 앞으로 일이 더 잘 풀릴 거야."

잠시 후 명함 한 장이 금속 쟁반에 놓여 들어왔고 그 뒤를 따라 한 남자가 들어왔다. 그는 거리에서 나를 공격했던 턱수염

---

13) 크리미아 전쟁 때 아조프 해 함대를 지휘한 유명한 필립 그린 제독의 아들이다.

을 기른 악당이었다. 그는 나를 보더니 놀란 얼굴이었다.

"이게 어찌 된 일입니까, 홈즈 씨? 당신의 전갈을 받고 왔는데, 이 남자가 사건과 무슨 관계가 있습니까?" 그가 물었다.

"이 사람은 제 오랜 친구이자 동료 왓슨 의사입니다. 이번 일을 도와주고 있습니다."

낯선 남자는 사과의 말과 함께 검게 그을린 큰 손을 내밀었다.

"당신에게 폐를 끼친 게 아니었으면 좋겠군요. 내가 그녀에게 무슨 짓이라도 한 듯이 비난하는 바람에 그만 이성을 잃고 말았습니다. 사실 요즘은 저도 제 자신을 제어할 수 없습니다. 마치 살아 있는 폭탄처럼 건드리면 터질 것처럼 신경이 곤두서 있죠. 하지만 이 상황은 도저히 이해가 안 되는군요. 무엇보다 홈즈 씨, 도대체 당신은 나에 대해서 어떻게 알았습니까? 정말 궁금합니다."

"레이디 프랜시스의 가정교사였던 도브니 양을 알고 있죠?"

"모브캡[14]을 쓴 늙은 수잔 도브니 말입니까! 아직도 똑똑히 기억합니다."

"그녀도 당신을 기억하더군요. 남아프리카로 떠나기 전의

---

14) 여성용 실내 모자.

당신을 말입니다."

"저에 대해 모든 걸 알고 계시니 숨길 필요가 없겠죠. 홈즈 씨, 세상의 어떤 남자도 제가 프랜시스를 사랑한 만큼 한 여자를 사랑하진 못할 겁니다. 당시 전 다른 귀족들보다 별로 나을 게 없는 무분별한 애송이였죠. 반면 그녀는 눈처럼 순수한 사람이었고, 저속한 건 그림자도 참지 못했습니다. 그래서 제 과거 행동에 대해 알게 된 이후 그녀는 저한테 말조차 하지 않으려 했습니다. 하지만 그녀는 여전히 절 사랑했고, 정말 믿기지 않지만 그래서 오랜 세월 독신으로 지냈습니다. 제가 그녀를 떠난 후 세월이 많이 흘렀고, 바버톤[15]에서 돈도 웬만큼 모았기에 이젠 그녀를 다시 찾아가 설득해도 되겠다는 생각을 했습니다. 그녀가 아직도 결혼하지 않았다는 사실을 알고 있었죠. 그래서 로잔에서 그녀를 찾아냈고, 그녀의 마음을 돌리기 위해 갖은 노력을 다했습니다. 제 생각에 그녀는 많이 누그러진 듯했지만 워낙 의지가 강해서 다음 날 제가 호텔로 찾아갔을 때는 이미 떠난 뒤였습니다. 그래서 다시 바덴까지 따라갔고, 얼마 뒤 그녀의 하녀가 여기에 산다는 소식을 들었습니다. 그런

---

15) 남아프리카, 트랜스발 주의 금광 타운.

데 왓슨 씨가 저에게 그런 식으로 말하는 것을 듣는 순간, 지금까지 거친 삶에 익숙해져 있던 저는 그만 자제력을 잃었지요. 도대체 레이디 프랜시스가 어떻게 되었는지 말해 주세요."

"이제부터 알아내야 합니다. 런던 어디에 계십니까, 그린 씨?" 홈즈는 특유의 무게를 잡으며 말했다.

"랭엄 호텔에 머물고 있습니다."

"그러면 당신은 런던으로 돌아가 제가 필요로 할 때 언제라도 도움이 되어 주시겠습니까? 당신이 쓸데없는 희망을 갖지 않길 바라지만, 레이디 프랜시스의 안전을 위해 할 수 있는 모든 조치를 할 것이라는 점은 믿으셔도 됩니다. 지금은 더 이상 드릴 말씀이 없군요. 자, 우리와 계속 연락할 수 있도록 이 명함을 드리겠습니다. 왓슨, 자네는 짐을 꾸리게. 나는 허드슨 부인에게 전보를 쳐서 내일 저녁 7시 30분에 배고픈 두 여행자가 도착할 테니 최고의 요리를 준비해 놓으라고 부탁하겠네."

우리가 베이커 가의 방에 도착했을 때 이미 전보가 한 장 와 있었다. 홈즈는 상당히 흥미롭다는 표정으로 내용을 읽고는 나에게 주었다.

베었거나 찢긴 듯함.

전보에는 이렇게 쓰여 있었고 발신지는 바덴이었다.
"이게 뭐야?" 내가 물었다.
"사건의 전부. 전에 내가 난데없이 성직자의 왼쪽 귀에 대해 질문했던 것 기억해? 자네는 답장도 하지 않았지만." 홈즈가 대답했다.

"난 그때 이미 바덴을 떠난 뒤라서 알아볼 수 없었어."

"맞아. 그래서 똑같은 질문을 잉글리셔 호프의 지배인에게 전보로 보냈고, 바로 이것이 그의 대답이야."

"이게 무슨 뜻이지?"

"왓슨, 이것은 우리가 상당히 영리하고 위험한 인물과 맞서고 있음을 뜻해. 남미에서 선교를 마치고 온 슐레싱거 박사가 사실은 오스트레일리아 역사상 가장 파렴치한 악당 중 한 명인 홀리 피터스였어. 오스트레일리아에서는 짧은 역사에 비해 비상한 범죄자들이 많이 나왔지. 특히 그의 전공은 외로운 여성들의 신앙심을 이용해서 사기를 치는 것이고, 그 아내는 프레이저라는 영국 여자로 아주 유능한 공범이야. 그의 범죄 수법을 알고 있던 터라 정체를 짐작하고 있었는데, 신체적인 특징으로 마침내 확인하게 되었어. 그는 1889년 애들레이드의 한 술집에서 싸우다가 귀를 심하게 물린 적이 있거든. 왓슨, 이 불쌍한 숙녀는 물불 가리지 않는 아주 지독한 커플한테 걸려들었어. 그녀는 이미 죽었을 수도 있어. 만일 살아 있더라도 어떤 형태로든 감금되어 있어서 도브니 양이나 다른 친구들에게 연락할 수 없는 처지일 거야. 런던에 오지 않았거나 지나쳐 갔을 가능성도 있지만 두 가지 모두 아닌 것 같아. 외국인 등록 제도 때문에 그들이 유럽 경찰에게 속임수를 쓰기가 쉽지 않기 때문이야. 또 런던이 아닌 다른 곳에서는 사람을 쉽게 가두어 둘 수 있는 처지가 아니지. 내 본능이 그녀가 런던에 있다고 소리치고 있어. 하지만 현재로선 그곳이 어딘지 알아낼 방법이 없으니 할 수 있는 조치를 취한 뒤, 저녁을 먹고 진득하니 기다리는 수밖에 없어. 저녁 식사 후 산책 나간 길에 스코틀랜드 야드의 레스트레이드 경감을 만나야겠어."

하지만 경찰도, 그리고 작지만 우수한 홈즈의 조직도 수수께끼를 푸는 데 충분하지 않았다. 수백만 인구가 사는 런던에서 우리가 찾는 세 사람은 전혀 존재를 알 수 없도록 완전히 자취를 감춰 버렸다. 여러 단서를 추적했지만 아무 소득이 없었다. 슐레싱거가 있을 듯한 범죄 소굴은 모두 뒤져 봤지만 역시 소용없었고, 그의 옛 동료들을 감시했지만 누구도 그와 접촉하지 않았다. 이렇게 일주일 동안 아무런 소득 없이 시간만 보내던 우리에게 드디어 한 줄기 서광이 비추었다. 누군가 찬란한 옛 스페인식 은 펜던트 하나를 웨스트민스터 가의 보빙턴 상점에 저당 잡힌 것이다. 보석을 맡긴 사람은 체격이 크고 면도를 말끔하게 했으며 성직자 차림이었다고 한다. 그가 댄 이름과 주소는 꾸며 낸 것이었다. 가게 주인이 그 사람의 귀를 보지는 못했지만, 그가 말한 생김새는 슐레싱거가 분명했다.

턱수염을 기른 우리의 친구는 새로운 소식을 묻기 위해 세 번이나 찾아왔는데, 마지막 방문은 이 새로운 사실이 알려진 지 한 시간도 지나지 않았을 때였다. 커다란 체격 위에 걸친 옷이 점점 헐렁해지는 것으로 보아 걱정 때문에 나날이 말라 가는 것이 틀림없었다.

"제발 뭐라도 제가 할 수 있는 일을 주십시오!" 그는 만날 때마다 울부짖었는데 마침내 홈즈는 그의 청을 들어줄 수 있게 되었다.

"놈이 보석을 전당포에 내놓기 시작했습니다. 이제 놈을 잡을 때가 왔습니다."

"하지만 이것이 레이디 프랜시스에게 어떤 불상사가 생겼다는 뜻은 아닌가요?"

홈즈는 심각하게 고개를 저었다. "그들이 아직까지 그녀를 죽이지 않고 가두어 두었다고 해도 우리는 최악의 상황에 놓이기 전에 서둘러 대비해야 합니다."

"제가 무슨 일을 하면 됩니까?"

"이 사람들이 당신 얼굴을 본 적이 있습니까?"

"없습니다."

"이자가 다른 전당포에 갈 가능성도 있는데, 그렇다면 우리는 처음부터 다시 시작해야 할 겁니다. 하지만 보빙턴 상점에서 값을 후하게 쳐주었고 아무것도 묻지 않았기에 급전이 필요하면 아마 이곳으로 다시 올 겁니다. 가게 사람들에게 당신을 믿어도 된다는 이 메모를 드리죠. 당신이 그곳에서 잠복할 수 있도록 해 줄 겁니다. 그자가 오면 집까지 미행하세요. 경솔한 행동은 금물입니다. 폭력은 더욱 안 됩니다. 뭐든 나에게 알리고 허락받기 전까지는 어떤 행동도 하지 않겠다는 것을 명예를 걸고 지켜 주십시오."

이틀 동안 필립 그린에게서는 아무런 소식도 없었다. 사흘째 되는 날 저녁, 그는 우리 거실로 뛰어들어왔는데 얼굴은 창백했고 걷잡을 수 없이 떨어 댔다. 강건한 온몸의 근육 하나하나가 흥분으로 떨리고 있었다.

"놈을 찾았습니다! 놈을 찾았어요!" 그가 외쳤다.

그가 몹시 흥분해 있어서 그의 말이 무슨 뜻인지 알아들을 수 없었다. 홈즈는 우선 몇 마디 말로 그를 진정시키고 안락의자에 앉혔다.

"자, 이제 무슨 일이 있었는지 차근차근 말해 보세요." 홈즈가 말했다.

"한 시간 전에 그 여자가 왔었습니다. 이번엔 그의 부인이 온 겁니다. 펜던트를 가져왔는데 저번 것과 같은 종류였고, 여자는 안색이 창백한 데다 눈이 족제비같이 생겼더군요."

"맞아, 그 여자야." 홈즈가 말했다.

"여자가 상점을 나가자 저는 뒤를 밟았습니다. 케닝턴 가를 걸어 올라가더군요. 저도 놓치지 않고 계속 미행했습니다. 그때 그 여자가 어떤 가게에 들어갔는데 홈즈 씨, 거긴 장의사였습니다."

"그래요?"

깜짝 놀란 홈즈의 목소리가 떨렸다. 회색 얼굴은 애써 침착한 척했지만 속으로는 무척 흥분한 듯했다.

"계산대의 여자한테 말을 걸더군요. 저도 안으로 들어갔습니다. '늦는군요.' 여자가 이렇게 말하자 계산대의 여자가 변명을 하더군요. '지금쯤 다 되었어야 하지만 보통 것과 달라서 시간이 더 걸립니다'라고요. 그때 두 사람이 대화를 멈추고 저를 쳐다보기에 뭘 좀 물어본 뒤 그곳을 나왔습니다."

"정말 잘했습니다. 그 뒤엔 어찌 되었죠?"

"여자가 밖으로 나왔습니다. 저는 문가에 몸을 숨기고 있었죠. 주변을 둘러보았는데 아무래도 뭔가 의심하는 듯했습니다. 그러더니 마차를 불러 타더군요. 운이 좋아 저도 한 대를 잡아 그녀의 뒤를 따라갔는데 마침내 브릭스턴의 폴트니 광장 36에서 내리더군요. 저는 그곳을 지나쳐 광장 모퉁이에서 내렸고 거기서 그 집을 지켜보았습니다."

"거기서 본 사람이 있습니까?"

"아래층의 창문 하나만 빼고는 전부 불이 꺼져 있었습니다. 그 창에도 블라인드가 쳐 있어서 안을 볼 수 없었습니다. 이제 어떻게 해야 하나 고민하며 서 있는데, 포장 짐마차 한 대가 도착했어요. 그리고 두 남자가 마차에서 뭔가를 꺼내 계단을 올라 현관까지 옮겼는데 그것은 관이었습니다.

그 순간 저는 그곳으로 달려들 뻔했습니다. 때마침 인부들과 짐을 들이려고 문이 열렸거든요. 문을 연 사람은 그 여자였습니다. 여자는 모퉁이에 서 있는 저를 알아본 것 같았어요. 깜짝 놀라며 급히 문을 닫았거든요. 하지만 저는 앞서 당신에게 한 약속을 기억했고 그래서 지금 여기 와 있는 겁니다."

"정말 훌륭하게 행동했습니다." 홈즈는 반쪽짜리 종이에 뭔가 휘갈겨 쓰면서 말했다. "영장이 없으면 법을 어기게 되죠. 이 메모를 경찰에 전하고 영장을 받아 오세요. 그것이 지금 당신이 할 수 있는 최선의 행동입니다. 약간의 어려움이 따르겠지만 보석 판매 혐의로 충분히 영장을 얻을 수 있을 것입니다. 그리고 세부적인 절차는 레스트레이드가 모두 알아서 할 겁니다."

"하지만 그러는 동안 그들이 그녀를 죽일 수도 있지 않습니까. 그녀를 거기에 넣으려는 것 말고 그 관이 의미하는 것이 뭐겠습니까?"

"그린 씨, 우리는 할 수 있는 일은 뭐든 다 할 겁니다. 그리고 한순간도 지체하지 않을 테니 우리에게 맡기세요." 홈즈는 의뢰인이 서둘러 나가자 덧붙였다. "왓슨, 그 사람은 정규군을 출동시키러 갔어. 늘 그렇듯이 우리는 비정규군이고 독자 노선을 취해야 할 거야. 상황이 급박하니 어쩔 수 없이 최후의 수단을 써야겠군. 어서 폴트니 광장으로 가세."

국회의사당 건물을 지나 웨스트민스터 다리를 건널 때 홈즈가 말했다. "이제 상황을 재구성해 볼까. 그들은 우선 불행한 레이디 프랜시스를 충실한 하녀에게서 떼어 놓은 뒤 살살 꼬드겨서 런던까지 함께 왔어. 도중에 그녀가 쓴 편지는 모두 가로챘겠지. 그리고 공모자를 통해 런던에 가구가 완비된 집을 미리 얻어 놓았고. 일단 집에 들어가서는 그녀를 가두어 놓고 목적했던 값나가는 보석을 몽땅 차지했겠지. 놈들은 보석에 손을 대기 시작하면 그 숙녀의 운명을 걱정하는 사람이 아무도 없을 테니 그렇게 해도 안전하겠다고 여겼을 거야. 이제 레이디 프랜시스를 어떻게 처리하느냐가 문제인데, 풀어 주면 당장 그들을 고발할 테니 결코 풀어 줄 순 없고, 그렇다고 영원히 가둬 둘 수도 없는 노릇이니 유일한 해결책은 죽이는 수밖에 없을 테지."

"틀림없이 그럴 것 같아."

"자, 이제 또 하나의 추리 라인을 따라가 볼까. 두 개의 독립된 생각을 각각 따라가다 보면 반드시 교차점이 나올 테고 거기에 진실이 존재하지. 왓슨, 이제 레이디 프랜시스가 아니라 그 관에서 출발해 역으로 추리해 보겠어. 관이 존재한다는 사실은 유감스럽게도 그녀가 죽었음을 확실히 증명하는 거야. 또 의사의 사망진단서와 공식 허가를 얻었으며, 공개적으로 매장할 것임을 말하는 거야. 그녀의 시신에 살해당한 흔적이 눈에 띄게 나타났다면 뒷마당에 땅을 파서 묻었을 텐데 지금 여기서 벌어지는 일은 공개적이고 적법하거든. 그게 뭘 말하는 것일까? 분명 의사를 속일 수 있는 어떤 방법, 즉 독극물을 써서 그녀를 죽인 뒤 자연사처럼 위장했을 거야. 하지만 의사가 공모자가 아닌 한 그녀의 시신에 접근하도록 내버려 두다니 이상하지 않은가? 그런데 의사가 공모자일 가능성은 거의 없어."

"사망진단서를 위조했을 가능성은?"

"가능성은 있지만 아주 위험한 일이지. 아니, 그들이 그렇게 하지 않았을 거야. 잠깐 마차를 세워. 여기가 그 장의사 분명해. 방금 전당포를 지나왔으니까. 자네가 들어가겠나, 왓슨? 신사다운 자네를 보면 누구나 믿으니까. 가서 폴트니 광장의 장례식이 내일 몇 시로 예정되었는지 알아봐."

장의사 여자는 주저 없이 아침 8시라고 말했다.

"봤지, 왓슨. 미스터리는 다 풀렸어. 모든 게 다 드러났어! 틀림없이 그들은 어떤 수단을 써서 법적 형식을 모두 갖추었기 때문에 두려울 게 없다고 생각하는 거야. 자, 이제 정면 공격만 남았어. 무기 가지고 있나?"

"지팡이가 있어."

"그래, 그만하면 됐어. '정의를 위해 싸우는 사람은 세 배로 강하다'라는 말이 있지. 여기서 경찰이 올 때까지 기다리고 앉아 법의 테두리를 지키고 있을 수만은 없어. 마차는 그만 보내도 돼. 자, 왓슨, 운에 한번 맡겨 볼까. 예전에도 가끔 그랬던 것처럼."

그는 폴트니 광장 중앙, 어두컴컴하고 커다란 집의 현관 벨을 크게 울렸다. 곧바로 문이 열렸고 희미한 불빛 아래 키가 큰 여자의 윤곽이 드러났다.

"무슨 일이죠?" 여자는 어둠 속에서 우리를 쏘아보며 날카로운 목소리로 물었다.

"슐레싱거 박사를 만나고 싶소." 홈즈가 말했다.

"그런 사람 없어요." 여자가 문을 닫으려 했지만 홈즈가 문틈으로 재빨리 발을 밀어 넣었다.

"이름이 뭐든 여기 사는 남자를 만나고 싶소." 홈즈의 목소리는 단호했다.

여자는 주저하더니 결국 문을 열며 말했다. "들어오시죠. 내 남편은 세상 누구와 만나도 거리낄 것이 없으니까."

여자는 우리가 들어가자 문을 닫고 홀 오른쪽에 있는 거실로 안내했다. 그곳에 우리를 두고 나가던 여자는 가스등에 불을 켜며 말했다. "피터스 씨를 곧 모셔 오지요."

곧 올 거라는 그 여자 말은 사실이었다. 우리가 이끼가 잔뜩 낀 먼지투성이 방을 제대로 둘러볼 겨를도 없이 거실 문이 열리더니 말끔하게 면도한 덩치 큰 대머리 남자가 들어왔다. 가벼운 발걸음으로 들어온 남자의 얼굴은 두 볼이 축 처진 데다 커다랗고 불그스름했는데, 잔인하고 사악한 입매만 아니면 겉보기엔 전체적으로 자비로운 인상이었다.

"분명 무슨 착오가 있는 것 같군요. 주소를 착각하신 것 같은데 아마 길 아래쪽으로 좀 더 내려가면……." 그는 여유만만한 말투로 말했다.

"그만하면 되었네. 시간 낭비하고 싶지 않아. 애들레이드 출신 홀리 피터스. 최근엔 슐레싱거 박사였지. 바덴과 남미에서 말이야. 내 이름이 셜록 홈즈란 것만큼이나 분명한 사실 아닌가." 내 동료는 단호하게 말했다.

피터스—지금부터 이렇게 부른다—는 놀란 눈으로 만만치 않은 추적자를 노려보았다.

"당신 이름이 내게 위협이 된다고는 생각지 않는데요, 홈즈 씨. 양심적으로 사는 사람을 겁주면 안 되죠. 내 집에 온 용건이 뭡니까?" 그가 침착하게 말했다.

"바덴에서 이곳까지 데려온 레이디 프랜시스 커팩스에게 무

슨 짓을 했는지 바른대로 말하시지."

"그 숙녀 분이 어디 있는지 당신이 좀 가르쳐 주시오." 피터스가 차갑게 말했다. "그녀 앞으로 온 100파운드 상당의 청구서를 내가 다 지불했는데 장사치들이 거들떠보지도 않는 겉만 번지르르한 펜던트 두 개 말고는 받은 게 없소. 그 여자는 바덴에서 알게 되었는데 나와 아내에게 달라붙더군요. 그때 내가 다른 이름을 사용한 것은 사실입니다만, 어쨌든 그 후로 우리가 런던에 올 때까지 떨어지지 않았소. 여행 경비와 차표도 모두 내가 냈는데 일단 런던에 도착하니 어디론지 슬며시 사라졌습니다. 이 유행 지난 보석들을 비용 대신 남겨 놓고 말이죠. 홈즈 씨, 당신이 그녀를 찾아 주면 그 빚은 갚겠습니다."

"찾아 주지. 이 집을 샅샅이 뒤져서 반드시 찾아내고말고." 셜록 홈즈가 말했다.

"수색 영장은 있소?"

홈즈는 주머니에서 권총을 반쯤 꺼내 보였다. "영장이 오기 전까지 이걸로도 충분해."

"아하, 당신들 흔해빠진 강도로군."

"날 그렇게 생각해도 괜찮아. 내 동료 역시 아주 위험한 악당이야. 자, 우리 둘이서 이 집을 수색할 테다." 홈즈는 유쾌한 듯 말했다.

우리의 적은 문을 열었다. "경찰을 불러, 애니!" 그가 외쳤다. 복도를 지나 스커트 자락이 스치는 소리가 나더니 현관문이 열렸다 닫혔다.

"시간이 얼마 없어, 왓슨." 홈즈가 내게 외치고는 이렇게 말했다. "피터스, 만일 우릴 막으려 한다면 다칠 거야. 이 집에 가져온 관은 어디 있지?"

"관을 어쩌겠다는 거요? 지금 그 안엔 시체가 있단 말이오."

"그 시체를 봐야겠어."

"내 허락 없이는 절대 안 되오."

"허락은 무슨 허락." 홈즈는 그를 옆으로 밀고 홀 안으로 들어갔다. 바로 앞에 반쯤 열린 문이 있었는데 안으로 들어가니 그곳은 식당이었다. 샹들리에는 반만 불이 켜져 있었고 그 아래 식탁 위에 관이 놓여 있었다. 홈즈는 가스등을 켜고 관 뚜껑을 들어 올렸다. 관 속 깊이, 야윈 모습을 한 누군가가 누워 있었다. 관 위에서 비추는 불빛에 드러난 얼굴은 몹시 늙고 말랐는데, 아무리 심한 학대와 굶주림, 병에 시달렸다 해도 아직 아름다움을 간직한 레이디 프랜시스가 이렇게까지 변할 순 없었다. 홈즈의 얼굴에 놀라움과 안도감이 동시에 나타났다.

"하느님, 감사합니다! 다른 사람이야!" 그가 중얼거렸다.

"당신, 엄청난 실수를 한 거요, 셜록 홈즈 씨." 우리 뒤를 따라 들어온 피터스가 말했다.

"이 여잔 누구지?"

"정 알고 싶다면 말하지요. 그 여잔 내 아내의 유모였던 로즈 스펜더로 브릭스턴 구빈 병원에서 찾아내 이리로 데려왔소. 그리고 퍼뱅크 빌라 13에 사는 닥터 호슨을 불러 진찰을 받게 했소. 주소를 받아 적으시죠, 홈즈 씨. 나는 기독교인답게 열심히 보살폈소. 그러나 이곳에 온 지 사흘째 되던 날 죽었는데 사망 증명서에 쓰여 있는 것처럼 자연사였소. 하지만 그건 의사의 견해일 뿐이고, 당신이 더 잘 알 텐데. 우리는 케닝턴 가의 스팀슨 앤드 컴퍼니 장의사에 그녀의 장례식을 의뢰했고 내일 오전 8시에 관을 묻을 계획이오. 관 속에서 무슨 구멍이라도 찾는 거요, 홈즈 씨? 당신이 실수했다고 인정하는 게 어떨지. 관 뚜껑을 열었을 때 깜짝 놀라던 당신 얼굴을 사진으로 찍어 두지 못해 아쉽군. 기대와 달리 레이디 프랜시스 커팩스가 아니라 아흔 살의 늙고 불쌍한 여자를 찾았는데 놀라지 않을 수 없었겠지."

상대의 조롱을 말없이 듣고 있는 홈즈의 표정은 평소와 마찬가지로 침착했지만, 불끈 쥔 두 손은 그가 속으로 분을 참고 있다는 사실을 드러냈다.

"이 집을 샅샅이 뒤지겠다." 그가 말했다.

"아니, 그래도 이 사람이!" 피터스가 소리쳤다.

그때 여자 목소리와 묵직한 발소리가 복도에서 울렸다. "우리가 곧 그 문제를 처리할 거예요. 이쪽입니다. 경관님들, 이 사람들이 강제로 집 안으로 들어와 나가지 않아요. 이 사람들을 내보내게 도와주세요."

경사 한 명과 순경 한 명이 문가에 서 있었다. 홈즈는 명함을 한 장 꺼냈다.

"내 이름과 주소입니다. 이 사람은 내 친구 왓슨 의사입니다."

"선생님에 대해선 저희도 잘 알고 있습니다. 하지만 영장 없이는 이곳에 더 계실 수 없습니다." 경사가 말했다.

"물론 나도 잘 알고 있소."

"이 사람을 체포하지 않고 뭐 합니까?" 피터스가 외쳤다.

"이 신사 분을 어떻게 할지는 우리가 알아서 합니다." 경사는 위엄 있게 말했다. "어쨌든 홈즈 씨, 여기서 나가 주셔야 합니다."

"어쩔 수 없군, 왓슨. 나가지."

얼마 뒤 우리는 다시 거리로 나왔다. 홈즈는 침착했지만 나는 화가 나고 치욕스러워 견딜 수 없었다. 경사가 우리를 따라왔다.

"홈즈 씨, 죄송합니다. 하지만 법이 그러니 이해해 주십시오."

"압니다, 경사. 당신도 어쩔 수 없죠."

"홈즈 씨가 그곳에 간 이유가 분명 있을 터이니 제가 할 수 있는 일이 있다면……."

"한 숙녀가 실종되었는데 내 생각에 그녀는 저 집에 있는 것 같습니다. 영장은 곧 올 겁니다."

"그러면 저 사람들은 제가 지켜보겠습니다. 그리고 만일 무슨 일이 있으면 바로 연락을 드리죠."

그때 시각은 저녁 9시였고 우리는 다시 맹렬하게 추격을 시작했다. 먼저 마차를 타고 브릭스턴 구빈 병원으로 달려갔다. 그곳에서 우리는 그 자비로운 부부가 며칠 전에 방문했고 지능 낮은 한 늙은 여인이 자신들의 하녀였다고 주장하기에 그녀를 데리고 가도록 허락했다는 사실을 알아냈다. 노인이 결국 죽었다는 소식을 전했으나 모두들 당연하다는 듯 전혀 놀라지 않았다.

우리의 다음 목표는 의사였다. 그의 말에 의하면, 연락을 받고 그 집에 가 보니 노인이 죽어 가고 있었고 임종도 직접 지켜보았다고 했다. 그래서 적합한 형식에 따라 사망진단서에 서명했다면서 "모든 것이 완벽하게 정상적이었으며 어떤 속임수도 끼어들 여지가 전혀 없었다고 단언합니다"라고 말했다. 그 정도 계층의 사람들이 하인도 없이 지내고 있다는 점 말고는 의심할 만한 이상한 낌새를 전혀 느끼지 못했다고 했다. 여기까지가 그가 들려준 정보였고 그 이상은 알아낼 수 없었다.

마침내 우리는 스코틀랜드 야드로 갔다. 영장을 발급하는 과정에 어려움이 있어서 치안판사의 서명을 다음 날 아침에나 받을 수 있었다. 그래서 홈즈는 다음 날 아침 9시에 스코틀랜드 야드로 와서 영장을 갖고 레스트레이드와 함께 출동할 수밖에 없었다.

이렇게 그날 일정이 모두 끝나는가 싶었는데 자정이 다 되어 피터스의 집에서 만난 경사가 찾아왔다. 경사는 그 집 창문 여기저기에서 깜박이는 불빛을 보았지만 집을 나가거나 들어오는 사람은 아무도 없었다고 말했다. 이제 우리가 할 수 있는 일은 인내하고 내일을 기다리는 것뿐이었다.

홈즈는 그날 밤 내내 대화조차 할 수 없을 만큼 신경이 곤두서 있었고, 잠을 청하기 어려울 만큼 불안한 모습이었다. 그는 짙은 눈썹을 잔뜩 찌푸리고는 기다란 손가락을 의자 팔걸이에 대고 신경질적으로 계속 두드려 댔다. 그러면서 줄곧 담배를 피우는 것이 머릿속으로 이 미스터리의 해답을 이리저리 찾아보는 게 분명했다. 나는 잠을 자러 내 방으로 갔지만 그날 밤 그가 집 안을 배회하는 소리를 몇 번이나 들었는지 모른다. 마침내 다음 날 아침 막 잠에서 깼을 때 홈즈가 뛰어들어왔다. 그는 잠옷을 입고 있었지만 창백한 얼굴과 퀭한 두 눈으로 보아 밤새 한잠도 못 잔 게 분명했다.

"장례식이 몇 시라고 했지? 8시?" 그가 급하게 물었다. "세상에, 벌써 7시 20분이야. 도대체 하느님이 주신 이 두뇌가 뭘 하고 있었는지. 큰일 났어, 왓슨. 서둘러야 해, 빨리! 생사가 걸렸어. 확률이 100분의 1밖에 안 될 거야. 너무 늦었다면 절대 나를 용서하지 않을 거야."

5분도 지나지 않아 우리는 마차를 타고 베이커 가를 전속력으로 달리고 있었다. 그런데도 빅벤을 지날 때 벌써 7시 35분이었고, 브릭스턴 가를 질주할 무렵엔 8시를 알리는 종이 울리고 있었다. 하지만 우리만 늦은 게 아니었다. 8시 10분이 되었는데도 장의차는 아직 그 집 문 앞에 서 있었고 우리를 태운 말이 거품을 물며 멈추어 섰을 때에야 세 남자가 관을 메고 문가에 나타났다. 홈즈는 앞으로 뛰어가 그들을 막아섰다.

"관을 다시 들여놓으시오! 어서 시키는 대로 해요." 그는 맨 앞에 선 남자의 가슴을 손으로 밀며 외쳤다.

"젠장, 도대체 무슨 짓입니까? 다시 한 번 묻는데, 영장은 어디 있소?" 피터스는 노발대발하며 고함을 쳤다. 그의 크고 붉

은 얼굴이 관 저쪽 너머에서 이글거렸다.

"영장은 지금 오고 있어. 그때까지 관은 이 집에 두어야 해."

홈즈의 목소리에 깃든 권위가 짐꾼들에게 효력을 발휘했다. 피터스가 갑자기 안으로 사라지자 그들은 홈즈의 명령을 따랐다. "서둘러, 왓슨, 서둘러! 여기 스크루 드라이버가 있군!" 그는 관을 다시 식탁 위에 올려놓으면서 외쳤다. "자, 이건 자네가 하게! 1분 안에 뚜껑을 열면 금화 1파운드를 주지! 질문은 하지 말고 빨리 그 나사나 풀어! 좋아! 하나 더! 또 하나! 자, 이제 모두 함께 뚜껑을 뜯어냅시다. 됐다! 드디어 열렸군!"

우리는 힘을 모아 관 뚜껑을 열었다. 그러자 머리가 멍해질 정도로 지독한 클로로포름 냄새가 올라왔다. 안에는 시체가 한 구 있었는데, 마취제를 듬뿍 적신 면 수건이 얼굴을 완전히 덮고 있었다. 홈즈가 수건을 벗겨 내자 아름답고 경건한 중년 여인의 얼굴이 드러났는데, 죽은 듯 미동도 하지 않았다. 홈즈는 지체 없이 그녀를 일으켜 앉혔다.

"어때, 왓슨? 살아날 희망이 있나? 틀림없이 살아날 수 있을 거야!"

30분 동안 애를 썼지만 손을 쓰기엔 너무 늦은 게 아닌가 싶었다. 수건 때문에 숨이 막힌 데다 클로로포름의 독성 때문에 레이디 프랜시스는 다시는 되돌아올 수 없는 곳으로 간 듯했다. 그러다 지속적인 인공호흡과 에테르 주사, 그 외에 할 수 있는 온갖 방법을 다 동원한 결과 마침내 생명이 파닥거리기 시작했다. 눈꺼풀이 조금씩 떨리더니 그녀의 입에 댄 거울에 김이 서리는 걸로 보아 천천히 호흡하기 시작한 듯했다.

그때 마차 한 대가 도착했고, 홈즈는 창문 블라인드를 제치고 밖을 내다보았다.

"레스트레이드가 영장을 갖고 왔군. 하지만 한발 늦었어. 잡으려던 새들이 이미 날아갔어." 그가 말했다.

그리고 그는 복도를 따라 서둘러 달려오는 묵직한 발소리를 듣고 이렇게 덧붙였다. "우리보다 이 숙녀 분을 더 잘 보살필 사람이 오고 있군. 어서 오십시오. 그린 씨! 레이디 프랜시스를 최대한 빨리 옮기는 게 좋을 것 같군요. 그건 그렇고 장례식은 계속 진행시키세요. 아직 그 안에 누워 있는 불쌍한 노인이 마지막 안식처로 떠날 수 있게 말이오."

그날 저녁 홈즈가 말했다. "이봐, 왓슨. 만약 이번 사건을 자네의 연대기에 추가할 생각이라면, 아무리 균형 잡힌 정신이라 할지라도 한순간 그 빛을 잃을 수 있다는 것을 알려야 해. 사람이라면 누구나 그런 실수를 하는 법이고 그걸 깨닫고 고칠 수 있는 사람이야말로 위대하지. 그리고 내가 그런 명예를 주장할 만하다고 생각하는데.

실은 어제 밤새도록 어떤 생각이 머릿속을 떠나지 않더군. 누군가 단서가 될 만한 이상한 말을 꺼냈는데 그 사실을 너무 쉽게 지나친 것 아닌가 하는 생각이 계속 들었어. 그러다 갑자기 해가 막 뜰 무렵이었는데, 그 말이 다시 떠올랐어. 필립 그린이 엿들은 장의사 부인의 얘기였는데, '지금쯤 다 되었어야 하지만 보통 것과 달라서 시간이 오래 걸립니다'라고 했지. 관이 보통 것과 달랐다는 것은 어떤 특별한 용도에 맞춰 관을 만들고 있다는 의미였지. 하지만 왜? 무슨 이유로? 곧, 관은 그렇게 깊고 넓은데 바닥에는 작고 야윈 시체가 누워 있었다는 사실을 기억했지. 시체가 작은데 왜 그렇게 큰 관이 필요할까? 그건 시체를 하나 더 넣기 위해서였지. 사망진단서 하나로 두 구의 시체를 매장하려는 계획이었어. 모든 게 너무나 명백했는데 나는 그걸 보지 못했어. 레이디 프랜시스는 8시에 매장될 예정이었고, 마지막 기회는 관이 그 집을 떠나기 전에 막는 것뿐이었어.

그녀가 살아 있으리라는 가망은 거의 없었는데 결과가 보여주듯이 그건 정말 운이었지. 내가 알기론 이 부부는 지금까지 한 번도 살인을 한 적이 없었어. 그들은 늘 최후까지 직접적인 폭력 행사는 피하려 했지. '그녀가 어떻게 죽었는지 알아낼 수 없는 방법으로 땅에 묻으면 된다. 그리고 그녀의 시체가 발굴된다 하더라도 그건 순전히 운에 달렸다.' 나는 그들이 이렇게 생각했기를 간절히 바랐지.

자네도 이제 상황을 충분히 재구성할 수 있을 거야. 그 집 2층에 있던 끔찍한 방을 보았지? 거기에 불쌍한 숙녀가 꽤 오랫동안 갇혀 있었을 거야. 부부는 방으로 들어가 그녀를 클로로포름으로 마취시키곤 아래로 데려갔겠지. 그리고 관에 넣고 행여 깨기라도 할까 봐 클로로포름을 잔뜩 퍼붓고는 관 뚜껑에 나사못을 박았던 거야. 아주 영리한 수법이었어, 왓슨. 내가 다룬 범죄 중에서도 처음 보는 방식이야. 만일 이 선교사 친구들이 레스트레이드의 손에서 빠져나간다면 앞으로 그들의 경력을 빛낼 만한 사건에 대한 소식을 더 많이 듣게 될 것 같군."

---

16) 이 단편 원고는 28페이지로, 약 7500단어로 이루어져 있다. 1929년 2월 5일 뉴욕 경매에서 285달러에 낙찰되었다. 현재는 소재지 불명.

마지막 인사

1914년 8월 2일(일)

His Last Bow

　세계 역사상 가장 무서웠던 8월, 그 8월 2일 밤 9시의 일이었다.

　태양은 오래전에 졌지만 멀리 서쪽으로 긴 꼬리를 남기고 있는 핏빛 저녁노을은 마치 하늘에 붉은 상처가 난 듯 불길해 보였다. 저녁 하늘에는 이미 별이 반짝였고, 그 아래 만에는 선박에서 새어 나오는 불빛이 아른거렸다.

　유명한 독일인 두 명이 당당한 박공이 있는 길고 낮은 저택을 배경으로, 정원 산책로의 돌난간 옆에 서 있었다. 폰 보르크가 하늘을 나는 독수리처럼 4년 전에 자리 잡은 거대한 백악의 절벽에서 발밑에 끊임없이 펼쳐져 있는 해변을 내려다보고 있었다. 두 사람은 머리를 맞대고 비밀 이야기를 하듯 작은 소리로 대화를 나누었다. 절벽 밑에서 본다면, 두 사람이 입에 문

시가 끝에서 반짝이는 붉은 두 불빛은 마치 가슴속에 흑심을 품은 채 암흑을 노려보는 악마의 두 눈처럼 보일 것이다.

폰 보르크는 보통 인물이 아니었다. 그는 독일 카이젤 황제의 충성스러운 스파이로 타의 추종을 불허하는 뛰어난 능력을 지닌 사람이었다. 여러 임무 중에서 가장 중요한 임무인 영국 근무가 맡겨진 것도 그의 재능 때문이었다. 그가 이 임무를 맡은 후로 진실을 알고 있는 단 여섯 명에게 그의 재능은 점점 더 확실히 알려졌다. 그 여섯 명 가운데 한 사람이 지금 그의 옆에 있는, 대사관의 1등 서기관 폰 헤를링 남작이다. 남작의 100마력짜리 대형 벤츠는 주인을 태우고 런던으로 돌아가기 위해 시골길을 가로막은 채 대기하고 있었다.

"현재 상황으로 볼 때 당신은 이번 주 안에 베를린으로 가게 될 거요. 베를린에 가면 엄청난 환영에 깜짝 놀랄 거요. 이 나라에서 당신의 활약에 대해 고위층이 어떤 식으로 평가하는지 잘 알고 있소." 폰 헤를링 서기관이 말했다.

폰 보르크는 크게 웃었다.

"영국인을 속이는 건 그리 어려운 일이 아닙니다. 영국인만큼 다루기 쉽고 단순한 국민은 찾기 힘들 겁니다."

"글쎄." 폰 헤를링이 조심스럽게 대답했다. "내가 볼 때 영국인은 겉만 보고는 속을 알 수 없는 민족이지. 이 점을 간과해서는 안 돼. 외국인들 눈에 단순해 보일지 모르지만 그게 함정일 수 있다는 점을 잊어서는 안 돼. 영국인들 첫인상이 속이기 쉽고 나약해 보인다고 방심했다가 어느 날 갑자기 당하는 수가 있어. 절대 만만한 민족이 아니야. 그 점에서 자네는 스포츠맨 같은 행동을 하면 돼."

"아니, 그렇지 않아요. 스포츠맨 같은 행동은 맞지 않아요. '같은 행동'이란 연기를 말하는거 아닙니까? 하지만 나는 몸에 익혔어요. 나는 타고난 스포츠맨입니다. 어쨌든 하면서 즐기니까요."

"음, 그래서 더 효과가 크지. 요트, 사냥, 폴로, 어떤 경기도 할 수 있지. 사두마차[17]라면 올림피아에서 우승도 거둘 거야. 젊은 장교들과 권투 시합을 했다고 들었는데, 누가 이겼나? 자네에 대해 심각하게 생각하는 사람은 아무도 없어. 자네를 운동 잘하는 사람, 독일인치고는 괜찮은 사람, 술을 많이 마시고 나이트클럽에 드나들며 거리를 쏘다니는 젊은이로 알고 있네. 그렇게 하는 동안 한적한 자네 별장은 영국 재해의 반을 일으키는 중추 세력이 되었어. 스포츠를 좋아하는 신사야말로 사실은 유

---

17) 네 마리의 말을 한 사람이 모는 마차.

럽 최고의 비밀 첩보원이지. 천재야, 폰 보르크, 자네는 천재야."

"칭찬이 지나치십니다, 남작. 여기에서 보낸 4년이 헛되지 않은 것은 분명합니다. 제가 이것저것 수집한 것을 아직 본 적이 없으시죠? 잠깐 보시겠습니까?"

서재의 문이 그대로 테라스로 통했다. 그는 앞장서 가면서 전등 스위치를 켰다. 거구의 상대가 안으로 들어오자 폰 보르크는 문을 닫고 격자창을 덮고 있는 두꺼운 커튼을 조심스럽게 매만졌다. 이것저것 꼼꼼히 신경을 쓰고 다시 확인한 뒤 폰 보르크는 검게 그을린 독수리 같은 얼굴을 손님 쪽으로 돌렸다.

"서류의 일부는 이곳에 없습니다. 어제 아내와 식구들이 플러싱으로 먼저 출발했는데, 중요하지 않은 서류는 갖고 갔습니다. 나머지 서류들을 옮기려면 대사관의 도움을 받아야 할 것 같습니다." 그가 말했다.

"자네 이름은 개인 수행원으로 이미 정식 서류를 내서 등록이 되었어. 자네가 움직이는 데 귀찮은 일은 일어나지 않을 거야. 짐을 운반하는 데도 불편이 없을 거고. 물론 출발하지 않게 될지도 모르네. 영국이 프랑스를 버릴지도 모르니까. 두 나라 사이에는 구속력 있는 조약이 아무것도 없어."

"벨기에는 어떻습니까?"

"벨기에도 마찬가지야."

폰 보르크는 고개를 저었다. "어떻게 그런 일이 가능합니까? 우리는 명확한 조약을 맺었어요. 만일 배신한다면 영원히 그 오명에서 벗어나지 못할 텐데요."

"그러나 적어도 당분간은 평화를 유지하겠지."

"하지만 명예는 어쩌고요?"

"지금은 실리주의 시대야. 명예 같은 것은 중세의 관념 아닌가? 첫째, 영국은 전쟁 준비가 되어 있지 않아. 도무지 생각할 수 없는 일이지만 말이네. 이번 주가 그들에게는 운명의 일주일이 될 거야. 그런데 내게 서류를 보여주겠다고 했지?"

폰 헤를링은 안락의자에 편안히 앉아 시가를 입에 물었다. 그의 넓은 대머리 위로 전등 불이 빛을 냈다.

참나무로 벽을 두르고 서가가 늘어선 방 안 구석에는 커튼이 드리워져 있었다. 커튼을 젖히자 놋쇠로 틀을 보강한 대형 금고가 모습을 드러냈다. 폰 보르크가 시곗줄에 달린 작은 열쇠를 하나 풀어 자물쇠를 조심스럽게 조작하자 묵직한 금고 문이 활짝 열렸다.

"보세요!" 폰 보르크가 말했다.

열린 금고 안을 전등 빛이 환하게 비추었다. 1등 서기관은 금고 안의 선반에 가득 찬 것을 흥미진진하게 보았다. 하나하나 구분된 선반에는 라벨이 붙어 있었다. '항만 방어' '비행기' '아일랜드' '이집트' '포츠머스 요새' '영국 해협' '로사이스[18]' 등 스무 개도 넘는 각각의 서류철 안에는 관련 서류와 설계도가 있었다.

"대단하군!" 서기관은 시가를 내려놓고 통통한 손으로 가볍게 박수를 쳤다.

폰 보르크는 고개를 숙였다.

"4년 동안의 수확물이라. 술만 마시고 말타기를 좋아하는 시골 신사로서는 나쁘지 않군."

"하지만 제 수집품 가운데 가장 최고의 정보는 이제 곧 도착할 겁니다. 그것을 위한 자리도 이렇게 비워 두었지요. 바로 '해군 암호'라 적힌 겁니다. 수표책과 영리한 앨터몬트 덕분에 오늘 밤 안에 모든 게 해결될 겁니다." 폰 보르크가 말했다.

남작은 시계를 보더니 유감스러운 표정을 지었다.

"나는 더 이상 기다릴 수 없어. 가능하면 자네의 엄청난 성과를 갖고 대사관으로 돌아가면 좋겠군. 앨터몬트는 시간을 정하지 않았나?"

---

18) 스코틀랜드 동해안 포스만 연안에 있고, 1910년경부터 새 해군기지가 건설되었다.

폰 보르크는 전보 한 통을 꺼냈다.

오늘 밤 새 점화 플러그를 갖고 가겠소.

– 앨터몬트

"점화 플러그?"

"앨터몬트는 자동차 기사처럼 행동하고 있고, 나는 차고 가득 차를 갖고 있는 고객이에요. 자동차 스페어 부품의 이름을 암호로 사용하고 있지요. 예를 들면, 그가 라디에이터 한 대라고 하면 전함 한 척, 오일펌프는 순양함 따위로 말입니다. 점화 플러그는 해군 암호를 말합니다."

"정오에 포츠머스에서 보낸 것이군." 전보 겉면을 보면서 서기관이 말했다. "그런데 앨터몬트에게 얼마를 줄 생각인가?"

"이번 일은 특별히 500파운드입니다. 물론 급료는 따로 주지요."

"욕심이 상당히 많은 놈이군. 이런 매국노들은 쓸모는 있지만 그들에게 돈을 주는 것은 아무래도 화가 나."

"앨터몬트에게 주는 것은 그다지 화가 나지 않아요. 그는 아주 훌륭하죠. 돈을 주면 물건을 틀림없이 가져오니까요. 게다가 그는 나라를 팔아먹는 것도 아니지요. 우리나라 최고의 독일 국수주의 귀족이라도 반 영국 감정은 이 영국계 미국인의 발밑에도 미치지 못하지요."

"아, 영국계 미국인인가?"

"그에게 말을 시켜 보면 금방 알 수 있죠. 솔직히 저도 때때로 그가 무슨 말을 하는지 이해하지 못할 때가 있습니다. 뭐라고 할까, 영국 왕에게 선전포고하는 것만으로도 부족해 왕의 영어[19])에도 싸움을 걸 사람 같다니까요. 정말 지금 가시려는 겁니까? 조금 있으면 앨터몬트가 올 텐데요."

"미안하지만 시간이 꽤 늦었어. 내일 일찍 만나도록 하지. 요크 공 기념탑 계단 쪽의 작은 문으로 자네가 암호 책을 갖고 들어올 때, 자네는 영국에서 혁혁한 솜씨에 빛나는 최고의 마무리를 하게 되는 것이지. 아니, 이건 토케이 와인[20]) 아닌가?" 그는 이렇게 말하면서 단단하게 밀봉된, 먼지가 앉은 병을 가리켰다. 옆의 쟁반 위에는 와인 잔이 두 개 놓여 있었다.

"떠나시기 전에 한잔할까요?"

"아니, 하지만 정말 좋은 포도주 같군."

---

19) 표준 영어.
20) 헝가리 북동부에 있는 토케이 주변에서 만드는 고급 와인.

"앨터몬트는 포도주를 아주 좋아합니다. 이 토케이 포도주를 특히 마음에 들어 합니다. 워낙 민감하고 까다로워서 이렇게 세세한 부분까지 신경 써야 합니다. 특이한 사람이라 조심스럽게 상대해야 하지요."

두 사람은 방에서 나와 테라스 끝까지 함께 걸어갔다. 밑에서 기다리던 남작의 운전기사는 폰 헤를링을 보자 곧 벤츠의 시동을 걸었다.

"저것은 하위치[21] 항구의 불이군." 서기관이 더스트 코트를 입으며 말했다. "모든 게 조용하고 아무 일도 없는 것 같군. 그러나 일주일도 지나지 않아서 다른 불이 보일 테고, 영국 해안은 떠들썩하겠지. 제펠린의 말이 사실이 된다면 하늘도 평화를 찾을 수 없을 거네. 그런데 저건 누구지?"

그들 뒤에 불이 켜진 창이 있었는데, 시골풍 모자를 쓴, 얼굴이 붉은 노파가 램프 옆의 테이블을 보고 앉아 있었다. 노파는 고개를 숙인 채 바느질을 하면서 때때로 손을 멈추고 옆에 웅크린 커다란 고양이를 어루만졌다.

"마사입니다. 하녀 중에서 저 여자만 남아 있지요."

---

21) 영국 해군기지로 유명한 에식스 주의 항구.

서기관은 웃었다.

"완전히 자기도취에 빠진 채 정신이 나가 있는 것 같군. 꼭 대영제국의 상징 같아. 그럼, 가 보겠네, 폰 보르크."

그는 마지막으로 또 한 번 손을 흔들고 차에 올라탔다. 잠시 후 헤드라이트의 눈부신 원추형 불빛이 어둠을 비쳤다. 서기관은 호화로운 리무진 좌석에 편안하게 몸을 기대고 앞으로 다가올 유럽의 전운에 대해서만 생각했기 때문에, 그의 자동차가 마을 거리를 돌았을 때 반대 방향에서 달려오는 소형 포드가 지나친 사실을 알지 못했다.

폰 보르크는 자동차의 빛이 어둠 속으로 사라지자 천천히 서재로 돌아갔다. 그는 걸으면서 램프를 끄고 자러 가는 늙은 가정부를 보았다. 그는 넓은 저택을 지배하는 침묵과 암흑을 처음으로 경험했다. 원래는 가족과 사람들이 많이 있던 저택이었지만, 주방에서 일하는 노파 한 명을 제외하면 지금 저택 전체가 그 한 사람의 것이었다. 그들이 지금은 안전한 몸이라는 사실을 떠올리고 그는 안심했다. 처리해야 할 일이 남아 있어 그는 서재에서 일을 하기 시작했다. 그의 날카롭고 수려한 얼굴은 불타는 서류의 열기로 더 붉어졌다. 그는 테이블 옆에 있는 가죽 슈트케이스 안에 금고 속에 들었던 중요한 물건을 조심스럽게 넣었다. 이 일을 시작하자마자 그의 예민한 귀에 자동차 소리가 들렸다. 그는 슈트케이스에 끈을 걸고 금고를 잠근 다음 급히 테라스로 나갔다. 그가 밖으로 나오자 마침 소형차의 라이트가 문에서 멈추었다. 타고 있던 사람이 차에서 내려 폰 보르크 쪽으로 걸어왔고, 하얀 수염을 기른 나이 든 운전기사는 언제까지라도 기다리겠다는 듯이 차 안에 있었다.

"어떻게 되었나?" 손님 쪽으로 가며 폰 보르크가 물었다.

남자는 대답 대신 갈색 종이 꾸러미를 의기양양하게 머리 위로 흔들었다.

"오늘 밤에는 칭찬해 주셔야 합니다. 드디어 해냈습니다." 그가 큰 소리로 말했다.

"암호인가?"

"전보로 알린 대로입니다. 수기신호, 등화신호, 무선신호, 모두 최신 것입니다. 하지만 원본이 아니라 복사본입니다. 원본은 너무 위험해서요. 그래도 물건은 확실하니까 안심하세요."

남자는 독일인의 어깨를 툭 쳤는데 너무나 허물이 없는 듯해서 상대가 위축될 정도였다.

"들어가지. 집에는 나 혼자뿐이야. 이걸 기다렸어. 물론 원본보다 복사본이 더 좋아. 원본이 없어진 걸 알면 또 모두 바꿀 테니까. 이 복사본에 대해서는 저쪽이 모르겠지?" 폰 보르크가 말했다.

영국계 미국인은 서재에 들어가 안락의자에 앉아 긴 다리를 쭉 뻗었다. 예순 살 정도의 키가 크고 마른 남자로, 얼굴 윤곽이 뚜렷하고 염소수염을 기르고 있어서 엉클 샘의 캐리커처 같은 얼굴이었다. 피우다 만 젖은 시가를 입에 물고 있었는데, 의자에 앉자마자 성냥으로 불을 붙여 천천히 피웠다. "이동 준비입니까?" 주위를 둘러보면서 말하던 남자가 커튼에 가려 있지 않은 금고를 보고 물었다. "서류를 저 안에 보관하신 건 아니겠지요?"

"왜, 안 되나?"

"이렇게 쉽게 열리는 장난감 속에 말입니까? 그들이 당신을 스파이로 보고 있는데도 말입니다. 이런 것은 양키 도둑이라면 깡통 따개만으로도 열 수 있어요. 내 편지가 이런 것에 들어간다는 사실을 알았다면 절대 편지를 보내지 않았을 겁니다."

"어떤 전문가라도 이 금고에는 손을 들고 말 거야. 어떤 도구라도 이 금고의 금속을 자를 수 없어." 폰 보르크가 대답했다.

"그러나 자물쇠는?"

"이것은 이중 잠금장치 자물쇠야. 이중 잠금장치가 무엇인지 아나?"

"뭔데요?"

"이 자물쇠를 열려면 어떤 문자와 조합된 숫자를 알아야 해." 폰 보르크는 자리에서 일어나 열쇠 구멍 주위의 이중 원반을 보여 주었다. "바깥쪽 판으로 문자를, 안쪽 판으로 숫자를 맞추지."

"과연 정교하군요."

"자네가 생각한 것처럼 간단히 열지 못해. 4년 전에 이것을 만들었지만 내가 어떤 문자와 숫자를 선택했는지 알 수 있나?"

"그걸 어떻게 알겠습니까?"

"음, 문자는 8월, 즉 August, 숫자는 1914로 했지. 지금이 1914년 8월 아닌가."

미국인은 놀라움과 감탄의 표정을 지었다.

"정말 놀랍군요. 훌륭합니다."

"그렇지. 이 날짜까지 예측한 사람은 몇 사람 없었지. 어때, 완전히 예측대로 되었지? 내일 아침이면 이 집도 끝이야."

"제 문제도 잘 처리해 주시겠죠. 이 저주스러운 나라에 혼자 남기는 싫으니까요. 내가 보기에는 일주일도 못 가서 존 불이 한바탕 소동을 일으킬 겁니다. 나는 바다 건너에서 그 광경을 보고 싶습니다."

"그러나 자네는 미국 시민이야."

"잭 제임스도 미국 시민이었는데 포틀랜드에서 복역 중입니다. 영국 경찰에게 내가 미국 시민이라고 아무리 말해봐야 소용없어요. '여기서는 영국 법에 따라야 한다'라는 대답을 듣게 될 뿐이지요. 그건 그렇고 잭 제임스 말이 나와서 하는 말인데, 당신은 사람들을 보호하려는 노력을 그다지 하지 않는 것 같더군요."

"무슨 뜻인가?"

"당신은 그들을 고용했어요. 그렇다면 그들이 잡히지 않도록 손을 쓰는 것도 당신의 책임 아닙니까? 그런데 실패하면 그들을 구하려고 하지 않아요. 제임스만 해도……."

"그것은 그가 뿌린 씨라는 것을 자네도 잘 알 거야. 그는 지나치게 자기 멋대로 했어."

"제임스가 바보였다…… 그것은 말씀 그대로입니다. 하지만 홀리스는 왜 그렇게 됐습니까?"

"홀리스는 미친놈이었어."

"음, 분명히 마지막에는 조금 이상해졌지요. 아침부터 저녁까지 자신을 경찰에게 넘기려고 쫓는 사람이 100명이나 되면 머리가 이상해지지 않을 수 없지요. 그럼 스타이너는 어떻게 된 겁니까?"

폰 보르크의 붉은 얼굴이 창백하게 변했다.

"스타이너에게 무슨 일이 생겼나?"

"잡혔어요. 어제 저녁 그의 가게를 덮쳤지요. 스타이너는 물론 서류까지 모두 포츠머스 교도소에 들어간 상태입니다. 당신이야 떠나면 그만이지만 불쌍한 스타이너는 지금부터 괴로움을 당할 겁니다. 목숨을 부지하고 나올 수만 있다면 운이 좋은 거죠. 그래서 당신이 도망가면 나도 곧바로 바다 건너로 가고 싶습니다."

그렇게 강하고 냉정한 폰 보르크도 이 소식에 충격을 받은 모양이었다.

"어떻게 스타이너에게 손을 뻗었지? 이건 보통 타격이 아닌데." 폰 보르크가 중얼거렸다.

"당신은 더 큰 타격을 받을 뻔했습니다. 그들이 저에게 수사망을 좁혀 오고 있으니까요."

"정말인가?"

"정말입니다. 플래턴에 있는 제 하숙집 아주머니가 조사를 받았어요. 그 소식을 듣고 서둘러야겠다고 생각했죠. 그렇지만 경찰이 어떻게 이런 것을 알았는지 궁금하군요. 내가 당신 밑에서 일한 후로 당신 부하 중에서 잡힌 사람은 스타이너가 다섯 번째입니다. 이것을 설명할 수 있습니까? 자신의 부하가 이런 식으로 잡히는 것이 부끄럽지 않습니까?"

폰 보르크의 얼굴이 벌겋게 달아올랐다.

"말버릇이 형편없군."

"이 정도 말도 못하면 당신 밑에서 일하지 않았을 겁니다. 나는 생각하는 것을 거침없이 말하지요. 당신들 독일의 정치가들은 스파이가 임무를 끝내면 그들이 잡혀도 모른 척한다고 들었어요."

폰 보르크가 벌떡 일어났다.

"자네는 내가 요원들을 적에게 넘기기라도 했다는 말인가?"

"그런 말은 하지 않았죠. 하지만 경찰 앞잡이나 함정 같은 것이 있다는 느낌이 든단 말입니다. 그것이 어디에 있는지 발견하는 것은 당신의 책임입니다. 어쨌든 나도 위험한 일은 그만입니다. 네덜란드로 가는 거야 빠를수록 좋지요."

폰 보르크는 분노를 가라앉혔다.

"승리를 눈앞에 두고 싸움을 할 정도로 하루 이틀 만난 사이가 아니잖은가. 자네는 정말 훌륭한 일을 했고 위험도 감수했어. 은혜는 결코 잊지 않아. 꼭 네덜란드로 가게. 그렇게 하면 로테르담에서 뉴욕행 배를 탈 수 있을 거야. 다른 경로는 이번 주엔 위험해. 그 암호 책을 건네주면 다른 짐과 함께 싸겠네." 그가 말했다.

미국인은 작은 꾸러미를 들고 있었지만 그것을 건네주려고 하지 않았다.

"돈은 어떡하시겠습니까?" 그가 물었다.

"뭐?"

"돈 말입니다. 보수 말이죠. 약속하신 500파운드 말이에요. 포병대 장교 한 놈이 막판에 마음을 바꾸는 바람에 100파운드를 더 주고 얘기했는데, 그렇지 않았으면 당신도 나도 위험할 뻔했습니다. 놈이 '절대 해 줄 수 없다'고 버티는데 어쩝니까? 그래서 100파운드를 더 주고 구슬렸지요. 때문에 제 돈이 200파운드나 들었습니다. 그러니 약속하신 돈을 주시기 전까지는 이 암호 책을 드릴 수 없어요."

폰 보르크는 쓴웃음을 지었다. "내 말을 믿지 못한다는 말투군. 돈을 받기 전에는 암호 책을 줄 수 없다, 그 말이지."

"이건 거래입니다."

"좋아, 원하는 대로 해 주지." 그는 테이블 앞에 앉아 수표책에서 한 장을 쓰고 나서 뜯었다. 그러나 수표를 상대에게 주려고 하지 않았다. "결국 우린 이런 관계야, 앨터몬트. 자네가 날 믿지 못하는 이상, 나도 자네를 믿을 수 없어. 안 그런가?

자, 테이블 위에 수표가 있네. 자네가 이것을 받기 전에 내가 꾸러미 안을 볼 권리가 있지."

미국인은 아무 말 없이 꾸러미를 넘겨주었다. 폰 보르크는 포장의 끈을 푼 뒤 포장지를 풀었다. 순간 그는 깜짝 놀란 나머지 말도 하지 못하고 눈앞에 있는 파란 표지의 작은 책 한 권을 보았다. 책 표지에는 금색 글씨로 '양봉 실용 핸드북'이라고 적혀 있었다. 다음 순간, 그의 목을 강철 같은 힘이 휘어잡았고, 일그러진 그의 얼굴에 클로로포름을 묻힌 스펀지가 덮쳤다.

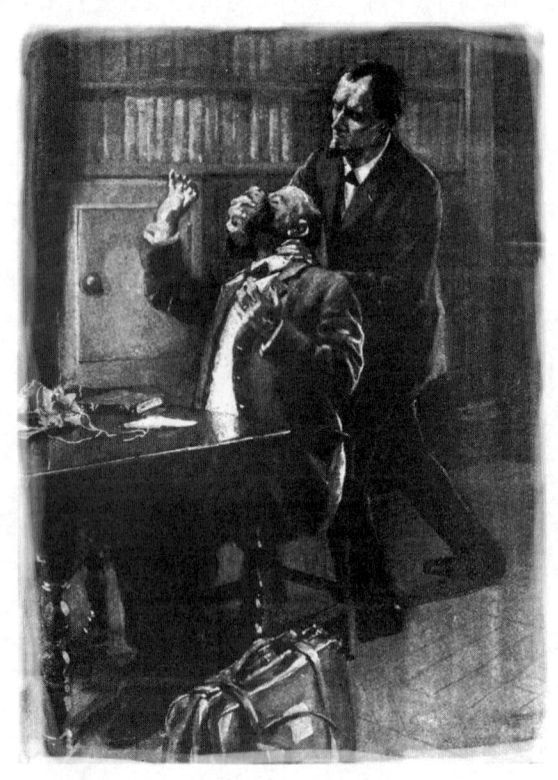

"한잔 더 어때, 왓슨?" 셜록 홈즈가 임페리얼 토케이 병을 내밀면서 말했다.

테이블 옆에 앉아 있던 몸집 좋은 운전기사가 자신의 잔을 내밀었다.

"좋은 와인이군, 홈즈."

"최고급 와인이지, 왓슨. 소파에서 휴식 중인 이 친구 말에 의하면, 쉔부른 궁전에 있는 프란츠 요제프 황제의 특별 저장실에서 가져온 포도주라는군. 창문 좀 열까? 클로로포름 냄새 때문에 포도주 맛을 제대로 음미할 수가 없어."

홈즈는 열려 있는 금고에서 서류를 차례로 꺼내 살펴보고는 폰 보르크의 슈트케이스에 차곡차곡 넣었다. 독일인은 두 팔과 다리를 묶인 채 소파 위에서 크게 코를 골고 있었다.

"왓슨, 서두를 필요 없어. 방해하는 사람은 없을 테니 말이야. 벨을 눌러. 집 안에 있는 사람은 마사 한 사람뿐이야. 마사는 큰 역할을 훌륭하게 해냈지. 나는 이 사건에 착수하자마자 마사에게 이곳의 일자리를 마련해 주었어. 아, 마사, 기뻐하세요. 모든 일이 잘 끝났습니다."

인상이 좋은 노부인이 문 앞에 나타났다. 노부인은 미소를 지으며 홈즈에게 인사했는데, 소파에 쓰러진 폰 보르크를 불안한 듯이 바라보았다.

"괜찮아요, 마사. 다친 데는 없으니까요."

"그렇다면 다행이군요, 홈즈 씨. 이분은 나름대로 좋은 주인이었어요. 어제 나에게 부인과 같이 가라고 했는데, 그렇게 했다면 당신 계획대로 진행되지 않을 뻔했습니다."

"그랬군요. 마사, 당신이 여기에 남아 있어서 안심했지요. 오늘 밤도 당신의 신호를 오랫동안 기다렸어요."

"서기관이 좀처럼 돌아가지 않았어요."

"알아요. 여기 올 때 우리 차를 지나쳤습니다. 왓슨, 자네의 멋진 운전 솜씨가 아니었다면 유럽은 프러시아의 압도적 파괴력에 점령당했을 거야."

"서기관이 가지 않는 줄 알았어요. 그가 여기에 있으면 작전이 실패했겠지요?"

"그럼요, 큰 낭패지요. 30분 정도 기다리다 당신 방의 램프가 꺼져서, 방해자가 갔다는 사실을 알았습니다. 마사, 내일 런던의 클래리지 호텔에서 저에게 연락하세요."

"알겠습니다."

"떠날 준비는 다 끝났지요?"

"네, 폰 보르크 씨는 오늘 일곱 통의 편지를 보냈어요. 주소는 평소처럼 다 적어 놓았습니다."

"잘했습니다, 마사. 내일 조사하겠습니다. 그럼 안녕히 주무세요."

 노부인이 방을 나가자 홈즈가 말을 이었다.

 "이 서류들은 별로 중요하지 않아. 왜냐하면 여기 있는 정보는 오래전 독일 정부에 보고되었을 거야. 이것들은 모두 원본으로 간단하게 국외로 가지고 나갈 수 없지."

 "그렇다면 지금은 아무 소용 없는 쓰레기인가?"

 "그 정도까지는 아니야. 왓슨, 적이 무엇을 알고 무엇을 모르는지 정도는 이것으로 알 수 있어. 이 서류의 대부분은 내가 건네주었는데, 전혀 믿을 수 없는 물건이라는 점은 말할 필요도 없지. 내가 건네준 기뢰 설치도에 따라 솔렌트 해협을 항해하는 독일 순양함을 보는 것은 내 만년에 빛을 주지. 하지만 왓슨."

 홈즈는 갑자기 하던 말을 멈추고 옛 친구의 어깨를 잡았다.

 "아직 밝은 곳에서 자네의 얼굴을 보지 못했어. 못 본 지 오래되었으니 많이 변했겠지. 아니, 옛날 그대로가 아닌가!"

 "나는 20년은 젊어진 느낌이야, 홈즈. 하위치까지 차로 오라는 자네 전보를 받았을 때처럼 기뻤던 적은 없었네. 하지만 홈즈, 자네도 거의 변한 게 없어. 그 우스꽝스러운 염소수염만 빼면 말이야."

 "조국에 바치는 희생이지. 내일이면 이 수염도 나쁜 꿈으로 기억될 거야. 내일은 이발을 하고 겉모습을 약간 매만진 뒤 클래리지 호텔로 가겠어. 이 미국인의 일…… 아니, 그것이 아냐, 아무래도 내 영어의 샘은 영원히 흐려진 모양이야, 왓슨. 미국인으로 변장하기 전의 내 모습으로 돌아가 있을 거네." 홈즈는 드문드문 나 있는 수염을 매만지며 대답했다.

"그런데 홈즈, 자네 은퇴하지 않았나? 소문으로는 서섹스 다운즈의 작은 농장에서 벌과 책에 싸여 은둔 생활을 한다고 들었어."

"맞아, 왓슨. 봐, 이거야말로 내 은둔 생활의 성과, 필생의 대작이지!" 홈즈는 테이블 위에 있는 책을 들어 제목을 소리 내어 읽었다. 《양봉 실용 핸드북 및 여왕벌의 분봉에 대한 관찰》. 나 혼자서 쓴 책이야. 밤에는 사색하고 낮에는 바쁘게 일한 성과를 보게. 옛날 런던의 범죄 세계를 관찰했듯이 부지런히 일하는 작은 벌들을 관찰했어."

"그런데 어쩌다 옛날 일로 돌아오게 되었나?"

"아, 그것에 대해서는 나도 놀라고 있어. 외교부 장관 한 명의 부탁이라면 나도 거절했을 거야. 그런데 총리까지 나의 누추한 집에 직접 찾아오셨지 뭔가. 사실 말이지, 왓슨, 그 소파에 쓰러져 있는 신사는 우리보다 한 수 위인 인물이야. 아주 뛰어나. 당시 영국의 비밀 정보가 자꾸 외부로 유출되었는데, 왜 그런 상태가 되었는지 아무도 감을 잡지 못했지. 스파이 용의자도 알고 그중에는 잡은 사람도 있었지만, 아무래도 어딘가에 강력한 비밀 중추 세력이 있다는 증거가 있었어. 그 세력을 꼭 찾아내야 했지. 이 사건을 조사하라는 강력한 압력이 내게 내려왔어. 왓슨, 나도 2년이라는 시간을 소비했지만 그 과정에서 흥미진진한 일도 많았어. 우선 나의 순례는 시카고를 시발점으로 버팔로의 영국 비밀 조직을 졸업하고 스키바린에서 경찰을 괴롭혔는데, 그러다 폰 보르크 부하의 눈에 띄었어. 그가 나를 폰 보르크에게 적당한 인물이라고 추천했지. 얼마나 복잡한 임무였는지 짐작이 가나? 그렇게 해서 나는 폰 보르크의 신임을 얻었지만, 한편으로는 그의 여러 가지 계획을 무산시켰고, 그의 밑에서 활동하던 최고 비밀 스파이 다섯 명을 감옥에 넣었어. 왓슨, 처음에는 일단 잘 지켜보다가 그들의 임무가 절정에 이르렀을 때 감옥에 넣는 거야. 아, 선생, 기분이 어떤가요?"

마지막 말은, 조용히 누운 채 숨을 헐떡이고 눈을 깜박이며 안간힘을 다해 홈즈의 말을 듣고 있던 폰 보르크에게 한 것이었다. 순간 그는 분노로 얼굴에 경련을 일으키며 홈즈에게 독일어로 욕설을 퍼부었다. 홈즈는 폰 보르크가 욕설을 퍼부어 대는 동안 상관하지 않고 서류를 조사했다.

"이 보답은 꼭 하겠다, 앨터몬트. 죽어도 이 원수는 갚겠다!"

그는 한마디 한마디 씹듯이 말했다.

"아주 오랜만에 듣는 소리군. 옛날부터 귀에 익은 말이네. 죽은 모리아티 교수도 나에게 그런 말을 했고, 세바스찬 모란 대령도 입버릇처럼 말했지. 그런데 나는 끝까지 살아남아 서섹스 다운즈의 한적한 곳에서 벌을 기르고 있어." 홈즈가 말했다.

"죽일 놈! 너는 이중 스파이야!" 독일인은 묶인 몸을 억지로 움직이며 살기 가득한 눈으로 홈즈를 노려보았다.

"아니, 이중 스파이라니, 그런 뻔뻔한 일은 하지 않았소." 홈즈가 미소 지었다. "지금 내 말에서도 알 수 있듯이, 시카고의 앨터몬트는 어디에도 존재하지 않소. 내가 그 이름을 이용했을 뿐, 그런 사람은 없소."

"그렇다면 너는 누구야?"

"내가 누구인지는 중요하지 않소. 그러나 폰 보르크, 흥미가 있는 것 같으니 가르쳐 주지. 내가 당신 가문 사람을 만난 것은 이번이 처음은 아니오. 나는 과거 독일에서 상당한 활동을 했으니까. 아마 내 이름도 알 거요."

"그럼 어디 한번 말해 봐." 독일인이 씁쓸하게 말했다.

"당신 조카 하인리히가 독일 칙사로 활동할 때 고인이 된 보헤미아 왕과 아일린 애들러 사이를 갈라놓은 사람이 바로 나였소. 당신 외삼촌인 폰 운트 추 그라펜스타인 백작의 목숨을 허

마지막 인사

무주의자 클로프만에게서 구한 것도 나였지. 그리고……."

폰 보르크는 놀라서 자세를 바로 했다.

"그렇다면 한 사람밖에 없어." 그가 큰 소리로 말했다.

"그대로요." 셜록 홈즈가 말했다.

폰 보르크가 신음 소리를 내며 소파에 쓰러졌다. "정보의 대부분이 당신에게서 나왔단 말인가! 그런 것에 무슨 가치가 있지? 나는 무엇을 했단 말인가? 나는 이제 영원히 파멸이야!" 그가 외쳤다.

"믿을 수 없는 정보였소. 조금 체크해 볼 필요가 있었지만 당신에게는 그럴 시간이 없었지. 자, 왓슨, 서류는 정리되었네. 죄수를 호송하는 데 힘을 빌려 주면 지금이라도 런던으로 출발할 수 있어." 홈즈가 말했다.

잠시 후, 마지막 발버둥을 쳐 본 폰 보르크는 정원의 오솔길을 지나 작은 차의 조수석에 태워졌다. 귀중한 서류가 들어 있는 슈트케이스도 그와 함께 있었다.

"셜록 홈즈, 이 일에 대해 자네 나라의 정부가 자네를 지지하고 있다면 훌륭한 전쟁의 이유가 된다는 것을 알겠지." 그가 말했다.

"그러면 당신 나라의 정부와 이 스파이 활동을 뭐라고 할 것인가?" 슈트케이스를 톡톡 두드리며 홈즈가 말했다.

"당신은 개인이 아닌가? 첫째, 나를 체포할 영장도 없어. 이 행위 모두가 완전히 비합법적인 행위야!"

"완전히." 홈즈가 말했다.

"독일 제국 신민을 유괴한 거야!"

"거기다 그의 개인 문서를 훔쳤지."

"오호, 그러면 자신의 처지를 알고 있단 말이지. 자네와 여기 있는 일당은 내가 마을을 지날 때 도와달라고 소리라도 지른다면……."

"그런 어리석은 행동이 수가 모자라는 마을 여관의 이름을 하나 늘리는 짓이야. 그곳 간판엔 '목매단 프러시아인'이라고 쓰여 있겠지. 영국인들은 참을성이 강한 국민이지만, 지금은 조금 흥분한 상태니 자극하지 않는 게 현명해. 조용히 있는 게 상책이라는 걸 잊지 마시오. 폰 보르크, 우리와 순순히 스코틀랜드 야드로 갑시다. 그곳에서 당신 친구 폰 헤를링 남작을 부르면 될 것 아니오. 그가 대사관 수행원으로서 당신을 위해 준비한 자리가 아직 남아 있는지 조사해 보면 좋을 거요. 왓슨, 자네가 옛날처럼 도와주면 런던도 그렇게 멀게 느껴지지 않겠군. 이 테라스에 함께 서게. 조용히 이야기하는 것도 마지막일 수 있으니."

두 친구는 여러 가지 일을 회상하면서 몇 분 동안 이야기를 나누었다. 그동안 붙잡힌 남자는 결박을 풀려고 헛된 몸부림을 계속했다. 이윽고 차 있는 곳으로 왔을 때, 홈즈가 달빛에 빛나는 바다를 가리키며 감회가 깊은 듯 머리를 흔들었다.

"동풍이 부는군, 왓슨."

"그렇지 않아, 홈즈. 따뜻한 날씨야."

"나의 옛 친구 왓슨! 이 변화의 시대에도 자네는 여전하군. 그러나 분명히 동풍이 불고 있어. 아직까지 한 번도 영국을 강타한 적이 없는 바람이. 차갑고 괴로운 날씨가 되겠지. 그 때문에 많은 사람이 파멸할지도 몰라. 그러나 그것도 신의 뜻에 따라 부는 바람이지. 그리고 폭풍이 지나갔을 때, 빛나는 태양 속에는 더 맑고 기분 좋고 강한 나라가 남아 있을 게 틀림없어. 자, 왓슨, 차의 시동을 걸게. 출발해야 할 시간이야."

---

22) '마지막 인사' 원고는 애드리언 M. 코난 도일이 소장하고 있다.

세 명의 가리데브

1902년 6월 26일(목)~6월 27일(금)

The Three Garridebs

The Three Garridebs

 생각해 보면 그것은 희극이었을 수도 있고, 비극이었을 수도 있다. 그 때문에 한 사람은 뇌세포가 손상되었고, 나는 부상당해 피를 흘렸으며 또 한 사람은 법의 처벌을 받았다. 하지만 이 사건에는 분명히 희극적인 요소가 있다. 그 점은 독자들의 판단에 맡기겠다.

 나는 그날을 분명히 기억한다. 바로 그달에 홈즈가 그간의 공적을 기려 나라에서 수여하는 기사 작위를 거절했기 때문이다. 그 일은 언젠가 다시 설명할 기회가 있을 것이다. 파트너이자 믿을 수 있는 친구인 나는 경솔한 행동을 하지 않도록 각별히 조심해야 하기 때문에 그 정도로만 말하고 넘어가려 한다. 어쨌든 그 사건 때문에 날짜까지 정확히 기억할 수 있게 됐다.

 1902년 6월 후반, 남아프리카 전쟁이 종결된 직후였다. 이따금 그랬듯이 홈즈는 침대에 누워 여러 날을 보내고 난 뒤 어느 날 아침, 풀스캡[23] 사이즈의 종이 한 장을 들고 나타났다. 무슨 흥미로운 일이라도 일어난 듯 진지한 회색 눈을 반짝이면서 말이다.

"왓슨, 자네 돈 벌 수 있는 기회가 생겼어. 혹시 가리데브라는 이름 들어 본 적 있어?" 홈즈가 말했다.

나는 들어 본 적이 없다고 했다.

"가리데브란 사람만 찾아내면 돈을 벌 수 있는데."

"어떻게?"

"아, 얘기가 길고 좀 기이해. 인간성의 복잡함에 대한 이론을 모두 적용시켜도 이처럼 기이한 일은 처음 접해. 곧 한 사람이 뭔가 따지러 여기 올 거야. 그가 올 때까지 이 문제는 덮어 두지. 그 사이에 우리가 원하는 이름이나 찾아볼까."

마침 내 옆 탁자 위에 전화번호부가 있어서 무심코 들춰 보았다. 그런데 놀랍게도 그 이상한 이름이 있었다. 나는 놀라서 소리를 지를 뻔했다.

"여기 있어, 홈즈, 여기 있어!"

---

23) 가로 203mm, 세로 330mm 크기의 대판 양지(洋紙).

나는 홈즈에게 전화번호부를 건넸다.

"N. 가리데브. 서부, 리틀 라이더 가 136. 실망시켜서 미안해, 왓슨. 이 사람은 내가 아는 사람이야. 이 편지에 적혀 있는 주소와 똑같군. 우린 이 사람이 아닌 다른 가리데브를 찾아야 해."

그때 허드슨 부인이 명함을 얹은 쟁반을 들고 들어왔다. 나는 그것을 집어서 보았다.

"홈즈, 여기 있어. 이번에는 그 이름이 아니야. 존 가리데브, 미국 캔자스 주 무어빌[24], 변호사." 내가 놀라서 소리쳤다.

홈즈는 명함을 보며 살며시 웃었다.

"왓슨, 조금 더 수고해야겠어. 이 신사도 이미 각본에 나와 있어. 오늘 아침에 그를 만나게 될 줄은 기대하지도 않았는데. 어쨌든 그는 내가 알고 싶어 하는 걸 많이 알려 줄 거야."

잠시 후 그가 방으로 들어왔다. 변호사 존 가리데브는 둥글고 명랑해 보이는 얼굴에 미국인 사업가들이 대부분 그렇듯이 깨끗이 면도를 했고, 키가 작고 강인한 인상을 풍겼다. 전체적으로는 통통하고 어린애 같은 면이 있어서 얼굴 가득 미소를

---

24) 캔자스 주에 무어빌이라는 지명은 없다.

지으면 나이보다 꽤 젊어 보였다. 그러나 눈은 사람들의 시선을 끌 만큼 강렬한 인상을 풍겼다. 사람의 얼굴 중에서 눈만큼 내면의 생각을 분명하게 나타내주는 것도 없으리라. 그의 눈은 밝고 빈틈없어 보였으며, 생각의 변화에 민감하게 반응했다. 그의 말투에는 미국식 악센트가 섞여 있었지만 말을 할 때 특별히 이상하지는 않았다.

"홈즈 씨입니까?" 그는 우리를 번갈아 보며 말을 이었다. "아, 사진에서 본 모습과 별로 다르지 않군요. 저와 성이 같은 네이던 가리데브라는 이름으로 보낸 편지를 받으셨겠지요?"

"앉으세요. 할 얘기가 많을 것 같군요." 셜록 홈즈는 풀스캡 종이를 집어 들었다. "물론 당신은 이 편지에 나와 있는 존 가리데브 씨군요. 그런데 영국에는 오신 지 오래된 것 같은데요."

"왜 그렇게 생각하세요, 홈즈 씨?"

인상적인 그의 눈에 흠칫 놀라는 모습이 엿보였다.

"당신의 옷이 모두 영국제라서요."

가리데브가 웃음을 터뜨렸다. "홈즈 씨, 당신의 추리력에 대해서는 익히 알고 있습니다만, 제가 그 대상이 될 줄은 꿈에도 몰랐는데요. 그걸 어떻게 알았습니까?"

"코트의 어깨 재단과 신발 앞코를 보고도 그걸 모를 사람이 어디 있겠습니까?"

"그랬군요. 제가 그렇게까지 영국 사람처럼 보일 거라고 생각해 본 적은 없는데. 하지만 사업차 오래전에 이곳에 온 터라 홈즈 씨 말대로 옷은 모두 영국제입니다. 그건 그렇고 홈즈 씨의 시간은 곧 돈이 아닌가요? 제 코트의 재단 따위에 대해 이야

기하려고 찾아온 것은 아닙니다. 그 손에 들고 계신 서류에 대해서 이야기를 나누고 싶습니다."

홈즈 때문에 약간 짜증이 났는지 우리의 방문자는 통통한 얼굴에 불쾌한 기색을 드러냈다.

"참으세요, 참아요, 가리데브 씨! 저의 실없는 여담이 결국 사건과도 관련이 있음을 왓슨 의사가 말해 줄 겁니다. 왜 네이던 가리데브 씨는 함께 오지 않았습니까?" 내 친구는 달래듯이 말했다.

"그 사람은 왜 당신을 이 일에 끌어들였죠?" 손님이 갑자기 화를 내며 물었다. "도대체 당신은 무슨 일을 꾸미는 겁니까? 우리 두 사람의 개인적인 일인데, 그중 한 사람이 탐정에게 도움을 청하다니! 오늘 아침 그를 만났는데, 나에게 이 어리석은 짓을 했다는 얘길 하더군요. 그래서 제가 여기 온 겁니다. 하지만 아무래도 불쾌하군요."

"당신을 비난하지는 않았습니다, 가리데브 씨. 제가 알기로 그의 입장에서는 단순히 당신의 목적, 아니 두 사람 모두에게 중요한 목적을 이루려는 것이었습니다. 제가 정보를 쉽게 얻을 수 있으리라고 판단해서 찾아온 것은 당연합니다."

손님의 화난 얼굴이 서서히 누그러졌다.

"그렇다면 얘기가 달라집니다만, 오늘 아침 그를 만나러 갔더니 그가 탐정에게 편지를 보냈다고 하더군요. 그래서 당신의 주소를 알아내 이리로 곧장 온 겁니다. 난 개인적인 일에 경찰이 개입되는 걸 원하지 않습니다. 하지만 당신이 그 사람을 찾도록 도와주신다면 해가 될 것도 없지요."

"음, 그럼 그 문제는 해결된 걸로 알겠습니다. 그런데 가리데브 씨가 여기 오셨으니 직접 자세한 설명을 듣고 싶군요. 여기 내 친구는 아직 자세한 내용을 몰라서요." 홈즈가 말했다.

가리데브는 곱지 않은 시선으로 나를 쳐다보았다. "저분이 꼭 알아야 합니까?" 그가 물었다.

"네, 우린 늘 함께 일합니다."

"그렇다면 비밀로 해야 할 이유가 없군요. 제가 알고 있는 내용을 간단히 말하지요. 만일 당신이 캔자스 출신이라면 알렉산더 해밀턴 가리데브가 누군지 말할 필요가 없겠지요. 그는 부동산 투자로 돈을 벌었고, 나중에는 시카고에서 밀 거래로 큰 재산을 모았는데 포트 닷지 서쪽, 아칸소 강 근처에 영국의 주만 한 땅을 사 모으느라 그 많은 재산을 다 썼어요. 목초지, 벌목지, 경작지, 광산 등 온갖 종류의 땅들로 이루어져 이 모든 것이 소유주에게 엄청난 돈을 벌게 해 주었죠.

그에게는 일가친척이 아무도 없습니다. 있다는 소리를 들어 본 적이 없습니다. 하지만 그는 자신의 독특한 이름에 자부심을 가졌고, 그것이 우리를 하나로 묶어 주었죠. 나는 토피카에서 변호사로 일하고 있었는데, 어느 날 노신사가 찾아와서 자신과 성이 똑같은 사람을 만난다면 죽어도 여한이 없겠다고 하더군요. 그는 온통 거기에만 열중해 있었고, 어떻게든 세상의 또 다른 가리데브를 찾아 나설 태세였습니다. 그는 결국 내게 '찾아 달라고' 도움을 청했습니다. 난 바빠서 한가하게 가리데브를 찾아 세상을 돌아다닐 수 없는 형편이라고 했죠. 그랬더니 일만 잘된다면 지금 하고 있는 일에 비할 수 없는 대가를 받을 거라고 하더군요. 전 그가 농담을 한다고 생각했지만 그 말에 어떤 의미가 숨어 있는지 곧 알아챘죠.

그런데 그 말을 한 지 일 년도 안 되어 그는 세상을 떠났고 유산을 남겼습니다. 캔자스에서는 지금까지 보지 못했던 이상한 유언장이었죠. 그는 재산을 3등분해 성이 가리데브인 나머지 두 사람을 찾는 조건으로 제게도 3분의 1이 돌아오게 해 놓았더군요. 현금으로 환산하면 각자에게 500만 달러씩 분배되도록 되어 있지만, 세 사람이 모일 때까지는 손끝도 댈 수 없죠.

저에겐 대단한 기회였기에 변호사 일을 제쳐 두고 가리데브를 찾으러 나섰어요. 이 잡듯이 샅샅이 뒤졌지만 미국에는 성이 가리데브인 사람이 한 명도 없었습니다. 그래서 영국으로 가기로 했습니다. 다행히 런던 전화번호부에서 그 이름을 찾아냈답니다. 그리고 이틀 전에 그를 만나 그동안의 사연을 이야기했죠. 그런데 그도 나처럼 외로운 처지라 여자 친척만 몇 명 있고 남자 친척은 한 명도 없더군요. 유서에는 남자 세 명이라고 적혀 있거든요. 당신도 알다시피 우리는 한 명을 더 찾아야 합니다. 만일 당신이 그 한 명을 찾아 주시면 기꺼이 사례하겠습니다."

"어때, 왓슨?" 홈즈가 미소 지으며 말했다. "내가 기묘하다고 말하지 않았나? 그런데 제 생각엔 신문에 사람 찾는 광고를 내는 게 가장 확실한 방법일 듯싶군요."

"그렇게도 해봤습니다만 아무런 소식이 없더군요."

"그랬군요! 그럼 문제는 더 흥미진진해지는데요. 저도 시간이 있으면 한번 알아보겠습니다. 그런데 당신이 토피카에서 왔다는 점이 흥미롭군요. 그곳에 아는 사람이 있었거든요. 지금은 돌아가셨지만 라이샌더 스타 박사라고 1890년에 시장을 지내셨죠."

"아, 스타 박사요, 훌륭한 분이셨죠! 지금도 그분에 대한 칭송이 자자하답니다. 홈즈 씨, 우리도 특별한 일이 있으면 말씀드릴 테니 당신도 일의 진척 상황을 알려 주세요. 하루 이틀 내에 다시 오겠습니다."

미국인 손님은 이런 언질을 준 다음 인사하고 떠났다.

홈즈는 파이프에 불을 붙이고 나서 야릇한 미소를 지으며 한동안 말없이 앉아 있었다.

"무슨 생각을 해?" 궁금함을 참다못해 내가 물었다.

"이상해, 왓슨. 정말 이상해!"

"도대체 뭐가?"

홈즈는 입에서 파이프를 뺐다. "도대체 이런 시시한 거짓말을 하는 목적이 뭘까? 정면으로 공격하는 게 최선 같아서 하마터면 그걸 물어볼 뻔했지만 그가 우리를 속였다고 생각하도록 내버려 두는 편이 낫다고 판단했어. 일 년이나 넘게 입어서 팔꿈치가 닳은 영국제 코트와 무릎이 툭 튀어나온 바지를 입고 나타난 사람이 있어. 그런데도 이 편지와 본인의 설명에 의하면 런던에 온 지 얼마 되지 않았다고 거짓말을 해. 게다가 신문에서 그런 광고를 본 적도 없어. 자네도 알다시피 난 신문을 글자 하나도 빼놓지 않고 꼼꼼히 읽지. 신문은 내가 좋아하는 사냥터고 새를 잡으려거든 사냥터에 가야 하거든. 난 한 번도 꿩을 다른 새로 잘못 본 적이 없어. 토피카 출신의 라이샌더 스타 박사도 사실은 내가 꾸며 낸 인물이야. 자, 이제 그가 거짓말을 하고 있다는 사실을 알았겠지? 그는 진짜 미국인이지만 런던에 방 안의 모습도 그 주인만큼이나 괴이했다. 마치 하나의 작은 박물관 같았다. 크고 깊은 벽장과 진열장에는 지질학이나 해부학 표본들이 가득 들어 있었다. 문 양쪽 옆에는 나비와 나방 표본상자가 들어 있는 진열장이 늘어서 있었다. 가운데 커다란 탁자에는 온갖 종류의 파편들이 널려 있고, 그 사이로 구리로 만든 성능 좋은 현미경의 몸체가 삐죽이 솟아 있었다.

나는 주위를 둘러보며 방 주인의 다양한 관심사에 놀랐다. 옛날 동전을 모아 놓은 상자, 부싯돌을 모아 놓은 진열장도 있었다. 중앙의 탁자 뒤에는 화석 뼈가 진열되어 있는 큰 진열장이 있었다. 위쪽에는 석고로 만든 두개골이 진열돼 있고 그 밑에 네안데르탈인, 하이델베르크인, 크로마뇽인 등의 이름표가 붙어 있었다. 그는 여러 분야를 연구하는 사람임이 분명했다. 그가 양가죽 조각으로 동전을 닦으며 우리에게 다가왔다.

"시라쿠사[26]의 전성기 때 동전이죠." 그는 동전을 보여 주며 설명했다. "그들의 문화는 급격히 쇠퇴했죠. 어떤 사람들은 알렉산드리아 양식을 좋아하지만 난 이걸 최고로 칩니다. 홈즈 씨, 여기 의자에 앉으시죠. 전 이 뼈들을 치워야겠습니다. 아,

---

26) 고대 시실리 섬의 도시.

으로 튀어나온 창문이 1층에 단 두 개가 있었다. 우리의 의뢰인은 바로 이 1층에 살고 있었고, 낮은 창문이 있는 방은 그가 깨어 있는 동안 주로 시간을 보내는 곳이었다. 홈즈는 기묘한 이름이 적혀 있는 작은 신주 문패 옆을 지나갈 때 이렇게 말했다.

"여기서 꽤 살았나 보군." 홈즈가 변색된 표면을 가리켰다. "이게 그의 진짜 이름이야. 어쨌든 기억해 둘 만한 점이야."

집 안에는 공동 계단이 있고 현관에는 사무실과 개인 방을 나타내는, 여러 명의 이름이 적혀 있는 안내판이 있었다. 이 집은 주거용이라기보다 방랑벽이 있는 독신자들의 숙소 같은 분위기였다. 의뢰인은 직접 문을 열어 우리를 맞으면서 관리인이 4시에 퇴근해서 미안하다고 말했다. 네이던 가리데브는 키가 크고 수척하며 등이 구부정하고 머리가 벗어진, 예순 살쯤으로 보이는 노인이었다. 그리고 창백한 얼굴과 흐물흐물 탄력이 없는 피부로 보아 운동이라곤 모르는 사람인 듯했다. 커다랗고 둥근 안경과 앞으로 뻗친 짧은 염소수염은 구부정한 자세와 함께 괴팍한 느낌을 주었다. 괴짜 같은 모양새에도 전체적인 인상은 친절해 보였다.

---

25) 옛날 런던에 있던 형장. 현재의 하이드 파크 북쪽에 해당.

 아름다운 봄날 저녁, 땅거미가 질 무렵이었다. 에지웨어 가에서 갈라진 작은 골목의 하나로, 불길한 과거를 간직한 옛 타이번 트리[25]에서 지척에 있는 리틀 라이더 가는 노을빛이 비스듬히 스며들어 멋진 황금빛으로 보였다. 우리가 가는 방향으로 낡고 특이하게 생긴 큰 저택이 하나 보였다. 초기 조지아 왕조 때의 건축물로 정면의 밋밋한 벽돌은 군데군데 깨져 있고, 밖서 오래 살아서 미국식 악센트가 많이 사라졌어. 그가 이 게임을 하는 이유는 뭘까? 그가 터무니없는 방법으로 가리데브라는 사람을 찾는 동기는 뭘까? 그는 복잡하고 치밀한 악당임에 틀림없어. 이제 우리의 또 다른 의뢰인도 사기꾼인지 알아봐야 해. 그에게 전화해, 왓슨."

나는 전화를 걸었고 전화선을 통해 가늘게 떨리는 목소리가 들려왔다.

"네, 네, 제가 네이던 가리데브입니다. 홈즈 씨 계십니까? 홈즈 씨와 이야기하고 싶습니다."

내 친구가 전화를 받았기 때문에 나는 홈즈의 이야기만 들을 수 있었다.

"네, 여기 왔었습니다. 선생은 그 사람을 전혀 모른다고요? 언제요? 이틀 전에요! 네, 네, 물론 대단한 일이지요. 혹시 오늘 저녁 댁에 계실 겁니까? 그 사람은 거기에 없었으면 좋겠는데요. 네, 좋습니다. 그가 없는 자리에서 드릴 말씀이 있어서요. 왓슨 의사도 저와 함께 갑니다. 선생의 편지를 보니 외출을 자주 하지 않으신다고요? 네, 6시쯤에 가죠. 미국인 변호사에게는 우리가 간다는 말을 하지 않았으면 합니다. 네, 좋습니다. 그럼 나중에 뵙지요."

왓슨 의사님, 일본 꽃병을 한쪽으로 치워 주시겠습니까? 죽 둘러보셨으니 제 취미를 대충 짐작하셨겠죠? 제 주치의는 나가서 운동도 하고 외출도 하라고 권하지만 여기에 이렇게 매여 있다 보니 좀처럼 시간이 나야 말이지요. 여기 진열장 하나의 목록을 제대로 만드는 데도 꼬박 3개월이나 걸리니까요."

홈즈는 호기심 어린 눈으로 그를 훑어보았다.

"제게는 외출을 전혀 하지 않는다고 말씀하셨죠?" 홈즈가 물었다.

"가끔 소더비나 크리스티 경매장에 가죠. 그렇지 않으면 좀처럼 이 방을 떠나지 않습니다. 기력도 좋은 편이 아니지만 워낙 연구에 몰두하기를 좋아해서요. 하지만 홈즈 씨, 이 엄청난 행운의 소식은 정말 충격이었습니다. 즐거운 충격이에요. 이제 한 명의 가리데브만 있으면 됩니다. 우리는 물론 찾을 수 있을 겁니다. 내게 남동생이 하나 있었는데 죽었고, 여자 친척들은 자격이 되지 않고. 하지만 이 세상 어딘가에 분명히 있을 겁니다.

전 홈즈 씨가 이상한 사건을 많이 해결했다는 이야기를 듣고 편지를 보냈지요. 물론 미국인 사업가의 말이 옳고 먼저 그에게 조언을 청해야 했지만 제가 한 행동은 최선이었다고 생각합니다."

"네, 현명하게 행동하셨습니다. 그런데 미국에 있는 부동산을 어떻게 취득할지 걱정되시겠습니다." 홈즈가 말했다.

"아직 모르겠습니다. 어쨌든 이 수집품들을 두고 떠나는 일은 없을 겁니다. 미국 신사는 우리의 요구만 성사되면 자신이 팔아 주겠다고 약속했습니다. 돈으로 환산하면 500만 달러나 된다고 하더군요. 지금 경매장에는 제 수집품 열두 개가 나와 있는데, 수백 파운드가 없어서 구입하지 못하고 있답니다. 만약 제가 500만 달러를 갖게 된다고 생각해 보십시오. 난 국가적으로 중요한 수집품을 갖게 되는 겁니다. 이 시대의 한스 슬로안[27]이 되는 거지요."

그의 눈이 멋진 안경 속에서 빛났다. 네이던 가리데브는 또 다른 가리데브를 찾기 위해 어떤 고통도 감수할 듯했다.

"저는 선생님을 한번 뵙고 싶어서 왔을 뿐 연구를 방해할 마음은 전혀 없습니다. 전 일과 관련된 사람들과 개인적으로 접촉하는 걸 좋아합니다. 제 주머니 속 설문지의 답을 얻기 위해 몇 가지 질문을 하겠습니다. 그 미국인 신사에 대한 궁금증은 모두 풀었거든요. 선생님은 이번 주 전까지만 해도 그의 존재

---

27) Hans Sloan: 17세기 사람으로, 영국 대영 박물관의 창립자.

를 모르셨지요?"

"그렇습니다. 지난 화요일에 그를 처음 만났습니다."

"그가 오늘 아침 저를 찾아온 일에 대해 말하던가요?"

"네, 곧장 제게 왔더군요. 그는 몹시 화가 나 있었습니다."

"그가 왜 화를 냈죠?"

"자기 명예가 더럽혀졌다고 생각하더군요. 하지만 돌아갈 때는 기분이 좋아 보였습니다."

"그가 마음이 달라진 이유를 말하던가요?"

"아뇨. 말하지 않았습니다."

"혹시 선생님에게 돈을 요구하지는 않던가요?"

"아뇨. 절대!"

"그에게 다른 꿍꿍이가 있는 듯싶지 않았습니까?"

"아뇨. 그가 말한 것 외에는."

"그에게 우리의 전화 약속에 대해 말했습니까?"

"네, 그랬습니다."

홈즈는 생각에 잠겼다. 나는 그가 이 사건에 대해 추리하고 있다는 걸 알 수 있었다.

"선생님의 수집품 중에서 값나가는 것이 있습니까?"

"아니요. 난 그렇게 부자가 아닙니다. 내게는 소중한 수집품이지만 그리 값나가는 건 아닙니다."

"그럼 도둑이 훔쳐 갈 염려는 없겠군요."

"이런 걸 훔쳐 갈 도둑은 없을 겁니다."

"이 집에 얼마 동안 사셨지요?"

"5년 정도 됩니다."

그때 다급하게 문 두드리는 소리가 나서 홈즈의 질문은 여기에서 그쳤다. 우리의 의뢰인이 빗장을 열자마자 미국인 변호사가 흥분하며 방으로 뛰어들어왔다.

"여기 계셨군요!" 그는 머리 위로 신문을 휘두르며 소리쳤다. "선생을 꼭 만나야 된다고 생각했는데. 네이던 가리데브 씨, 축하합니다. 당신은 이제 부자가 되셨어요. 우리의 일이 모두 잘되었어요! 홈즈 씨에게는 헛수고하셨단 말을 전하게 되어 무척 유감입니다."

의뢰인은 그가 건넨 신문의 광고란을 유심히 읽었다. 홈즈와 나도 몸을 기울이고 그의 어깨 너머로 신문을 읽었다. 거기에는 이렇게 적혀 있었다.

하워드 가리데브

농기구 제작자. 바인더, 수확기, 스팀, 손쟁기, 조파기, 써레, 경운기, 벅보드 마차[28] 등 각종 농기구 제작. 분수, 우물 견적.

애스턴, 그로스버너 빌딩으로 문의 바람.

28) 사륜 짐마차.

"됐어요! 이제 세 번째 가리데브를 찾았군요." 우리의 의뢰인이 소리쳤다.

"버밍엄에 문의를 해 놨는데, 그곳 대리인이 지방신문에 난 이 광고를 보내 줬습니다. 서둘러서 일을 추진해야 합니다. 이 사람에게 당신이 내일 오후 4시에 사무실로 찾아가겠다고 편지를 보냈습니다."

"나더러 그 사람을 만나라고요?"

"뭐라고 말씀 좀 하세요, 홈즈 씨. 그 편이 낫지 않습니까? 전 이상한 얘기나 하고 돌아다니는 미국인 취급을 받기에 딱 알맞습니다. 그 사람에게 그런 얘기를 하면 믿겠습니까? 하지만 당신은 신용이 보증되는 영국인이니 당신의 말은 믿을 겁니다. 정 원한다면 같이 갈 수도 있지만 내일은 너무 바쁘군요. 대신 무슨 문제가 생기면 제가 곧장 달려가지요."

"글쎄요, 몇 해째 그런 여행은 하지 않아서요."

"별것 아닙니다, 가리데브 씨. 제가 교통편을 알아봤습니다. 12시에 출발하면 두 시간 뒤에 그곳에 도착합니다. 그리고 나서 같은 날 밤에 돌아오면 되지요. 당신은 이 사람을 만나 우리의 일을 설명한 다음 그가 진짜 가리데브라는 공증을 받아 오면 됩니다. 맙소사!" 그가 흥분해서 말했다. "저는 미국 한복판에서 곧장 여기까지 날아왔습니다. 그런 저에 비하면 당신은

100마일만 가면 되니 얼마나 짧은 거리입니까?"

"그건 그렇군요. 이 신사의 말이 맞습니다." 홈즈가 말했다.

네이던 가리데브는 무안한 표정을 지으며 어깨를 으쓱했다.

"기어이 내가 가야 한다면 거절할 수 없지요. 내 인생에 희망의 영광을 가져다주었으니."

"자, 그럼 합의됐군요. 그럼 돌아오는 대로 바로 연락주시기 바랍니다." 홈즈가 말했다.

"저도 그렇게 하겠습니다." 미국인이 시계를 들여다보았다. "지금 가 봐야겠네요. 네이던 씨, 내일 버밍엄으로 떠나실 때 들르겠습니다. 모든 일이 잘돼 가고 있죠, 홈즈 씨? 그럼 이만 가겠습니다. 내일 밤이면 좋은 소식을 듣게 되기를 기대하면서."

미국인이 나가자 내 친구의 얼굴이 밝아지며 복잡한 일을 생각하는 듯한 표정이 사라졌다.

"가리데브 씨, 당신의 수집품을 찬찬히 살펴보고 싶네요. 직업상 온갖 종류의 지식이 필요한데 선생의 방은 지식의 보물창고군요."

이 말에 우리의 의뢰인은 흐뭇한 웃음을 지으며 커다란 안경 너머로 두 눈을 반짝였다.

"당신이 학식이 풍부한 사람이라는 얘길 들었는데 과연 그렇군요. 둘러봐도 좋습니다." 그가 말했다.

"아쉽게도 지금은 시간이 없습니다. 그러나 이 표본들은 이름표가 일일이 붙어 있고 분류가 잘돼 있어 선생의 설명이 필요 없을 것 같군요. 내일 와서 둘러보아도 괜찮겠습니까?"

"물론이죠. 대환영입니다. 이 방은 닫혀 있겠지만 샌더스 부인이 4시까지는 지하실에 있으니 그녀가 갖고 있는 열쇠를 쓰시면 됩니다."

"내일 오후에는 별일이 없을 것 같습니다. 선생께서 샌더스 부인에게 말해 놓으시면 되겠군요. 그런데 실례지만 이 집을 누가 소개했습니까?"

의뢰인은 갑작스러운 질문에 당황하는 모습이었다.

"에지웨어 가에 있는 홀로웨이 앤드 스틸 중개업소지요. 그런데 왜요?"

"이 집을 보자 고고학적인 흥미가 생겨서요. 앤 여왕 시대인지 조지아 왕조 시대인지 궁금하군요." 홈즈가 웃으면서 말했다.

"확실하게 조지아 왕조 때 건물입니다."

"그렇군요. 저는 더 오래된 건물로 생각했는데 어쨌든 쉽게 밝혀졌네요. 가리데브 씨, 이만 가겠습니다. 버밍엄 여행에서 좋은 결과를 얻으시기 바랍니다."

주택 중개업소는 근처에 있었지만, 그날따라 문이 닫혀 있어서 우리는 베이커 가로 돌아왔다. 홈즈는 저녁 식사를 마치자마자 그 이야기를 다시 꺼냈다.

"우리의 사건도 결말이 멀지 않았어. 자네도 대충 윤곽을 잡았을 거야." 홈즈가 말했다.

"난 어디가 머리이고 어디가 꼬리인지 전혀 모르겠어."

"머리는 확실히 드러났고 꼬리는 내일 보게 되겠지. 자네, 아까 광고를 보면서 이상한 점을 발견하지 못했나?"

"쟁기(plough)라는 단어의 철자가 잘못됐더군."

"아, 그걸 보았군, 왓슨. 자네도 나날이 실력이 느는군. 하지만 그건 잘못 쓴 영어가 아니라 미국식 영어야. 써 준 대로 인쇄해서 그럴 거야. 그리고 벅보드도 미국식이야. 분수 우물도 우리보다는 미국에서 보편적으로 시공하는 공법이고. 전형적인 미국식 광고인데 영국 회사에서 낸 것처럼 꾸몄지. 어떻게 생각해?"

"그 미국인이 낸 광고군. 그런데 그의 의도를 전혀 모르겠어."

"두 가지로 설명할 수 있어. 그는 순진한 노학자를 버밍엄으로 쫓아 버리려고 했어. 그 점은 명백해. 나는 그에게 헛수고하러 간다는 걸 말해 줄까도 생각했지만, 오히려 그가 무대에서 사라지는 게 낫다고 생각했지. 내일이야, 왓슨. 내일이면 모든 게 밝혀질 거야."

 홈즈는 아침 일찍 일어나 외출했다. 점심시간 무렵 귀가한 그의 얼굴은 몹시 어두웠다.

 "왓슨, 생각했던 것보다 상황이 훨씬 심각해. 그래 봤자 자네를 위험에 빠뜨릴 수 있는 이유가 하나 더 추가된 것밖에 안 되지만, 자네에게 말하는 게 당연한 것 같아. 지금까지도 자네에게 모든 걸 말했지만 이번 일은 특히 위험해서 자네가 반드시 알아야 해."

 "홈즈, 우리가 함께 위험을 겪은 게 이번이 처음은 아니잖아. 이번 일이 마지막이 되지 않기를 빌겠네. 도대체 뭐가 특별히 위험하다는 거야?"

 "우린 아주 난처한 상황에 처해 있어. 변호사 존 가리데브의 정체를 알아냈어. 그는 잔인하고 흉악하기로 악명 높은 살인자 에반스야."

 "난 그 방면에 문외한이라서."

 "자넨 직업상 뉴게이트[29]의 죄수 기록을 외우고 다닐 필요가 없지만, 난 가끔 스코틀랜드 야드에 있는 친구 레스트레이드를 만나러 가.[30] 그들은 직관력이 부족하지만 치밀하고 조직적인 수사에 있어서는 세계적이지. 나는 혹시 우리의 미국인 친구가 그들의 기록에 나와 있나 해서 갔었어. 그런데 범죄자

초상화집에서 나를 보고 웃고 있는 그 통통한 얼굴을 발견한 거야. 그는 일명 모어크로포트 또는 살인자 에반스라고 불리는 제임스 윈터였어."

홈즈는 주머니에서 봉투를 꺼냈다.

"그의 사건 기록에서 몇 가지 특기할 만한 점을 적어 왔어. 나이는 마흔넷, 시카고 출생, 미국에서 세 명 살해. 정치 세력을 통해 교도소 탈출. 1983년 런던에 잠입. 1895년 1월 워털루 로드의 나이트클럽에서 카드 게임 도중 총격 사건을 일으킴. 피해자는 사망하고 그는 시비 끝에 상대를 공격한 것으로 판명. 죽은 사람은 시카고에 사는 유명한 화폐 위조범 로저 프레스버리로 밝혀짐. 살인자 에반스는 1901년 석방됨. 그 후 경찰의 감시를 받고 있는데 정직한 생활을 하는 것으로 알려져 있음. 무기를 소지하고 다니며 언제라도 총기를 사용할 수 있는

---

29) 영국 런던의 유명한 감옥. 1902년 폐쇄됨.
30) 크리프트 R 앤드루는 다음과 같이 말했다. "레스트레이드와 홈즈는 20년 가까이 우호적인 관계를 맺어 왔다. 레스트레이드는 기묘한 사건을 가지고 홈즈의 하숙집에 몇 번 찾아갔는데, 홈즈는 스코틀랜드 야드에서 살인자 에반스의 기록을 제공받았으면서 고의로 레스트레이드를 무시했다. 홈즈는 자신이 하려는 일을 레스트레이드에게 밝히지 않고, 스코틀랜드 야드에서 얻은 정보를 근거로 왓슨과 함께 흉악범 체포에 나선다. 레스트레이드에게 만일의 경우 도와 달라는 부탁도 하지 않고 말이다. 이것은 은혜를 모르는 행동이다. 그리고 레스트레이드는 이렇게 무시되어야 할 사람이라고는 생각되지 않는다."

매우 위험한 인물임. 왓슨, 우리가 잡으려는 새는 모험을 좋아하는군."

"도대체 그는 무슨 게임을 하고 있는 거지?"

"이제 이야기할 테니 들어 봐. 난 그 집의 관리사무소에 다녀왔어. 우리의 의뢰인은 그곳에 산 지 5년 되었다더군. 그런데 그 전에 약 일 년간 집이 비어 있었다는 거야. 먼저 살던 사람은 워드론이라는 신사였다고 해. 그는 워드론을 똑똑히 기억하고 있었는데, 어느 날 갑자기 그가 사라졌고 지금까지 행방이 묘연하다더군. 그는 검은 피부에 키가 크고 턱수염을 길렀다고 해. 그런데 내가 스코틀랜드 야드에서 확인한 바에 따르면, 살인자 에반스가 죽인 프레스버리도 키가 크고 피부가 검고 수염을 길렀다더군. 아마도 프레스버리가 순진한 노인이 지금 박물관으로 사용하고 있는 그 집에 살았던 게 아닐까 해. 이렇게 하면 적어도 고리 하나는 연결할 수 있어."

"다음은?"

"지금 또 다른 고리를 찾기 위해 나가야 해."

그는 서랍에서 리볼버를 꺼내서 내게 건넸다.

"내가 좋아하는 낡은 권총을 갖고 가겠어. 우리의 거친 서부 친구가 별명에 맞게 행동할지 모르니까 대비해야지. 왓슨, 한 시간만 낮잠을 자. 그다음에 라이더가로 모험을 떠나면 시간이 대충 맞을 거야."

 우리가 네이던 가리데브의 이상한 아파트에 도착한 것은 정각 4시였다. 관리인 샌더스 부인은 퇴근 준비를 하고 있었다. 그녀는 기꺼이 용수철 자물쇠로 잠긴 방을 열어 주었고, 홈즈는 집을 나갈 때 모든 것을 잘 정돈해 놓겠다고 약속했다. 잠시 후 현관문이 닫히고 그녀의 보닛 모자가 내닫이창 앞을 지나가는 것이 보였다. 이제 1층에는 우리만 남아 있었다. 홈즈는 재빨리 집 안을 훑어보았다. 방 안 어두운 구석의 벽에서 조금 떨어진 곳에 진열장이 하나 있었다. 우리는 그 뒤에 몸을 웅크리고 숨었다. 홈즈는 목소리를 낮춰 자신의 계획에 대해 대강 설명했다.

 "그는 우리의 우호적인 의뢰인을 집 밖으로 내쫓았어. 집을 비워 주길 바랐으니까. 의뢰인이 좀처럼 외출하지 않기에 그런 계략을 꾸민 거야. 그 외에 다른 목적은 없는 듯싶어. 왓슨, 그는 악랄한 천재임에 틀림없어. 이 방 주인의 괴상한 성이 그로 하여금 이런 상상도 하기 힘든 음모를 꾸미게 했지. 아주 교묘한 계략을 말이야."

 "하지만 그는 뭘 원하지?"

 "우리가 여기서 알아내야 하는 것도 그거야. 지금까지의 상황으로 봐선 우리 의뢰인과는 아무런 상관이 없어. 그가 살해한 사람과 뭔가 관련이 있어. 그들은 공범자였어. 이 방에는 범죄와 관련된 어떤 비밀이 숨어 있어. 우리가 그걸 밝혀내야 해. 처음에 나는 의뢰인에게 그가 생각하는 것보다 훨씬 값나가는 수집품이 있을까 생각했지. 대형 범죄 조직의 관심을 살 만한 것 말이야. 그러나 악의 화신 로저 프레스버리가 이 방에 살았다는 사실을 알고는 더 깊이 숨겨진 이유가 있을 거라고 짐작했지. 왓슨, 어떤 일이 벌어질지 참을성 있게 기다려 봐."

기다리는 시간은 그리 길지 않았다. 현관문이 열렸다 이내 닫히는 소리가 들리자 우리는 어둠 속으로 더욱 몸을 숨겼다. 이윽고 찰칵 하고 열쇠 돌아가는 날카로운 금속성 소리가 나고 미국인이 방으로 들어왔다. 그는 문을 살그머니 닫고 매서운 눈초리로 주위를 샅샅이 훑어보더니 외투를 벗은 다음 방 가운데 있는 탁자로 걸어갔다. 무엇을 어떻게 해야 하는지 정확히 알고 있는 사람의 민첩한 태도였다.

그는 탁자를 한쪽으로 밀고 그 아래 놓인 카펫의 모서리를 들쳐서 둘둘 말아 놓았다. 그런 다음 안주머니에서 작은 지렛대를 꺼내 들고 무릎을 꿇고 앉아 무언가에 열중했다. 그리고는 곧 지렛대를 마루 틈새에 넣어 마룻청을 뜯는 소리가 들리고, 마루 판자를 들어 올리는 것이 보였다. 살인자 에반스는 성냥에 불을 켜서 촛불을 밝히더니 이내 시야에서 사라졌다.

이제 우리가 등장할 순간이었다. 홈즈는 내 손목을 잡아채며 신호를 보냈다. 우리는 함께 마루 판자가 떨어져 나간 곳으로 살금살금 걸어갔다. 그때 발밑의 낡은 마루가 삐걱거리는 소리를 냈다. 밑에 있던 미국인이 흠칫 놀라며 주위를 살피다가 머리를 내밀었다. 그 순간 그의 얼굴은 실패에 대한 분노로 일그러졌다. 그러나 두 자루의 총이 자기 머리를 겨누고 있다는 사실을 알아채자 서서히 누그러지더니 나중에는 수치스럽다는 표정을 지었다. "아, 아! 홈즈 씨, 나 때문에 수고가 많군요. 게임을 처음 시작했을 때부터 나를 갖고 놀더니. 당신이 이겼소. 완전히 이겼소." 그가 마루 위로 기어 올라오면서 체념한 듯이 말했다.

순간 그는 가슴에서 권총을 꺼내 두 방을 쏘았다. 갑자기 뜨겁게 달군 쇠로 내 허벅지를 지지는 듯한 느낌을 받았다. 곧이어 총이 남자의 머리를 후려치는 소리가 들렸다. 그는 얼굴에 피를 흘리면서 바닥으로 나동그라졌다. 홈즈는 그에게서 권총을 빼앗았다. 그런 다음 강인한 팔로 나를 부축해서 의자에 앉혔다.

"왓슨, 괜찮아? 제발 다치지 않았다고 말해 줘!"

그것은 가치 있는 부상이었다. 그의 차가운 표정 뒤에 숨어 있는 우정과 사랑의 깊이를 확인한 나는 몇 번을 다쳐도 좋을 것만 같았다. 순간 맑고 강인한 그의 눈은 눈물로 흐려지고 꽉 다문 입술은 부들부들 떨렸다.

나는 그때 처음으로 홈즈의 뛰어난 두뇌만큼이나 위대한 마음을 엿보았다. 나의 보잘것없지만 한결같은 봉사의 세월이 그런 식으로 순간적으로 인정받으면서 절정을 맞고 있었다.

"괜찮아, 홈즈. 좀 스쳤을 뿐이야."

그가 주머니칼로 내 바지를 찢었다.

"괜찮군, 다행이야. 살짝 스쳤어." 홈즈는 안도의 한숨을 쉬었다.

그리고 멍한 얼굴로 앉아 있는 범죄자를 냉혹한 눈길로 쏘아보았다.

"자네도 다행인 줄 알아. 만일 왓슨을 죽였다면 이 방에서 살아 나가지 못했을 거야. 자, 이제 모든 걸 설명해."

그 미국인은 아무 말도 하지 않고 그저 얼굴을 찡그린 채 앉아 있었다. 나는 홈즈의 부축을 받으며 비밀 장막에 가려져 있던 지하실을 들여다보았다. 그곳은 에반스가 켜 둔 촛불로 아직 환했다. 녹슨 기계와 커다란 종이 두루마리, 바닥에 이리저리 흩어져 있는 병 그리고 작은 탁자 위에 잘 정리돼 있는 여러 개의 작은 꾸러미에 시선이 갔다.

"인쇄 장비야. 화폐 위조 시설." 홈즈가 말했다.

"맞습니다."

미국인은 비틀거리면서 천천히 일어서더니 의자에 털썩 앉았다. "런던에서는 일찍이 보지 못했던 최고의 화폐 인쇄기입니다. 프레스버리의 기계지요. 테이블 위의 종이 다발은 프레스버리가 위조한 100달러짜리 2000장인데, 어디에서나 통용됩니다. 자, 두 분 마음대로 가져가세요. 그 대신 나를 놓아주시오."

홈즈가 웃었다.

"우리가 그럴 것처럼 보이나, 에반스? 이 나라에 자네가 숨을 곳은 없어. 당신이 여기 살았던 프레스버리를 쏴 죽였지?"

"맞소, 하지만 시비를 먼저 건 쪽은 그였단 말이오. 그 대가로 난 5년 동안이나 감옥에서 썩었소. 오히려 접시만 한 메달을 받아야 하는데도 말이죠.

누구도 프레스버리의 위조화폐와 진짜 화폐를 구분하지 못했지요. 내가 그를 죽이지 않았다면 영국에는 위조화폐가 넘쳐났을 겁니다. 그가 위조화폐를 만든 곳을 아는 사람은 이 세상에 나 하나뿐이었습니다. 내가 왜 이곳을 차지하려고 했는지

의아해하셨죠?

그 괴상한 이름의 얼간이 곤충 채집가가 하루 종일 이 방 꼭대기에 웅크리고 앉아 잠시도 방을 비우지 않으니 달리 그를 내쫓을 방법이 없었습니다.

그를 외출하게 하는 편이 현명했습니다. 더 쉬운 방법을 쓸 수도 있었지만, 저는 마음이 약해서 상대가 총을 들고 있지 않는 한 총을 쏘지 못합니다. 솔직히 홈즈 씨, 제가 무슨 나쁜 짓을 했습니까? 이 기계를 사용한 적도 없고 불쌍한 노인을 다치게 하지도 않았습니다. 도대체 날 어떻게 하려는 겁니까?"

"내가 아는 한 살인미수 죄밖에는 성립이 안 되겠지. 하지만 그건 우리가 결정하는 게 아니오. 다음 일은 경찰에서 알아서 할 겁니다. 우리는 당신의 속셈을 알아내고 싶었을 뿐입니다. 왓슨, 스코틀랜드 야드에 전화하게. 이건 전혀 예상 밖의 일인 걸."

이상이 살인자 에반스와 그가 꾸며낸 세 명의 가리데브에 대한 이야기다. 우리는 나중에 불쌍한 늙은 의뢰인이 허황된 꿈의 충격에서 벗어나지 못하고 있다는 이야기를 들었다. 부서진 공중누각에 깔려 부상을 당한 것이다. 그리고 요즘 브릭스턴의 요양원에 있다는 소식을 들었다.

프레스버리의 장비들이 발견되자 스코틀랜드 야드에서는 환성을 질렀다. 장비가 존재한다는 사실은 알았지만 장본인이 죽은 후에는 찾아낼 길이 없었기 때문이다. 그 점에서 에반스는 자기 말대로 대단한 업적을 올린 셈이다. 몇몇 수사과 요원들은 사회의 위험 요소였던 화폐 위조 범죄를 혼자 힘으로 막은 에반스 덕분에 발을 뻗고 잘 수 있게 되었다. 그들은 범죄자의 주장대로 접시만 한 메달을 수여해야 한다고 기꺼이 서명하기도 했다. 그러나 냉정한 법정은 그런 주장을 무시하고 살인자를 그가 나왔던 어두운 감옥으로 되돌려 보냈다.

---

31) 러셀 맥로린은 다음과 같이 말했다.
"이 사건이 정전인지를 진지하게 다루어야 할 시기다. 나는 이 작품은 잘 아는 작가가 쓴 것이라고 생각한다. 우리는 왓슨에게 오랫동안 원조를 해 준 출판 대리인(코난 도일)이 다른 분야에서 명성을 얻은 것을 알고 있다. 그가 홈즈의 패스티시를 써 보려고 생각했던 것도 염두에 둘 수 있는 일이다."

한편 《셜록 홈즈의 사건》 중 많은 단편을 정전이 아니라고 하는 D 마틴 데이킨은 《사건의 문제》에서 '세 명의 가리데브'를 진짜라고 했다. "왓슨의 생애 중 최고의 순간, 즉 살인자 에반스가 총을 쏘았을 때 홈즈가 얼마나 왓슨에 대해 헌신적이었는가에 대한 묘사를 잊어버릴 베이커 가의 팬은 없을 것이다."
그러나 데이킨은 나중에 《사건 재고》에서 다음과 같이 썼다. "만약 에반스가 왓슨을 죽였다면 홈즈는 법률의 힘을 빌리지 않고 에반스를 죽였을 거라는 말에 조금 놀랐다. 그러나 친구가 다쳐 화가 나서 한 그의 말을 너무 심각하게 받아들이지 않는 게 좋을 것이다."

현재 '세 명의 가리데브' 원고는 애드리언 M. 코난 도일이 소장하고 있다.

퇴직한 물감 장수

1898년 7월 28일(목)~7월 30일(토)

The Retired Colourman

그 불쌍한 노인이 홈즈를 방문한 날 아침, 셜록 홈즈는 기묘한 사건 풀기를 체념한 듯 우울한 분위기에 휩싸여 있었다. 그의 현실적인 본성마저도 한풀 꺾인 듯이 보였다.

"왓슨, 그 노인을 보았나?" 그가 물었다.

"지금 막 문을 나간 노인 말인가?"

"그래."

"봤어. 문 앞에서 마주쳤지."

"어떻게 보이던가?"

"글쎄, 돈 한 푼 없이 나락으로 떨어진 측은한 노인 같은데."

"자네 말이 맞아, 왓슨. 측은하고 볼품도 없지. 그렇지만 인생이 다 그런 거 아니야? 그 노인에게 일어난 일이 남의 일만은 아니지. 누구나 늙으면 깨닫게 되지. 인생의 마지막 순간 우리에게 남는 것이 무엇일까 생각해 봤어? 빈껍데기뿐이지. 아니면 그보다 더한 불행이 우리를 기다릴 수도 있어."

"노인이 자네에게 사건을 의뢰했나?"

"그렇다고 볼 수 있지. 스코틀랜드 야드에서 나를 추천했더군. 마치 의사들이 가망 없는 환자를 돌팔이에게 보내는 것과 같아. 그 환자에게 엉터리 치료를 해도 현재 상태보다 더 악화될 수는 없을 거야."

"어떤 사건인데?"

홈즈는 테이블 위에 놓인 지저분한 명함을 집어 들었다. "노인의 이름은 조사이아 앰벌리야. 자기 말로는 미술용품을 만드는 '브릭폴 앤드 앰벌리'사의 부사장이었다는군. 자네도 한 번쯤 그림물감 통에서 그 회사 이름을 보았을 거야. 어쨌든 그는 평생 모은 재산을 갖고 예순한 살의 나이로 은퇴했다더군. 그리고 루이셤에 저택을 구입했어. 지금껏 쉴 줄 모르고 힘들게 일하다 이제야 정착해서 안정된 노후를 즐기려 했다더군. 아마 사람들도 그의 노후가 그런대로 보장되었다고 생각했을 거야."

"그 얘기만으로는 그렇게 들리는군."

홈즈는 편지봉투 뒷면에 갈겨쓴 메모를 슬쩍 보았다.

"노인은 1896년에 은퇴해서 1897년 초에 스무 살이나 어린 여자와 결혼했어. 음, 실물이 사진대로라면 굉장한 미인이군.

경제적인 능력에 젊고 아름다운 아내, 시간적인 여유, 말 그대로 그의 앞길은 탄탄대로였던 듯싶어. 하지만 자네도 보다시피 2년도 안 되어 태양 아래 비굴하게 살아가는 돈 한 푼 없는 비참한 노인이 되었지."

"도대체 그 노인에게 무슨 일이 있었지?"

"그렇고 그런 얘기지, 왓슨. 역시 여기에도 배신한 친구와 변덕스러운 아내가 등장하는군. 앰벌리 노인이 즐기는 유일한 취미는 체스 같아. 루이셤에서 그리 멀지 않은 곳에 체스를 좋아하는 젊은 의사가 있어. 여기 내가 '레이 어니스트'라고 적어 놨군. 어니스트는 체스를 하러 노인의 집을 자주 방문했는데, 그러다 보니 자연스럽게 앰벌리 노인과 친분을 쌓게 되었지. 물론 앰벌리 부인과도 친해졌지. 앰벌리 노인이 실제로는 고매한 인격자인지는 모르겠지만 속물처럼 보이지 않던가? 어쨌든 그 젊은 남녀가 지난주에 사랑의 도피 행각을 벌였다는군. 그리고 지금 그들이 어디에 있는지는 아무도 몰라. 게다가 배은망덕한 남녀가 노인의 채권증서 상자와 상당한 액수의 현금을 훔쳐 달아났어. 우리가 그의 젊은 부인을 찾을 수 있을까? 또 도둑맞은 돈을 되찾을 수 있을까? 지금까지의 사건 내용으로 봐서는 평범한 문제이지만, 앰벌리 노인에게는 인생이 걸린 문제지."

"그래, 앞으로 어떻게 할 셈인가?"

"왓슨, '어떻게 할 셈인가'라는 말이 바로 튀어나오다니, 자네가 내 대역을 해도 되겠어. 어쨌든 지금 나로선 콥트교 장로들 문제로 다른 일에 신경 쓸 여유가 없어. 오늘쯤 무슨 조치를 해야 해. 아무래도 루이셤에 갈 여유가 없을 듯해. 더군다나 지금 정황만으로는 직접 가야 할 필요도 못 느껴. 물론 노인은 내가 직접 현장 조사를 해야 한다고 우기지만 곤란한 사정을 얘기했어. 아마 내가 다른 사람이라도 대신 보냈으면 하고 기대할 거야."

"알았어. 내가 도움이 될지 모르지만 최선을 다해 돕겠네." 내가 대답했다.

여름날 오후 나는 루이셤으로 출발했다. 그 당시 나는 이 사건이 일주일도 되지 않아 온 영국을 떠들썩하게 만들 줄은 꿈에도 생각하지 못했다.

내가 베이커 가로 돌아왔을 때는 이미 한밤중이었다. 내가 홈즈에게 조사한 것을 상세히 말하는 동안 그는 앙상한 몸을 안락의자에 깊숙이 묻고 다리를 쭉 뻗고 있었다. 그의 파이프에서는 지독한 담배 연기가 동그라미를 그리고 있었다. 반면 홈즈의 눈꺼풀은 무겁게 내려앉아 마치 잠든 것처럼 보였다.

그러나 내가 설명을 멈추거나 미심쩍은 점이 있으면 두 눈을 게슴츠레 뜨고 나를 보았다. 그럴 때면 그의 영리해 보이는 회색 눈이 날카롭게 샅샅이 훑어보는 바람에 나는 얼어붙고 말았다.

"앰벌리 노인의 저택을 다들 '안식처'라고 부른다는군. 자네가 흥미 있어 할 듯한 정보인데, 그 저택은 마치 평민들 틈에 낀 인색한 귀족의 모습 같더군. 그 지역에는 단조로운 벽돌집이 늘어선 거리와 지루한 변두리 국도들만 있어. 그런데 바로 그 한가운데 동떨어진 작은 섬처럼 고전적인 취향과 안락한 분

위기가 풍기는 노인의 저택이 있지. 태양에 그을린 높은 담은 이끼와 풀들로 뒤덮인 채 건물을 감싸 안고 있었네. 그 벽은……." 내가 설명했다.

"시는 그만 읊어, 왓슨. 높은 벽돌담이 있다는 말로 알아듣지." 홈즈가 진지하게 말했다.

"자네 말이 맞아. 그리고 담배를 피우며 어슬렁거리는 남자에게 묻지 않았다면 그 노인의 집을 찾을 수 없었을 거야. 그 남자를 언급하는 이유는 따로 있어. 큰 키에 검은 얼굴과 덥수룩한 수염이 군인 같은 인상을 주는 사람이지. 그는 내 질문에 고개를 끄덕이더니 미심쩍은 눈빛으로 나를 보더군. 당시에는 잘 몰랐는데 얼마 후에 그 눈초리가 떠올랐어.

내가 정문을 들어서는데 앰벌리 노인이 현관에서 정문으로 난 길을 따라 내려오는 것이 보였어. 사실 아침에는 그를 슬쩍 보고 이상하다는 느낌이 들었지. 그런데 밝은 대낮에 다시 보니, 그의 외양이 정말 괴상해서 도저히 정상으로 보이지 않더군."

"물론 나도 그렇게 보았어. 자네가 나와 같은 견해를 갖고 있는 것이 흥미롭군."

"그는 말 그대로 계속 내게 굽실거렸어. 또 그의 등은 무거운 짐을 진 것처럼 휘었어. 하지만 내가 처음 상상했던 것처럼 그렇게 약골은 아닌 듯했어. 게다가 장정처럼 어깨와 가슴이 떡 벌어졌더군. 그런데 이상하게도 다리 쪽은 꼬챙이처럼 말랐고 절룩거리는 것 같았어."

"그의 왼쪽 신발은 쭈글쭈글하고 오른쪽은 팽팽했나?"

"그건 미처 보지 못했어."

"괜찮아. 난 이미 오른쪽 다리가 의족이라는 사실을 눈치챘지. 계속해."

"낡은 밀짚모자 밑으로 희끗한 곱슬머리가 성난 듯 곤두서 있었지. 또 날카롭고 흥분한 표정과 깊게 패인 얼굴의 주름까지 모두가 내게는 충격이었어."

"정말 훌륭해, 왓슨. 그런데 그가 뭐라고 했나?"

"노인은 비통한 심사를 쏟아 내기 시작했어. 우리는 정문에서 자택까지 걸어갔지. 덕분에 주위를 잘 살펴볼 수 있었어. 그토록 형편없게 방치된 정원은 난생처음이야. 정원은 파종했는지 파헤쳐져 있었고, 화초들은 사람의 손이 닿지 않아 제멋대로 자란 듯싶더군. 손질하고 관리한 흔적이 전혀 없었어. 품위 있는 여성이라면 누가 그런 황폐한 곳에서 살 수 있겠나? 나로선 상상이 안 되더군. 또 저택도 최악의 상태였어. 하지만 그 불쌍한 노인이 이를 깨닫고 어떻게든 고치려 했던 것 같았어. 거실 중앙에 엄청나게 많은 녹색 페인트들이 놓여 있더군. 또 그가 거실의 나무 벽을 칠하다 마중을 나왔는지, 그의 왼손에 두꺼운 페인트 붓이 들려 있었지.

노인은 나를 우중충한 내실로 데리고 가서 한참 동안 이런저런 넋두리를 늘어놓았어. 물론 자네가 직접 오지 않아서 몹시 실망한 것처럼 보이더군.

'기대하지는 않았소. 나같이 보잘것없고, 재산마저 다 날려버린 마당에 셜록 홈즈 씨처럼 유명한 분이 제게 관심을 가질 리가 있겠소?

나는 그에게 경제적인 것은 전혀 문제가 되지 않는다고 안심시켰지.

'물론 그렇겠지요. 홈즈 씨는 예술과 같이 정교한 범죄를 즐긴다고 들었소. 하지만 아무리 평범해 보이는 사건이라도 홈즈 씨가 연구할 거리가 있을 것 같소. 왓슨 씨, 바로 인간의 흑심 말이오! 언제 내가 그녀가 원하는 것을 거절한 적이 있는 줄 아시오? 도대체 그 어떤 여자가 내 아내보다 더 대접 받고 살았단 말이오? 더군다나 그 젊은이는 내 아들뻘이오. 그는 평소 우리 집을 제집처럼 드나들었소. 그런데 그들이 나에게 어떻게 했소? 왓슨 씨, 정말 세상살이가 두렵소. 끔찍한 세상이오.'

그의 장광설을 한 시간 넘게 듣고 있으려니 곤혹스럽더군. 어쨌든 그가 다른 내막을 감추는 것 같지는 않았어. 그의 말로는 아침에 왔다가 저녁 6시에 돌아가는 출퇴근 가정부를 제외하면 아내와 단둘이 살았다고 해. 그리고 도피 행각이 벌어졌던 바로 그날 밤, 앰벌리 노인은 아내를 기쁘게 해주려고 헤이마켓 극장의 표를 두 장 구입했어. 그런데 외출하려는 찰나에 아내가 갑자기 두통을 호소하며 가지 않겠다고 했지. 결국 노인 혼자 극장에 갔어. 그것은 의심할 여지가 없는 듯해. 그가 쓸모없어진 아내의 좌석표를 보여 주기까지 했으니까."

"정말 비상하군, 대단해." 홈즈는 이 사건에 대해 관심이 솟구치는 듯 말했다. "계속해, 왓슨. 자네 얘기는 정말 흥미진진해. 자네가 직접 좌석표를 살펴보았나? 혹시 좌석 번호를 적어 왔어?"

"외웠어." 나는 자랑스럽다는 투로 말했다. "우연히도 학교 다닐 때 내 번호와 같아서 굳이 외우려 하지 않아도 번호가 머릿속에 와 박혔지. 31번이야."

"정말 훌륭해, 왓슨! 그럼 그의 좌석은 30번이나 32번이겠군."

"그렇겠지. 그리고 B열이야." 나는 약간 어리둥절해하며 대답했다.

"정말 더 이상 바랄 게 없이 완벽해. 그가 다른 얘기는 안 하던가?"

"그는 내게 '금고실'이라고 부르는 방을 보여 주었어. 정말 은행처럼 강철 문에 셔터까지 있어서 어떤 강도의 침입도 막을 수 있다고 했지. 하지만 부인이 열쇠를 복사한 듯싶어. 그 둘이 도망가면서 7000파운드 상당의 현금과 유가증권을 가져갔다더군."

"유가증권? 그것을 어떻게 처분하지?"

"노인 말로는 경찰에 신고해서 리스트를 알려 줘 그 남녀가 처분하는 것을 막았다고 했어. 아무튼 그가 한밤중에 극장에서 돌아와 보니 금고실이 털렸다는군. 방과 창문도 열려 있고, 두 사람은 감쪽같이 사라졌다고 해. 편지나 메모도 남기지 않았어. 그 노인은 즉시 경찰에 신고했지. 그 후 두 사람의 소식은 듣지 못했대."

홈즈는 몇 분 동안 곰곰이 생각에 잠겼다.

"그가 페인트칠을 했다고 했지? 그가 어디를 칠하고 있던가?"

"글쎄, 통로를 칠하고 있더군. 그리고 이미 내가 말한 금고실의 문과 나무 벽을 칠해 놓았어."

"자네가 보기에 그런 상황에서 좀 이상한 행동이라고 생각되지 않았나?"

"노인은 '아픈 상처를 어루만지기 위해서는 무엇이든 해야 했소'라고 설명하더군. 물론 이상하다는 데는 의심의 여지가 없어. 하지만 그가 원래 별난 사람이지 않은가? 그는 내 앞에서 부인의 사진을 찢었어. 매우 화가 나서 '다시는 그녀의 얼굴을 보지 않았으면 좋겠소!'라며 울부짖더군."

"왓슨, 다른 특이한 점은 없었어?"

"인상적인 일이 하나 더 있었지. 노인과 헤어진 후 나는 블랙히스 역으로 가서 기차를 탔어. 그런데 기차가 막 출발하려는데 웬 남자가 달려와 옆 칸에 올라타더군. 자네도 알다시피 나는 얼굴을 잘 기억하지. 루이셤에서 내가 말을 걸었던 가무잡잡한 얼굴에 키가 큰 남자가 분명했어. 그리고 런던 다리에서 그와 또다시 마주쳤지. 하지만 사람들 틈에 묻혀서 그만 놓치고 말았어. 하지만 그가 나를 미행한 게 분명해."

"당연하겠지! 틀림없군!" 홈즈가 소리쳤다. "큰 키에 수염이 덥수룩한 검은 얼굴의 남자라. 회색 안경을 꼈겠군."

"홈즈, 자네는 정말 마법사야. 회색 안경은 말하지도 않았는데. 어쨌든 맞아. 그는 회색 안경을 꼈어."

"그리고 프리메이슨 넥타이핀을 했겠지?"

"홈즈! 자네 정말……!"

"왓슨, 간단한 추리일 뿐이야. 하지만 일단 하던 얘기나 마저 끝내. 처음 이 사건에 대해 들었을 땐 황당할 정도로 간단해서 내 주의를 전혀 끌지 않았는데, 점점 다른 국면이 보이기 시작하는군. 물론 자네가 중요한 조사를 많이 놓쳤지만 두드러진 몇몇 단서들만으로도 심각한 사건이 벌어졌던 것으로 추측돼."

"도대체 내가 무슨 단서를 놓쳤지?"

"상처 입지 마, 친구. 내가 무심하게 말한다는 것을 잘 알지?

누구도 자네보다 나을 수는 없었을 거야. 보통 사람은 자네의 반도 따라가기 힘들걸. 하지만 자네가 중요한 사항을 몇 가지 놓쳤다는 것은 분명해. 이웃 주민들이 앰벌리 노인과 그 부인을 어떻게 생각하는지, 그것은 분명히 중요한 문제야. 의사 어니스트는 또 어떤가? 그는 사람들이 말하는 것처럼 바람둥이인가? 자네의 타고난 매력을 이용했다면 모든 여성들이 자네를 도와 공범이 됐을걸. 우체국 직원 아가씨나 채소 가게 아줌마는 어떤가? 나는 자네가 '블루앵커'의 아가씨와 별것 아닌 듯이 잡담하면서 결국에 중요한 것을 알아내는 모습을 충분히 그려 볼 수 있네. 그러나 자네가 이런 단서들을 놓쳤으니 아쉽군."

"지금이라도 할 수 있어."

"이미 내가 알아보았네. 전화[32]라는 문명의 이기와 스코틀랜드 야드의 도움으로 평소처럼 이 방을 떠나지 않고도 중요한 사실들을 모두 알아낼 수 있지. 그런데 알아본 바로는 그 노인의 말은 모두 사실이야. 노인은 잔인하고 가혹한 남편일 뿐 아니라 구두쇠로 악명이 높더군. 금고실에 꽤 많은 돈이 있었던

---

32) 베이커 가의 방에도 전화가 있어 계속 사용한 것은 분명하다.

것도 사실이고, 총각 의사 어니스트 역시 앰벌리 노인과 체스를 자주 두었다는군. 그리고 다들 그가 앰벌리 부인과 놀아났을 거라고 생각해. 이 모든 것이 판에 박힌 듯 돌아가서 더 이상 논할 가치도 없는 평범한 사건으로 들려. 그렇지만 뭔가 석연치 않은 점이 있어."

"홈즈, 뭐가 문제지?"

"아마도 내 상상력 때문이겠지. 왓슨, 오늘은 그만하고 이런 따분한 일과에서 벗어나 음악이 펼쳐진 세상으로 들어가 볼까? 오늘 밤 카리나[33]가 앨버트 홀에서 공연해. 우린 아직 차려입고 만찬을 즐길 시간이 남아 있지 않은가? 좀 즐기세."

다음 날 아침, 나는 평소보다 일찍 자리에서 일어났다. 그러나 토스트 부스러기와 달걀 껍질을 보고 내 친구가 벌써 일어났다는 것을 알았다. 홈즈가 갈겨쓴 메모가 테이블 위에 놓여 있었다.

왓슨, 조사이아 앰벌리 노인과 만나서 해결해야 할 문제들이 있어. 그 후에야 이 사건에서 손을 뗄 수 있겠어. 물론 그 반대일 수도 있

---

[33] 학자들은 이런 이름의 가수를 찾지 못했다.

겠지만. 오늘 3시쯤에 자네가 집에 있었으면 해. 자네가 필요해.

– 셜록 홈즈

하루 종일 홈즈를 볼 수 없었다. 그러나 그가 약속 시간에 무엇인가에 정신이 팔린 듯한 그 특유의 냉정하고도 심각한 표정으로 나타났다. 내 경험상 홈즈가 그런 표정일 때는 혼자 놔두는 편이 현명했다.

"앰벌리 노인이 오지 않았나?"

"오지 않았어."

"오! 이런, 난 그가 와 있을 줄 알았는데."

하지만 홈즈는 실망할 겨를이 없었다. 이때 노인이 근엄한 얼굴에 매우 걱정스럽고도 어리둥절한 표정을 지으며 도착한 것이다.

"홈즈 씨, 제가 전보를 한 장 받았는데 무슨 소린지 도무지 모르겠소."

노인이 홈즈에게 전보를 건넸고 그는 크게 소리 내서 읽었다.

즉시 올 것. 당신이 최근 본 손해에 대한 정보 있음.

– 목사관에서 엘먼

"리틀 펄링턴에서 2시 10분에 부쳤군요. 리틀 펄링턴은 에식스 지방에 있지요. 아마 프린턴에서 멀지 않을 겁니다. 당장 출발하세요. 분명히 책임감 있는 사람이 보낸 전보일 겁니다. 그 교구의 목사라지 않소. 내 인명록이 어디에 있지? 그래, 여기 찾았어. J. C. 엘먼, 문학 석사군요. 모스무어와 리틀 펄링턴 지구의 성직에 관계. 왓슨, 기차 시간표를 알아봐." 홈즈가 말했다.

"5시 20분에 리버풀 가 역에서 출발하는 기차가 있어."

"잘됐군. 왓슨, 자네도 동행하는 것이 좋아. 앰벌리 씨에게 도움이나 충고가 필요할 수도 있지. 우리는 이번 사건의 중요한 전환점에 도달한 것이 확실해."

그러나 우리의 의뢰인은 출발하고 싶은 마음이 전혀 없는 듯 보였다.

"홈즈 씨, 이건 말도 안 되는 소리요. 이 남자가 사건과 무슨 관계가 있단 말이오? 괜히 시간에 돈 낭비까지 하게 될 거요." 그가 말했다.

"그가 아무것도 몰랐다면 당신에게 전보조차 칠 수 없었을 겁니다. 당장 출발한다고 전보를 치세요."

"꼭 가야 하는지 잘 모르겠소."

그가 완강히 거부하자 홈즈는 생각에 잠겼다.

"사건에 도움이 되는 단서를 당신이 쫓으려 하지 않는다면 경찰과 나는 당신에 대해 나쁜 인상을 갖게 될 거요. 우리는 당신이 이 사건에 적극 협조하지 않는다고 생각할 겁니다."

의뢰인은 홈즈의 말에 경악을 금치 못했다.

"당신이 그렇게 생각하신다면 가야겠지요. 겉으로는 그 목사가 뭘 안다는 것이 터무니없게 들리지만, 어쨌든 당신이 그렇게 생각한다면……."

"물론 당신이 당연히 가야 한다고 생각합니다." 홈즈는 강경하게 말했다. 그래서 노인과 나는 여행길에 올랐다. 우리가 방을 떠나기 전 홈즈는 나를 따로 불렀다. 그리고 내게 그가 이번 여행을 얼마나 중요하게 생각하는지 다시 강조했다. "무슨 방법을 쓰든 그가 출발하도록 해. 그가 도중에 마음이 변해서 가지 않거나 되돌아오면, 가장 가까운 전화국에 가서 하숙집으로 전화해 주게. '도망갔다'라고 한 단어로. 그럼 그 전화가 어떻게든 내게 전달될 수 있도록 여기서 손을 써 놓겠어."

리틀 펄링턴은 찾아가기 쉬운 곳이 아니었다. 우리는 기차를 도중에 갈아타야 했다. 그리고 그 여행은 그닥 즐겁지 못했다. 날씨는 찌는 듯이 더웠고, 기차는 느리게 움직였으며, 동반자는 잔뜩 찌푸린 채 말을 거의 하지 않았다. 그는 이따금씩 우리의 여행이 별 소득이 없을 것이라며 투덜댔다. 마침내 역에 도착한 뒤, 흔들리는 마차를 타고 2마일이나 달린 끝에 목사관에 도착했다. 근엄하고 점잖을 빼는 듯 보이는 목사가 서재에서 우리를 맞았다. 우리가 보낸 전보가 그 앞에 놓여 있었다.

"무엇을 도와 드릴까요?"

"우리는 당신이 보낸 전보를 받고 여기에 왔습니다." 내가 설명했다.

"내가 보낸 전보라고요! 그럴 리가요. 나는 당신들에게 전보를 보낸 적이 없소."

"조사이아 앰벌리 씨에게 보낸 도주한 아내와 돈에 대해 알고 있다는 내용의 전보를 말하는 겁니다."

"만약 농담이시라면 정말 수상하군요. 당신이 말하는 사람에 대해 들어 본 적도 없고 전보를 보낸 적은 더더욱 없소." 목사가 화가 나서 말했다.

나와 앰벌리 노인은 너무 놀라서 서로 쳐다보았다.

"아마도 무슨 착오가 있었던 것 같습니다. 혹시 이 지역에 교구가 두 곳이 있는 것은 아닙니까? 여기 이 전보를 보세요. '목사관에서 엘먼'이라고 쓰여 있지 않습니까?" 내가 말했다.

"이곳에 목사관도, 목사도 나 하나뿐이오. 나를 중상모략하려는 가짜 전보가 틀림없소. 누가 이런 짓을 했는지 경찰이 반드시 밝혀야 할 것이오. 어쨌든 나는 더 이상 당신들과 대면할

이유가 없소."

결국 앰벌리 노인과 나는 다시 길을 나섰다. 이 마을은 영국에서 가장 낙후된 곳처럼 보였다. 홈즈에게 전화를 하기 위해 전신국으로 갔지만[34] 이미 문이 닫혀 있었다. 결국 작은 여관인 '레일웨이 암즈'에 전화기가 있어서, 간신히 그곳에 도착해 홈즈와 연락할 수 있었다. 홈즈는 내 말을 듣고 깜짝 놀랐다.

"정말 이상한 일이군!" 수화기를 통해 홈즈의 목소리가 희미하게 들렸다. "왓슨, 더 기가 막힌 사실은 오늘 밤 안으로 돌아오는 기차가 없을 거야. 내가 본의 아니게 자네를 시골 여관에서 끔찍한 밤을 보내게 만들었어. 그러나 멋진 자연 풍경을 즐길 수 있겠지? 물론 앰벌리 씨와 함께 말일세. 둘이서 서로 심금을 터놓고 얘기나 나누게."

전화를 끊으면서 쿡쿡 웃는 소리가 전화기를 통해 들려왔다.

얼마 지나지 않아 앰벌리 노인이 구두쇠라는 세간의 평을 직접 확인할 수 있었다. 그는 여행 경비로 계속 툴툴거렸고, 기차는 3등칸에 타자고 주장했다. 결국 여관 숙박 영수증을 보고는 수긍할 수 없다며 분통을 터뜨리기도 했다. 다음 날 아침 마침

---

34) 홈즈에게 전화는 새로운 장난감 같은 존재였던 듯싶다.

내 런던에 도착했을 때, 누구랄 것도 없이 우리 둘 다 기분이 최악이었다.

"지나는 길에 베이커 가에 들르는 것이 어떨까요? 홈즈가 새로운 지침을 줄 겁니다." 내가 말했다.

"그의 먼저 충고를 생각하면 그가 또 별 소용도 없는 정보를 주지나 않을지 모르겠소." 앰벌리 노인이 악의에 차서 으르렁거렸다. 그러나 그는 결국 나와 동행했다. 나는 이미 홈즈에게 전보로 우리가 도착할 시간을 알렸다. 그런데도 하숙에서 우리를 기다린 것은 홈즈가 아니라 책상 위에 놓인 메모였다. 그는 루이셤에 있고 우리가 그곳으로 오기를 바란다는 내용이었다. 앰벌리 노인의 저택에 도착했을 때 우리가 만난 사람은 홈즈뿐만이 아니었다. 엄격한 표정의 무뚝뚝해 보이는 남자가 홈즈 곁에 서 있었는데, 그는 놀랍게도 회색 안경에 프리메이슨 넥타이핀을 꽂고 있었다.

"내 친구 바커를 소개하지요. 바커는 개인적으로 당신 사건에 흥미를 갖고 나와는 별도로 사건을 조사했지요. 조사이아 앰벌리 씨, 그러던 중 우리 둘 다 같은 질문에서 막혀 버렸습니다." 홈즈가 말했다.

앰벌리 씨는 얼어붙은 듯이 앉아 있었다. 다가오는 위험을 감지한 것이다. 그의 긴장된 두 눈과 경련이 이는 얼굴을 보고 느낄 수 있었다.

"알고 싶은 것이 무엇이오, 홈즈 씨?"

"단 하나요. 도대체 시체들을 어디에 숨겼소?"

노인은 목쉰 비명을 지르며 벌떡 일어섰다. 그는 뼈가 불거진 손으로 허공을 움켜쥐려는 듯 바동거렸다. 그 순간 그는 마

치 사나운 한 마리의 굶주린 매처럼 무시무시해 보였다. 순간 우리는 조사이아 앰벌리의 정체를 보았다. 그는 몸만큼이나 영혼이 뒤틀린 기형적인 악마였다. 마침내 그가 다시 의자에 털썩 주저앉으면서 터져 나오는 기침을 참으려는 듯 손으로 입을 막았다. 순간 홈즈는 호랑이처럼 잽싸게 몸을 날려 그의 목을 잡고 얼굴을 바닥에 처넣었다. 그의 헉헉거리는 입술 사이로 하얀 알약이 하나 떨어졌다.

"도망칠 길은 없소. 조사이아 앰벌리, 우리는 항상 일을 깔끔하고 정확하게 처리하지. 그렇지 않은가, 바커?"

"마차를 밖에 대기시켜 놓았소." 우리의 과묵한 동행인이 말했다.

"여기서 역까지는 100야드밖에 안 돼. 바커, 자네는 나와 함께 가세. 왓슨, 자네는 여기에 남아 있어. 30분 안으로 돌아오겠네."

그 늙은 물감 장수의 몸에서 솟구치는 힘은 사자처럼 대단했다. 그러나 범인 체포에 숙달된 두 장정의 손아귀에서 벗어날 수는 없었다. 몸부림치고 사지를 뒤틀었지만 결국 대기 중이던 마차로 질질 끌려갔다. 나는 그 불길한 집에서 외롭게 홈즈를 기다렸다. 잠시 후 홈즈는 예상보다 빨리 젊고 영리해 보이는 경찰 수사관과 함께 돌아왔다.

"바커에게 서류상의 절차를 맡기고 돌아왔어. 왓슨, 자네는 그 전에 바커를 만난 적이 없었지. 그는 '서리 해변 사건'에서 나의 철저한 경쟁자였어. 자네가 키가 크고 검은 남자를 보았다고 했을 때 그를 떠올리기 어렵지 않더군. 그가 공을 세운 사건이 몇 가지 있지. 그렇지 않소, 경감?"

"그는 확실히 몇몇 사건에서 우리를 훼방 놓곤 했지요." 경감이 근엄한 표정으로 대답했다.

"그가 사건을 해결하는 방법은 확실히 일반적이지 않아. 나처럼 말이야. 물론 정상적이지 않은 수사 방식이 통할 때가 있어. 예를 들면 경찰들은 그 노인에게 그가 진술하는 모든 것은 그에게 불리하게 이용될 수 있다는 경고를 의무적으로 해야 해. 하지만 그래 갖고는 경찰들이 이 악랄한 악당에게 아무리 허풍을 떨어 봐야 범죄 사실에 대한 자백을 받아 낼 수 없을 거야."

"아마도 그랬겠지요. 그러나 결국 우리도 자백을 받아 냈을 겁니다. 홈즈 씨, 이 사건에 대해 우리가 아무런 견해가 없다고는 생각하지 마세요. 그리고 우리의 수사망에 그 노인이 걸려들지 않았을 것이라고도 말입니다. 당신이 우리로선 쓸 수 없는 방법으로 성급하게 끼어들어 사건 해결의 공을 가로챈 것 같아 착잡한 기분이 든다는 것만 알아주세요."

"맥키논 경감, 그런 강도짓은 하지 않을 테니 염려 마시오. 지금부터 나는 표면적으론 이 사건에서 빠지겠소. 그리고 바커는 내가 그에게 일러 준 것 말고는 한 일이 없어요."

경감은 눈에 띨 정도로 안심하는 듯했다.

"정말 훌륭하십니다, 홈즈 씨. 칭찬이나 비난이 당신에게는 별것 아니겠지만 우리는 다릅니다. 특히 언론들이 득달같이 달려들어 질문을 퍼부을 때면 말입니다."

"이번에도 기자들이 질문 공세를 펼 텐데, 그에 대한 답을 미리 갖고 있어야 하지 않겠소? 예를 들면 똑똑하고도 야심 찬 기자가 당신에게 언제부터 그 노인을 의심했으며, 또 진실에 대한 확신을 갖게 되었는지 묻는다면 어떻게 대답하겠소?"

홈즈의 말을 듣고 수사관은 어리둥절해했다.

"홈즈 씨, 우리는 아직 사건의 실체에 접근하지 못했습니다. 당신 말대로 범인은 세 명의 목격자들 앞에서 자살을 시도함으로써 아내와 그 애인을 살해했다고 자백한 것이나 마찬가지입니다. 당신은 그 밖에 어떤 사실을 알고 계십니까?"

"이 사건을 조사하기 위해 구성된 경찰 팀이 있소?"

"지금 조사 중인 경관이 세 명 있습니다."

"그럼 오래지 않아 명백한 진실을 알게 될 것이오. 시체를 먼 곳에 은닉했을 리 없소. 지하실과 정원을 조사하세요. 또 깊이 파묻지도 않았을 거요. 이 집은 상수도관만큼이나 낡았소. 아마 어딘가에 폐기한 우물이 반드시 있을 것이오. 그곳을 조사하세요."

"도대체 그것을 어떻게 알았습니까? 그리고 무슨 일이 있었지요?"

"먼저 어떤 일이 벌어졌는지 말하지요. 그런 다음 당신이 할 일을 설명하겠소. 이번 사건 내내 오랫동안 고생하면서 놀라운 일을 해낸 이 친구에게도 말이오. 그러나 먼저 우리는 이 노인의 정신 상태를 곰곰이 생각해 보아야 합니다. 그는 정말 특이한 사람이오. 너무나 특이해서 그를 교수대로 보내느니 차라리 정신병원에 보내는 편이 나을 듯싶소. 그의 정신 상태는 현대를 사는 영국인보다는 중세 이탈리아인과 같소.

그는 끔찍한 구두쇠에 너무도 쩨쩨해서 아내를 비참하게 만들었소. 앰벌리 부인은 아마도 그 의사가 아니라 어떤 남자와도 사랑의 덫에 걸릴 준비가 되어 있었을 것이오. 그러다가 체스를 좋아하는 그 의사가 걸려들었지.

앰벌리 씨는 체스를 잘 두었는데 그건 그가 치밀한 계획을 잘 세우는 성격이기 때문이오. 어쨌든 구두쇠들이 다 그러하듯이 그도 질투심이 많았는데, 두 사람에 대한 질투에 눈이 멀어 미치광이가 되었지. 그들이 서로 눈이 맞았든 아니면 노인의 착각이든 그는 두 사람 사이를 의심하고 복수를 결심하게 되었소. 그리고 몸서리칠 정도로 잔혹하고 영리한 계획을 세웠지. 이리 와 보시오!"

홈즈는 자신의 집처럼 우리를 복도로 안내했고 열린 금고실 앞에서 멈추었다.

"아, 페인트 냄새가 정말 지독하군요!" 경감이 소리쳤다.

"우리의 첫 번째 단서요. 당신들은 이 페인트의 의미를 추리하지 못했지만 주의 깊게 관찰한 왓슨에게 감사해야 할 거요. 그가 관찰한 덕에 내가 이 사건에 발을 들여놓았으니까 말이오.

왜 그가 그런 시점에서 집을 지독한 냄새로 채워야만 했을까? 분명히 감추고 싶은 다른 냄새가 있었기 때문일 거요. 미심쩍은 범죄의 냄새가 나는걸. 그리고 강철 문과 셔터까지 있는 금고실로 생각을 돌려 보았소. 이 단단하게 밀폐된 방 말이오.

이 두 가지 단서를 종합해 보면, 어떤 사실을 알 수 있을까? 난 이 집을 조사해야겠다고 결심했소. 그리고 헤이마켓 극장에 좌석표에 대해 문의했을 때, 이미 심상치 않은 사건임을 깨달았소. 왓슨이 기억한 좌석표 번호를 가지고 조사해 보니, 그날 밤 B30번이나 32번 좌석은 손님이 없었다고 했소. 그러니 앰벌리 씨가 그날 밤 극장에 간 것은 명백한 거짓말이었고, 그의 알리바이는 더 이상 소용없게 된 것이오. 노인은 내 민첩하고 명민한 친구에게 부인의 극장표를 보여 주는 실수를 저지르고 말았소.

이제 문제는 내가 어떻게 이 집을 둘러볼 수 있느냐 하는 거였소. 엘먼 목사라는 가상의 인물을 만들어 그를 내가 아는 한 가장 먼 마을로 보냈소. 그리고 하루 만에 런던으로 돌아올 수 없는 시간대에 앰벌리 씨를 출발시켰지. 혹시 일이 잘못되는 것을 막으려고 왓슨에게 동행토록 만반의 준비를 했지요. 물론 내 인명록에서 찾은 적당한 목사 이름을 언급했지요. 어떻소, 이제 확실히 알겠소?" 홈즈가 말했다.

"더 이상 분명할 수는 없습니다." 경감이 존경에 찬 목소리로 말했다.

"나는 앰벌리 씨의 저택에 들어가는 데 어떤 장애물도 없다고 판단했소. 사실 가택침입은 내 특기 중 하나라서 직업으로 삼아도 될 정도요. 워낙 간단해서 앞 현관문으로 들어가도 아무 문제가 없으리라 생각했소. 그리고 내가 무엇을 발견했는지 보시오.

벽 밑 가장자리를 따라 가스관이 있었소. 정말 훌륭했지. 벽이 꺾이면 가스관도 따라서 구부러지고, 또 그 구석진 곳엔 개폐 스위치가 있었소. 게다가 가스관은 금고실을 따라 들어가 안쪽 천장 중앙에서 끝났소. 물론 장식품으로 가리고 회칠해 놓았지만 말이오. 그리고 끝은 환하게 열려 있었소. 언제라도 밖에서 가스를 틀면 그 방은 가스로 꽉 찰 수밖에 없었지. 만약 누군가 나를 금고실에 가두고 강철 문과 셔터를 닫은 후 가스를 튼다면 몇 분이 되지 않아 의식을 잃었을 것이오. 그가 파놓은 악랄한 함정에 그들이 어떻게 걸려들었는지 모르지만 일단 금고실 안으로 들어간 이상 그들 목숨은 노인의 손에 달려 있었겠지요."

경감은 가스관을 흥미롭게 관찰했다. "수사관 한 명이 가스 냄새가 나는 것 같다고 했습니다. 그러나 그 당시는 방문과 창문이 모두 열려 있었고 페인트도 어느 정도 칠해져 있었습니다. 앰벌리 씨의 말에 따르면 전날 페인트칠을 했다고 했습니다. 그럼 그다음은 어떻게 되었습니까, 홈즈 씨?"

"그런데 예기치 못한 일이 벌어졌소. 내가 이른 새벽에 식료품 저장소 창문을 넘고 있는데 누군가 내 목덜미를 덜컥 붙잡았소. 그러면서 '이 불한당 같은 놈아, 여기서 뭘 하는 거야?' 하고 말하더군요. 고개를 돌리니 회색 안경 너머로 친구이자 경쟁자인 바커가 나를 쳐다보고 있었소. 너무나 기가 막힌 만남이라 우리 둘 다 빙그레 웃고 말았소. 의사 어니스트 가족이 그에게 조사를 의뢰한 것 같았소.

　마침내 우리는 이 사건을 노인의 추잡한 연극이라고 결론 내렸죠. 그는 꽤 여러 날 그 저택을 감시했다고 하더군요. 그런데 그 집을 방문한 왓슨을 보고 수상쩍은 인물로 지목하게 되었소. 그는 증거가 없어서 왓슨을 체포할 수 없었다고 하오. 그런데 드디어 어떤 남자가 식료품 저장소 창문을 넘는 것을 포착하고 인내심의 한계에 도달했지. 물론 우리는 이 도주 사건의 문제점에 대해 의논했고 공동으로 이 사건을 해결하기로 했소."

　"왜 하필 바커 씨하고 말입니까? 우리 경찰에게 협조를 요청할 수도 있지 않았습니까?"

　"사실을 확인하기 위해서는 어느 정도 앰벌리 씨를 시험할 필요가 있다고 생각했으니까요. 그리고 그 결과는 감탄스러울 정도였소. 그런데 경찰들은 그렇게까지 하지 못할 거라는 의심이 들었소."

　경감이 웃었다.

　"아마도 그랬겠지요. 어쨌든 홈즈 씨, 이제부터는 이 사건에서 손 떼고 당신이 알고 있는 모든 정보를 넘긴다고 약속하신 것으로 아는데요?"

　"물론이오. 그것이 내 오랜 방식이오."

"어쨌든 경찰을 대표해 당신에게 감사드립니다. 당신 말대로 이제 모든 것이 확실해졌으니 시체를 찾는 데도 큰 어려움이 없을 것 같습니다."

"당신에게 약간의 증거를 보여 드리겠소. 앰벌리 씨는 그것을 발견하지 못한 것 같소. 경감, 우선 당신이 약간의 상상력을 동원한다면 쉽게 알 수 있을 것이오. 항상 다른 사람의 입장이 되어 당신이라면 어떻게 했을까 생각해 보시오. 물론 약간의 상상력이 필요하지만 그만큼 보상받게 될 거요.

자, 우리 모두 지금부터 생각해 봅시다. 만약 우리가 작은 방에 갇혀 몇 분 안에 죽을 것이 확실하다면, 그리고 지금 이 방문 밖에서 비웃고 있는 저 교활한 노인에게 복수하고 싶다면 어떻게 하겠소?" 홈즈가 말했다.

"메모를 남기겠습니다."

"바로 그것이오. 사람들에게 어떻게 살해되었는지 알리고 싶겠지. 물론 종이로 남길 수는 없겠지요, 노인이 발견할 테니까. 그러나 만약 벽에 쓰면 누군가 보지 않겠소? 옳지! 여기 있군! 바로 벽 밑 테두리에 자주색 색연필로 갈겨쓴 것이 있군. '우리는 사……' 이게 전부로군."

"그것이 무엇을 뜻합니까?"

"바닥에서 그리 떨어지지 않는 곳에 쓰여 있군요. 불쌍한 의사가 죽어가면서 썼을 거요. 그리고 미처 다 쓰기도 전에 의식을 잃었군요."

"그렇다면 '우리는 살해당했다'라고 쓰려 했겠군요."

"그렇게 보입니다. 만약 시체에서 펜을 찾을 수만 있다면……."

"찾게 될 겁니다. 하지만 도둑맞은 유가증권들은 어떻게 되었지요? 분명히 절도는 일어나지 않았을 텐데요. 앰벌리 씨가 어딘가에 숨겨 놓은 것이 분명합니다. 그건 증명할 수 있습니다."

"그 노인이 안전한 장소에 숨겨 둔 것이 확실하지요. 이 떠들썩한 치정 사건이 과거로 묻힐 때쯤 그는 갑자기 증서들을 찾았다고 할 생각이겠지요. 도주한 남녀의 마음이 누그러져 노인에게 돌려보냈다거나 도망가다가 떨어뜨렸다는 식으로 말이오."

"홈즈 씨, 모든 의문점을 한 치의 의혹도 없이 탁월하게 풀어 주시는군요. 그런데 앰벌리 씨가 우리에게 신고한 것은 당연한 수순이지만 왜 스스로 당신에게까지 갔는지 이해가 되지 않는군요." 경감이 말했다.

"순전히 자만심 때문이지요! 그는 자신이 너무 똑똑하다고 생각해서 완전범죄를 확신했을 것이오. 아마도 의심하는 이웃

들에게 이렇게 말하려 했겠지요. '내가 밟은 순서를 보라고. 난 경찰에 수사를 요청했을 뿐 아니라 심지어 셜록 홈즈에게도 이 사건을 의뢰했어. 내가 결백하지 않다면 어떻게 그럴 수 있겠나?'"

경감이 웃음을 터뜨렸다.

"'심지어 셜록 홈즈에게도……'라며 우리 경찰력을 무시하는 말씀을 하신 것은 용서해 드리지요. 제가 알고 있는 한 정말 대단한 추리였습니다." 경감이 말했다.

며칠 후 내 친구가 격주로 발행되는 〈노스 서리 옵저버〉를 내게 건네주었다. 나는 '안식처 저택의 공포'로 시작해 '빛나는 경찰의 조사'라고 맺은 머리말이 눈에 띄는 특집 기사를 볼 수 있었다. 특집 기사는 여러 칼럼에 걸쳐 이 사건의 내용을 실었다. 그러나 결론은 항상 다른 때와 같았다. 기사 내용을 살펴보면 다음과 같다.

수사관 맥키논의 비범한 판단력은 페인트 냄새에 다른 냄새, 예를 들면 가스 냄새를 숨기려 했다는 사실을 추리해 냈다. 또 금고실이 범행 장소였다는 대담한 추리와 연이은 조사로 폐기된 우물에서 두 구의 시체를 찾아냈다. 그 우물은 용의주도하게도 개집 밑에 숨겨져 있었다. 이 사건은 우리 경찰력의 높은 지적 수준을 보여 주는 탁월한 예가 될 것이며 범죄 역사에 길이 남을 것이다.

"오, 맥키논은 정말 좋은 친구야." 홈즈는 웃음을 참으며 말했다. "왓슨, 이 사건을 우리의 문서에 기록해 두게. 언젠가 진실은 밝혀지기 마련이니까."

---

35) 본 원고는 1951년 아베이 하우스에서 열린 셜록 홈즈 전람회 때 진 코난 도일이 대여해 주었다. 현재도 도일 재단이 소장하고 있을 것이다.

쇼스컴 올드 플레이스

1902년 5월 6일(화)~5월 7일(수)

Shoscombe Old Place

 셜록 홈즈는 오랫동안 허리를 굽힌 채 저배율 현미경을 주시했다. 마침내 고개를 든 홈즈는 만족스러운 표정으로 나를 보았다.

 "아교야, 왓슨. 의심의 여지없이 아교가 확실해. 자네도 여기에 흩어져 있는 모양을 봐."

 나는 몸을 굽혀 현미경의 접안렌즈에 눈을 대고 초점을 맞추어 그것을 보았다.

 "분명 트위드 코트에서 나온 실이야. 그리고 여기저기에서 보이는 회색 뭉치들은 먼지야. 왼쪽에는 상피세포가 있지. 중앙에 보이는 갈색 덩어리들은 아교가 확실해."[36]

 "글쎄, 자네 말이 맞는다고 해. 이것이 무슨 관계가 있지?" 나는 웃으며 말했다.

"아주 멋진 증명 실험이지.

자네 세인트 판크라스[37] 사건 때 죽은 경관 옆에서 발견된 모자를 기억하나? 피의자는 그 모자가 자기 게 아니라고 했지만

---

36) 확실히 그것이 아교인지도 모른다. 그러나 이와 같은 방법으로는 홈즈든 다른 사람이든 아교라는 감정은 할 수 없다. 아교는 형태가 없는 불순한 젤라틴으로, 어떠한 형태나 크기도 될 수 있지만 화학적인 방법만으로 확실한 감정을 할 수 있다. 현미경으로 보아도 로진이나 셀락같은 비슷한 물질과 구별되지 않는다.

37) 런던의 특별구. 200년 전까지 이곳에 광천수가 나와서 많은 사람들이 모여들었다. 소화불량 환자, 나병, 괴혈병, 암에 걸린 사람들도 와서 치료했다.

그는 아교를 많이 사용하는 액자 제작자였어."

"그 사건도 자네가 맡았나?"

"아니, 스코틀랜드 야드의 메리베일이 수사를 도와 달라고 부탁하더군. 내가 얼마 전에 소매 솔기에서 아연과 구리를 발견해 화폐를 위조한 범인을 잡은 이후로 경찰에서는 현미경의 중요성을 인식하고 있지." 홈즈는 조급한 듯 시계를 보았다. "의뢰인이 오기로 했는데 벌써 약속 시간이 지났군. 그건 그렇고, 왓슨. 자네 혹시 경마에 대해 아는 거 있나?"

"경마에 상이연금의 반을 투자하고 있는데 모를 리가 있겠나?"

"그렇다면 자네가 내 경마 안내인이 되어 줘. 로버트 노버튼 경이라는 이름을 들어 봤나? 혹시 로버트 경에 대해 아는 게 있나?"[38]

"쇼스컴 올드 플레이스에 사는 로버트 경 말인가. 그분이라면 잘 알지. 전에 내 여름 별장이 그 저택 근처에 있었거든. 언젠가 로버트 경이 경찰 수사를 받을 뻔한 적이 있었어."

---

38) '실버 블레이즈'를 보면 홈즈는 경마에 대해 잘 알고 있는 것 같은데, 여기에서는 '왕의 스포츠'에 대한 흥미가 전혀 없는 듯하다. 반대로 왓슨은 1890년, 즉 웨식스 컵 레이스 때 경마에 대해서 전혀 몰랐는데도 지금은 자신이 경마광이라는 사실을 인정할 정도가 되었다.

"어쩌다가?"

"커즌 가의 유명한 고리대금업자 샘 브루어를 뉴마킷 히스[39]에서 말채찍으로 호되게 때렸거든. 거의 죽일 뻔했다던데."

"그래? 재미있군. 로버트 경 성질이 원래 그래?"

"다들 그를 위험한 사람이라고 하지. 아마 영국에서 경마를 제일 무모하게 즐기는 사람일 거야. 실제로 몇 년 전 그랜드 내셔널 대회에서는 2등을 차지했어. 그 가문에서 제일 도가 지나친 사람 중 하나로 꼽히지. 젊었을 때는 멋쟁이로 꽤 유명했어. 권투 선수, 육상 선수, 경마 기수에 여자들도 잘 유혹했다니까. 쿼어 가에서 아무나 붙잡고 물어봐도 모르는 사람이 없을 거야."

"그래? 잘 알고 있군. 어떤 사람인지 알 만해. 그럼 이젠 쇼스컴 올드 플레이스에 대해서 얘기해 줘."

"쇼스컴 공원 중앙에 있고 유명한 종마 사육장과 조교장이 있는 곳. 그 정도 알고 있어."

"그 훈련장 수석 조련사는 존 메이슨이지. 내가 수석 조련사의 이름을 안다고 해서 그렇게 놀랄 건 없어, 왓슨. 지금 내가

---

[39] 케임브리지 주에 있는 유명한 경마장.

들고 있는 편지가 바로 그 수석 조련사에게서 온 것이거든. 우선 쇼스컴에 대해서 좀 더 이야기해 봐. 슬슬 사건이 재미있어지는걸."

"쇼스컴 스패니얼이라는 개가 있어. 모든 대회에 나오는 개로, 영국에서 가장 순수한 혈통을 지키고 있는 종이야. 쇼스컴 올드 플레이스의 여주인은 그 개에 대한 자부심이 대단하다던데." 내가 말했다.

"로버트 노버튼 경의 부인 말인가?"

"로버트 경은 결혼한 적이 없어. 결혼할 사람이 아니거든. 지금 로버트 경은 홀로 된 누이 비아트리스 폴더 부인과 함께 살고 있어."

"폴더 부인이 로버트 경에게 얹혀사나?"

"아니, 그 반대야. 그 저택은 작고한 부인의 남편 제임스 경의 소유라서 노버튼 집안 사람은 그 집에 대한 권리가 없어. 폴더 부인도 살아 있는 동안만 영지에서 나오는 소작료를 받을 수 있지. 부인이 죽으면 제임스 경의 형제에게 집이 상속돼. 폴더 부인은 현재 매년 영지에서 나오는 소작료를 유일한 수입원으로 생활하고 있어."

"동생 로버트 경이 그 소작료를 쓰고 있나?"

"그렇다고 볼 수 있지. 로버트 경이 보통 고약한 사람이 아니라서 폴더 부인이 무척 고생할 것 같은데, 내가 들은 바로는 폴더 부인이 로버트 경에게 헌신적으로 잘해 준다고 하더군. 그런데 쇼스컴에 무슨 문제라도 생겼어?"

"나도 무슨 문제가 생겼는지 알고 싶어. 아, 무슨 문제인지 말해 줄 사람이 지금 도착했군."

문이 열리자 훤칠한 키에 깔끔하게 면도를 한 남자가 보이의 안내를 받아 우리 방으로 들어왔다. 그의 표정은 심각한 듯 굳어 있었다. 경마에 출전하는 거친 말이나 고용인들을 다루는 사람에게서나 볼 수 있는 근엄한 표정이었다. 실제로 수석 조련사 존 메이슨은 수하에 말과 고용인을 많이 거느리고 있는데, 이들을 대할 때 언제나 이렇게 무서운 표정을 지을 게 분명했다. 그는 침착하게 몸을 숙여 인사한 뒤 홈즈가 손으로 가리킨 의자에 앉았다.

"제 편지를 받으셨죠, 홈즈 씨?"

"예, 하지만 편지에는 별다른 설명이 없더군요."

"서면으로 자세한 부분을 설명하기에는 사건이 매우 까다로워서요. 복잡하기도 하고요. 제대로 설명하려면 직접 만나는 수밖에 없다고 생각했습니다."

"그렇다면 잘 오셨습니다, 메이슨 씨."

"먼저 말씀드리고 싶은 건, 저를 고용한 로버트 경이 미쳤다는 겁니다."

홈즈는 눈썹을 치켜떴다. "그게 문제라면 이곳 베이커 가가 아닌 일류 의사들이 사는 할리 가로 가셔야죠. 어쨌든 왜 그렇게 생각하십니까?"

"어떤 사람이 한두 가지 이상한 짓을 한다면 혹시 미친 게 아닌가 하는 생각이 들 수 있지요. 하지만 하는 짓이 모두 이상하다면 정말 미친 사람이라는 확신이 들기 마련입니다. 저는 쇼스컴 프린스와 더비 때문에 로버트 경이 미쳤다고 생각합니다."

"경마에 출전시키려고 당신이 훈련하고 있는 망아지 말씀입니까?"

"영국 최고의 말입니다, 홈즈 씨. 누구보다 내가 잘 알고 있습니다. 그럼 지금부터 왜 홈즈 씨를 찾게 되었는지 설명하겠습니다. 당신은 존경할 만한 신사 분이니 제 이야기를 외부로 누설하지 않으시리라 믿고 말하겠습니다.

로버트 경은 이번 더비에서 반드시 승리해야만 하는 처지에 있습니다. 최후의 궁지에 몰린 상태에서 이번 더비 경마가 마지막 기회이기 때문입니다. 로버트 경은 모은 돈, 빌린 돈 할 것 없이 모두 쇼스컴 프린스에게 걸었습니다. 그가 빌린 돈이, 49파운드를 빌렸어도 갚을 때는 100파운드를 내야 하는 엄청난 고리대금입니다."

"하지만 '쇼스컴 프린스'의 실력이 정말 뛰어나다면 어떻게 되는 겁니까?"

"얼마나 좋은 말인지 대부분의 사람들은 모릅니다. 로버트 경은 경마꾼으로 보통 영리한 사람이 아닙니다. 주인은 프린스의 배다른 형제 말을 준비해서 이를 교묘하게 이용하고 있지요. 겉으로 봐서 두 말을 구분할 수 있는 사람은 거의 없습니다. 하지만 두 말을 함께 질주시켜 보면 금방 알 수 있지요.

로버트 경의 머릿속에는 경마와 말 외에는 아무것도 없습니다. 인생 전부를 경마에 걸었으니까요. 이번 경마가 끝나면 빚쟁이들의 독촉이 시작될 텐데, 이런 상황에서 만약 '프린스'가 진다면 주인의 인생은 완전히 끝나는 겁니다."

"들어 보니 사활을 건 도박이군요. 그건 그렇고 왜 로버트 경이 미쳤다는 겁니까?"

"주인을 만나 보면 금방 알 수 있습니다. 주인은 밤에도 잠을 자지 않습니다. 거기다 하루 내내 마구간에서만 보냅니다. 경마에 신경이 완전히 쏠린 나머지 눈도 미친 사람의 눈빛이 되었습니다. 또 폴더 부인을 대하는 태도만 봐도 제정신이 아니라는 것을 알 수 있습니다."

"어떻게 대하는데요?"

"두 분은 가장 좋은 친구였습니다. 취미까지 똑같아서 부인도 로버트 경 못지않게 경마를 좋아했습니다. 부인은 매일 같은 시간에 말을 보기 위해 외출합니다. 무엇보다 쇼스컴 프린스에 푹 빠져 있고요. 자갈밭을 굴러 오는 부인의 마차 바퀴 소리만 들어도 프린스가 이를 알아채고 귀를 쫑긋 세울 정도니까요. 또 매일 아침 프린스는 부인이 주는 각설탕을 먹으려고 부인의 마차로 다가가기도 했습니다. 지금은 끝난 일이지만."

"왜죠?"

"글쎄요, 폴더 부인이 경마에 흥미를 완전히 잃은 듯싶어요. 예전에는 마구간을 지날 때 '좋은 아침!'이라고 인사했는데, 최근 일주일 동안은 마구간을 지날 때 그런 인사를 하시는 걸 본 적이 없어요."

"두 분 사이에 다툼이 있었다면서요?"

"다툼 정도가 아니었죠. 아주 심하게 싸우셨죠. 그렇지 않다면 부인이 자식처럼 아끼고 사랑하는 애완견 스패니얼을 로버트 경이 갖다 버릴 이유가 없지요.

며칠 전 로버트 경은 그린 드래건의 주인 반스에게 부인의 애완견을 주었습니다. 그린 드래건은 여기서 3마일쯤 떨어진 크렌달에 있는 여관입니다."

"확실히 평소와는 다른 이상한 일이군요."

"그럼요. 부인은 심장도 약하고 지병으로 수종증[40]을 앓고 있어서 외출이 자유롭지 못합니다. 그래서 로버트 경은 저녁마다 두 시간씩 부인의 방에서 함께 시간을 보냈지요. 로버트 경에게는 부인만 한 친구도 없어서 부인을 위해서라면 무엇이든 마다하지 않았지요. 하지만 이제는 모든 게 끝났어요. 지금 로버트 경은 폴더 부인 근처에 얼씬도 하지 않아요. 부인이 얼마나 서러워하는지 모릅니다. 요즘 부인은 정신 나간 사람처럼 매일 술만 마시고 있어요. 술을 얼마나 많이 마시는지 홈즈 씨는 상상도 하지 못할 거예요."

"두 분 사이가 틀어지기 전에도 부인이 술을 마신 적이 있습니까?"

"한두 잔씩 마시기도 했지요. 하지만 지금은 하루 저녁에 한 병을 다 마신 적도 있어요. 저택 집사 스티븐스가 저에게 이렇게 말하더군요. '모든 게 변했다, 뭔가 끔찍한 일이 벌어지고 있다. 주인님이 저 낡은 교회 지하실에서 밤마다 무엇을 하시는지 모르겠다, 교회 납골당에서 주인님이 만나는 사람이 도대체 누구냐?'고 말이에요."

---

40) 신체 조직의 틈 사이에 조직액이 괴는 병.

홈즈는 손을 비볐다.

"계속하세요, 메이슨 씨. 사건이 점점 더 흥미롭게 진행되는군요."

"집사 스티븐스가 로버트 경이 밤에 외출하는 걸 봤다는 겁니다. 비가 억수같이 내리던 어느 날 밤 12시였다고 합니다. 그래서 다음 날 밤 제가 저택에 가서 지켜보았는데, 정말 로버트 경이 집을 나가더군요. 스티븐스와 저는 로버트 경을 따라갔지요. 로버트 경에게 들키지 않고 미행해야 했기에 상당히 힘들었어요. 주인은 일단 화가 나면 무시무시한 사람으로 돌변하니까요. 사람이든 짐승이든 걸리면 큰일 나지요. 그래서 로버트 경 가까이 다가갈 수 없었어요. 하지만 다행히 어디로 가는지는 알 수 있었지요. 주인이 가는 곳은 유령이 나온다고 다들 꺼리는 교회 납골당이었어요. 그 납골당에서 한 남자가 로버트 경을 기다리고 있었어요."

"왜 유령이 나오는 납골당이라고 합니까?"

"쇼스컴 영지 안에는 너무 낡아서 폐허가 된 교회가 하나 있어요. 워낙 오래된 건물이라 아무도 고치려 들지 않죠. 특히 교회 납골당은 유령이 나온다는 소문이 퍼져 있고요. 낮에 가보면 그저 어둡고 습기 찬 지하실에 불과하지만, 납골당이기 때문에 밤에 그곳에 가겠다고 나서는 사람은 아마 한 사람도 없을 겁니다. 그런데 로버트 경만은 예외였어요. 로버트 경은 평생 무엇이든 무서워한 적이 없어요. 아무리 그래도 한밤중에 그곳에서 무얼 하는지 알 수 없어요."

"잠깐!" 홈즈가 말을 막았다. "납골당에 다른 남자가 있었다고 했는데, 그 사람은 로버트 경이 탄 마차를 몬 마부이거나 쇼스컴 저택 사람들 중 한 사람이 분명합니다. 당신은 그 사람이 누군지 확실하게 구분할 수 있었습니까? 저택 하인들 중에 의심이 가는 사람은 없습니까?"

"없어요."

"왜 없다고 생각하십니까?"

"홈즈 씨, 저는 그 사람 얼굴을 봤어요. 두 번째로 로버트 경을 따라가던 밤이었지요. 로버트 경이 갑자기 방향을 바꾸어 우리, 그러니까 저와 스티븐스를 지나쳐 갔어요. 그때 저희 두 사람은 덤불 속에 숨어 놀란 토끼처럼 벌벌 떨면서 숨을 죽이고 있었지요. 사실 그날 밤은 달빛이 환해서 거의 들킬 뻔했어요. 그때 뒤에서 로버트 경이 아닌 다른 남자의 목소리가 들렸어요. 우리는 그 남자까지 무서워할 필요는 없었기에 로버트 경이 지나간 뒤 몸을 일으켜 달빛 아래에서 산책하는 사람처럼 행동했지요. 그래서 우리를 지나쳐 가는 그 남자의 얼굴을 봤어요. 정말 태연하게 그 옆을 지나치면서 말도 걸었어요. 제가

'안녕하세요, 누구시더라?' 하고 물었죠. 우리 발소리를 듣지 못한 남자는 깜짝 놀라면서 지옥의 악마라도 쫓아오는 듯한 표정으로 뒤를 돌아보더군요. 그리고 고함을 지르며 어둠 속으로 미친 듯이 달려갔어요. 정말 어찌나 빨리 달려가던지…… 순식간에 우리 시야에서 사라졌고 발소리조차 들리지 않았지요. 그

렇게 해서 그가 누구인지, 거기서 무엇을 하고 있었는지 알아내지 못했죠."

"하지만 달빛에 비친 그 남자의 얼굴은 확실히 보았겠죠?"

"물론입니다. 그의 누런 얼굴, 꼭 비열한 개를 연상시키는 그 얼굴을 어떻게 잊을 수 있겠습니까? 로버트 경이 왜 그런 사람과 어울리는지 이해할 수 없어요."

홈즈는 자리에 앉아 잠시 생각에 잠겼다.

"폴더 부인을 옆에서 돌봐 드리는 사람이 있습니까?" 잠시 후 홈즈가 말했다.

"하녀 캐리 에반스가 있어요. 5년 동안 부인의 하녀로 지내고 있지요."

"아주 헌신적인 하녀인가 보군요?"

메이슨은 멈칫하며 대답을 망설였다.

"헌신적이라고 할 수 있지요. 하지만 누구에게 헌신적인지는 말씀드릴 수 없습니다."

"아, 그래요?"

"말씀드리기 곤란합니다."

"충분히 이해합니다, 메이슨 씨. 어떤 상황인지 알 만합니다. 여기 있는 제 친구 왓슨의 말에 의하면, 어떤 여자도 로버트 경 앞에서는 안전할 수 없다고 하더군요. 혹시 로버트 경과 폴더 부인이 다투게 된 원인이 그 하녀 때문이었다고 생각한 적은 없습니까?"

"글쎄요, 주인과 캐리 에반스 사이는 오래전부터 다들 알고 있는 사실이어서요."

"하지만 부인만 모를 수도 있지 않을까요? 만약 부인이 어느 날 갑자기 그 사실을 알았다고 가정해 봅시다. 부인은 분명 하녀를 쫓아내고 싶었겠지요. 하지만 로버트 경은 이를 반대할 겁니다. 부인은 심장도 약하고 건강도 좋지 않으니 자기 뜻대로 밀고 나갈 만한 능력이 없었을 테고요. 그러니 아무리 하녀가 보기 싫어도 계속 옆에 두어야만 했겠죠. 당연히 화가 난 부인은 말도 하지 않고 기분도 우울해져서 술만 마시고, 이를 노여워한 로버트 경이 부인이 아끼는 애완견을 멀리 보냈을 수도 있지 않습니까? 이런 경우도 충분히 있을 수 있지요?"

"그럴 수도 있겠군요. 현재까지의 상황으로 본다면."

"그렇습니다! 현재까지의 상황에서 말입니다. 그렇다면 그 일과 로버트 경이 밤마다 낡은 교회 납골당으로 찾아간 건 어떤 관계가 있을까요? 전혀 앞뒤가 맞지 않는데, 이해할 수 없군요."

"이해할 수 없는 일이 하나 더 있습니다. 로버트 경이 시체를 파낸 이유도 이해할 수 없습니다."

홈즈는 놀라 자리에서 벌떡 일어섰다.

"저희도 어제야 알았습니다. 당신에게 편지를 쓴 후의 일이지요. 어제는 로버트 경이 런던으로 가고 없었기 때문에 스티븐스와 저는 교회 납골당으로 갔지요. 지하실에 처음 들어섰을 때에는 별다른 특이한 점이 없다고 생각했는데, 한쪽 구석을 보니 사람 시체의 일부분이 있었어요."

"경찰에 신고했습니까?"

메이슨은 우울해 보이는 미소를 지었다.

"그게 말입니다, 경찰에 신고해 봐야 별 소용이 없다는 생각이 들었습니다. 사실 시체라고 해도 두개골과 미라에 가까운 뼛조각 몇 개뿐이었으니까요. 천 년은 지난 시체 같았어요. 이전에 그곳에 시체가 없었다는 것만은 확실합니다. 저도, 스티븐스도 확신합니다. 분명 누군가 시체를 지하실 구석까지 끌고 와서 판자로 덮어 놓은 겁니다. 전에 왔을 때에는 분명히 그곳에 아무것도 없었어요."

"시체를 본 후 어떻게 했습니까?"

"그대로 놔두고 납골당을 나왔어요."

"잘하셨군요. 조금 전에 로버트 경이 어제는 외출해서 집에 없다고 했는데, 지금은 돌아왔나요?"

"오늘 안으로 돌아오실 겁니다."

"로버트 경이 폴더 부인의 개를 남에게 준 것은 언제입니까?"

"오늘로 꼭 일주일 전입니다. 아침에 부인의 애완견이 우물가에서 짖고 있었는데, 그날 로버트 경은 기분이 좋지 않았던 모양입니다. 로버트 경은 개를 당장이라도 죽일 듯이 확 잡아들었어요. 그러더니 기수 샌디 바인에게 개를 주면서 그린 드래건의 주인 반스에게 가져다주라고 했어요. 두 번 다시 개를 보고 싶지 않다면서요."

홈즈는 잠시 아무 말 없이 앉아 생각에 잠겼다. 그는 가장 낡고 더러운 파이프[41]에 불을 붙였다.

오랜 침묵을 깨고 마침내 홈즈가 말했다. "메이슨 씨, 도대체 무슨 사건인지, 제가 무슨 문제를 해결해야 하는지 감을 잡을 수 없군요. 좀 더 명확하게 설명해 주실 수 없습니까?"

"아마 이 말씀을 드리면 명확한 설명이 될지도 모르겠군요."

메이슨은 주머니에서 종이 뭉치를 꺼내 조심스럽게 펼쳤다. 안에는 새까맣게 탄 뼛조각이 들어 있었다.

홈즈는 비상한 관심을 보이며 살펴보았다.

---

41) '입술이 비뚤어진 남자'에 나오는, 홈즈가 애용하는 브라이어 파이프.

"이걸 어디서 가져왔습니까?"

"폴더 부인의 방 밑 지하실에 중앙난방용 아궁이가 있어요. 오랫동안 아궁이에 불을 피운 적이 없었는데, 어느 날 로버트 경이 춥다고 하셔서 아궁이에 불을 지피기 시작했지요. 제가 고용한 하인이 아궁이에 불을 피우는 일을 맡았어요. 그런데 오늘 아침에 하인이 아궁이를 치우다가 발견했다면서 제게 이걸 가져왔어요. 하인은 이걸 쳐다보기도 싫어했지요."

"저 역시 별로 유쾌하지는 않군요. 자네는 어떻게 생각하나, 왓슨?"

뼛조각은 완전히 검게 그을려 있었지만, 해부학적으로 사람의 뼈라는 사실만은 확실히 알 수 있었다.

"이건 사람 대퇴골의 상부 관절구[42]야." 내가 대답했다.

"그래, 맞아!" 홈즈의 표정이 점점 진지하게 바뀌었다. "하비는 보통 언제 아궁이에 불을 피웠습니까?"

"매일 저녁 불을 피워 놓고 지하실을 나옵니다."

"그렇다면 밤중에 누군가 아궁이가 있는 지하실로 들어갔을 가능성이 있군요."

---

[42] "왓슨의 해부학 지식은 녹슨 듯싶다. 실제 이런 부분은 없다"고 새무얼 R. 미커 박사가 '의사 왓슨'에서 말했다.

"그렇습니다."

"외부에서 지하실로 들어갈 수 있습니까?"

"외부에서 지하실로 연결된 문이 하나 있어요. 또 다른 문이 있긴 하지만 그 문은 폴더 부인의 방을 지나는 계단을 거쳐야 납골당으로 들어갈 수 있어요."

"알 수 없는 어떤 음모가 있군요. 메이슨 씨, 알 수 없는 흉측한 무언가가 있어요. 그날 밤 로버트 경이 집에 없었다고 했죠?"

"그렇습니다."

"그렇다면 이 뼈를 태운 사람은 로버트 경이 아니겠군요."

"그렇지요."

"아까 폴더 부인의 개를 보낸 여관 이름이 뭐라고 했죠?"

"그린 드래건입니다."

"그린 드래건이 있는 버크셔 지방은 낚시하기에 좋습니까?"

메이슨은 주인 말고 또 다른 미치광이가 있다는 사실에 놀라는 표정이었다.

"냇가 근처에는 송어가 많고 홀 호수 근처에는 창꼬치가 많이 잡힌다고 들었습니다."

"그 정도면 충분합니다. 왓슨과 저는 낚시를 좋아하거든요. 그렇지, 왓슨? 이제부터는 제게 연락하실 때 그린 드래건으로 편지를 보내세요. 우리는 오늘 밤 안에 그곳에 도착할 겁니다. 직접 오실 필요는 없고 편지로 연락하시면 됩니다. 만약 일이 생기면 반드시 제가 찾아가도록 하겠습니다. 이 사건을 좀 더 자세히 조사한 후에 그 결과를 알려드리겠습니다."

쾌청한 5월의 어느 날 저녁, 홈즈와 나는 일급 마차를 타고 쇼스컴의 간이역으로 향했다. 우리는 선반 위에 낚싯대와 낚싯줄, 바구니 따위를 가득 올려놓았다. 잠시 후 목적지에 도착해서 오래된 여관에 들어갔다. 여관 주인 조사이아 반스는 호탕해 보이는 사람으로 우리가 근방의 물고기를 모두 낚을 수 있게 해 주겠다며 낚시 계획에 대해 신나게 이야기했다.

"홀 호수는 어떻습니까? 거기서 창꼬치를 잡을 수 있습니까?" 홈즈가 반스에게 물었다.

그러자 반스의 얼굴이 갑자기 굳었다.

"거기는 안 됩니다. 낚시는 고사하고 목숨이 위태로울 테니까요."

"왜죠?"

"로버트 경 때문입니다. 경마에 미친 사람이에요. 낯선 사람이 둘씩이나 훈련장 근처에 얼씬거리면 염탐꾼으로 몰아 당장에 죽이려고 달려들 겁니다."

"저도 그분이 더비에 출전할 말을 훈련시킨다는 얘기를 들은 적이 있습니다."

"예, 아주 좋은 말이지요. 저희들도 전부 그 말에 돈을 걸었어요. 로버트 경도 전부 돈을 걸어 놓았습니다. 그건 그런데……." 반스는 수상쩍은 눈으로 우리를 훑어보았다. "제가 보기에 두 분은 경마는 하시지 않을 것 같은데요."

"맞습니다. 우리는 단지 버크셔 주에서 낚시를 즐기고 싶어하는 외로운 런던 시민일 뿐입니다."

"그렇다면 제대로 찾아오셨습니다. 낚시꾼을 기다리는 물고기가 가득하니까요. 하지만 로버트 경에 대해서 한 말은 절대 잊지 마세요. 말보다 주먹이 앞서는 사람이니까요. 절대 훈련장 주변에는 얼씬도 하지 마세요."

"잘 알았습니다, 반스 씨. 말씀대로 하지요. 그런데 현관에 보니 아주 멋진 스패니얼 한 마리가 낑낑거리고 있더군요."

"예, 정말 멋지죠? 진짜 쇼스컴 품종입니다. 영국에서 저 개보다 멋진 개는 없을 겁니다."

"저도 자칭 개 전문가라고 자부하는 사람인데, 실례되는 질문인지 모르겠습니다만 저 굉장한 개 값은 얼마나 됩니까?" 홈즈가 물었다.

"제 전 재산을 다 털어도 살 수 없을 겁니다. 실은 로버트 경이 제게 주셨어요. 그래서 개의 목에 줄을 묶어 놓았죠. 조금만 한눈을 팔면 순식간에 집으로 달아나거든요."

반스가 밖에 나가고 우리 둘만 남자 홈즈가 내 쪽으로 몸을 돌렸다.

"우리에게 카드가 몇 장 들어왔어, 왓슨. 이번 카드 게임은 쉽게 풀리지는 않을 거야. 하지만 하루 이틀이면 어떻게 게임을 풀어 나가야 할지 알 수 있겠지. 그건 그렇고 로버트 경이 아직까지는 런던에 있으니 오늘 밤에 그 금단의 구역에 접근할 수 있을 거야. 그 전에 확인해야 할 부분이 한두 가지 있어."

"사건이 어떻게 돌아가는지 정리는 됐어, 홈즈?"

"하나는 확실해, 왓슨. 우선 일주일 전에 발생한 어떤 사건이 쇼스컴 가족의 삶에 아주 중대하고 심각한 영향을 미쳤다는 것이지. 그 사건이 과연 무엇이냐? 현재는 사건의 결과를 보고 추측할 수 있을 뿐이야. 쇼스컴 가족은 아주 묘한 성격의 소유자들 같아. 하지만 그 점이 사건을 풀어 나가는 데 도움이 될 거야. 사실 정말 해결하기 힘든 사건은 특징이 없는 사건이거든.

우선 모은 자료부터 정리해 볼까. 현재 분명한 사실은 로버트 경이 그동안 잘 지내온 병약한 누이를 더 이상 만나지 않는다는 것. 갑자기 폴더 부인의 애완견을 남에게 주었다는 것. 왓슨, 맞아. 폴더 부인의 개! 자네, 뭐 떠오르는 거 없나?"

"로버트 경의 성격이 고약하다는 생각이 떠올라."

"그래, 고약한 사람이지. 하지만 그 반대일 수도 있어. 만약 두 사람이 정말 다투었다면, 다툰 때로 거슬러 올라가 그때 상황을 차근차근 생각해 봐. 화가 난 폴더 부인은 자기 방에서 나오지 않았겠지. 전에 하던 일도 중단하고, 하녀를 내쫓지 않는 이상 동생 로버트 경을 만나지 않겠다고 했을 거야. 물론 평소처럼 좋아하는 말을 보러 마구간에 들르지도 않았을 테고, 당연히 홧김에 술을 마시기 시작했겠지. 여기까지는 전체적인 사건과 일치하지?"

"교회 납골당 사건만 아니라면."

"그건 또 다른 사건이야. 지금 이 사건은 두 가지로 이루어져 있어. 이 둘을 혼동하면 안 돼. 우선 첫 번째 사건에는 확실하지 않지만 폴더 부인과 관련된 불길한 냄새를 풍기는 무언가가 있어. 그렇지?"

"난 도무지 모르겠어."

"그럼 두 번째 사건을 살펴봐. 두 번째 사건은 로버트 경이 관련되어 있어. 그는 더비 경마에서 승리하려고 거의 미친 상태야. 현재 유대인 채권자들의 손에 잡혀 있고 당장이라도 재산이 경매에 부쳐질 위기에 처해 있지. 거기다 채권자들은 경마에 출전할 말까지 빼앗을 권리를 갖고 있거든. 로버트 경은 그야말로 사생결단의 필사적인 상황에 처해 있다고 볼 수 있지. 그런데도 누이인 폴더 부인에게서 돈을 얻어 쓰면서 폴더 부인의 하녀를 앞잡이로 사용하고 있어. 여기까지는 꽤 명확한 근거로 추리를 했다고 볼 수 있지 않나?"

"하지만 납골당은?"

"그래, 납골당 건이야! 왓슨, 한 번 이렇게 생각해 봐. 이건 순전히 최악의 상황을 가정한 건데, 그러니까 추론을 위해서 가정을 세워 보는 거야. 로버트 경이 누이 폴더 부인을 죽였다는 가정은 어때?"

"홈즈, 그걸 말이라고 해?"

"충분히 있을 수 있는 일이야. 왓슨, 로버트 경이 훌륭한 가문 출신이라는 건 나도 알아. 하지만 가끔은 독수리 사이에서 썩은 까마귀 시체를 발견할 때도 있지 않나.

로버트 경이 폴더 부인을 죽였다고 가정하고 잠시 생각해 봐. 그는 돈 문제를 해결하기 전까지는 이 나라를 떠날 수 없어. 돈 문제를 해결하는 유일한 방법은 쇼스컴 프린스가 경마에서 승리하는 거야. 아직까지는 채권자들에게 몰려 쫓겨나는 상황까지 가지 않았어. 하지만 현재 위치에서 더 밀려나지 않으려면 희생된 누이의 시체를 감쪽같이 처리하는 건 물론이고,

죽은 폴더 부인을 대신해 부인 행세를 할 사람도 필요해. 당연히 친하게 지내던 부인의 하녀 정도라면 부인 행세를 하게 할 수 있겠지. 그리고 부인의 시체는 드나드는 사람이 거의 없는 교회 지하실 납골당에 갖다 놓는 거야. 물론 그 전에 누군가 몰래 집 아궁이에서 시체를 태웠을 거야. 다 태우지 못한 뼛조각을 우리가 이미 증거로 보지 않았나? 자네 생각은 어때?"

"만약 자네의 끔찍한 가정이 맞는다면 가능한 일이지."

"왓슨, 우리는 내일 한 가지 실험을 해야 해. 이 사건의 비밀을 풀기 위해서 말이야. 그동안 낚시꾼 행세를 제대로 해 보지 않겠나? 우선 여관 주인에게 가서 포도주를 한잔 사 마시고, 뱀장어나 황어 무리 따위에 대한 이야기를 잠시 하지. 그것이 반스의 호의를 얻는 최상의 방법이야. 이 근방 이야기를 나누면서 뭔가 쓸 만한 정보를 얻게 될지 혹시 아나."

아침에 홈즈는 낚시에 쓸 낚싯바늘을 가져오지 않았다는 사실을 깨달았다. 그래서 그날 우리는 낚시를 갈 수 없었다. 11시쯤 우리는 산책을 했는데, 그때 검은 스패니얼을 데리고 나갈 수 있도록 주인에게 허락을 받았다.

"바로 여기야." 홈즈는 쇼스컴 가문의 영지 출입문에 다다랐을 때 말했다.

출입문 양쪽에는 쇼스컴 가문을 상징하는 커다란 그리핀[43] 문장이 새겨져 있었다.

"밴스의 말이 맞다면, 정오쯤에 폴더 부인이 탄 마차가 여기를 지나갈 거야. 이 영지 출입문이 열릴 때까지 마차는 속도를 줄이고 여기서 기다릴 게 분명해. 마차가 문을 통과해서 속도를 내기 전에, 자네가 마부에게 말을 시켜서 마차를 세워 줘. 나는 신경 쓰지 말고. 나는 여기 가시나무 덤불 뒤에 숨어서 지켜보고 있을 테니."

우리는 오래 기다릴 필요가 없었다. 15분쯤 되었을까, 커다랗고 노란 바로슈 마차[44] 한 대가 지붕을 열고 달려오는 게 보였다. 마차 양쪽에는 멋진 회색 말이 빠른 속력으로 달리고 있었다.

홈즈는 재빨리 스패니얼과 함께 덤불로 숨었다. 나는 아무렇지도 않은 듯이 길가에 서서 지팡이를 흔들었다. 영지 문지기가 마차를 보고 달려 나와 출입문을 열었다.

출입문을 향해 달리던 마차는 점점 속도를 줄였고, 나는 마

---

43) 독수리의 머리와 날개에 사자 몸을 한 괴수. 숨은 보물을 지킨다고 한다.
44) 좌석이 서로 마주 보게 되어 있고 덮개가 있는 사륜마차.

차에 탄 사람들을 분명히 볼 수 있었다. 마차 안 왼쪽에는 황갈색 머리카락의 젊은 부인은 화려하게 차려입고 거만한 표정으로 앉아 있었다.

오른쪽에는 한눈에 보기에도 병자임을 알 수 있을 정도로 등이 굽고 숄을 머리에서 얼굴까지 둘러쓴 나이 든 부인이 앉아 있었다. 도로 높은 쪽으로 마차가 도착하자마자 나는 손을 들어 마차를 세우라는 손짓을 했다. 마부가 마차를 세우자 나는 로버트 경이 지금 쇼스컴 저택에 있느냐고 물었다.

그 순간, 홈즈가 덤불에서 튀어나와 스패니얼의 목에 묶인 줄을 풀었다. 그러자 개는 기쁜 듯 소리를 지르며 단숨에 마차 계단으로 뛰어올랐다. 그러나 반가워하던 개의 울음소리는 순식간에 분노로 바뀌었고, 개는 계단 위에 드리운 부인의 검은 치마를 잡아 뜯었다.

"어서 마차를 몰아! 어서!" 누군가 거친 목소리로 소리쳤다.

그러자 마부는 채찍으로 말을 몰아 달려갔고, 나와 홈즈만 길에 남게 되었다.

"왓슨, 실험은 끝났어." 홈즈는 흥분한 스패니얼의 목에 줄을 단단히 매며 말했다.

"이 개는 자기 여주인인 줄 알고 달려갔다가 낯선 사람이라는 걸 알고는 화가 났어. 개가 주인을 잘못 보는 경우는 없거

든."45)

"게다가 부인의 목소리도 아니었어. 그건 남자 목소리였어." 내가 놀라 소리쳤다.

"그래, 맞아. 그러니 우리 손에 카드 한 장이 더 들어온 셈이야, 왓슨. 그래도 계속 신중하게 게임에 임해야 해."

홈즈는 그날 더 이상의 계획이 없는 듯 나와 함께 물레방아용 수로에 낚싯대를 풀고 낚시를 즐겼다. 그 덕분에 저녁 식사용으로 넉넉할 만큼의 송어를 낚았다. 저녁 식사를 마쳤을 때 홈즈는 다시 새로운 작전을 시행할 시간이라는 신호를 내게 보냈다. 우리는 다시 아침에 방문한 영지 출입문이 있는 곳으로 갔다. 그곳에는 키 큰 사람이 우리를 기다리고 있었다. 알고 보니 런던에서 이미 만났던 경마 조련사 존 메이슨이었다.

"안녕하셨습니까." 메이슨이 먼저 입을 열었다. "홈즈 씨의 편지는 받았습니다. 로버트 경은 아직 집에 돌아오지 않았지만, 오늘 밤 안으로 돌아오실 겁니다."

"교회 납골당은 집에서 얼마나 멉니까?" 홈즈가 물었다.

---

45) 개에 대해 조금이라도 아는 사람이라면 개가—그레이하운드를 제외하고—상당한 근시임을 알고 있을 것이다. 그리고 개는 후각과 청각에 의지한다. 예를 들면 거울에 비친 자신의 모습에 반응을 보이는 개는 없다. 냄새도, 소리도 나지 않기에 개에게는 거울에 아무것도 없는 것으로 비쳐진다. 때문에 이 스패니얼은 무언가 다른 일로 화가 났거나 벌레에게라도 쏘였을 것이다.

"4분의 1마일[46]은 될 겁니다."

"그렇다면 로버트 경에게 신경 쓰지 않고 함께 가실 수 있겠군요."

"나는 함께 갈 수 없어요, 홈즈 씨. 로버트 경은 돌아오자마자 쇼스컴 프린스의 상태를 물으려고 저를 찾으실 겁니다."

"그렇다면 당신과 함께 갈 수 없군요. 메이슨 씨, 교회 납골당까지만 저희를 안내하고 당신은 집으로 돌아가세요."

그날 밤은 달도 뜨지 않아서 칠흑같이 어두웠지만, 메이슨의 안내로 교회 납골당을 찾아갈 수 있었다. 잔디밭을 통과하자 어둠 사이로 낡은 교회 건물이 나타났다. 폐허가 된 현관의 갈라진 틈을 통해 교회로 들어갔다. 메이슨은 엉성하게 쌓여 있는 돌무더기를 헤치고 교회 건물의 한 모퉁이로 우리를 인도했다. 그곳에는 지하로 내려가는 가파른 계단이 있었다. 그는 성냥을 켜서 음침한 계단 안을 비추었다.

언뜻 보기에도 지하실은 음산하고 기분 나쁜 분위기가 감돌았다. 오래된 건물의 갈라진 벽 틈으로 거친 돌조각이 떨어져

---

46) 약 400미터.

내렸고, 사방에 납과 돌로 만든 관들이 있었다. 이 관들은 돔형으로 솟은 지하실 천장 꼭대기에 닿을 만큼 한쪽 벽에 높이 쌓여 있었다. 하지만 어두운 그림자 때문에 천장은 잘 보이지 않았다. 홈즈가 랜턴을 켜자, 밝은 노란색 불에 끔찍한 광경이 조

쇼스컴 올드 플레이스

금씩 드러났다. 불빛이 관의 금속 문장에 반사되었다. 관은 하나같이 쇼스컴 가문의 문장이 장식되어 있었다. 쇼스컴 가문은 죽음의 문 앞에서도 가문의 명예를 잊지 않은 듯했다.

"메이슨 씨, 이곳에서 뼈를 몇 개 봤다고 했는데, 돌아가시기 전에 그 뼈를 보여 줄 수 있습니까?"

"이쪽 구석이었습니다."

메이슨은 지하실을 지나 한쪽 구석으로 걸어갔는데, 우리가 등불로 그곳을 비추자 화들짝 놀라며 걸음을 멈추었다. "뼈가 없어졌어요!"

"예상했던 대로군." 홈즈가 킥킥 웃었다. "아마도 지금쯤 저택의 아궁이에 가 보면 그 전처럼 뼈를 태우고 남은 재를 발견할 수 있을 겁니다."

"도대체 어느 누가 천 년 전에 죽은 시체의 뼈를 파내서 불에 태운다는 겁니까?" 존 메이슨이 물었다.

"그 이유를 알려고 여기에 온 게 아닙니까? 조사가 길어질 것 같습니다. 당신은 어서 돌아가세요. 아침이 되기 전에 결론을 낼 수 있을 듯합니다."

존 메이슨이 떠나자 홈즈는 관을 세밀하게 조사하기 시작했다. 고대 색슨 족의 관으로 보이는 아주 오래된 관부터 길게 늘어서 있는 노르만 족의 관까지 모두 조사했다. 마지막으로

18세기의 윌리엄 경과 데니스 폴더 경의 관까지 조사했다.

관을 조사한 지 한 시간이 조금 넘었을 때 홈즈는 지하실 입구 앞 맨 끝에 세워져 있는 납빛 관으로 다가갔다. 홈즈는 드디어 찾던 것을 발견했다는 기쁨의 숨을 내쉬었다. 그러고는 약간 서두르면서도 조심스럽게 관에 다가섰다. 홈즈는 돋보기를 들고 무겁게 닫혀 있는 관 뚜껑을 자세히 관찰했다. 그 후 주머니에서 조립식 쇠지레를 꺼내 뚜껑 틈새로 밀어 넣었다. 관 뚜껑은 꺾쇠 두 개만으로 잠겨 있었는데, 홈즈는 틈 사이에 끼운 지렛대를 힘껏 들어올렸다. 관 뚜껑은 곧 열릴 듯 뿌지직 소리가 났지만 활짝 열리지는 않았다. 우리는 조금 열린 틈 사이로 관 속을 볼 수 있었는데, 순간 예상치 못한 누군가의 기척을 느꼈다.

머리 위로 누군가의 발소리가 들렸다. 힘 있고 재빠른 발소리였다. 누군지 몰라도 그는 우연히 이곳을 지나는 사람은 아닌 듯했다. 거기다 자신의 발밑 지하에서 어떤 일이 벌어지는지 잘 알고 있는 듯했다. 그때 계단에 불빛이 비쳤다.

잠시 후, 등을 들고 있는 남자의 형상이 어두운 지하실 입구에 나타났다. 그는 키가 아주 컸고 몸놀림이 거칠고 사나워 보였다. 그가 커다란 마구간용 등을 얼굴 앞에 들고 있어서 그의 얼굴을 확실히 볼 수 있었다. 턱수염이 덥수룩한 그의 얼굴은 상당히 험악해 보였다. 지하실에 들어와 지하실 구석구석, 천장까지 꼼꼼하게 빛을 비추던 그는 마침내 나와 홈즈를 발견하고는 무시무시한 눈빛으로 우리를 노려보았다.

"도대체 당신들은 누구야? 내 사유지에서 뭘 하고 있지?" 그가 소리쳤다.

그는 홈즈가 대답하기도 전에 우리 쪽으로 성큼성큼 다가와 손에 들고 있던 굵은 막대기를 번쩍 들어 올렸다.

"내 말 안 들려? 누구냐고 묻잖아! 여기서 뭘 하고 있었어?" 그는 막대기를 흔들었다.

놀랍게도 홈즈는 전혀 긴장한 기색도 없이 대담하게 그에게 다가갔다.

"저도 당신에게 묻고 싶은 게 있습니다, 로버트 경." 홈즈의 말투는 엄숙하고 진지했다. "이 관에 있는 사람은 누굽니까? 왜 이 관 속에 누워 있는 겁니까?"

홈즈는 몸을 돌려 조금 전의 납관 뚜껑을 활짝 열어젖혔다. 환한 등불 아래로 관 속에 누워 있는 시체가 보였다. 시체는 얼굴을 드러낸 채 머리에서 발끝까지 천으로 싸여 있었는데 구역질이 날 정도로 끔찍한 형상이었다. 코와 턱이 모두 한쪽으로 삐죽 튀어나왔고, 회색빛 얼굴은 일그러져 있었으며, 초점 없는 희미한 눈동자는 먼 곳을 바라보고 있었다.

쇼스컴 올드 플레이스

로버트 경은 괴성을 지르며 뒤로 물러났다. 비틀거리던 그는 석관에 겨우 몸을 의지하고 섰다.

"당신이 어떻게 알고 있지? 당신이 무슨 상관이야?"

로버트 경은 여전히 거친 말투로 소리쳤다.

"나는 셜록 홈즈입니다. 제 이름을 들어 보신 적이 있을 겁니다. 법과 질서 유지에 일조하는 게 제 일이다 보니 이 사건과 관계를 맺게 되었습니다. 이 사건에 대해 하실 말씀이 있을 것 같은데요."

로버트 경은 잠시 우리를 노려보았지만, 홈즈의 차분한 목소리에 그의 태도도 차분해졌다.

"알겠습니다, 홈즈 씨. 거칠게 행동해서 죄송합니다. 잘못인 줄 알면서도 생각처럼 되지 않습니다." 로버트 경이 대답했다.

"그렇게 생각하신다니 다행이군요. 어쨌든 경찰서에 가서 이 일에 대해 해명해야 합니다."

로버트 경은 넓은 어깨를 으쓱했다.

"그래야 한다면 할 수 없지요. 우선 저택으로 가서 홈즈 씨가 이 일의 진상을 듣고 판단하시기 바랍니다."

15분 후 우리는 저택의 총기실로 안내되었다. 그곳에는 벽장의 유리창 안으로 반짝반짝 윤이 나는 총들이 한 줄로 전시되어 있었는데, 전체적으로 편안한 느낌을 주었다. 로버트 경은 우리 둘만 남겨 놓고 나가서는 몇 분 뒤 다른 두 사람과 함께 돌아왔다. 한 사람은 전에 마차에서 본, 옷차림이 화려한 젊은 여자였고, 다른 사람은 몸집이 작고 얼굴이 쥐처럼 생긴 남자로 왠지 모르게 불쾌한 느낌을 주었다. 두 사람은 전혀 어떤 상황인지 모르겠다는 어리둥절한 표정을 짓고 있었다. 아마도 로버트 경은 일이 어떻게 됐는지 두 사람에게 설명할 시간이 없었던 듯싶었다.

로버트 경이 손을 흔들며 먼저 입을 열었다.

"이 사람들은 놀렛 부부입니다. 여기에서는 놀렛 부인을 부를 때 처녀 적 이름인 캐리 에반스로 부릅니다. 두 사람을 이곳에 데려온 이유는 제가 여러분께 사건의 진실을 말씀드릴 때 이 두 사람이 제 말의 진실 여부를 증명해 줄 유일한 사람들이기 때문입니다."

여자가 소리쳤다. "로버트 경, 왜 이러세요? 지금 자신이 무슨 짓을 하는지 아시는 거예요?"

"저는 이번 일에 전혀 책임이 없습니다. 정말입니다." 여자의 남편이 말했다.

로버트 경은 남자를 경멸하는 눈빛으로 보았다.

"책임은 내가 전부 지겠소. 홈즈 씨, 이제부터 사건을 설명하겠습니다. 이번 제 사건에 대해 이미 상당한 조사를 했으리라 생각합니다. 일이 이렇게까지 되지 않도록 했어야 했는데 모두 제 불찰입니다. 이미 다 알고 계시겠지만, 저는 현재 더비 경마를 위해 좋은 말을 훈련시키고 있습니다. 이번 경기는 제 인생이 걸려 있습니다. 이번에 승리한다면 모든 문제가 쉽게 풀리겠지만 만약 패배한다면…… 그건 생각하고 싶지도 않습니다!"

"충분히 이해합니다." 홈즈가 대답했다.

"저는 누이인 폴더 부인이 없으면 살 수 없는 상황에 놓여 있습니다. 모두 알고 있는 것처럼 이 영지에서 나오는 소작료에 대한 권리는 오직 누님만 갖고 있으며, 그것도 누님이 살아 있는 동안에만 유지됩니다. 현재 저는 빚 때문에 유대인의 손에 완전히 붙잡혀 있어서, 누님의 유일한 수입원인 소작료에 의지해서 살고 있습니다. 만약 누이가 죽는다면 더 이상 기댈 곳 없는 저에게 빚쟁이들이 벌 떼처럼 달려들 것은 불을 보듯 뻔합니다. 그렇게 되면 모든 걸 빼앗기게 됩니다. 마구간이며 말들까지 전부 말입니다. 그런데 홈즈 씨, 누님이 그만 일주일 전에 세상을 떠났습니다."

"당신은 아무에게도 그 사실을 말하지 않았군요."

"어쩔 수 없었습니다. 누님의 사망 소식이 퍼지면 전 완전히 파산할 게 분명한데……. 어떻게 해서든 3주 동안만 사실을 숨길 수 있다면 모든 게 잘될 거라고 생각했습니다. 누님을 돌보던 하녀의 남편, 그러니까 저와 함께 온 이 남자는 배우입니다. 그래서 몇 주 동안만이라도 누님처럼 행동할 사람만 있으면 되겠다는 생각이 들었습니다. 게다가 마차를 탄 누님의 모습을 매일 한 번씩 세상에 보이면 그만이었습니다. 하녀 외에는 아무도 누님의 방에 들어가지 않았으니까요. 사실 그리 어려운 일도 아니었습니다. 누님의 사망 원인은 지병인 수종증이었습니다."

"그건 부검을 해 봐야 확실히 알 수 있겠죠."

"누님의 주치의는 몇 달 전부터 수종증 때문에 누이의 생명이 위태롭다고 경고했습니다."

"그래서 당신은 어떻게 했습니까?"

"누님의 시신은 지금 이곳에 없습니다. 누님이 죽은 날 밤, 놀렛과 저는 시신을 현재 아무도 사용하지 않는 오래된 우물가에 두었습니다. 문제는 누님의 애완견 스패니얼이었습니다. 스패니얼이 계속 우물 앞에서 짖어 대서 좀 더 안전한 장소가 필요했습니다. 우선 저는 스패니얼을 다른 사람에게 준 뒤 시체를 교회 지하 납골당으로 옮겼습니다. 교회에 시신을 두는 게 누님에 대한 예의에 어긋나지 않는다고 생각했습니다. 홈즈 씨, 교회 납골당으로 시신을 옮긴 게 죽은 누님을 모독했다고는 생각하지 않습니다."

"당신의 행동은 변명의 여지가 없는 그릇된 행동이었습니다."

로버트 경은 괴로운 듯 머리를 흔들었다.

"그럴지도 모릅니다. 하지만 저와 같은 처지였다면 그렇게 쉽게 말씀하시진 못할 겁니다. 아무 희망도 없고, 그나마 유일한 계획마저 마지막 순간에 물거품으로 돌아갔고, 무슨 수를 써도 소용없는 상황이라면 어떻게 하시겠습니까?

저는 교회 납골당에 있는 관 하나를 골라 잠시 동안 누님을 눕혀두어도 괜찮으리라 생각했습니다. 그곳의 관들은 아직까지 더럽혀지지 않은 신성한 관이었으니까요. 그래서 저희들은 관을 하나 열고 그 안의 시신을 치우고 누님을 눕혔습니다. 누님의 시신은 아까 보셨을 겁니다. 그런데 관에서 꺼낸 시신을 그냥 교회 납골당 바닥에 버려둘 수 없었습니다. 그래서 놀렛과 제가 그 시신을 밤에 저택으로 가져와 아궁이에 태웠습니다. 홈즈 씨, 제 이야기는 여기까지입니다. 더 이상 말씀드릴 내용은 없습니다."

홈즈는 잠시 생각에 잠긴 채 말없이 앉아 있었다.

"설명하신 내용 중에 한 가지 걸리는 부분이 있습니다, 로버트 경." 한참 후 홈즈가 말했다. "경마가 유일한 돌파구이자 희망이라고 했지요. 만약 채권자들이 당신의 재산을 전부 빼앗아 간다고 해도 경마에서 돈을 벌어 갚으면 되지 않습니까?"

"경마에 출전할 말 역시 제 재산의 일부이기 때문에 채권자들이 말을 빼앗아 가면 경마에 출전시킬 수 없습니다. 그들은 제가 경마로 돈을 벌어 빚을 갚을 수 있는 기회를 주지 않을 게 분명하니까요. 저와 제일 사이가 나쁜 샘 브루어가 주 채권자인데, 일전에 제가 뉴마킷 히스에서 말채찍으로 죽도록 후려갈긴 적도 있습니다. 그러니 조금이라도 제 사정을 봐줄 리가 없지요."

홈즈는 자리에서 일어나며 말했다.

"로버트 경, 이 사건은 당연히 경찰이 해결해야 할 문제입니다. 제 의무는 사건의 진상을 밝히고, 밝힌 후에는 사건에서 손을 떼는 것입니다. 당신의 행동이 윤리적으로 품위와 예의를 지켰느냐의 문제에 대해서는 언급하고 싶지 않습니다. 벌써 자정이 다 되었군요. 왓슨과 저는 그만 집으로 돌아가겠습니다."

이 특이한 사건은 로버트 경의 부도덕한 행동에 비해 결말은 상당히 좋게 끝났다. 로버트 경의 희망인 쇼스컴 프린스는 더

비에서 우승했다. 그리하여 쇼스컴 프린스의 소유자 로버트 경은 단번에 8만 파운드를 벌어들였고, 그는 채권자들에게 진 빚을 모두 갚을 수 있었다. 빚을 갚았을 뿐만 아니라 남은 돈으로 품위 있는 생활을 할 수 있는 저택까지 구입했다.

경찰과 검시관은 관 속의 시체를 바꾼 로버트 경의 행동에 대해 너그러운 조치를 취했고, 누이의 사망신고를 늦게 한 부분에 대해서도 엄중히 책임을 묻지 않았다. 운 좋은 로버트 경은 괴상한 사건의 주인공이라는 오명을 뒤로한 채 평안한 말년을 보냈다.

---

47) 이 작품의 원고는 애드리언 M. 코난 도일이 소장하고 있다. 원고를 보면 코난 도일은 처음에 제목을 '쇼스컴 아베이'라고 할 생각이었음을 알 수 있다. 그러나 '아베이 농장'과 혼동되는 것을 피하려고 제목을 바꾼 듯하다. 〈스트랜드〉의 편집자도 같은 생각을 한 듯하다. 그들은 이 이야기를 '검은 스패니얼'로 예고했었다.

셜록 홈즈 문헌 연구

'셜록 홈즈 문헌 연구'는 1911년에 옥스퍼드 대학에서 강연했던 내용으로, 다음 해 〈The Blue Book Magazine〉에 발표되고, 1928년 《Essays in Satire》에 수록되었다.

로널드 녹스는 《육교살인사건》(1925)과 유명한 《탐정소설 10계》(1929)를 쓴 작가로, 본직이 신부였다.

그는 1917년에 가톨릭으로 개종했고(이 논문 발표 당시에는 영국성공회에 속했다), 성서를 영역英譯하기도 했다. 주로 '몽시뇨르 녹스(Monsignor Knox)'로 불렸다. 몽시뇨르는 고위 성직자에게 붙이는 경칭이다.

1911년은 '레드 서클'과 '레이디 프랜시스 커팩스의 실종'이 발표된 해로, 녹스가 읽은 것은 전년도 작품인 '악마의 발'

까지다. 즉, 《마지막 인사》와 《셜록 홈즈의 사건》이 출판된 해는 각각 1917년과 1927년이다. 1911년 당시에는 이미 다수의 〈셜록 홈즈 문헌 연구〉가 나와 있었다. 그래서 독일의 자우보슈와 라체거, 프랑스의 파피에 마셰, 이탈리아의 사바리니오네 교수 등의 업적을 비판적으로 검토할 필요가 있다는 것이 본 논문의 핵심 내용이다.

논문을 읽고 코넌 도일도 깜짝 놀랐는지 녹스에게 편지를 보내 다음과 같이 말했다.

셜록 홈즈에 관한 귀하의 논문을 읽고 매우 즐거웠습니다. 이와 같은 주제로 이렇게 노력한 분이 있다는 데 놀랐습니다. 저보다 훨씬 더 잘 알고 계시군요. 저는 즐겁게 글을 쓰고 다시 읽어 보지 않는데, 모순된 내용이(특히 연월일의 차이가) 그 정도인 것이 다행이라고 생각합니다. 물론 홈즈는 점점 변합니다. 첫 작품인 《주홍색 연구》에서는 그는 단순한 계산기와도 같았습니다. 그러나 작품이 계속 이어지면서 그를 조금은 교양 있는 인물로 만들려고 한 것이 사실입니다. 홈즈는 애정을 표현한 적이 한 번도 없습니다. 연극은 논외로 하고, 논문에서 지적했듯이 그의 원래 모습을 조금 벗어나 그답지 않은 모습이 보이기도 합니다. 박식

한 자우보슈도 지적하지 않은 점이 있다면, 《셜록 홈즈의 모험》 가운데 상당 부분(4분의 1 정도)이 법률적으로 범죄로 성립되지 않는다는 것입니다. 또 한 가지 사람들이 지적하지 않은 사항은, 저 스스로는 만족합니다만, 왓슨이 코러스로서, 즉 기록자로서의 한계를 벗어나는 일이 없다는 점입니다. 그는 지혜를 짜낸 적이 한 번도 없습니다. 유감스럽게도 그는 번득이는 기지가 없지만, 그것이 바로 왓슨다운 점이라 할 수 있습니다.

셜록 홈즈 문헌 연구

로널드 녹스

인생에서 즐거운 일이 있다고 하면, 남들의 생각과는 다른 무언가를 하는 것이다. 만약 비평의 즐거움을 꼽으라고 하면 그것은 생각지도 못한 어떤 것을 발견하는 것이다. 작가가 중요하지 않다고 생각하는 사항을 중요하다고 주장하고, 작가가 사족이라고 여기는 것을 본질적인 것으로 지적하는 일 등이다. 그래서 만약 무에 대한 책을 쓴 사람이 있다면, 현대의 연구자는 그의 부부 사이는 어땠는지 등을 알려고 노력해서 알아낸

다. 그리고 만약 시인이 미나리아재비를 노래하면, 그 한마디 한마디를 분석해 '내세의 존재'에 대한 시인의 생각을 검토할 때 이용할지도 모른다.

이 흥미로운 원칙에 따라, 우리는 흔히 아리스토파네스의 경제적인 사항에 대한 생각을 인용하려 하는데, 아리스토파네스는 경제학을 전혀 몰랐다. 또 우리가 셰익스피어의 작품에서 암호문을 찾으려 하는 것은, 셰익스피어가 작품 속에 암호문을 숨겨 두지 않았던 것을 알고 있기 때문이다. 그리고 루가 복음[1]을 음미하고 선별하는 이유는 공관 복음서의 문제를 연구하기 위해서다. 불쌍한 성 루가는 공관 복음서에 문제가 있다는 것을 전혀 몰랐다.

그런데 이 방법을 셜록 홈즈에게 적용하는 것은 특별한 매력이 있다. 어느 의미에서 이 방법은 홈즈 자신의 방법이라고 할 수 있기 때문이다. 홈즈는 "사소한 게 가장 중요하다는 것이 나의 신조입니다"라고 말했다. 이것은 그가 일생을 통해 지킨 모토였다.

홈즈에 대한 문헌을 연구하는 작업은 학문적으로 큰 가치가

---

[1] 가톨릭에서 누가 복음을 이르는 말.

없다라고 말하는 사람이 있는데, 만약 완전하고 계통적인 연구라면 모든 것이 연구할 가치가 있다고 대답하고 싶다. 나는 한 걸음 더 나아가 셜록 홈즈의 방법을 배울 필요가 있다고 본다.

악은 모리아티가 죽은 뒤에도 살아남고, 선은 홈즈와 함께 라이헨바흐 폭포에 빠졌다. 마찬가지로 홈즈의 풍자와 경험을 통해 스코틀랜드 야드는 조금도 이익을 얻지 못했다는 사실을 확실히 알 수 있다.

'붉은 머리 연맹'에서 홈즈는 범인들이 은행 지하실로 굴을 파고 침입한다는 것을 알았을 때 랜턴을 들고 지하실에서 기다려, 구멍을 판 다음 범인을 잡는다. 그런데 이후 실제로 하운즈디치에서 완전히 똑같은 사건[2]이 일어났을 때 경찰은 어떤 대응조치를 취했는가? 경찰 몇 명이 파견되었고, 그들은 "이 아래에 강도가 있다"라고 소리치면서 사건이 일어나고 있는 은행의 문을 마구 두드렸다. 그러나 안타깝게도 경찰은 범인에

---

2) 하운즈디치 사건-1910년 12월 16일 밤, 동구 출신의 아나키스트들이 이스트엔드의 하운즈디치에 있는 보석점의 지하 금고를 노려 터널을 파고 있다는 통보를 받고 경찰이 출동한다. 그런데 경국의 경찰은 평소에는 총을 갖고 다니지 않기 때문에 경관 네 명이 사살당했다. 범인 중 한 사람은 총을 맞아 중상을 입었다. 다음 해인 1911년 1월 1일, 범인이 시드니 가의 건물에 숨어 있는 것을 알고 내무장관 윈스턴 처칠이 직접 포위 작전을 지휘했다. 이번에는 경찰이 발포했는데 건물이 불타고 나중에 불에 탄 범인 시체 두 구가 발견되었다.

게 사살된다. 나중에 잔당을 체포하려고 내무부가 총으로 무장한 부대와 소방대까지 파견해야 했다.

셜록 홈즈를 연구하려면 무엇보다도 먼저 왓슨 의사를 연구해야 한다. 우선 문헌학적·서지학적 측면을 살펴보자. 먼저 그 진위에 대해서 말해 보자. 홈즈 스토리에는 중대한 모순점이 몇 개 있다. 《주홍색 연구》에는 'Being a Reprint from the Reminiscences of John H. Watson, M. D., Late of the Army Medical Department'라는 부제가 달려 있기 때문에, 이것은 존 H. 왓슨이 쓴 것임에 틀림없다. 그런데 '입술이 비뚤어진 남자'에서는 왓슨 부인이 남편을 '제임스'라고 부른다.

나는 이에 대해 연구자 세 명과 연명으로 아서 코넌 도일 경에게 편지를 보내 설명을 요구했다. 물론 서명 아래에 십자 표시를 네 개 덧붙여서. 이것은 '네 개의 서명'임을 나타낸 것이다. 그는 그것은 실수로, 편집 과정에서 발생한 오류라고 답했다. 석학 자우보슈(Sauwosch)가 말했듯이 '숨길 것도 없이 편집자의 무지일 뿐'이다.

그러나 이 실수가 배크네케(Backnecke)의 '왓슨 2인설'을 낳았다. 배크네케는 '주홍색 연구' '글로리아 스콧' 《셜록 홈즈의 귀환》, 이 세 편은 '다른 왓슨'이 쓴 것이라고 주장한다. 그리고 《셜록 홈즈의 회상》('글로리아 스콧'을 제외하고) 《셜록 홈즈의 모힘》《네 개의 서명》《배스커빌 가의 개》는 진짜 왓슨이 쓴 것이라고 말한다. 그가 《주홍색 연구》의 진정성을 부정하는 데는 나름의 근거가 있다. 예를 들어 이 책에서는 홈즈가 문학과 철학에 관해 문외한이라고 말하고 있는데, 반면 홈즈는 박학다식하고 심오한 사색가가 명백하다는 것이다. 이 점에 대해서는 나중에 논하기로 한다. 배크네케가 '글로리아 스콧'을 다른 왓슨이 썼다고 주장하는 이유 중 하나는, 홈즈가 자신이 2년 동안 칼리지에 다녔다고 이 작품에서 말했기 때문이라는 것이다. '머스그레이브 가의 의식'에서는 "대학 생활의 마지막 몇 년은(my last years) 나와 내 추리 방법에 대해 교내에 제법 소문이 나 있었지."[3]라고 말하고 있다. 이것을 보아도 두 작품이 같은 사람이 썼다고는 생각할 수 없다. 더욱이 '글로리아 스콧'에서는 빅터 트레버의 불테리어가 예배당에 가는 도중 홈즈를 물었다고 하는데, 이는 납득할 수 없는 서술이다. 옥스퍼드에서도 케임브리지에서도 구내에 개를 데리고 들어갈 수 없기 때문이다.

---

[3] 대학에서의 마지막 2년 – '머스그레브 가의 의식'에서는 "my last years at the university"라고 복수를 사용하고 있다. 당시 대학은 3년제였기 때문에 2학년이나 3학년 때가 된다. 2학년에 중퇴했다면 '마지막 2년(my last years)'이란 표현은 이상하다는 것이 배크네케의 말이다.

그래서 그는 "불테리어는 천재 왓슨이 창조해 낸 것으로, 예배당에 어울린다"라고 했다.

'글로리아 스콧'에는 홈즈 이야기를 구성하는 11가지 요소(나중에 설명한다) 가운데 단지 네 가지밖에 존재하지 않는다. 다른 스토리와 비교해 보면 매우 부족한 편이다. 그러나 나는 이 불규칙성은 단순히 사건 수사의 예외적인 성격 때문이라고 생각한다. (내 판단에 비추어) '글로리아 스콧'과 《주홍색 연구》가 다른 왓슨이 썼다고 하는 주장은 근거가 약하다. 이 두 작품 모두 진정한 홈즈 스토리라고 생각한다.

'마지막 사건'은 홈즈가 죽은 후에 훨씬 건강해져 다시 등장하는 점 등, 여러 가지 문제를 안고 있다. 비평가 중에는 《셜록 홈즈의 귀환》에 나오는 내용이 진짜이고 '마지막 사건'은 왓슨이 지어 낸 얘기라고 보는 사람도 있다. 예를 들어 피프파우프(Piff-Pouff)는 이것은 기적술을 사용한 낡은 속임수라고 지적하며, 게테(Getae)의 작품에 나오는, 2년 동안 지하에 숨어 있다가 영원불멸의 교의를 설명하기 위해 돌아온 살모키시스나 게벨라이지스의 예를 들어 설명하고 있다. 피프파우프는 이렇게 밝히고 있다. "셜록 홈즈는 라이헨바흐 폭포에서 떨어지지 않았다. 거짓말투성이 폭포에서 굴러 떨어진 것은 왓슨이었다."

이와 비슷한 주장을 한 사람으로는 빌 게만이 있다. 그는 라이헨바흐 폭포 에피소드는 에트나 화산에서 분화구에 몸을 던진 엠페도클레스의 고사를 흉내 낸 것이라고 말한다. 홈즈의 피켈이 남아 있던 것은, 화산이 분출했을 때 엠페도클레스가 그 유명한 슬리퍼를 남긴 것에 해당한다. 빌 게만은 "'마지막 사건'은 사과를 가득 실은 사과 카트가 멋지게 뒤집어진 것에 비유할 수 있다"라는 말을 남겼다.

배크네케를 포함한 다른 비평가들은 '마지막 사건'을 진짜로 평가하며, 《셜록 홈즈의 귀환》의 내용이야말로 날조된 것이라고 주장한다. 비평가들이 《셜록 홈즈의 귀환》의 내용에 대해 의문을 갖는 데에는 세 가지 근거가 있다.

(1) 홈즈의 성격과 추리 방법이 과거와 다르다.

(2) 이야기 자체가 성립되지 않는다.

(3) 홈즈에 대한 묘사가 알려진 사실과 모순된다.

그에 대한 설명은 다음과 같다.

(1) 진짜 홈즈는 의뢰인에게 실례되는 행동을 한 적이 없다. 그런데 '세 학생'을 보면 '홈즈는 별로 달갑지 않은 동의의 뜻으로 어깨를 으쓱했고, 매우 흥분한 듯 손짓과 몸짓을 섞어 가며 재빨리 설명했다'라고 묘사되어 있다.

그리고 진짜 홈즈라면 중대한 사건이 일어나기를 병적으로 갈망했을 것이다. '노우드의 건축업자'에서는 존 헥터 맥팔레인이 자신은 체포될지도 모른다고 하자, "체포라고요! 이거 정말 참 고맙, 아니, 흥미로운 일이군요. 무슨 혐의로 체포되는 겁니까?"라고 소리치지 않았는가. 《셜록 홈즈의 귀환》에는 체포한 범인을 놓아주는 장면이 두 번 나오는데, 진짜 홈즈는 직업적인 윤리의식이 있기 때문에 그런 일은 하지 않는다.

그 밖에도 가짜 홈즈는 의뢰인 여성을 세례명으로 부르는데, 진짜 홈즈라면 절대 그런 행동을 하지 않았을 것이다. 또 홈즈는 일할 때 식사를 하지 않는다고 쓰여 있는데, 진짜 홈즈라면 '다섯 개의 오렌지 씨'에서처럼 사건에 열중한 나머지 식사하는 것을 잊어버릴 뿐이다. 《셜록 홈즈의 귀환》에서는 홈즈가 셰익스피어를 세 번이나 인용하는데, 셰익스피어의 대사라고는 말하지 않는다. '춤추는 인형'에서는 기묘한 논리를 전개한다. '외로운 사이클리스트'에서는 왓슨을 혼자 현장에 보내는데, 이것은 다른 사건에서는 볼 수 없는 경우로, 그 증거를 들자면 《배스커빌 가의 개》에서는 사건을 비밀리에 조사하기 위해 홈즈가 직접 다트무어까지 간다. 진짜 홈즈는 부정사를 절대 사용하지 않는데, 《셜록 홈즈의 귀환》에서는 적어도 세 번 사용하고 있다.

(2) 이야기 자체가 성립되지 않는 예로, 먼저 '세 학생'을 살펴보자. 장학생 선발 시험을 치르기 바로 전날에 시험지를 인

쇄하는 대학이 있을까? 그것도 일반 대학이 아니고 안뜰을 가리키는 'quadrangle'이라는 단어를 사용하는 것에서 알 수 있듯, 옥스퍼드 대학의 장학금 시험인데 말이다.

그리고 시험 문제는 '투키디데스 장의 반(only half a chapter)'인데, 이를 인쇄한 시험지를 시험관이 겨우 한 시간 삼십 분 만에 채점할 수 있을까? 이 반 장章이 용지 세 장에 전부 들어갈까? 또 요한 파버(Johann Faber)라는 메이커의 연필에 'NN' 두 글자만 남아 있다면, 이것은 어떤 식으로 깎았단 말인가?

또 다른 예로는 '수도원 학교'가 있는데, J. A. 스미스 교수는 자전거의 앞바퀴와 뒷바퀴 자국이 겹친 것을 보고 한 장소에서 다른 장소로 간 것인지 온 것인지 판단할 수는 없다고 지적했다.

(3) 모순점도 많다. '외로운 사이클리스트'에서는 신랑 신부와 식을 거행하는 목사만으로 결혼이 이루어진다. 그런데 '보헤미아의 스캔들'에서는 입회인이 없으면 결혼이 성립되지 않는다는 이유로, 부랑자로 변장한 홈즈가 증인 역할을 맡는다.

또 '마지막 사건'에서 경찰이 '모리아티를 빼고 일당 전원을 체포했다'고 서술했는데, '빈집'을 보면 모란 대령은 증거불충분으로 석방된 듯하다. 《셜록 홈즈의 귀환》에서 악의 화신은 '제임스 모리아티' 교수다. 그런데 '마지막 사건'에서 제임스는 군인인 형의 이름이라고 되어 있다.

모순이 더욱 심한 것도 있다. '빈집'에서는 홈즈의 밀랍 인형에 '낡은 쥐색 가운'을 입힌다. 그러나 '입술이 비뚤어진 남자'에서는 홈즈가 수수께끼를 풀기 위해 섀그 담배 1온스를 태우며 밤을 새울 때, '파란 가운'을 입었던 것을 기억할 것이다.

이런 것들을 두고 파피에 마셰(Papier Mache)는 "홈즈는 마치 카멜레온이 된 것 같다"고 말한다. 자우보슈의 발언은 더 신중하다. "홈즈가 위장하기 위해서 여러 가지 색의 상의를 입은 것은 이번이 처음은 아니다. 그러나 우리의 아버지 셜록은 사라지고, 악마 같은 왓슨이 홈즈를 먹어 버린 것이다."

이와 같은 비판에 나는 동의한다. 그러나 왓슨 2인설에는 선뜻 동감할 수 없는 부분이 있다. 홈즈 이야기를 모두 왓슨이 썼다는 것은 틀림없다고 생각한다. 다만 사실의 기록인 진짜 모험과 왓슨 혼자 만들어 낸 가짜 모험이 있을 뿐이다. 즉, 진상은 다음과 같다.

왓슨은 돈 씀씀이가 약간 헤펐다. 이것은 《주홍색 연구》 첫 부분에서 알 수 있다. 그의 형도—회중시계의 태엽 감는 구멍에 난 상처를 보고 홈즈가 추리했듯이—상당히 술을 좋아했다. 그의 동생도 결혼 전에는 크라이테리언 바 등에 다녔다. 《네 개의 서명》에서도 점심 식사에 프랑스산 보느 와인을 곁들인다. 미래의 아내 모스턴에게 "한밤중에 머스킷 총이 텐트 안으로 들어온 것을 보고 주저 없이 2연발 총을 쏘았다"고 말하고, 숄토에게는 '피마자기름을 두 방울 이상 마시는 것은 매우 위험하다고 충고했으며 진정제로 많은 양의 스트리크닌을 쓰도록 권했다'라고 잘못된 조언을 하고 있다. 예언자 엘리아가 떠나고, 우리가 알고 있듯 부인은 세상을 떠났다. 왓슨은 다시 술에 빠지고, 게으름 때문에 의사 일을 소홀히 해 결국 손을 떼게 되었다. 그는 생계를 위해 예전에는 충실히 기록을 담당했던 몇 가지 모험 에피소드에 조잡한 패러디를 첨가하기 시작한 것이다.

자우보슈는, 왓슨의 초기 작품에서 다른 작가의 작품에서 차용한 작품 리스트를 열거하고 있다. 홈즈가 티베트에서 라마교 교주와 같이 보낸 것은 니콜라 박사를 흉내 낸 것이고, '춤추는 인형'의 암호 해독 방법은 에드거 앨런 포의 '황금 풍뎅이'를 모방한 것이다. '찰스 오거스터스 밀버튼'에는 래플즈의 영향을 받은 듯한 부분이 있다. '노우드의 건축업자'는 '보헤미아의 스캔들'과 비슷하다. 그 밖에 '외로운 사이클리스트'와 '그리스어 통역사', '여섯 개의 나폴레옹'과 '블루 카번클', '두 번째 얼룩'과 '해군 조약' 등이 비슷하다고 지적했다.

본문에 적혀 있는 날짜—날짜가 없는 것도 있지만—를 단서 삼아 각 사건의 연대를 유추해 보면 다음과 같다.

1. 글로리아 스콧—홈즈의 첫 사건
2. 머스그레이브 가의 의식—두 번째 사건
3. 주홍색 연구—왓슨 등장. 이 작품에서 "홈즈와 내가……" 라는 표현이 시작된다. 1879년
4. 얼룩 끈—1883년
5. 라이게이트의 지주들—1887년
6. 오렌지 씨 다섯 개—1887년
7. 네 개의 서명—1888년. 왓슨의 약혼
8. 독신 귀족—바로 뒤에 왓슨이 결혼한다.
9. 등이 굽은 남자
10. 보헤미아의 스캔들
11. 해군 조약

1888년에 (12) '증권 중개인' (13) '신랑의 정체' (14) '붉은 머리 연맹'이 저술되었다. 1889년 6월에는 (15) '입술이 비뚤어진 남자' (16) '기사의 엄지'가 쓰였다. (17) '블루 카번클'이 탄생한 것은 크리스마스 후 8일간이었다. '마지막 사건' 창작 시기는 1891년으로 명기되어 있다. '실버 블레이즈' '누런 얼굴' '입원 환자' '그리스어 통역사' '녹주석 보관' '너도밤나무 숲'은 왓슨이 결혼하기 전 일어난 사건을 다루었다. '보스콤 계곡 미

스터리'는 결혼한 후 쓰인 것이다. 이 작품들에는 날짜가 표기되어 있지 않았다. 나머지는 《배스커빌 가의 개》인데, 이 작품에는 1889년에 일어난 사건이라고 확실히 기록되어 있어 《셜록 홈즈의 귀환》 뒤에 저술된 것이 아님을 명백히 알 수 있다. 그런데 자우보슈는 이것을 가짜라고 하고, 그 근거로 타임스의 사설이 자유무역 문제를 다룬 것은 1903년 이후라고 했다. 작품 내용을 단서로 하는 이 추정은 성립되지 않는다. 이는 블런트의 《성경의 우연의 일치》와 비슷한 방법으로, 이 사건이 늦어도 1903년 이전에 일어난 것을 증명한다. 경찰을 고소하겠다는 고집쟁이 노인이 왓슨에게 "프랭크랜드 대 여왕(레지나) 소송에서 그 사실이 드러났을 때"라고 말한다. 그런데 빅토리아 여왕이 서거하고 에드워드 왕이 즉위한 것은 1901년이다.

《배스커빌 가의 개》가 가짜라는 것을 증명하기 위해 거론된 근거는 많지만, 모두 불충분하다. '고양이처럼 청결하다'는 홈즈에 대한 묘사도 '그의 손은 반창고투성이였다'라는 《주홍색 연구》의 기술과 별로 모순되는 것은 아니다. 그런데 배크네케는 이것을 예로 들면서 《주홍색 연구》가 가짜라고 했다. 또 더 중요한 문제로 왓슨의 아침 식사 시간을 들었다. 《주홍색 연구》와 《셜록 홈즈의 모험》에서 왓슨은 홈즈보다 나중에 일어나 아침 식사를 한다. 그런데 《배스커빌 가의 개》에서는 홈즈가 느지막이 아침을 먹는다. 이를 두고 문제를 제기할 수도 있겠지만, 간단히 설명하자면 왓슨이 더 늦게 아침 식사를 했으리라고 예상할 수 있다.

우리는 《네 개의 서명》《주홍색 연구》《배스커빌 가의 개》의 세 개 장편과 23개의 단편(《셜록 홈즈의 모험》에 12편, 《셜록 홈즈의 회상》에 11편 수록)을 연구의 자료로 사용했다.

다음에 검토해야 할 사항은 작품의 구성과 선행 작품의 영향이다. 전자에 대해서는 독일의 석학 라체거(Ratzegger)의 설이 일반적인 것으로 받아들여진다. 즉, 홈즈 이야기는 기본적으로는 11개의 구성 요소로 이루어진다. 이 11개 요소의 순서는 일정하지 않다. 각 사건의 기록은 홈즈 이야기의 전형에 얼마나 가까운가에 따라 11개의 구성 요소 중 해당 개수가 변한다. 11개 모두 포함된 것은 《주홍색 연구》뿐이다. '네 개의 서명'과 '실버 블레이즈'는 열 개, '보스콤 계곡 미스터리'와 '버릴 코로넷'은 아홉 개가 해당한다. '배스커빌 가의 개' '얼룩 끈' '라이게이트의 지주들' '해군 조약'은 여덟 개다. '다섯 개의 오렌지 씨' '등이 굽은 남자' '마지막 사건'은 다섯 개, '글로리아 스콧'은 앞에서 말했듯이 네 개가 해당한다.

11개 요소가 처음 드러나는 부분은 도입(prooimion)①이다. 수수한 베이커 가의 방에서 이야기가 시작되고, 성격 묘사가 있고, 때로는 탐정이 훌륭한 추리를 한다. 다음은 처음의 설명 부분 주해(exegesis : kata ton diokonta)②로, 여기에서 의뢰인이 사건을 진술한다. 그 후의 조사(ichneusis)③는 탐정의 개인적 조사다. 엎드려 조사하는 장면도 많다. ①은 아주 중요하고 ②와 ③도 대부분의 사건에서 볼 수 있다. 다음의 ④⑤⑥은 그다지 중요한 것은 아니다. 그중에는 주장(anaskeue)④ 즉, 스코틀랜드 야드를 대표하는 견해를 말하는 장면과, 최초의(독자에게) 암시(promenusis)⑤를 포함하고 있다. 여기에서는 경관에게 믿기 힘든 힌트를 주는데, 상대는 완고히 받아들이지 않는다. 그리고 두 번째(이해하기 어려운) 암시⑥로 왓슨에게만 수사 방향을 암시한다. 그러나 '누런 얼굴'처럼 틀리는 일도 있다. ⑦은 주해로 범인의 흔적을 찾아 친족과 사용인 등을 조사하고, 동시에 시체(만약 있다면)를 조사, 런던의 자료 보관소를 찾아가고, 문헌을 조사하고, 범인의 성격에 관한 여러 가지를 조사한다. ⑧은 운명 변화의 예조(anagnorisis)로 범인을 체포하거나 적어도 범인의 정체가 밝혀진다. ⑨는 두 번째 주해(exegesis : kata ton pheugonta), 즉 범인의 고백이다. ⑩은 설명(metamenusis), 여기에서는 무엇이 단서였는지, 그것을 어떻게 찾아냈는지를 홈즈가 설명한다. ⑪은 폐막(eiplogos)으로 대단원인데 이것은 단 한 문장으로 집약된다. 이 결론은 도입과 마찬가지로 빼놓을 수 없다. 잠언과 유명 작가의 작품에서 딴 인용문을 주로 사용한다.

《주홍색 연구》는 어느 의미에서 홈즈 스토리의 전형이고 이상형이지만, 동시에 어느 정도 미숙한 형태이기도 해서, 그중 몇 개는 나중에 빠지게 된다.

주해는 대부분 범인의 고백이 아니라, 독립된 이야기로 첨부되는데, 이것이 균형이 맞지 않을 정도로 지면을 차지하고 있다. 이것은 에밀 가보리오의 영향이다. 가보리오의 《르콕 탐정》 중 1부 '탐정의 고민'은 범인을 체포하기까지를 묘사하고, 2부 '탐정의 승리'는 공작 가의 역사를 프랑스 혁명까지 거슬러 올라간다. 르콕 탐정은 겨우 마지막 장에서 얼굴을 내민다. 이 '이야기 속의 이야기'는 몹시 길게 느껴지는데, 프랑스에서는 이 경향이 아직 없어지지 않은 듯하다. 《노란 방의 비밀》에서는 수수께끼가 해명되지 않은 채 남고, 이야기는 《검은 옷을 입은 여자의 향기》로 이어진다.

그러나 왓슨 의사처럼 문학적으로 교묘하게 묘사된 인물을 찾으려면, 가보리오, 포, 윌키 콜린스 등의 선배들의 작품만 참고해서는 안 된다. 피프파우프는 '왓슨의 심리학'에서 플라톤의 《대화》와 그리스 비극의 유사점을 주목하고 있다.

플라톤의 《국가》에서, 트라시마쿠스가 호통 치는 장면이 있다. 이것은 애슬니 존스가 등장하는 장면과 비슷하다는 것이다.

"뭐라고요? 진실을 인정하는 데 인색하면 안 됩니다. 그건 그렇고, 이번 것은 어떻습니까? 정말 굉장한 사건입니다. 엄연한 사실이 여기 있지 않습니까. 이론 따위가 파고들 여지가 없지요."(《네 개의 서명》) 며칠 후 다른 사람처럼 기가 죽은 존스 경감은 붉은 손수건으로 얼굴을 닦으며 나타나는데, 태어나서 처음 얼굴을 붉히는 트라시마쿠스를 보는 소크라테스를 연상시킨다. 그렉슨과 레스트레이드 두 경감의 라이벌 의식도, 경찰의 여러 가지 실패를 보여 주기 위한 것이다.

그러나 여기에서 가장 중요한 점은 스코틀랜드 야드를 비판하는 내용이다. 물론 르콕에게도 라이벌은 있다. 라이벌은 그의 상사로, 화를 내며 르콕의 계획을 방해해, 실제로 죄수가 독방의 창으로 메모를 주고받는 것을 못 본 체한다. 레스트레이드의 라이벌 의식에는 물론 이와 같은 악의적 요소는 없다. 경찰 전문가의 자존심이 사립탐정에게 반발하는 것뿐이다.

홈즈가 보수를 받은 사건은 많지 않다. '보헤미아의 스캔들'에서는 처음에 1000파운드를 받지만, 그것은 수사를 위한 비용으로 나중에 정산하고 돌려주었을 가능성도 있다. 마지막에는 에메랄드 반지를 주겠다는 제의를 거절한다. '붉은 머리 연맹'에서도 홈즈는 시티 앤드 서바밴 은행으로부터 실비 이상의 경비는 받지 않는다. 미스 스토너에게는 "나에게는 일 자체가 보수입니다"라고 말한다. 행방을 알 수 없었던 녹주석 보관을 3000파운드에 사고, 홀더 씨로부터 4000파운드를 받는다.

《주홍색 연구》에서는 "나는 그들의 얘기를 듣고, 그들은 내 설명을 들어. 그런 다음 상담료를 내면 나는 그 돈을 챙기지"라고 말한다. '그리스어 통역사'에서는 탐정 일로 생계를 꾸려 가고 있다고 인정한다. '마지막 사건'에서는 스칸디나비아 왕실과 프랑스 정부에서 충분한 보수를 받았기 때문에 은퇴해서 화학 연구에 열중할 수 있다고 말하고 있다. 이렇게 보면 홈즈가 보수를 받지 않는 것은 아니지만, 의뢰인이 지불할 능력이 있을 때뿐인 듯싶다. 그렇더라도 경찰 간부가 아닌 프리랜서이기 때문에 승진 등에 신경 쓸 필요는 없다. 게다가 방법이 정반대다. 홈즈는 일단 수사에 착수하면 지엽적 문제와 눈앞의 사실에 현혹되지 않는다. 이것이 궤변가들과 다른 점이다. 플라톤의 대화에서 궤변을 빌려 왔다면, 그리스 비극에서는 적어도 하나의 요소를 채용했다. 가보리오는 왓슨에 필적할 만한 인물을 쓰지 않았다. 르콕의 파트너는 늙은 군인인데 매우 우둔하고 무능해서 도움이 되지 않는다. 왓슨은 홈즈의 드라마에 필요한 것은 그리스 비극의 코러스(합창대)라고 말한다. 왓슨은 건실한 일반 시민을 대표하는 인물이다. 왓슨의 평범함은 주인공이 각광받으면 눈에 띄지 않은 채 묻혀 버린다. 그렇지만 주위 상황이 어떻게 변해도 왓슨만은 흔들리지 않는다. 코러스의 역할에 대해서 호라티우스는 이렇게 말한다.

> 코러스는 선인을 이끌어 친절한 조언을 하고
> 화난 사람을 제지하고, 죄를 두려워하는 자를 사랑해야 한다.
> 코러스는 검소한 식사를 하고, 건전한 정의와 법률을 지키고
> 문을 열어 놓고 시간을 보내고, 착한 일을 하는 사람을 칭찬한다.
> 코러스는 비밀을 지키고, 불행한 사람에게는 행운이 돌아오도록
> 오만한 사람은 운이 오지 않도록 신들에게 기도해야 한다.

사바리니오네(Sabaglione) 교수는 "왓슨을 깊이 연구해 보면, 그가 이 코러스와 같은 성격을 갖고 있음을 알 수 있다"라고 말했다. 그는 '얼룩 끈'과 고대 그리스의 비극 시인 아이스큐로스의 '아가멤논'을 비교하고 있다.

홈즈 : 언니는 침대의 위치를 바꿀 수 없었어. 그래서 침대와 환기 구멍, 벨 끈은 언제나 같은 위치에 있지. 그 끈은 밧줄이라 해도 좋을걸. 벨로 쓰는 게 아닌 것만은 분명하니까.
왓슨 : 홈즈! 자네가 말하려는 의미를 어렴풋하게나마 알 것 같

아. 교묘하고 무서운 범죄를 막는 데 우리들이 가까스로 때를 맞추었군.

카산드라 : 그 황소를 암소에서 떼어 놓게. 암소는 검은 뿔로 공격하라. 그러면 황소는 물이든 솥 안으로 쓰러진다. 속여서 죽이는 큰 솥의 음모를 너희에게 알린다.

코러스 : 우리는 신탁을 해독할 수 없지만, 이 말에서 무서운 일이 임박했음을 알 수 있다.

(아가멤논은 목욕 중에 그물에 걸려 참살된다. 코러스는 모르지만 관객은 이것을 알고 있다.)

왓슨은 코러스와 마찬가지로 언제나 무대 위에서 일어나는 사건을 보고 있다. 이 점에서는 독자와 같은 처지다. 그러나 코러스와 마찬가지로 무서운 흉계를 간파할 수 없다.

다음으로 왓슨의 트레이드마크이자 상징이고 수수께끼는 무엇일까? 물론 그의 중절모다. 이것은 단순한 중절모가 아니다. 그것은 성직자가 입는 가운, 경찰의 배지와 같은 존재다. 홈즈는 다른 모자를 쓸 때도 있지만 왓슨은 언제나 중절모를 쓴다. 침묵에 싸인 심야의 다트무어에서도, 라이헨바흐의 절벽 위에서도 중절모를 쓰고 등장한다. 수도원장과 유대교의 랍비가 언제나 독특한 모자를 쓰고 있듯이, 왓슨도 늘 중절모를 쓰고 있다. 그것을 벗기는 일은 데릴라가 삼손의 머리를 자르려 하는 것만큼 어려울 것이다.

피프파우프는 이렇게 말했다. "왓슨과 그의 중절모를 떼어놓을 수는 없다." 이것은 단순히 울로 만든 모자가 아니다. 마법사의 모자이고 삼중 보관이고 광륜이다. 이 중절모는 변하지 않으며 반박할 수 없는 존재다. 법과 정의의 상징이고, 기존 질서, 인간다울 권리, 야만에 대한 인간성의 승리를 상징한다. 그것은 극악 무참한 범죄를 내려다보는 높은 탑이다. 그들을 부끄럽게 하고, 치료하고, 신성한 것으로 바꾼다. 가장자리의 곡선은 완벽한 좌우대칭이고, 꼭대기의 둥근 부분은 지구처럼 둥글다. 사바리니오네가 말했다. "의뢰인의 모자에서는 그 습관과 성격을 알 수 있다. 왓슨의 모자에서는 그 품성을 알 수 있다." 왓슨은 홈즈의 모든 것이다. 그의 주치의이며 그를 도울 뿐만 아니라, 철학자, 친구, 동지, 전기 작가, 사제다. 그러나 그가 역사에 그 이름을 남긴다면 그것은 불요불굴의 중절모 애용자로서다.

라이벌인 레스트레이드와 그렉슨이 궤변가이고, 왓슨은 코러스라면 의뢰인과 범인은 어디에 해당할까? 여기에서 유의해야 할 점은 그들은 조연일 뿐이라는 사실이다. 파피에 마셰 (Papier Mache)는 "홈즈 스토리에 등장하는 살인범들은, 맥베스에 나오는 살인자처럼 그다지 중요하지 않다"라고 말했다.

홈즈가 왓슨에게 "자네는 사건을 지나치게 센세이셔널하게 다룬다"라고 항의하는데, 홈즈가 이 일로 왓슨을 책망하는 것은 이해가 가지 않는다. 왓슨은 가보리오의 공작처럼 범죄를 저지른 인물 자체에 흥미가 없고, 범인을 경찰견과 사냥감의 관계로 본다. 그리고 범인을 탐정과 아무 관계도 없는 존재라고 생각한다. 이 점은 《노란 방의 비밀》에서 크게 부각된다. 자크 룰르타뷰가 실은 범죄자의 사생아였다는 설정이 그것이다. 그에게는 G. K. 체스터턴의 '브라운 신부'에 나오는, 야망 있는 악당(플램보) 같은 고상하고 종교적인 동기는 없다. 홈즈 스토리에는 어떤 동기를 가지고 범죄를 저지르는 경우는 없다. 의뢰인은 모두 모범적이고, 신문 보도하듯이 사정을 설명한다. 범인들도 전형적인 범죄자이고 주어진 상황에서 가장 교묘하게 행동한다. 소크라테스라면 이렇게 말할 것이다. "가장 훌륭한 탐정은 가장 훌륭한 범인만 잡을 뿐이다." 실제로 범인이 실수를 하면 홈즈의 추리는 무너지고, 애정과 금전이 범행 동기일 때는 야만과 교활함만 보인다.

이제 우리는 드디어 주인공을 살펴보려 한다. 복잡하고 여러 측면을 지닌 홈즈 성격의 단서를 찾아보자. 그러나 여기에는 커다란 아이러니가 있다. 홈즈는 자신을 사람이 아닌 기계이며 순수한 경찰견으로 여기기 때문이다. "인생은 허무하고 예술 작품만 남는다." 그가 자주 인용하는 프로벨의 말 그대로다.

셜록 홈즈는 유서 깊은 지주의 집에서 태어났다. 할머니는 프랑스 화가의 동생이었다. 형 마이크로프트는 우리가 알고 있듯 동생보다 재능이 뛰어나고, 홈즈의 말과 왓슨의 기록을 믿을 수 있다면 정부의 회계감사를 맡고 있다. 셜록이 학교에 다녔는지는 알 수 없다. 왓슨이 학교에 다닌 것은 분명하다. 친구 중 한 명이 보수당 거물 정치가의 조카라고 묘사했다. 이 친구에 대해 "같은 반 학생들은 운동장에서 퍼시를 쫓아다니며 못살게 굴었고, 경기 중에는 정강이를 걷어차기 일쑤였다"라고 소개했으므로 이 학교에는 귀족의 자제는 거의 없었을 것이다. 따라서 왓슨은 이튼 출신은 아니다. 대학도 잘 알 수 없다. 《추억》에서 왓슨 자신이 케임브리지 주변의 경치를 묘사하지만, 그대로 믿기는 어렵다.

홈즈의 대학 시절에 대해서는 이보다 더 잘 알려져 있다. 그는 내성적인 성격으로 스포츠는 복싱과 펜싱만 해서 친구가 적었다. 친구 중 한 명인 빅터 트레버는 오스트레일리아의 금광에서 큰 재산을 모은 전과자의 아들이다. 또 한 명 레지널드 머스그레이브는 그 조상이 1066년에 정복왕 윌리엄에게 봉사했다고 하니 귀족임에 틀림없다. 홈즈는 "내가 칼리지에 있을 때"라고 말했는데, 어느 칼리지일까? 우선, 옥스퍼드와 케임브리지 중 어느 쪽일까? 그의 과학에 대한 흥미로 미루어 케임브리지에 입학했다고 주장하는 사람도 있는데, 만약 그렇다면 이상한 점이 있다. 그가 과학자가 되려 했다면 학교를 2년만 다니고 그만둘 리가 없다. 친구 두 사람이 모두 부자이고, 한 명은 귀족 또 한 명은 상당히 화려한 생활을 했다는 것, 그리고 홈즈 정도의 재능 있는 사람이 눈에 띄지 않은 것 등으로 미루어 생각해 보면, 옥스퍼드의 크라이스트처치 칼리지였을 가능성이 크다. 그러나 확실한 증거가 있는 것은 아니다.[4]

홈즈가 옥스퍼드에 다녔다고 해도 '그레이츠(greats)' 과정(고전어, 철학, 고대사)을 수강한 것은 아니다. 그렇다고 해도 《주홍색 연구》에서 왓슨이 작성한 표인 '셜록 홈즈의 특이점'에서 '철학 지식 제로, 문학 지식 제로'라고 한 것은 정확하지 않다. 홈즈도 왓슨을 신뢰할 수 있는 인물이라고 여기기까지 처음 얼

---

4) 옥스퍼드와 케임브리지가 원문에서는 단순히 which university와 either university라고만 기록되어 있을 뿐이다. 그렇다고 홈즈가 다른 대학에 다녔다고는 생각할 수 없다. 녹스는 왓슨이 런던 대학을 나온 것도 알고 있는데, "대학에 대해서는 잘 모른다"고 했다. 옥스브리지 이외의 대학에는 다니지 않았다는 것이다. university와 college는 종합대학과 단과대학이 아니라 'King's College, Cambridge' 즉, '케임브리지 대학 킹스 칼리지'라고 말한다.

마간은 숨기고 있었을 것이다. 그는 나중에 하피즈와 호라티우스를 비교하고, 타키투스, 잔 파울, 플로베르, 괴테, 소로 등을 인용한다. 보스콤 계곡으로 가는 기차에서는 페트라트카를 읽기도 한다.

철학에는 그다지 흥미가 없는 듯 보이지만, 그는 과학 방법론에는 확고한 지식을 갖고 있다. 철학을 했다면 "먼저 불가능한 것을 제거하지. 그리고 아무리 불가능해 보이는 것일지라도 마지막에 남은 것이 진실이라는 얘기일세"라고 말하지 않았을 것이다. 관찰과 추론을 혼동할 리가 없기 때문이다. 홈즈는 왓슨의 흙이 묻은 구두를 보고 "오늘 아침에 자네가 위크모어 거리의 우체국에 갔었다는 사실을 알려 주는 것이 관찰이고, 자네가 전보를 보내고 왔다는 사실을 가르쳐 주는 것이 추리지"라고 말하는데, 여기에는 추론을 동원해야 한다. 추리가 아니라 순간적인 기지를 발휘해도 가능할지 모르지만 말이다. 홈즈는 감각주의자는 아니었다. 《주홍색 연구》에 나오는 다음과 같은 말에서 알 수 있듯, 누가 그보다 더 현실적일 수 있겠는가?

"겉으로 나타난 사실이 오랫동안 추리한 것과 부합되지 않을 때는 그것을 대신할 만한 다른 해석이 있다는 것을 나는 지금쯤은 알고 있어야 해."

이제 '추리의 방법'에 대해 서술할 필요가 있다. 파피에 마셰는 이것이 가보리오의 모방이라고 주장한다. 피프파우프는 그의 유명한 논문 '연역이란 무엇인가?'에서 홈즈의 추리 방법은 귀납법이라고 말한다. 이 두 가지 견해는 같은 기반을 바탕으로 하고 있다. 가보리오의 르콕은 먼저 관찰을 한다. 눈 위의 발자국이 있으면 우선 그것을 관찰하고 추론함으로써 발자국을 남긴 인물의 행동을 추리할 수 있다. 그러나 그에게는 연역법이 없다. 자리에 앉아 "그럼 이 남자는 다음에 어떻게 할까?"라고 추리하지 않는다. 르콕은 돋보기와 핀셋은 갖고 다니지만 가운(사색용)과 파이프를 애용하지 않는다. 때문에 몇 번이나 놓친 단서를 잡을 기회를 잃고, 우연에 의지하게 된다.

그런데 홈즈는 절대로 기적을 바라지 않고 우연에 의지하지도 않는다. 때문에 홈즈는 일종의 안락의자 탐정이 되어 안락의자에서 일어나지 않고도 어떤 일이 일어났는지 정확히 맞힐 수 있다. 파피에 마셰는 홈즈 같은 사색형 탐정의 특징적 원형은 마이크로프트라고 말하지만, 틀린 말이다. 오히려 셜록이 원형이다. 한편 르콕은 같은 시대의 스탠리 홉킨스, 아니 레스트레이드에 가까울지도 모른다. 홈즈는 자신의 관찰(추리)과 연역법의 차이를 설명하고 있다. 왓슨의 바지에 묻은 진흙을 보고 우체국에 갔던 것을 안 것은 후천적인 관찰에 의해서다. 왓슨의 책상에 우표도 엽서도 많이 있기 때문에 우체국에 간 목적은 전보를 보내기 위해서라고 생각한 것은 선천적인 연역법에 의한 것이다.

그럼 다음으로 홈즈의 두 개의 얼굴, 한가할 때와 일할 때의 모습을 살펴보자. 홈즈는 왓슨보다 무료와 안일을 훨씬 견디지 못한다. 왓슨은 자신이 발이 빠르다고 주장하지만, 이것은 본인의 말일 뿐, 홈즈에게는 절대 이길 수 없다. 그 밖에 왓슨의 운동 실력의 증거로는 발연통을 창에서 던지는 장면 하나뿐이다. 홈즈는 복싱과 펜싱을 하고 지루하면 안락의자에 앉아 피스톨로 맞은편 벽을 'V. R이라는 애국적 문자로 장식한다.'

홈즈는 왓슨과 알게 되었을 당시에는 시간을 보내기 위해서 바이올린을 연주했지만, 나중에는 엄숙한 일을 끝낸 후에 긴장을 풀기 위한 방편으로 연주를 한다. 여기에서 강조하고 싶은 점은 그의 음악은 코카인과는 전혀 관계없다는 사실이다. 코카인을 사용한 것은 분명하지만, 어려운 일을 대비해 두뇌를 자극하기 위해서는 아니었다. 자극이 필요할 때는 언제나 담배를 피운다. '섀그'를 피운다는 사실은 모두 알고 있지만, 무슨 파이프를 사용하는지에 대해 대답하는 사람은 많지 않을 것이다. 때와 상황에 따라 다르다. 네빌 세인트 클레어 가에서 밤을 샐 때는 브라이어 파이프를 썼다. 이것은 어려운 문제를 다룰 때 사용한다. '신랑의 정체'에서처럼 곰곰이 생각해 문제를 풀 때는 언제나 그의 의논 상대가 되는 담뱃진투성이 사기 파이프에 불을 붙인다. '너도밤나무 숲'에서는 벚나무 파이프를 사용했다. 그가 파이프를 사용하는 것은 명상에서 빠져나와 토론을 하고 싶을 때이다. 한번은 왓슨에게 코담배를 권한 적도 있다. 왓슨은 홈즈와 같이 지내기 시작할 무렵 '쉽'을 피웠는데, 나중에는 '알카디아 믹스처'로 바꾸었다. 상당히 비싼 듯하지만, 결혼한 뒤 여유가 별로 없어도(대합실에 리놀륨을 깔았기 때문에 형편이 넉넉할 리가 없다) 이를 계속 피운다. 그러나 홈즈의 파이프는 왓슨의 파이프와 함께 뭉뚱그려 다룰 수 없다. 이는 유명한 말처럼 '파이프를 세 번 피우면서 생각해야 할 문제'다. 홈즈는 세계에서 가장 위대한 애연가라 할 수 있다.

다음은 일을 대하는 홈즈의 태도다. 의뢰인이 나타나면 그는 곧바로 힘이 솟는다. '악마의 발'에서도 '홈즈는 파이프를 입에서 떼더니 여우 사냥 나온 늙은 사냥개처럼 강한 관심을 보이며 의자에 앉았다.' 그리고 바닥에 코를 대고 방 안을 돌아보고, 담배꽁초, 오렌지 씨, 의치 등 범인이 남긴 흔적을 조사한다. 폴란드의 석학 민스크는 "그는 사람이 아니다. 짐승인가? 신인가?"라고 했다.

이 '비인간적이다'라는 비판에 대해서, 나는 홈즈를 옹호하고 싶다. 사후 어느 정도의 타박상이 생기는지 확인하려고 그가 해부실의 시체를 지팡이로 때렸다는 소문도 있다. 그는 과학자이고, 《네 개의 서명》에서는 다음과 같은 장면이 등장한다.

"그날부터 오늘까지 불행한 아버지에 대한 소식은 한 번도 듣지 못했어요. 평화로운 생활을 즐길 거라는 희망에 가슴 부풀어 귀국하셨는데, 그것이……."

모스턴은 한 손으로 입을 가리며 흐느껴 울었다.

"날짜는?" 홈즈는 노트를 펼치며 말했다.

범인을 체포하려는 홈즈의 열의는, 왓슨처럼 정의를 지키려는 열정이 아니라 순전히 개인적인 관심사인 과학적 추리를 위한 것이라고 말하는 사람도 있다. 과연 이 말이 옳을까? 아니, 그렇지 않을 것이다. 축구는 골을 넣기 위해 하는 걸까, 운동을 위해 하는 걸까? 홈즈는 인간성과 과학이 기묘하게 조화를 이루는 캐릭터다. 어느 때는 "여자는 믿을 수 없어. 아무리 훌륭한 여자라도"라고 말한다.(《네 개의 서명》) 또는 "나는 겸손을 미덕의 하나로 치는 사람들에게는 동의할 수 없네. 이론을 다루는 사람은 모든 사물을 있는 그대로 정확히 봐야 해"라고 주장한다. '해군 조약'에서는 장미의 아름다움과 종교에 대해서 의견을 내놓는데, 이것은 창틀의 상처를 조사하는 것을 속이기 위해서였다. 또는 '조금은 자랑할 수 있는 백포도주'가 있다고 하거나, 기적극, 스트라디바리우스의 바이올린, 세일론의 불교, 미래의 군함 등에 대한 견해를 밝힌다.

홈즈가 사건 수사 중에 보이는 인간적인 측면을 살펴보자. 하나는 연극적인 효과를 좋아한다는 점이다. 존 오픈 쇼 살인범들에게는 오렌지 씨 다섯 개를 보낸다. 구치소까지 일부러 스펀지를 가지고 가서 입술이 비뚤어진 남자의 얼굴을 닦는다. '해군 조약'에서는 접시에 뚜껑을 덮어 아침 식사 테이블에 낸다. 다른 하나는 경구警句를 말하는 일이 많다는 것이다. 공작에게서 편지가 왔을 때 그는 이렇게 말했다. "편지는 보나마나 달갑지 않은 초대장일 거야. 왜 있잖아, 사람한테 거짓말과 하품을 하게 해 놓고 좋아하는 그 사교라는 것 말이야." 홈즈의 경구는 독특한 것으로 '명언집(Sherlockismus)'으로도 알려져 있는데, 라체거 교수는 173개의 명언을 수집했다. 그중 두 개를 예로 들겠다.

"그날 밤 개가 한 이상한 행동입니다."
"그날 밤 개는 아무 짓도 하지 않았습니다."
"그것이 이상합니다." 셜록 홈즈가 말했다.

"뒤를 밟았습니다."

"나는 아무도 못 봤는데."

"물론 보일 리가 없습니다. 내가 미행했으니까요." 셜록 홈즈가 말했다.

이 주제를 충분히 논하려면 적어도 두 학기 동안의 강의가 필요할 것이다. 이는 시간과 비용이 허락하는 기회에 다시 이야기하겠다. 나는 이상과 같이 단서를 몇 개 제시하고, 개략적인 연구 방법을 서술했다.

내 방법을 알겠지, 왓슨. 자네도 보게.